현대시의 공간 상상력과 실존의 언어

유지현 (柳志賢)

1967년 서울에서 출생하여 고려대학교 국문과를 졸업하고 고려대학교 대학원에서 석사 · 박사 학위를 받았다. 1994년 중앙일보 신춘문예에 문학평론이 당선되어 문학평론가로 활동하고 있으며 현재 국립 한경대학교 교수로 재직하고 있다. 저술로는 편저『한용운 : 님의 침묵을 휩싸고 도는 사랑의 노래』와 공저『서정시가 있는 문학강의실』이 있다.

청동거울 문화점검 ❽

현대시의 공간 상상력과 실존의 언어

1999년 11월 20일 1판 1쇄 인쇄 / 1999년 11월 30일 1판 1쇄 발행

지은이 유지현 / 펴낸이 임은주 / 펴낸곳 도서출판 청동거울 / 출판등록 1998년 5월 14일 제13-532호
주소 (135-080)서울 강남구 역삼동 832-52 상봉빌딩 301호 / 전화 564-1091~2
팩스 569-9889 / 하이텔I.D. 청동 / 전자우편 cheong21@netsgo.com

편집장 조태림 / 편집 박경호 / 디자인 배영옥 / 영업관리 정덕호

값 11,000원

ISBN 89-88286-17-0

청동거울 문화점검 ❽

현대시의 공간 상상력과 실존의 언어

유지현 시론집

청동거울

책머리에

시를 읽는다는 것은, 어느 시인의 표현을 빌자면, 외롭고도 황홀한 심사이다. 익숙한 언어들의 낯선 조합과 해체를 곰곰이 들여다보며 나는 시를 읽는 법과 내면을 읽는 법이 다르지 않다는 것을 배웠다. 여전히, 떠도는 말들이 넘쳐나고 있었다. 부박한 말들로부터 벗어나는 하나의 방도는 내면으로의 칩거였고 그것은 외로움과 황홀의 근거지를 형성해 주었다. 그 근거지에서 외로움이 깊이를 얻어 통찰의 언어가 되고 황홀이 힘을 더하여 발랄한 생명의 언어로 약동하는 날을, 나는 기다린다.

인간은 공간에 대한 꿈을 지닌다. 삶을 구획하는 장소로서뿐만이 아니라 삶의 기대와 가치와 열망의 흔적이 담겨 있는 공간은 어느 지도의 지명에도 없는, 감각적 체험과 심미적 사유의 산물인 경우도 있다.

하나의 풍경이 생각난다. 도시가 을씨년스러운 본래의 색깔을 드러낼 때 지리산을 넘어가는 철새 떼를 보았다. 어느 강건한 날개가, 아니면 어느 저버리지 못하는 생의 굴레가 그들의 방향을 인도하는 것일까. 안식할 공간을 찾아 대지를 헤매는 인간의 욕망은 안착과 동시에 방랑을 꿈꾼다. 안착과 방랑의 모순에 젖어 철새들의 고단한 꿈을 엿보고 바람에 부대끼며 꽃잎을 떨구는 식물의 터전을 기웃거린다. 실존의 좌표를 찾기 위해서 나침반을 기울이는 나에게 자연은 군생(群生)의 기율 아래서 스스로 자유로울 수 있는 공간을 일러준다. 마지막 가을 바람에 떨구어야 할 부잡한 생의 잎새를 떨구어낸 산의 언덕은 가볍고 문명이라는 이름이 쌓아 놓은 군집의 공간으로 되돌아가는 나의 어깨는 무겁다.

이 책에 묶인 글들은 외로움과 황홀이 변주하는 시 읽기 작업의 결과물이다. 좌표를 찾지 못한 언어들이 도사리고 앉아 있는 듯하여 부끄럽고 누추하다. 이제까지 도와주신 분들에게는 더욱 그러하다. 문학의 길을 이끌어 주신 최동호 선생님과 가르침을 주신 모교의 여러 스승들께도 가슴 깊이 감사의 인사를 드린다. 이 책이 작은 성과라도 인정될 수 있다면 학문하는 길의 자존심을 가르쳐 주신 아버님과 한없는 자애를 베풀어 주신 어머님께 돌리고 싶다. 부족한 딸을 아껴 주신 부모님의 건강을 비는 마음 간절하다. 평생의 좋은 친구로서 도와준 남편과 희망을 일깨워 준 딸 채민에게도 사랑을 전한다. 청동거울 가족들의 노고 또한 잊을 수 없다.

새로운 세기가 다가온다고 한다. 내가 사랑하는 시의 외롭고 황홀한 공간도 하나의 마디를 지나 또 다른 깊이와 넓이를 마련할 때가 온 듯하다.

1999년 깊은 가을

유지현

제 1 부

서정주 시의 공간 상상력 연구

제 2 부

텅 빈 세계를 향한 실존의 언어

제 1 부

서정주 시의 공간 상상력 연구

제 1 장

서 론

1. 문제 제기

서정주는 1936년 시「벽」이 동아일보 신춘문예에 당선되어 등단하였다. 등단 이래 그가 보여준 시작 활동은 일제 강점기를 거쳐 현재까지 한국 현대시사의 핵심을 이룰 만큼 확고한 위치를 점하고 있다. '시인부락' 동인 활동을 펼치며 작품 활동을 시작한 서정주는 끊임없는 시세계의 변모를 통해 작품의 폭과 깊이를 확장해 왔다. 본고는 서정주 시의 공간 상상력을 분석함으로써 서정주 시세계의 구조와 전개 원리를 탐구하려 한다.

서정주 시를 규명하려는 연구들은 다양한 방향으로 진행되어 상당한 성과를 축적하여 왔다. 공간에 대한 관심을 표명한 연구는 그리 많은 편이 아니다. 공간에 대한 지각과 인식은 시적 상상력의 바탕을 형성한다는 점에서 시세계를 이해하는 기본적이고 필수적인 작업이라고 파악된다. 공간적 상상력을 중심으로 시를 분석함으로써 서정주의 시세계에 관한 이해를 심화시킬 필요가 있다.

작품 속의 공간은 현실 세계와 유기적이고 상징적인 차원에서 관련을 맺는다. 작품의 공간을 구성하는 작가는 현실을 단순히 모사하거나 재현하지 않으며 창조적으로 변형하거나 재구성하기 마련이다. 시 작품 속에 새롭게 창조된 공간을 통해 작가는 자신의 고유하고 독특한 정서와 의식을 드러낸다. 공간에 대한 상상력은 현실 세계와 작품의 공간을 연계하며 경험 공간에 대한 시인의 자각을 반영한다. 현실 경험을 객관화하는 바탕을 제공하는 공간에 대한 담구는 시인의 창조직 정신을 규명할 수 있는 방법이 된다. 작품의 공간에 대한 이해는 작가의 내면을 이해하는 하나의 지표가 될 것이다.

공간은 시간이 흐름에 따라 변모한다. 작품내의 공간적 변화 과정을 시인의 생애의 변모 과정과 일치된 것으로 보거나 직선적인 발전 단계를 밟는 것으로 해석하는 태도는 자칫 단조로운 작품 이해에 그칠 우려가 있다. 작품의 공간에 대한 이해는 작품을 분석하는 여러 방법 중의 하나이지만 작품의 동적인 의미망을 밝혀낼 수 있다는 점에서 적절한 분석의 틀로 기능하게 된다. 공간적 변화의 양상을 규명하는 것은 시의식 변모의 내재적 원리를 찾아내는 작업과 분리될 수 없다. 서정주 시의 공간 상상력을 분석하여 작품의 공간을 변화시키는 내적인 구조와 질서를 논리화하는 작업이 요청된다.

본고는 공간에 대한 서정주 시를 고찰하는 방법을 제시할 것이며 공간적 상상력의 변모 과정을 검토함으로써 공간의 변화 양상을 이끌어 가는 내재적인 원리를 밝히고자 한다. 공간적 상상력의 전개 과정과 의미를 분석함으로써 시인의 문학적 생명력을 이해하는 체계와 깊이를 갖추고자 한다.

2. 연구사 검토

서정주 시를 해명하려는 노력은 다양한 방향과 각도에서 진행되어 왔으며 연구 성과 또한 일정한 수준에 이르고 있다. 서정주 시에 대한 연구는 첫째로, 작가론의 입장에서 작품 전체를 대상으로 하여 시세계의 변모 양상이나 문학사적 위상을 논한 연구를 살펴볼 수 있다. 둘째로, 작품의 내재적 특질에 주목한 연구 경향을 거론할 수 있다. 셋째로, 비교문학적 안목에서 설화와 같은 전통적인 문학 양식 혹은 외국시와의 영향 관계를 검토한 연구 경향으로 대별할 수 있다. 첫번째의 경향은 시세계의 변화에 조응하여 시의식의 변모 양상을 점검하는 데 주력한다.[1] 두 번째 경향으로 작품의 내적 특질을 규명하려는 연구들은 작품에 쓰인 비유와 상징의 구조를 분석한 연구[2], 심리적 특성이나 신화적 원형을 중심으로 시적인 특질을 규명한 연구[3], 운율을 분석하여 시적인 효과를 분석한 연구[4], 화자와 어조에 관한 연구[5], 방언이나 토속어를 시어로 채용한 효과를 분석한 연구[6], 시간 · 공간의 상상력을 규명한 연구[7]로 나눌 수 있다. 영향 관계를 검토한 글은 사상적인 측면에서 접근하여 불교적인 특색을 다루거나 서구 시와의 영향 관계를 논한 연구[8], 설화의 수용을 통한 시창작적 특성을 규명하거나 전통과 시의 연관 관계를 논한 연구[9]로 나누어 볼 수 있다.

---

1) 조연현, 「원죄의 형벌」, 『문학과사상』(세계문화사, 1949. 12).
송　욱, 「서정주론」, 『문예』 18호(1952. 11).
김우창, 「한국시의 형이상－하나의 관점, 최남선에서 서정주까지」, 『세대』(1968. 12).
천이두, 「지옥과 열반」, 『시문학』(1972. 6~9).
김인환, 「서정주의 시적 여정」, 『문학과지성』(1972. 6).
고　은, 「서정주시대의 보고」, 『문학과지성』(1973. 3).
김재홍, 「미당 서정주」, 『한국현대시인연구』(일지사, 1986).
오형엽, 「서정주 초기시의 의미구조」(고려대 석사논문, 1989).
송하선, 『미당 서정주 연구』(선일문화사, 1991).
최두석, 「서정주론」, 『선청어문』(1992. 9).
정봉래, 『시인 미당 서정주』(좋은글, 1993).
양금섭, 「서정주 시 연구」(고려대 박사논문, 1996).

서정주에 관한 기존의 연구 업적을 살펴봄으로써 선행 연구가 가지는 특성과 한계를 검토하고 새로운 방법론을 모색할 수 있다. 이러한 연구 성과 가운데 주목할 만한 성과를 이룬 논의를 점검하고 본고의 연구 방법과 연관성이 있는 선행 연구를 검토하겠다.

김우창은 한국 현대시사의 형이상학적 전개라는 관점에서 서정주 시를 비판적으로 검토한다. 서정주의 초기시가 분열된 현실을 인정하고 이를 육체와 정신의 갈등을 관능을 빌려 표출한다고 본 그는 육체와 정신, 사회와 현실의 대립적 양상을 숨김없이 드러내어 과감한 도전과 갈등으로 표출된 초기시의 세계가 『귀촉도』 이후 동양의 일원적 평화

---

2) 김시태, 「한국현대시의 이미저리소고」, 『동악어문논집』(1965. 6).
김종길, 「의미와 음악—추천사의 형태」, 『사상계』(1966. 3).
김재홍, 「하늘과 땅의 변증법」, 『월간문학』(1971. 5).
정한모, 「미당 시의 이미저리와 방법」, 『현대시론』(민중서관, 1973).
김재홍, 「우주적 상상력과 대지적 조응」, 『현대문학』(1975. 5).
김윤식, 「서정주의 질마재신화고—거울화의 두 양상」, 『현대문학』(1976. 3).
김영수, 「서정주 시의 상징성에 관한 연구」(경북대 석사논문, 1981).
신상철, 「화사집의 '님'」, 『현대시와 님의 연구』(시문학사, 1983).
김화영, 『미당 서정주 시에 대하여』(민음사, 1984).
이종윤, 「서정주 초기시의 연구」(경희대 석사논문, 1984).
강우식, 「서정주 시의 상징연구」, 『한국문학』(1984. 7).
문정희, 「서정주 시에 나타난 물의 이미지」, 『심상』(1985. 10).
천경록, 「'화사집'의 이미지 연구」, 『선청어문』(1986, 10).
이어령, 「피의 순환과정」, 『문학사상』(1987, 10).
이진홍, 「서정주 시의 심상 연구」(영남대 박사논문, 1989).
문정희, 「서정주 시 연구—물의 심상과 상징체계를 중심으로」(서울여대 박사논문, 1993).
남진우, 「뱀, 미지의 부름」, 『작가세계』(1993. 11).
오탁번, 「서정주 시의 비유와 모성 심상」, 『사대논집』 19집(고려대 사범대, 1994).

3) 원형갑, 「서정주의 신화」, 『현대문학』(1968. 9).
홍신선, 「여성, 천상적 의미의 성당」, 『현대시학』(1974. 10).
박진환, 「삼교의 혼융과 샤먼의 신화 창조」, 『현대시학』(1974. 12).
김준오, 「인간 탐구와 미당의 신화」, 『심상』(1978. 11).
정영자, 「원형의 재생」, 『현대문학』(1979. 4).
최하림, 「신화와 시의 세계」, 『문예중앙』(1980. 3).
김열규, 「속신과 신화의 서정주론」, 『서강어문』(1982).
정신재, 「미당 시에 나타난 신화적 의미」, 『시문학』(1983. 1).
김지향, 「서정주 시에 나타난 무속적 특성—그 신화적 접근 시고」, 『한양여전 논문집』(1985. 12).
남진우, 「남녀양성의 신화」, 『시운동』(1987. 3).
육근웅, 「서정주 시 연구」(한양대 박사논문, 1991).
이경희, 「서정주의 시 '알뫼집과 계피떡'에 나타난 신비체험과 공간」, 『이화어문논집』(1992. 3).
유혜숙, 「서정주 시 연구—자기실현 과정을 중심으로」(서강대 박사논문, 1994).
김수이, 「서정주 시의 변천 과정 연구—욕망의 변화 양상을 중심으로」(경희대 박사논문, 1997).

로 복귀하여 화해의 과정을 보여준다고 파악한다. 신라로 대표되는 서정주의 초월적 세계로의 귀의는 현실과 이상의 대립보다는 해탈과 평화의 언어에 바쳐지거나 자기 만족적인 안위에 그치고 만다고 지적한다. 현실의 모순과 갈등을 감싸 안을 역동적인 구조를 모색하는 대신 초월적 세계로 비상해 버린 서정주의 실패는 한국 시의 한 단면을 보여주는 것이라고 비판한다. 이러한 견해는 후기시의 한계를 간파한 것으로 이후 전개된 비판적인 논의의 글[10]들은 김우창의 논의와 연관되는 것으로 이해된다.

천이두는 서정주 시의 변화를 이끄는 동인으로 '피'와 '바람'이라는 요소를 거론한다. 천이두는 서정주 시를 이끌어온 추진력의 근원은 바람이었다고 분석하고 바람에는 안주를 거부하는 끊임없는 지향성이

---

4) 서우석, 「서정주—리듬의 완만한 대립」, 『시와 리듬』(문학과지성사, 1981).
신동욱, 「'국화옆에서'의 율격미」, 『우리 시의 역사적 연구』(새문사, 1981).
5) 김시태, 「시와 역설적 의미」, 『현대문학』(1975. 4).
황동규, 「탈의 완성과 해체」, 『현대문학』(1981. 9).
강희근, 「서정주 시의 서술성에 대하여」, 『월간문학』(1984. 1).
김동일, 「서정주 시 연구—화자 중심으로」(성균관대 석사논문, 1989).
심혜련, 「서정주 시의 화자 청자 연구」(이화여대 석사논문, 1992).
6) 권영민, 「시적 체험과 이야기조」, 『현대문학』(1982. 12).
유종호, 「소리지향과 산문지향」, 『작가세계』(1994. 3).
이남호, 「겨레의 말, 겨레의 마음」, 『미당연구』(민음사, 1994).
김재홍, 「시어와 민족어 완성의 길」, 『한국현대시어사전』(고려대출판부, 1997).
7) 정신재, 「미당 시의 공간의식—초기시를 중심으로」, 『동악어문 논집』(1983. 10).
이영희, 「서정주 시의 시간성 연구」, 『국어국문학』 95호(1986. 5).
변해숙, 「서정주 시의 시간성 연구」(이화여대 석사논문, 1987).
김은자, 『현대시의 공간과 구조』(문학과비평사, 1988).
김화영, 「한국인의 미의식—서정주 시의 공간」, 『예술세계』(한국예총, 1991. 11).
이광호, 「영원의 시간, 봉인된 시간」, 『작가세계』(1994. 3).
심재휘, 「1930년대 후반기의 시 연구」(고려대 박사논문, 1997).
8) 최원규, 「미당 시의 불교적 영향」, 『현대시학』(1977. 12).
김해성, 「서정주론—그의 불교사상을 중심으로」, 『월간문학』(1981. 8).
구자성, 「한국현대시에 나타난 불교사상」(연세대 석사논문, 1984).
황현산, 「서정주, 농경사회의 모더니즘」, 『미당연구』(민음사, 1994).
9) 이철범, 「신라정신과 한국 전통론의 비판」, 『자유문학』(1959. 8).
문덕수, 「신라정신에 있어서의 영원성과 현실성」, 『현대문학』(1963. 4).
김학동, 「신라의 영원주의」, 『어문학』 24(1971. 4).
김윤식, 「전통과 예의 의미」, 『한국근대작가논고』(일지사, 1974).
김선학, 「설화의 시적 수용」, 『한국문학연구』(1981. 2).

담겨 있다고 본다. 그 바람을 일으키는 기본 유인(誘因)은 피이며 피를 다스리는 고된 싸움의 과정은 그의 시적 생애와 일치한다고 판단한다. 숙명적인 바람은 안일한 정착을 거부하려는 맹목에 가까운 지향성을 보인다고 논하고 서정주의 시적 세계를 방랑의 세계라고 규정한다. 바람을 불러일으키는 피는 그의 시적 생애에 있어서 다스려 나가야 할 요인이었으며 피를 달래어 맑게 하는 과정이 이후의 시적 작업의 핵심이라고 보았다.

조기시 이후 서성주 시에 드러나는 불교적 요소에 주목하고 불교적 세계관에서 비롯된 인연과 업보에 바탕을 둔 시가 가지는 의미를 점검하면서 시의식의 변모를 관찰한 연구로는 김인환과 김현의 글을 들 수 있다. 김인환은 서정주 시의 변모 양상을 고찰하면서, 『화사집』에 드러나는 성적인 심상을 바탕으로 하는 대립적 이미지의 전개 양상을 보인다고 논한다. 『화사집』에 드러나는 갈등과 대립성은 치열한 내적인 정열에 바탕을 둔 것이라고 해석한다. 이후 『귀촉도』에서 방황의 행적으로 이어지다가 육체적 도취보다는 자애로운 사랑의 성취 혹은 생명에 대한 외경을 보여주는데, 이러한 전환을 이룬 시로 「목화」를 지목하여 분석하고 있다. 『신라초』 이후의 불교적 세계관에 몰입하는 경향을 보여주는데 이는 과도한 인간적 집착에서 벗어난 정신적 경지를 보여주

10) 서정주 시에 대한 비판적인 견해를 피력한 글들은 『화사집』 이후 화해와 위무의 언어 나아가 『신라초』에 드러난 신라 정신과 신라 정신을 원용하면서 비롯된 문제점을 지적하고 있다. 대표적인 경우는 이성부의 「서정주의 시세계」(『창작과비평』 1972년 겨울호)와 임우기의 「오늘, 미당 시는 무엇이 문제인가」(『문예중앙』 1994년 여름호)를 들 수 있다.
이성부는 서정주 시가 보여주는 언어 표현의 절묘함을 인정하면서도 신라에 몰입하는 시인의 관심은 역사에 참가한다는 의식보다는 역사로부터 물러선 회피적인 시선이 드러난 것이라고 본다. 이러한 역사의식의 부재가 『신라초』에서 설화를 시화하면서 주관적인 감수성과 안이한 태도를 보이는 것으로 귀결된다고 본다. 역사의식을 결여한 신라 탐구는 개인의 사적인 경험의 범주에 떨어지거나 사담으로 변할 위험이 많다는 사실을 지적한다.
임우기의 글은 미당 시의 아름다움이 세속과 삶의 역사에서 멀찍이 비켜선 아름다움이라고 비판한다. 그는 언어의 질서는 삶의 질서를 보여준다는 전제 아래 작품의 율격을 분석하고 서정주 시의 음악성은 형식적인 세공에 그칠 뿐이라고 지적한다. 서정주가 보여주는 불교적 세계관을 바탕으로 한 영원의 지향에는 무갈등의 해탈을 갈구하려는 욕구가 자리하고 있음을 논하며 이를 중생적 삶의 아픔과는 거리가 먼 안주의 세계라고 평한다.

는 것이지만 현실의 고통에 대한 자각의 정도는 점차 희박해진다고 본다.

김현은 서정주 시에서 불교적 달관을 논의하면서 그것의 한계를 지적한다. 김현은 초기시의 관능으로 표출된 갈등은 절제와 달관으로 연계되는데 이 절제와 달관은 삶의 현장에서 비켜서게 하며 불교적 인연설화에 의해 행복한 조화와 평화를 구가하는 신라의 세계로 나아가게 된다고 보았다.

서정주 시에 나타나는 심상의 변화에 주목하고 초기시의 하강적인 심상이 점차 상승의 구도를 보인다고 지적한 글로 김재홍과 김화영의 연구가 있다.

김재홍은 「하늘과 땅의 변증법」, 「우주적 상상과 대지적 조응」, 「미당 서정주」로 이어지는 연구를 통해, 서정주 시의 전체적인 흐름은 대지적인 원초성으로부터 출발하여 점차적인 생의 상승을 보여준다고 논한다. 『화사집』을 위시한 초기시는 대지적인 상상력으로 가득 차 있으며 이 원초적 육체성으로부터 벗어나기 위한 몸부림이 동물적 상상력을 빌려 표현되어 있다고 본다. 『귀촉도』에서 비관적인 세계 인식이 소멸과 낙하의 상상력을 빌려 표현되었으며 이러한 허무와 적막의 세계상은 「국화옆에서」를 비롯한 식물적 이미지와 수평적 자세로 하늘을 향하여 일어서는 자세를 통해 생의 상승을 지향하는 태도로 변한다고 보았다. 천상을 향한 상승 의지는 지속되어 『신라초』에서는 물질적 · 대지적 삶을 벗어난 영원주의에 대한 정신적 경도를 드러낸다고 분석하고 『동천』에서는 정신의 유연한 자세를 보여주며 육신의 무게를 초탈하고 투명한 세계에 도달한다고 보았다.

김화영은 『미당 서정주 시에 대하여』를 통해 서정주의 시가 가진 주요 심상을 검토하여 변모 양상을 규명한다. 서정주의 초기시는 『화사』의 공격적인 생명력의 분출을 거쳐 하늘을 향한 그리움을 담은 『귀촉도』의 세계를 지나 점차 옥빛을 가지고 상승하는 동적인 움직임을 보여준다고 분석한다. 이러한 상승은 구름 하나 없는 무(無)의 하늘로 향하며 이 무화(無化)의 과정은 불교적 세계관에 닿아 있다고 진단한다. 무화의 과정은 참다운 생명과 영원에 도달하기 위한 서정주의 방법적 시관이 담긴 것으로 후기시의 낙관주의의 배경을 이룬다고 본다.

공간적 특성에 주목하여 서정주 시의 특질을 규명하려는 노력은 정신재와 김은자에 의해 지속적으로 전개되었다.

정신재의 글은 서정주 초기시를 대상으로 하여 변화 양상을 검도하겠다는 취지를 가지고 있으나 공간적 상상력을 중심으로 한 작품 분석이라기보다 초기시의 원초적인 생명성과 임의 이미지가 변모해 간 양상을 추적하는 연구에 그치고 있다.

김은자는 보다 구체적인 공간적 특성을 추출하여 논의를 전개한다. 그는 서정주 초기시의 공간은 벽과 문의 대응, 동물 심상과 침몰의 바다, 상승하는 공간의 부활의식으로 구분한다. 닫힌 벽의 심상은 단절된 존재 내부를 상징하는 것으로 벽의 심상은 자신을 경화시킴으로써 단단한 외계에 순응하려는 소극적이고 허무적인 의식을 노출한 것이라고 진단한다. 닫힌 공간에서 시인은 어두운 하강의식을 보여준다고 본다. 경화된 심상의 이면에는 동물의 생명력을 빌린 관능적이고 강렬한 생명의식이 드러나는데 이 동물 심상은 하늘에 대한 공격적인 의식을 거쳐 대지의 깊고 어두운 곳을 향하는 하강의 의식을 보인다고 파악한다. 이 하강의 자리는 비, 눈물, 바다의 심상으로 나타난다고 본다. 이러한 침몰을 극복하는 것은 내적인 생명의 본질로서 식물적 상상력과 부활의식에 눈뜸으로서 상승의 자리로 전환하게 된다고 밝히고 둥근 식물의 형상을 빌어 성숙과 완전함의 부활의식으로 이어진다고 파악한다. 이 글은 초기시의 하강적이고 경화된 공간적 심상이 식물의 생명성에 이르기까지의 과정을 단계적으로 분석해내어 공간적 심상에 관한 논의를 보여주었다는 점에서 의의를 가진다.

선행 연구를 통해 서정주 시에 드러나는 공간적 특질은 부분적으로 검토되었다고 볼 수 있다. 그러나 연구의 범위가 초기시에 국한되거나 공간적인 이미지를 정밀하게 분석하기보다 서정주 시세계의 변모 양상을 검토하는 과정에서 공간의 변모가 다루어져 공간의 특질은 소홀히 취급된 아쉬움이 있다. 이 점에서 서정주의 시가 가진 극적인 변모와 역동성을 규명하기 위해서는 시적 공간에 대한 집중적인 검토가 필요하다고 본다. 서정주의 시에 관한 상당한 양에 달하는 연구가 이루어져 왔으나 공간에 관한 연구가 많지 않다는 점은 일정한 방법론과 시각에 치우쳐 서정주의 시를 바라다보았다는 연구의 편향성을 드러내는 것이며 이에 대한 반성이 필요하다는 판단이 가능하다.

3. 연구 목적 및 방법

이 논문은 서정주의 시에 나타난 공간적 상상력의 특질을 분석하고 공간의 변천이 시의식의 변모와 어떠한 상관 관계를 가지고 있는가를 알아보려는 데에 목적을 둔다.

공간에 대한 인지는 시간과 아울러 외부 세계를 이해하고 측량하는 틀로 작용하여 왔다. 인간이 영위하는 삶의 조건은 시간과 공간이 중심축을 이루고 있다고 해도 과언이 아니다. 그러나 문학과 공간의 관련성은 문학과 시간의 관계 양상만큼의 관심을 끌지 못하였다.

공간에 관한 선행의 연구가 많지 않은 것을 보아도 쉽게 파악할 수 있는 일이다. 최근 들어 공간에 대한 관심은 시간과 달리 사물의 총체성을 파악할 수 있다는 점을 주목한다. 이질적인 체험들이 새로운 전체로 동시성 속에서 통합될 수 있다는 점과 이미지를 시각적 재생이라는 제한된 틀로부터 포괄적인 뜻을 가진 공간성의 구축으로 확대한다는 의도와 맞물려 공간성을 규명하려는 시도를 보인다.[11)]

공간에 대한 관심은 고대 철학자들의 물질과 구성에 대한 관심으로부터 제기되었다. 데모크리토스와 루키포스는 원자의 운동을 설명하기 위하여 비어 있는 공간의 개념을 이용하였다. 루키포스는 진공 없이는 운동이 있을 수 없다고 주장하였으나 파르메니스는 비어 있는 것처럼 보이는 곳에 공기가 있다는 점을 들어 이 진공에 대하여 반박하고 진공(the void)이 있다고 말하므로 진공은 무가 아니라는 견해를 제시한다. 이 문제는 후에 공간에 관한 논의로 발전하는데 아리스토텔레스는 진공이 있다는 학설은 장소의 존재를 내포하게 되며 진공을 가리켜 물체를 제거한 장소라고 말할 수 있다고 본다. 이 견해는 뉴우튼에게 이어져 뉴우튼은 절대 공간의 개념을 내세우고 절대적인 운동과 상대적인 운동의 개념을 제시하기에 이른다.[12)]

칸트는 공간이란 외부의 경험에서 추상된 경험적 개념이 아니라고 보았다. 왜냐하면 어떤 감각이 외부에서 왔다고 말하려면 즉 공간 속에서 내가 내 자신을 발견하는 위치와 다른 어떤 위치에 있는 사물에서 감각이 왔다고 말할 수 있으려면, 그리고 사물들을 상호간에 서로 바깥에 있거나 곁에 있는 것으로 지각하려면 미리 공간의 표상이 기반이 되어야 한다고 주장한다. 외부 경험이란 오직 공간 표상을 통해 가능한 것이다. 칸트는 사물이 없는 공간은 생각할 수 있지만 공간이 없이는 아무것도 상상할 수 없다고 보았다. 이러한 절대적인 공간을 설정한 칸트는 공간은 무한한 것이며 공간은 사물의 일반적인 관계에 대한 논리적인 또는 일반적인 개념이 아니며 순수한 직관이라고 보았다. 공간은 선험적인 직관이며 개념이 아니라는 것이다. 공간은 본질상 유

11) 오세영, 「현대문학의 본질과 공간화 지향」, 『문학사상』(1986. 4월호~5월호).
12) B. 러셀, 최민홍 역, 『서양철학사』(집문당, 1988), pp.114~129.

일하며 공간 속의 다양은 오직 제한성에 근거하는 것이라고 본다.[13] 이러한 주장은 공간 자체의 다수성을 부정한 것이며 주어진 공간의 부분은 지각의 대상이 집합된 부분이라는 점을 간과한 것이다. 칸트에 의하면 직관으로 세운 공간은 기하학과 같은 순수한 형식에 의하여 공간의 성질을 규정하게 된다.[14] 칸트에게 이러한 순수 형식은 감성 세계를 경험하고 이해하는 수단으로 자리잡는다.

메를로 퐁티는 전통적인 공간의 관념을 탈피하여 실존적인 입장을 취한다. 그는 경험 대상을 담는 용기(container)라는 관점이나 선험적 주체에 의하여 구성되어 외부 경험을 가능케 하는 형식이라는 선험론에 입각한 관점과는 다른 차원의 공간론을 제기한다. 외부의 실재 세계의 한 부분이라는 입장 혹은 경험 주체 안에서의 통합의 원리에서 벗어난 그는 공간 지각을 주체와 세계가 공간을 통하여 우리를 향하여 존재하게 되는 신체—주체와 세계 사이의 역동적인 관계에서 기인하는 것으로 간주한다. 메를로 퐁티는 현상학적 기술의 주체가 육화된 주관성이며 선험적 자아가 아니라고 본다. 경험의 주체는 세계와 불가분의 관계에 있는 현상학적 신체라고 파악하였다.[15] 공간이 모든 구성 작용에 앞서 있고 이미 구성되어 있는 바라면 그것은 공간이 사유보다 한결 오래된 세계와의 상호 소통, 즉 우리 자신의 육신성(notre corporeite), 다시 말하여 우리 자신의 실체가 세계를 장악하고 있기 때문이라고 역설한다.[16]

실존적 공간 개념과 건축론을 연관시켜 노베르그 슐츠는 구체적인 공간 경험에 바탕한 실존적 공간 이론을 제시한다. 그는 인간이 공간

---

13) E. 칸트, 최재희 역, 「공간론」, 『순수이성비판』(박영사, 1985), pp.76~79.
14) 토를라이프 보만, 허혁 옮김, 『히브리적 사유와 그리스적 사유의 비교』(분도출판사, 1975), pp. 183~184.
15) 모니카 M. 랭어, 서우석 · 임양혁 옮김, 『메를로 퐁티의 지각의 현상학』(청하, 1992), pp.135~139.
16) 미켈 뒤프렌, 김채현 역, 『미적 체험의 현상학』 下(이대출판부, 1991), pp.425~427.

에 흥미를 가진다는 것은 실존적 관심에 근거한 것이며 공간을 통하여 환경 속에서 생의 관계를 이해하고 사건이나 행위의 세계 속에서 의미와 질서를 표현하려 한다고 보았다. 인간의 행위란 의미 있는 지향을 형성하고 구체적인 상황 속에서 그 지향을 수행시켜 주는 여러 구조와 과정으로 이루어져 있는데 이 지향의 성취는 공간의 관계를 이해하고 그것을 공간 개념으로 통일시켜야 가능해진다고 보았다. 그는 실존적인 장소는 방향성을 가진다고 보고, 의도된 방향은 실존적 특질을 나타낸다고 본다. 예를 들어 위나 아래라는 방향은 일정한 개념을 내포하는데 수직성은 신성한 차원을, 수평성은 평등과 확장성을 나타내는 것이 그 예이다. 그는 실존적 공간 개념을 구체화한 것이 건축 공간이라고 보았다. 이상적인 경우 건축된 공간은 실존적 공간과 구조적 동형(isomorphic)을 이룬다고 본다.[17] 이와 같은 슐츠의 견해는 실존적인 관점에서 공간의 구체성을 점검하고 있으며 공간 개념의 중점에 인간의 감각과 운동이 역동적으로 작용하고 있다는 점에서 작품의 실존적 공간을 분석하는 데 있어서 참고할 만하다.

감각과 경험을 중시한 공간 이론을 제시한 이푸 투안의 견해 또한 주목할 만하다. 그는 공간을 이해하는 척도로 경험을 중시한다. 그는 인간이 공간적 특질에 대하여 이해하게 되는 것은 운동 지각과 시각 · 촉각을 통해서라고 주장한다. 운동을 통한 장소 이동은 공간의 방향 감각을 획득하도록 하며 비거리화된(nondistancing) 감각인 후각 · 촉각 · 청각들조차 공간적 지각 능력을 가진 시각과 촉각과 더불어 공간에 대한 이해를 풍부하게 한다고 본다. 그는 공간을 해석하는 데 있어서 인간의 감각 경험이나 정신이 반드시 반영되어야 한다고 주장한다. 예를 들어 객관적인 거리에 내포된 의미도 경험의 상태에 따라 다양해

---

17) C. N. 슐츠, 김광현 역, 『실존 · 공간 · 건축』(태림문화사, 1994), pp.7~48.

질 수 있다고 본다.[18] 구체적인 경험을 중시하여 인간의 경험과 감각을 본위로 공간을 이해하는 입장은 문학적 상상력 이해에 참고될 만하다. 인간의 신체를 공간적 이해의 기본으로 보는 관점은 경험을 근간으로 하여 독특한 작품의 내적인 공간을 창조하는 작가의 의도를 이해하는 데에 도움을 준다. 추상적이고 도식적인 공간 이해로부터 경험에 근거한 내밀한 상상력의 방향을 고찰하는 데 있어서 도움이 될 것이다.

미적인 대상으로서의 공간에서 표시된 대상들은 실재 공간과 등치될 수 없으며 표시된 공간은 실재적인 공간과는 구분된다.[19] 공간은 체험의 실제를 구성하는 중요한 요인일 뿐 아니라 시적 자아의 주체적 경험에 따라 공간 인식은 달라진다. 작품내의 공간은 화자의 능동적이고 의도적인 선택의 장으로 작용한다는 점에서 의미를 가진다. 작품을 읽는다는 것은 공간을 바꾸는 일이며 다른 상징의 공간으로 들어가는 일이라고 할 수 있다. 작품을 제대로 이해하기 위하여 우리는 작품의 상상적 체험 공간을 이해하고 창조자의 상상력이 뚫고 간 길을 따라 시적 공간의 양태와 질을 규명하지 않으면 안 된다.

문학적 상상력에 있어서 공간은 거리감과 시각 청각 촉각을 유발시키는 감각적 경험의 집합적 장소로 기능한다. 공간은 절실한 가치들의 중심지[20]이며 산만하게 흩어지는 모든 순간과 경험을 지속시키는 곳이기도 하다. 물리적 공간은 경험과 상징에 의해 새로운 공간으로 인지되며 추상적 공간의 성격을 벗어나 정체성을 부여받기에 이른다. 인간이 공간에 관하여 흥미를 가지는 것은 공간에 대한 인지를 통해 물리적인 세계에서 실존적 경험을 구성하며 공간적 인식을 통하여 삶의 바탕을 이해하기 때문이다. 공간적 관계를 나타내는 언어는 초텍스트적

18) 이-푸 투안, 정영철 역, 『공간과 장소』(태림문화사, 1995), pp.7~25.
19) 로만 인가르덴, 이동승 역, 『문학예술작품』(민음사, 1985), p.255.
20) 이-푸 투안, 앞의 책, p.8.

이고 순수하게 관념적인 기호의 차원에 이르기까지 현실을 이해하는 기본 수단의 하나이다.[21]

인간은 공간이라는 환경 속에서 생의 관계를 이해하고 사건이나 행위의 범주로부터 의미와 질서를 표현하려는 요구를 가진다. 인간 행위의 대부분은 의미 있는 지향을 형성하고, 그 행위가 성공적일 때 구체적인 공간 속에서 그 지향을 수행시켜 주는 구조와 과정이 수반된다.

공간에 대한 이해는 작품 내면을 좀더 정밀하게 이해하고자 하는 의도의 소산이다. 문학 작품의 공간은 작품이 가진 상상적 기능을 극대화하여 독자에게 제시한다. 시의 공간은 현실적 공간에서 출발하지만 일상적인 공간과 차별성을 가지며 추상적인 허구 공간과도 일정한 거리를 가지고 있다. 허구적이고 추상적인 영역으로부터 독립되어 창조의 장으로 자리잡은 공간은 시적 사유가 모여드는 곳이며 작가의 상상과 독자의 경험적 공간이 만나는 자리이기도 하다. 작품의 내적 공간에 대한 관심은 작품에 감추어진 시인의 의도를 드러내려는 연구의 목적을 충족시켜 줄 수 있다. 서정주의 시에 나타나는 이미지는 공간의 형태를 통해 표출되기도 하며 공간이 이미지의 총체를 담거나 이미지를 통합적으로 구조화하는 장으로 작용한다는 점에 주의할 필요가 있다. 서정주 시에 담긴 동적인 성향을 중시할 때 그의 시의식이 창조해낸 공간은 그의 시를 보다 구체적으로 접근할 수 있는 통로를 제공하는 셈이다.

본고는 서정주 시에 드러나는 공간을 분류하고 각각의 공간의 형태가 시적 자아와 어떠한 정서적 연관이 있는가를 밝히는 데 주력하고자

---

21) 로트만은 공간적 관계를 나타내는 언어를 통해 비공간적인 내용을 가진 보다 넓은 문화 내용으로 확장될 수 있다고 본다. 예를 들어 천상—지상, 지상—하계와 같은 공간적 대립 구도는 때로는 상층—하층의 대립과 같은 사회적이고 정치적인 계층의 형태를 드러내기도 하며 좌—우 같은 공간 개념이 윤리적이거나 사상적인 대립을 포함하는 언어로 쓰인다. 일반적인 사회나 종교, 윤리, 정치적인 모델들은 공간적 성격이 주어진다는 점을 암시한다.
유리 로트만, 유재천 옮김, 『예술텍스트의 구조』(고려원,1991), pp.329~330 참조.

한다. 서정주 시의 공간이 변전을 거듭하고 있다는 사실에 주목하여 각각의 공간이 가진 특질을 내밀한 작품 분석을 통해 귀납적으로 추출하게 될 것이다.

본고가 대상으로 하는 작품은 1941년 발간된 『花蛇集』에서 1975년 발간된 『질마재 神話』까지로 한정한다. 『화사집』에서 『질마재 신화』를 통해 서정주 시는 '집'을 벗어나는 것으로부터 출발하며 다시 '집'으로 귀환하는 원환의 공간적 상상력을 보인다. 서정주 시는 크게 볼 때 '집'으로부터 떠나와 '집'으로 돌아가는 순환의 여정으로 짜여진다. 이 여정은 공간적 상상력의 변모를 통해 확인할 수 있다. 회상을 통해 귀환한 '집'은 출발 이전의 집과는 다른 양상을 띠게 되며 '집'과 고향은 새롭게 지각된다고 할 수 있다. 집으로 돌아오는 기나긴 도정은 『질마재 신화』에 이르러 하나의 마무리를 보인다. 『질마재 神話』에 이르러 그의 시는 초기부터 보여온 공간적 대립과 갈등을 지양하는 변증법적인 통합을 보여준다. 이러한 합일의 의미는 고향인 질마재라는 공간에 취합된다. 그러나 서정주 시의 전체적인 전개 양상을 염두에 둘 때 『질마재 神話』는 궁극적인 도달점은 아니며 하나의 중간지대, 또 다른 출발을 위한 거점이라고 할 수 있다. 그의 시가 이후에도 떠도는 자의 행로를 담는다는 점은 『질마재 神話』가 또 다른 출발을 위한 장소라는 점을 확인케 하는 것이다. 비유컨대 『질마재 神話』에 담긴 유년의 기억은 이후 시세계로 이어지는 하나의 수원지(水源池)의 역할을 하게 된다.

서정주 시의 공간적 구도는 시의식의 변모와 밀접하게 연관된다는 점에서 중요성을 지닌다. 서정주의 시에 드러나는 공간적 양상은 시간 순차에 따라 어둠의 공간, 고절(孤絶)의 공간, 상향적 공간, 회귀의 공간으로 변화한다. 본고는 이들 공간은 각각 시인의 정서 표출과 긴밀한 연관을 가지고 있다는 점을 논의하고자 한다.

제2장은 『화사집』(1941)을 대상으로 한다. 제2장의 어둠의 공간에서

는 결여의 '집'으로부터 일탈적인 행동과 욕망의 추구, 소모적인 표랑과 같은 인식적 특질을 담아내고 있는데 이는 인식의 분별이 불가능한 어둠과 혼돈스러운 길의 공간성에서 비롯된다는 점을 검토하고자 한다.

제3장은 『귀촉도』(1946)와 『서정주 시선』(1955)을 대상으로 한다. 제3장의 고립된 공간에서는 길 잃은 자가 유폐되는 공간으로 비애의 정서가 강하게 드러난다는 점을 밝히고자 한다. 이 비애를 극복하려는 의지를 '흐름'의 시학을 통해 구체화시키는데 흐름을 통한 공간의 변전은 자연의 순환 원리에 힘입고 있다. 자연의 순환 원리란 변화를 거듭하면서도 생성의 가능성을 내재한 것이며 이와 같은 생성의 공간은 식물적인 상상력을 통해 구체화된다는 점을 규명하고자 한다. 개화의 공간에서는 꽃을 통해 새로운 공간의 창조에 대한 기대를 구체화한다. 개화를 통해 어둠을 극복하는 향일적이고 상승적인 공간 특성을 살피고자 한다.

제4장은 『서정주 시선』의 일부 작품과 『신라초』(1960), 『冬天』(1968), 『서정주문학전집』(1972)을 대상으로 한다. 제4장의 상향적 공간에서는 산이 표상하는 공간적 특질을 살피고 새의 비상이 보여주는 공간의 높이와 넓이를 검토하게 될 것이다. 산은 지상과 천상의 중간적 공간이며 천상의 긍정적인 가치를 지향하는 경계에 놓인 공간이라는 점을 작품을 통해 추출하고자 한다. 새의 비상을 통한 공간 이동은 산의 매개적 공간에서 한층 상승을 보인 것으로 새를 선망하거나 새의 날개짓을 상상적인 차원에서 실행해 봄으로써 천상의 무한 공간을 꿈꾸며 천상의 공간을 내면화하여 자유 의지를 표출한다는 점을 분석할 것이다. 또한 지극히 미소(微少)한 '눈섭'을 통해 충일한 공간성을 실현하는 「冬天」의 역동적 상상력을 논구하고자 한다.

제5장은 『질마재 신화』(1975)를 대상으로 한다. 제5장의 회귀 공간

에서는 질마재로 귀환하여 여성적인 공간에 대하여 친화력을 드러내는 양상을 살피게 될 것이다. 서정주 시의 공간적 이동은 안주와 방랑 사이의 양극을 오가는 반복의 양상을 띠고 있으며 '집'과 무한한 자유 공간 사이를 오고 가는 방황은 자유를 향한 내면 의지를 실천하는 모색의 과정이라는 점을 확인하게 될 것이다. 질마재로의 귀환은 생명감의 고양과 안위를 제공하게 된다. 또한 질마재가 방랑의 한 도착점이자 새로운 방랑의 출발점이 되는 이유는 안착과 자유 의지를 역동적으로 통합하는 공간성을 지니기 때문이라는 점을 논하고자 한다.

본고는 서정주 시의 공간적 특질과 상상력의 변모를 확인하기 위하여 작품에 드러난 공간적 성격을 중심으로 분석하고자 한다. 작품 인용은 『미당 시 전집 1 · 2』(민음사, 1994)에 의거한다.

제 2 장

어둠의 공간과 일탈의 상상력

1. 결여의 집과 유랑의 기원

「자화상」은 서정주 시의 기나긴 여정을 염두에 둘 때 기점과도 같은 시이다. 「자화상」에서 우리는 '집'이라는 공간을 보게 된다. 일반적인 의미에서 집은 인간에게 보호와 정주의 공간으로서 모태와 같은 의미를 지닌다. 집은 물리적인 건축물이며 휴식과 정서적 유대의 장소이다. 집이라는 공간의 내면을 들여다보는 것은 정신의 뿌리를 들여다보는 것과 같은 의미를 지닌다.

인간은 성장하면서 자의 혹은 타의로 말미암아 부단히 집을 떠나 다른 공간으로 나아가지 않으면 안 된다. 기나긴 시의 여정을 걸어야 하는 시인의 상상력 또한 마찬가지이다. 또 다른 상상의 공간으로 가기 위하여 '집'이라는 시원의 공간을 떠나야 한다.

애비는 종이었다. 밤이기퍼도 오지않었다.

파뿌리같이 늙은할머니와 대추꽃이 한주 서 있을뿐이었다.
어매는 달을두고 풋살구가 꼭하나만 먹고 싶다하였으나…… 흙으로 바람벽한 호롱불밑에
손톱이 깜한 에미의아들.
甲午년이라든가 바다에 나가서는 도라오지 않는다하는 外할아버지의 숯많은 머리털과
그 크다란눈이 나는 닮었다한다.
스믈세햇동안 나를 키운건 八割이 바람이다.
세상은 가도가도 부끄럽기만하드라
어떤이는 내눈에서 罪人을 읽고가고
어떤이는 내입에서 天痴를 읽고가나
나는 아무것도 뉘우치진 않을란다.

찰란히 티워오는 어느아침에도
이마우에 언친 詩의 이슬에는
몇방울의 피가 언제나 서꺼있어
볓이거나 그늘이거나 혓바닥을 느러트린
병든 수캐마냥 헐덕어리며 나는 왔다.

—「자화상」 전문

「자화상」은 시적 자아가 태어나고 성장한 유년의 공간에 관한 언술을 담고 있다. '흙으로 바람벽한 집'은 자신의 태어나고 자란 곳일 뿐만 아니라 또 다른 생명이 배태되고 자라나는 곳이다. 집은 건축적 구조물일 뿐만 아니라 육체적 · 정신적 생명의 토대를 이룬다. 혈족의 내력이 집약되어 있고 현재의 가족과 미래의 후손들이 삶을 영위해 나가는 곳이기 때문이다. 정신과 육신의 양육의 장소로서 집이 가지는 보

편적 특성에 비추어 볼 때 「자화상」에 등장하는 집은 적지않은 결핍을 내재하고 있다.

결여의 양상은 굴욕적인 부성과 그의 부재라는 양상으로 드러난다. 부성의 부재는 충격적이고 직접적인 서술로 제시된다. 종이라는 신분이 상징하는 굴욕과 제약으로 가득한 아버지 그리고 바다에 나가 돌아오지 않는 외할아버지의 존재는 부성의 부재와 그로 인한 가난과 굴욕을 압축적으로 드러낸 것이다. 가족이 감내해야 하는 지난한 인고의 역경은 피할 수 없는 삶의 조건이 된다.

아버지는 혼돈에 찬 현실에 질서를 부여하는 존재이며 그러한 아버지에 대한 신뢰와 권위의 인정은 기존 사회 질서로의 편입을 의미한다. 부성과의 만남은 최초의 사회적 질서와의 만남이다. 부계의 부재는 내재적 원리의 부재로 각인되며 혼돈과의 직접적인 맞부딪침으로 결과된다. 이러한 점을 염두에 둔다면 「자화상」의 '집'은 유년기 성장에 필요불가결한 보호와 양육이 충분치 못한 곳이며 삶의 내재적 원리가 정립되지 않은 혼돈과 갈등의 자리이다. 아버지의 부재는 집이 기댈 만한 물질적 정신적 거처가 되지 못함을 뜻하는 동시에 시의 화자가 장차 맞서야 할 암담한 어둠을 예고한다. 삶의 원리가 정립되지 않은 암울함으로 말미암아 화자는 양육의 처소로 '바람'이 부는 외부를 지목하기에 이른다.

집은 특수한 공간이다. 집은 정신적 유대를 형성하고 가족 구성원간에 공동체로서의 소속감을 부여한다. 집으로부터 세상의 길은 뻗어가고 되돌아온다.[22] 「자화상」에 드러나는 결여의 집에는 세상을 향하여 나아가는 길은 존재하지만 돌아오는 길이 존재하지 않는다. '오지않는 '애비'와 '도라오지 않는 外할아버지', 집을 떠나 '헐덕어리'는 '나'

22) O. F. 볼노우, 이규호 역, 「인간과 그의 집」, 『실존과 허무』(태극출판사, 1974), p.311.

의 모습이 이를 증거한다. 집이 자아의 성장과 안위의 충분한 토대를 제공하지 못한다고 할 때 자아가 성장의 자양을 섭취하는 곳이 외부라는 것은 충분히 유추할 수 있는 일이다. 화자는 '나를 키운 건 八割이 바람'이라는 진술을 통해 집이 내재하고 있었던 결여의 환경을 부각시키는 동시에 자아의 성장의 토대가 집이 아닌 외부에 있었음을 밝힌다.

시의 화자는 집의 불모성과 결여의 형태를 드러내면서 또 다른 양육의 장소를 갈망한다. 그의 정신적 뿌리는 '집'에 있는 것이 아니라 집을 벗어난 외부의 어딘가에 있다는 인식이 '나를 키운건 八割이 바람이다'라는 진술 속에 드러난다. 바람은 공간적 특성상 '흙으로 바람벽한' '집'과는 대칭적인 자리에 선다. 바람벽으로 보호받는 집은 내적 공간을 형성하여 외적 공간으로부터 보호하는 동시에 외부와 격리한다는 이중적인 의미를 지닌다. 닫혀진 집과 달리 바람은 보다 넓게 열린 공간의 이미지를 내포한다. 사물을 추동시켜 움직임을 유발하는 바람은 유동성이 강하다는 점에서 '집'이 내포한 정착의 이미지와는 대조된다. 바람에 이끌리는 것은 결핍의 집, 닫힌 공간에 대한 반발 때문이라고 볼 수 있다. 외부와 소통이 제한된 집과는 달리 바람은 측량할 길 없는 드넓은 공간을 향유한다. 또한 바람은 그 자체의 움직임이 시각으로 포착되지 않지만 바람이 부는 공간에 놓인 사물을 통해 움직임이 감지된다. 역동적인 특성에도 불구하고 바람은 긍정적인 삶의 터전이 되어 주지 못한다. 바람은 신산한 삶의 이미지를 내포한 것이어서 '헐덕어리'는 '숨결'에는 바람으로 '팔할'이 키워진 자의 내부로부터 발산되는 고단함이 담겨 있다.

바람은 '대추꽃이 한주 서 있을뿐'인 '호롱불'의 집으로부터 탈출하려는 의지를 가속화한다. 드넓은 공간을 돌아다니는 바람의 유동성은 집이 내포한 정착의 이미지와 대비를 이루면서 서정주 시의 상상력의 출발점을 형성한다. 바람은 내부와 외부를 이어 주고 닫힌 곳으로부터 보다 넓은 곳으로 이끌어내는 속성을 지닌다. 바람에 이끌린 외부 세계는 세계의 중심인 집의 구심 기능으로부터 벗어난 원심력의 성향을 보여준다. 바람에는 어떠한 중심점도 종착지도 존재하지 않는다. 바람 부는 공간에는 끊임없는 유동성이 존재할 뿐이다. '바람'에 이끌리는 태도는 폐쇄·정주의 공간으로부터 벗어난 유랑과 탐색의 도정의 기원을 이룬다.

그의 정신적 뿌리는 집을 벗어난 외부에 자리한 것으로 상정되면서 '애비'로 대표되는 집과 결별한다. 고드스블롬에 따르면, 인간이 사회 내에서 평안하다고 느낀다면 그들은 지배적인 규범에 따르며 존재와 행복에 대한 사회적 개념에 동의한다. 그러나 사회적인 가변성이 강한 사회의 경우 사람들은 환경을 바꿀 기회가 생기며 습관과 견해 또한 달라지게 된다. 개인은 폐쇄된 집단의 한계내에서만 살아갈 필요가 없을 뿐 아니라 오히려 집단 밖으로 뛰쳐나가 여러 가지 방법으로 행동하고 사고할 기회를 가진다. 이러한 전환은 비판과 회의를 거친 뒤에 이루어진다.[23] 「자화상」에서 보여준 집으로부터의 탈출은 아버지의 폐쇄적이고 지배적인 규범으로부터의 전환을 이루려는 의도를 반영한다. 이 전환은 새로운 사회에 적응하려는 자아에게 있어 하나의 기회이자 위기로 작용한다. 이제 외로운 개별자로서의 삶이 집 밖에 놓여 있으나 '세상'은 수치스러움으로 가득하다. 그에게는 분명한 사회적 모형이나 가치 기준이 존재하지 않는다. 준거 원리가 존재하지 않는 자아의 혼돈과 불화의식은 인식의 어둠이 해소되지 않은 외부로 이어져 그에게 '세상은 가도 가도 부끄럽기만' 한 것으로 인식된다. 부끄러운 세상에서 만난 이들에게 화자는 '죄인'이거나 '천치'라는 훼손 혹은

23) 고드스블롬, 천형균 역, 『니힐리즘과 문화』(문학과지성사, 1988), pp.140~141.

결여의 양상만을 노정한다. 그는 외부 세계와의 현저한 불화의식을 표출한다. '헐덕어리'는 숨가쁨으로 요약되는 곤고함과 갈등의 양상은 내면 세계의 인식적 어둠에서 말미암은 것으로 상처투성이인 현실과 맞부딪치는 불화의 양상을 드러낸다. 숙명적인 방황의 궤적은 바람에 이끌리는 순간 이미 예고된 길이었다고 할 수 있다. 신산한 삶은 그의 몸을 한없이 낮추게 만들어 스스로를 '병든 수캐'로 규정하게 한다. 병든 수캐라는 비하적 표현은 1행의 '애비'에 관한 굴욕적 고백과 일정한 연관 관계를 이룬다.

부재와 결핍의 집으로부터 말미암은 원천적인 부끄러움은 스스로의 몸을 병든 '수캐'로 인지하게 한다. 존재를 어둠의 깊이에 묻어 버리고자 하는 의식이 스스로를 병든 수캐로 규정하는 태도를 낳는다. 어둠 한가운데 놓인 집을 통해 화자가 본 것은 존재의 혼돈과 위태로움이라고 할 수 있다. 그것은 집에 대한 일상적 기대에 대한 전복이며 집이 내포한 부재와 혼돈에 대한 인지이다. 존재의 위태로움을 감지하였음에도 화자는 어둠을 벗어날 길을 찾지 못하고 어둠 곧 밤이라는 상황에 탐닉한다. 밤은 낮을 보장받을 수 없는 자가 탐닉하는 선택적 공간이다. '낮'보다는 '밤'의 공간에 이끌리는 태도는 고뇌가 가득한 자의 피난처가 되는 밤[24]의 특성에 의거한 것이다.

어둠은 두려움과 혼란을 불러일으킨다. 화자에게 외계는 어둠으로 가득한 혼란이 지배하는 공간이다. 이 어둠은 내면화되어 혼란과 갈등을 짊어지지 않을 수 없는 부정적인 의식을 형성한다. 시의 화자는 자존적인 위상을 마련하지 못한 채 위압적이고 소모적인 외부 공간과 마주한다. 이러한 외부 공간의 통어되지 않는 질서는 어둡고 유혹적인

---

24) 블랑쇼는 낮과 밤은 대립적인 심상을 가진다고 본다. 그에 따르면 낮은 근면하고 창조적이며 보편적인 요소가 지배한다고 본다. 반면 밤은 고뇌에 몰입하고 고뇌가 피난처를 찾는 공간이라고 본다. 모리스 블랑쇼, 박혜영 역, 『문학의 공간』,(책세상, 1990), p.231.

길로 표상된다. 혼돈의 길 위에 선 화자는 소모적인 표랑을 거듭한다.

2. 욕망의 폐허와 생명력의 소모

존재의 구심점이 되어 주는 집으로부터의 일탈은 새로운 공간과의 만남으로 이어진다. 이 외부는 질서와 규범이 자리잡히지 않은 혼돈의 공간이다. 집 밖의 새로운 길을 찾아야 하지만 자아는 분명한 행로를 찾지 못한다. 길[25]은 집을 떠나 새로운 공간을 탐색하는 자아의 고뇌가 상징적으로 투영된 공간이다. 길은 도저한 어둠으로 덮여 있다. 어둠이 가득한 길은 명확한 이정표를 보여주지 못한다. 어둠은 시야를 가려 길의 궁극적인 방향을 짐작하기 어렵게 한다. 이 혼돈은 사회 역사적 관점에서 식민지의 어둠일 수도 있고 기존의 가치관을 거부하는 도전적인 젊은 날의 방황으로 비유될 수도 있다. 의거할 만한 준거는 이미 파기되었고 화자가 기댈 만한 내적 규범은 아직 확립되어 있지 않은 상황이다. 화자가 이끌리는 것은 강렬한 본능이며 어둠 속의 길은 관능의 향기로 가득하다. 애욕의 길을 따라가는 행동은 자아가 처한 모순과 갈등을 극명하게 드러내는 구실을 한다.

가시내두 가시내두 가시내두 가시내두
콩밭 속으로만 작구 다라나고
울타리는 막우 자빠트려 노코
오라고 오라고 오라고만 그러면

---

25) 볼노우에 의하면 길은 한 장소에서 다른 장소를 연계하는 공간으로서 인간이 자신의 집에서 누리는 사적인 공간과는 구분되는 초개인적인 장소로 본다. 길은 가치적으로는 중립인 공간으로 교통의 공간, 매개의 공간으로 규정된다.
O. F. Bollow, ***Mensch und Raum***, (Stuttgart: Kohlmer, 1980), pp.101~102.

사랑 사랑의 石榴꽃 낭기 낭기
하누바람 이랑 별이 모다 웃습네요
풋풋한 산노루떼 언덕마다 한마릿식
개고리는 개고리와 머구리는 머구리와

구비 江물은 西天으로 흘러 나려……

땅에 긴 긴 입마춤은 오오 몸서리친
쑥니풀 지근지근 니빨이 히허여케
즘생스런 우슴은 달드라 달드라 우름가치
달드라.

—「입마춤」 전문

거듭 '가시내'를 부르는 숨가쁜 호흡으로 시작되는 「입마춤」은 '오라고' 하면서 '다라나'는 모순된 동작으로 관능에의 유혹과 경멸을 강하게 드러낸다. 이 시에서 욕망은 '울타리'라는 공간적 경계를 허무는 것으로 가시화된다. '가시내'는 「花蛇」의 '순네'가 지닌 관능에의 유혹을 보다 분명하게 드러내는 인물이다. 관능에 몰입하는 태도는 영역의 경계인 '울타리'를 '자빠트려' 놓아 화자와 타자 간의 경계를 무너뜨린다. '울타리'는 경계의 표시물이며 나와 타자의 영역를 나누고 구분짓는다. 경계를 허물어야 타자와의 소통이나 교감이 가능하다. 경계를 허물기 위하여 '울타리를 막우 자빠트려' 놓는 행위는 타자에로 이르는 통로가 부재할 경우 취하게 되는 난폭한 행동이다. 울타리를 무너뜨리는 것은 공간을 이어 주는 '길'을 통하지 않는 방법인데 이는 타자의 영역에 이르는 길이 없다는 점을 전제로 한다. 화자가 걷는 길은 정상적인 길이 아니며 경계의 질서를 허물면서 유혹의 대상에로 다가가는 행동이다. 또한 울타리를 '자빠트리'는 것은 성애에 몰입하는 거친 행동을 암시한다. 성애에의 몰두는 닫혀진 현실의 질서를 뒤엎는 동요[26]를 상징한다. 공간의 질서를 무너뜨리는 행위는 관능에 몰입하는 화자의 맹목성을 드러낸다. 울타리를 자빠트리는 행위에서 암시하듯 '가시내'를 따라가는 행동은 파괴적인 면을 내포하고 있다. 관능에 이끌린 두 사람의 합일은 하강적인 이미지를 가진다. 이러한 하강적인 상황은 자기 비하의 태도를 유발한다. 2연에서 드러나듯 천체 현상인 '하누바람'과 '별'에 대한 자조 섞인 웃음을 표출한다. 외계의 현상에 대한 자조적인 태도는 욕망에 몰입하는 화자의 배타적인 내면을 드러내는 것이다. 천지에 가득한 것은 '개고리는 개고리와 머구리는 머구리와' 같은 동물적인 어울림이다. 화자 또한 열거한 동물들과 다르지 않은 어울림의 상황을 보여준다. 어울림이란 고립된 개체가 아니라 하나된 통합[27]을 꿈꾸는 것이다. 그러나 이러한 갈망은 4연에서 드러나듯 육체의 열정이 불러온 환영에 불과하다. '땅에 긴 긴 입마춤'은 몸의 전면을 땅으로 향하고 등을 하늘로 향함으로써 「花蛇」의 '베암'과 동일한 자세를 보인다. '베암'과 화자가 하강적인 방향을 취하는 것은 하향적인 화자의 내면의식을 반영한 것이다. 하늘을 향한 배타적인 태도는 하강적인 몰입을 수반한다. 필립 윌라이트에 따르면 하향성은 공허감과 혼미[28]를 드러낸다. '니빨'을 드러낸 '우슴'은 관능에 몰입하는 자아에 대한 자조의 웃음이며 2연의 천체를 향한 웃음과 연계되어 자조적인 태도로 이끌어 가고 있다. 입맞춤은 타자와 교접하는 친밀한 방식이다. '니빨이 히허여케' 드러나는 웃음과 울음은 입맞춤에 내포된

26) G. 바타이유, 조한경 역, 『에로티즘』(민음사, 1989), p.113.
27) G. 바타이유, 앞의 책, p.20~21.
28) 필립 윌라이트, 김태옥 역, 『은유와 실재』(문학과지성사, 1982), p.115.

관능이 웃음과 울음의 혼재된 감정 상태를 유발한다는 것을 의미한다. '우름가치' 단 웃음은 타자와 자아를 향한 경멸과 자조의 표출이다. 관능에 탐닉하는 행위는 타인과의 생산적인 합일이라는 의미를 성취하지 못한다. '니빨이 히허여케' 드러나는 웃음에서 보이듯 자신과 타인을 향한 조소와 공격 양상을 띠고 있다. 성애에 대한 몰두는 외부 세계와의 적대감 및 불화를 노정하는 수단일 뿐 아니라 자기 비하를 표현하는 방법인 셈이다.

해와 하늘 빛이
문둥이는 서러워

보리밭에 달 뜨면
애기 하나 먹고

꽃처럼 붉은 우름을 밤새 우렀다

—「문둥이」 전문

밤은 고립된 공간이며 밤의 어둠은 타인의 시선을 차단한다. 병든 육신인 문둥이는 대낮의 빛을 충분히 향유할 수 없다. 그가 활동을 할 수 있는 시간은 밤이며 밤의 암흑은 그가 벌이는 일탈의 행동을 감추어 주는 가리워진 공간의 구실을 한다. '해와 하늘빛'은 문둥이의 육체적 결손 상태와 죄악을 선명하게 드러내 주는 것이기에 기피될 수밖에 없다. 어둠으로 에워싸인 공간은 삶의 욕구와 살상(殺傷)이 혼재되어 있다. 문둥이가 '애기 하나 먹'는 상황은 살고자 하는 욕망이 빚은 일탈적 행동이다. 문둥이의 비이성적인 행동은 소진되어 가는 자신의 생명을 연장하고자 하는 욕망이 낳은 것이며 이는 또 다른 죽음을 야기하는 원인이 된다. 훼손된 삶의 욕구는 필연적으로 죽음의식을 수반한다.

꽃의 붉음은 '하늘빛'과 선명한 대조를 이룬다. 붉은 빛깔은 문둥이의 육체적 상흔에 조응하는 빛깔이며 일탈된 형태로 표출되는 문둥이의 욕망을 상징하는 빛깔이다. '붉은 울음'에는 손상된 삶에 대한 원망과 일탈이 가져온 죄의식이 담겨 있다. 울음은 입을 통해 외계로 표출되는 죄의식과 두려움의 표현이다. 울음은 평정을 잃은 혼동스러운 내면을 드리낸다. 언어로 표현된 감정은 이성의 제어를 거처 표출된다는 점에서 언어화되기 이전의 울음이 표출하는 혼동과는 구별된다.

먹어서는 아니 될 것을 먹는 문둥이의 내적 혼돈은 울음을 통하여 표출된다. 먹는 것과 울음이 같은 신체의 부분인 입을 통하여 드러난다. 입은 생명 연장을 위하여 죄악을 저지르고 죄악의 소산을 내부로 받아들여 욕망을 충족시키는 통로이자 내면의 설움과 두려움을 외부로 표출하는 신체의 부분이라는 이중적인 의미를 가진다. 육신의 욕망과 외부 세계와의 불화는 문둥이가 보여주는 일탈적이고 비윤리적인 행동에서 또한 드러난다. 문둥이의 일탈적인 행동은 육신의 욕구에 이끌린 것으로 내적 규범이 부재하는 인식의 어둠을 표출한다.

문둥이가 표상하는 훼손된 삶에 대한 원망 그리고 동물과 다르지 않은 본능에의 이끌림은 혼동스러운 어둠을 배경으로 한다. 어둠은 본능의 충동적이고 파멸적인 특성과 부합된다.

黃土 담 넘어 돌개울이 타
罪 있을듯 보리 누른 더위—
날카론 왜낫[鎌] 시렁우에 거러노코
오매는 몰래 어듸로 갔나

·

바윗속 山되야지 식 식 어리며
피 흘리고 간 두럭길 두럭길에
붉은옷 닙은 문둥이가 우러

땅에 누어서 배암같은 게집은
땀흘려 땀흘려
어지러운 나—ㄹ 업드리었다.

—「麥夏」 전문

'山되야지'가 '식 식 어리'는 두럭길은 혼미한 공간이다. '산되야지'가 거친 숨결을 내뿜고 문둥이가 우는 두럭길은 질서 잡힌 공간이 아니다. 두럭길이 상징하는 혼미함은 바위 속의 '산되야지'가 상기하는 야성적인 특성과 붉은 옷을 입은 문둥이의 울음에서 드러난다. 이들이 보이는 공격적이고 혼돈스런 내면의 표출은 화자가 서 있는 길이 애욕과 공격성으로 채워진 혼돈의 공간임을 입증한다.

돌개울이 타는 한여름의 열기는 절제되지 않는 욕망의 열도와 닮아 있다. 산되야지의 '식 식 어리'는 소리와 문둥이의 울음은 격한 감정의 표현이라는 점과 생명의 소진되어 가는 상태라는 점에서 동일한 상태라고 볼 수 있다. 계집과 배암의 동일시는 하강적인 인식을 보여준다. 하강적인 몰입으로 말미암아 푸른 하늘은 저주와 혐오의 대상이 된다.

'두럭길' 위에 있는 자들은 생명력이 소모되고 있다. '돌개울이 타'는 열기 속에서 신체 내부의 물은 외부로 유출된다. 2연의 피 흘림과 눈물을 수반하는 문둥이의 울음, 3연의 땀 흘림은 모두 신체 내부의 액체를 외부로 유출한다. 이러한 탈수의 현상은 생명력의 손실을 암시한다. 마지막 행의 어지러움은 방향 분별이 어려운 상태를 의미한다. 어지러움은 가야 할 정확한 방향에 대한 인지를 흐리게 한다.

따서 먹으면 자는듯이 죽는다는
핫슈밭새이 길이 있어

핫슈 먹은듯 취해 나자빠진
능구렝이같은 등어릿길로,
님은 다라나며 나를 부르고……

强한 향기로 흐르는 코피
두손에 받으며 나는 쫓느니

밤처럼 고요한 끌른 대낮에
우리 둘이는 웬몸이 달어……

—「대낮」 전문

「대낮」에 드러나는 길 역시 파멸을 감추어 둔 길이다. 길 위에서 화자가 보이는 동적인 행동은 생기 있는 활력이기보다 무모한 열정을 분출하는 소모적인 움직임이다. 이 시에서 운동의 방향은 '길'을 따라 전개되는데 이 길은 화려한 관능의 색채가 난만한 길이며 죽음을 예고하는 공간이다. 길은 '붉은 꽃밭' 사이로 나 있어 표면적 성격은 생명력의 화려한 개화를 보여주는 듯하다. 그러나 이 꽃밭은 '따서 먹으면 자는 듯이 죽는다는' 죽음을 감추어 두고 있어서 생명력의 화려한 개화인 동시에 파멸의 위험을 내재한 이중성을 지닌다. 길은 생명력의 절정인 꽃이 난만한 사이를 관통하여 죽음으로 방향지어져 있다. 붉은 꽃이 가진 화려함의 이면에는 관능에의 도취와 그에 따른 죽음이 도사리고 있다. 이러한 길의 성격은 2연에서 더욱 증폭되어 '나자빠진' 길로 묘사됨으로써 생명력 소진으로 인한 무기력의 상태를 보여준다. 길은 '능구렝이'와 같이 대지의 바닥을 기는 동물의 움직임과 동일시되며 일탈적 유혹에 의하여 혼미해진 의식을 상징한다. 길 위에서 '님'은 '다라나'는 나를 부르며 쫓는다. 길은 유혹의 길이며 달아남과 쫓아감이라는 대립된 방향의 동작이 벌이는 운동성이 강렬하게 드러나는 공간이다. '님'을 따라서 유혹의 길을 뒤쫓아가는 움직임은 '강한 향기로 흐르는 코피'와 같은 생명력의 유출로 귀결된다. '코피'는 생명력의 근원인 피가 외부로 유출됨으로써 생명력의 소모를 유발한다.

마지막 연에서 드러나는 '밤처럼 고요한 끌른 대낮'은 화자 내면의 어둠과 혼돈을 집약적으로 드러낸다. 이 시의 배경인 대낮은 맑은 빛이 가득한 빛의 공간이 아니다. '밤'과 '낮' 그리고 '고요한'과 '끌른'이 대조적인 상태를 드러내면서 대립적인 의미를 빚어내고 있다. 대낮이되 '밤처럼 고요한'이라는 상충된 의미는 내면의 어둠과 혼돈 또는 모순과 갈등을 적절히 드러낸 비유이다. 이 시의 공간을 채우는 것은 대낮의 빛이되 맑은 빛이라고 할 수 없는 혼돈스러운 빛이다. 「대낮」에는 인식적 차원에서 판단이나 분별이 불가능한 맹목적인 질주만이 가득하다. 맹목적인 질주와 생명력의 소모를 통해 화자와 타자 간의 상충과 갈등을 드러낸다. 대낮과 밤이 혼재하는 공간은 관능에 몰입하는 내적인 혼돈을 분명하게 부각시키는 역할을 한다.

> 麝香 薄荷의 뒤안길이다.
> 아름다운 베암……
> 을마나 크다란 슬픔으로 태여났기에, 저리도 징그라운 몸둥아리냐
>
> 꽃다님 같다.
> 너의할아버지가 이브를 꼬여내든 達辯의 혓바닥이
> 소리잃은채 낼룽그리는 붉은 아가리로

푸른 하늘이다. ……물어뜯어라. 원통히무러뜯어.

다라나거라. 저놈의 대가리!

돌 팔매를 쏘면서, 쏘면서, 麝香 薄荷ㅅ길
저놈의 뒤를 따르는것은
우리 할아버지의안해가 이브라서 그러는게 아니라
石油 먹은듯…… 石油 먹은듯…… 가쁜 숨결이야

바눌에 꼬여 두를까부다. 꽃다님보다도 아름다운 빛……

크레오파투라의 피먹은양 붉게 타오르는 고흔 입설이다…… 슴여라! 베암.

우리순네는 스믈난 색시, 고양이같이 고흔 입설…… 슴여라! 베암.

—「花蛇」 전문

후각은 인간의 다른 감각보다 예민한 감각으로 동물적인 특성에 가까운 감각이기도 하다. 후각을 자극하는 강한 향기는 이성에 호소한다기보다 동물적인 본능에 호소한다. 「화사」의 1연은 사향과 박하의 강렬한 향으로 시작되는데 이들은 본능을 자극하는 냄새이다. 강렬한 향기는 4연에서 석유의 냄새로 연계된다. 물인 동시에 불인 석유는 강한 냄새와 아울러 열기를 뿜어내는 연료라는 점에서 사향 박하에서 불러일으킨 본능의 충동이 연소하는 관능의 열도를 보여준다.

'麝香 薄荷의 뒤안길'은 이 시의 배경적 요소에 그치지 않고 시의 전개상 중요한 동선(動線)을 제공한다. 뒤안길은 빛이 충분치 않은 곳이며 이성적이기보다 제어되지 않은 본능의 어두운 내면을 상징적으로 드러낸 공간이다. 뒤안길을 따라가는 것은 제어되지 않는 본능에 따라 행동하는 것이 된다.

뒤안길은 뱀의 이미지와 관련이 깊다. 뱀은 푸른 하늘을 물어뜯는 존재로 설정된다. 빛으로 가득한 '푸른 하늘'은 '베암'의 거소(居所)인 '뒤안길'과 대조를 이루는 공간이다. 화자는 배암을 통해 푸른 하늘에 대한 원망을 표출한다. '붉은 아가리'를 가진 '베암'에게 '푸른 하늘'은 적대적인 공간이며 이는 '무러뜯'는 공격적 행동으로 드러난다. 푸른 하늘에 대한 원망과 허무의 분출은 육체의 관능에 사로잡힌 자의 숙명과도 같다. 육체성을 극복하지 못하고 어둠의 땅에 사로잡힌 자에게 하늘은 원망어린 공간으로 자리잡는다.

서정주 시에 등장하는 '베암'은 어둠과 혼돈을 상징하는 동물로서 화자의 심층을 외형화시킨 동물이다. 땅에 묶인 숙명을 집약적으로 보여주는 심상인 뱀은 하늘에 대한 적대감을 드러냄으로써 공격성을 표출한다. 공격성은 화자의 어두운 내면에 잠재된 적대감을 외부 세계로 표출하는 방법이다. '베암'에 대하여 화자는 모순된 인식을 가지고 있다. '크다란 슬픔'이라는 연민의 시선과 '징그라운'이라는 혐오가 보여주는 상충된 시선이 그것이다. '베암'을 향한 시선에는 '아름다운 베암', '꽃다님' 같다는 선망과 '꼬여내든 달변의 혓바닥'이라는 경멸이 혼재되어 있다. 이러한 혼재된 의식은 화자가 '베암'이 달아나기를 바라며 돌팔매를 쏘면서도[29] '뒤를 따르는' 행동으로 드러난다. 돌팔매를 쏘는 것은 대상을 쫓아내는 배척의 행위이다. 배척하는 행위에 깔린 것은 뱀에 대한 일종의 두려움이다. 뱀은 이브와 클레오파트라의

---

29) '돌팔매를 쏘면서 뒤따르는 행동'에 대하여 김화영은 공격적 생명력의 분출로 이해한다. 김화영, 앞의 책, pp.23~25.
김재홍은 존재 밑바닥에 있는 본질적인 허무의 발견과 극복의 노력이 담겨 있다고 파악한다. 김재홍, 「하늘과 땅의 변증법」, 『월간문학』(1971. 5), p.270.

비극이 상기시키듯 파멸을 불러오는 존재이다. 뱀이 가까이 다가오는 행위는 파멸을 예감케 한다. 혐오스런 존재인 뱀이 자신의 영역으로 다가와 '나'와 뱀 사이의 공간적 경계가 허물어질 우려가 있다. 뱀이 다가오는 것에 대한 두려움이 돌팔매라는 배척적 행위의 원인이다. 뱀은 혐오스러운 대상인 동시에 아름다운 빛깔을 가지고 있다. 배척하면서 동시에 뒤따르는 행동을 통해 화자는 혐오와 선망이 혼재된 의식을 드러낸다.

'베암'의 '붉은 아가리'와 '피먹은 양 타오르는 고흔 입설', '고양이 같이 고흔 입설'은 공격적이고 파괴적인 본능에 이끌리는 상태를 설명해 준다. '석유'는 불을 내포한 액채라는 점에서 본능의 열기와 상관성이 깊다. '가쁜 숨결'은 본능에 몰입하는 맹목적인 상태를 보여주는 동시에 생명력 소모로 인한 위기를 드러낸다.

'베암'을 향하여 '슴여라'라고 명령하는 것은 앞 연의 숨가쁜 움직임과 대조를 이룬다. 스미는 동작은 액체와 같이 형체가 소멸되는 것을 의미한다. '붉은 아가리'로 '무러뜯'는 동작의 공격성이 일시에 사라진다. 이러한 운동성의 소실은 '베암'이 유발한 생명력의 소실과 연관 관계가 있는 것으로 파악된다. 2연의 격렬한 운동성은 3연에 이르러 '가쁜 숨결'과도 같은 '석유'의 불길로 연소되어 생명력을 탈진시킨 것이다.

이 시에서 주목되는 심상은 '아가리'와 '입설'이다. '아가리'와 '입설'은 세상을 향한 육신의 출구이며 외부의 것을 자신의 몸으로 받아들이는 신체의 입구에 해당한다. 자신과 외계의 통로이며 신체적 문이라고 할 수 있는 아가리와 입설이 관능을 드러내며 피로 물들어 있다는 점은 외부와 접촉하는 주요한 방편이 본능에 경도되어 있으며 이 본능의 충족은 죽음과 별개의 것이 아니라는 사실을 입증한다. 관능과 공격성이 하나인 것이다.

서정주 초기시의 관능이 파멸적인 하강 의식을 내재하고 있음은 입의 이중적 의미에서 발견된다. 관능에의 몰입은 자아와 타자에 대하여 감추어진 공격적 심리의 표출임을 주목할 필요가 있다. 관능은 타자와의 합일이 아니라 타자와 자신에 대한 우회적 공격의 방편인 셈이다. 입은 관능의 표출구일 뿐 아니라 공격의 수단이다. 이러한 공격의 방법은 다분히 동물적인 공격과 방어의 수단을 연상시킨다. 화자의 외부 세계와의 접촉이 '입'을 통하여 이루어진다는 것은 이성적이기보다는 동물적인 본능의 표출에 경도되어 있음을 알려 준다. '무러뜯'는 행동은 입을 사용하여 공격하는 것이며 합리적인 판단에 의한 것이라기보다 동물적인 적대감의 표현이다. 푸른 하늘을 물어뜯는 뱀은 밝은 공간에 대한 혐오를 드러낸다.

입은 음식을 섭취하고 발화를 가능케 한다. 입은 육신과 외계가 소통하는 하나의 문으로 비유될 수 있다. 출구이자 입구인 통로로서 형상화된 입은 내부의 관능성을 표출하고 외부 세계와의 불화와 적대감을 드러낸다.

㉠ 山봐도 山보아도 눈물이 넘쳐나는
蓮順이는 어쩌나…… 입술이 붉어 온다.

—「가시내」 7~8행

㉡ 석벽 야생의 석남꽃열매 알알
입설이 저…… 잇발이 저……

—「高乙那의 딸」 4연

㉢ 보지마라 너 눈물어린 눈으로는……
소란한 哄笑의 正午 天心에

다붙은 내입설의 피문은 입마춤과
無限 慾望의 그윽한 이戰慄을……

—「正午의언덕에서」 1연

㉣ 모래속에서 이러난 목아지로
새벽에 우리, 기쁨에 오열하니
새로자라난 齒가 모다떨려.

—「雄鷄 上」 2연

외계와 접촉의 통로인 '입'은 관능의 출구인 동시에 공격의 출구이기도 하다. ㉠에서 보듯 입술은 여성성을 인지하는 주요한 신체적 심상으로 작용한다. 부끄러움과 당혹감을 불러일으키는 붉은 입술을 제시하여 여성성을 강하게 드러낸다. ㉡에서 '입설'과 '잇발'은 관능적인 욕망의 표출과 관련이 깊다. 꽃은 여성적인 심상과 깊은 관련을 지닌다. 야생의 생명력을 담은 석남꽃 열매의 원숙함은 성숙한 여성의 입과 동일시된다. 알알이 박힌 열매는 이〔齒〕를 연상시킴으로써 감추어진 관능성을 내비친다. ㉢에서 드러난 '입설'은 욕망을 표출하는 신체적 심상인데 이 입술은 관능과 죽음을 동시에 지니고 있다. 욕망이 전율을 불러일으키는 것은 관능의 궁극은 죽음이라는 것을 인지하고 있기 때문이다. ㉣에서 이〔齒〕는 감정을 직접적이고 적극적인 방식으로 표출한다. 치(齒)가 떨리는 것은 감정을 드러내는 직접적이고 공격적인 방법이다. 입술은 관능성과 공격력을 드러내는 신체적 심상으로 작용한다. 서정주 시에서 관능성이 하강적인 이미지를 내포하고 있다는 점을 염두에 둔다면 입술은 타자를 위협하는 공격과 분노를 표출하는 신체의 부분인 동시에 관능에 몰입함으로써 자신의 생명력의 소모를 야기하는 신체의 한 부분이다.

『화사집』에 등장하는 질주하는 길은 일탈적 욕망과 관능에 이끌린 혼동스러운 내면을 드러낸 것으로 요약할 수 있다. 방향을 가지지 못한 길에서의 질주는 하강적인 방향성을 가지며 생명력의 소모로 귀결된다. 「麥夏」의 '두럭길', 「대낮」의 '꽃밭새이의 길', 「화사」의 '뒤안길'은 피흘리고 가는 길이거나 혼미한 의식으로 이어지는 길이다. 파멸적 관능으로 가득한 뒤안길을 질주하듯 따라가면 생명력의 소진이라는 상황을 초래한다. 길의 궁극에는 돌이키기 어려운 죽음이 자리하고 있다. 화자는 이후의 시를 통하여 혼미한 길을 벗어나 생성적인 공간으로 가야 한다는 과제를 짊어지지 않을 수 없다.

3. 유폐된 공간과 출구의 모색

혼미한 어둠의 공간은 존재의 자유로운 활동을 제약한다. 어둠이 가득한 곳은 하강적인 공간으로 인식되기 마련이다. 자유로운 활동이 제약되는 공간, 명징한 길이 드러나지 않는 공간은 견고한 제약이며 이는 암울한 벽으로 비유되기도 한다. 어둠은 모든 길의 이정표를 지우며 어둠이 미만한 곳에서 화자는 목표나 지향점을 상실한 채 부박한 유랑을 거듭한다.

길 없음의 양상은 두 가지로 표출된다. 하나는 벽으로 상징된 장애물에 의하여 길이 차단된 경우로서 화자는 폐쇄 공간의 암담함과 직면하지 않으면 안 된다. 이 경우 화자는 암담한 폐쇄 공간을 뚫으려는 의지를 상실한 채 도저한 절망감을 토로한다. 다른 하나는 자아를 압도하는 광대한 공간에서 놓일 때이다. 이 광대한 공간은 화자를 압도함으로써 화자의 왜소함을 강조하고 밝은 공간으로 나아가는 길을 찾으려는 화자의 시도를 무기력하게 만든다.

덧없이 바래보든 壁에 지치어
불과 時計를 나란히 죽이고

어제도 내일도 오늘도 아닌
여긔도 저긔도 거긔도 아닌

꺼저드는 어둠속 반딧불처럼 까물거려
靜止한 〈나〉의
〈나〉의 서름은 벙어리처럼…….

이제 진달래 꽃 벼랑 햇볕에 붉게 타오르는 봄날이 오면
壁차고 나가 목매어 울리라! 벙어리처럼,
오— 壁아.

—「壁」 전문

이 시는 '벽'으로 둘러싸인 공간의 암담함을 형상화한다. 벽이 가로막은 폐쇄성으로 말미암아 외부와의 소통이 불가능하다. 화자는 공간을 제약하는 완강한 벽에 유폐되어 있다. 벽에 갇힌 자아의 절망적인 심정은 불과 시계를 나란히 죽이는 자포자기로 표출된다. 불은 명철한 인식을 가능케 하는 빛을 주는 분별의 도구이며 시계는 흘러가는 무량한 시간을 가늠할 수 있는 측량의 도구이다. 도구의 자발적인 포기는 결국 분별력의 약화를 초래한다. '불과 시계를 죽이고'라는 표현은 불과 시계가 무용지물이 될 수밖에 없는 심각한 위기 상황을 드러낸다. 외부의 시간은 흘러가는데 벽에 갇혀 고립된 화자의 시간은 정지되어 있다. 이러한 시공간의 불일치는 의식의 '정지'이며 가사(假死) 상태와 같다. 벽에 둘러싸인 무기력과 자포자기의 심정은 2연에 더욱 강화되

어 과거 · 현재 · 미래의 시간과 공간이 모두 거부되는 부정적 의식을 표출한다. 3연에서 어둠에 대한 위기의식은 까물거리듯 의식이 소멸되어 가는 안타까움을 표출한다. 시간이 정지하고 만상의 움직임이 정지한 공간에서 화자 또한 정지한 듯 숨죽이고 있다. 화자는 이 고통을 외부로 표출하기보다는 내부로 응축시키는데 이는 벽이라는 공간의 단절 앞에서 어찌하지 못하는 무기력한 반응이다. 물리적인 벽은 화자를 좌절케 하여 고통의 불길이 내연될 수밖에 없는 고통스러운 상황이 조성된다. 화자는 제한된 공간에 가두는 벽의 폐쇄성을 자신의 신체적 상황으로 치환시켜 스스로를 벙어리로 간주한다. 자신의 심정을 외부로 표출할 적절한 통로가 막힌 벙어리라는 자아 인식은 고립감과 좌절감을 가중시킨다. 벽은 물리적 공간인 동시에 자신의 내적인 고통을 유발하는 심각한 장애물이다.

화자는 어두운 벽을 뚫고 나아가기 위하여 미래 시간에 다가올 공간의 변화를 상정함으로써 현재의 암담함에서 벗어날 출구를 모색한다. 화자가 예정하는 공간은 '진달래꽃 벼랑 햇볕에 붉게 타오르는 봄날'로 설정되어 있어서 1~3연의 상황과는 대조된다. 이러한 심상은 돌출적인 것이라기보다 이전에 전개되던 상황과 일정한 연관 관계를 이룬다. 벼랑은 공간적 심상으로 볼 때 공간의 단절을 유발하며 공간의 진전을 가로막는다는 점에서 '벽'의 공간성과 닮아 있다. '햇볕에 붉게 타오르는 진달래꽃'은 내연하던 화자의 고통스런 심정의 외적 분출이라고 볼 수 있다. 이 시에서 어둠과 빛은 선명한 대조를 이룬다. 고통스러운 내적 심경이 '진달래꽃'으로 변화하는 시점은 미래로 상정되어 있으며 이 공간은 벽으로 막힌 곳과 달리 빛이 비추는 개방성을 띠고 있다. 화자는 마지막 연의 강렬한 어조를 통해 단절된 상황을 벗어나 개방된 공간으로 나아가려는 의지를 표출한다.

밤에 홀로 눈뜨는 건 무서운 일이다
밤에 홀로 눈뜨는 건 괴로운 일이다
밤에 홀로 눈뜨는 건 위태한 일이다

아름다운 일이다. 아름다운일이다. 汪茫한 폐허에 꽃이 되거라!
死體우에 불써 이러나야할, 머리털이 흔들흔들 흔들리우는, 오— 이 時間, 아까운 時間.

피와 빛으로 해일한 神位에
폐와 발톱만 남겨 노코는
옷과 신발을 버서 던지자.
집과 이웃을 離別해 버리자.

오— 소녀와같은 눈瞳子를 그득히 뜨고
뉘우치지 않는 사람, 뉘우치지않는사람아!

가슴속에 匕首감춘 서릿길에 타며 타며
오느라, 여귀 智慧의 뒤안길이
秘藏한 네 荊棘의 문이 운다.

—「門」 전문

어두운 밤은 창조적인 활동이 불가능한 시간이다. 어둠은 정신의 자유로운 활동을 제한하는 벽과 같다. 화자는 '밤에 홀로 눈뜨'려는 태도를 보임으로써 어둠 속에서 통찰의 시선을 유지하려 노력한다. '밤'이라는 암흑의 공간과 '汪茫한 폐허', '사체우에'와 같은 황폐한 심상을 통해 자신이 처한 위기 상황을 인지하게 되며 이러한 공간으로부터

'이별'하려는 의지를 다진다. 어두운 공간에 대한 응시는 존재의 위기감을 확산시킨다. 위기의식은 신체적 심상을 빌려 주로 표출된다. 신체적 심상은 외계의 암담함을 몸을 빌려 표현함으로써 감각적 호소력을 갖는다. 화자는 '옷과 신발', '집과 이웃'과 같은 존재의 외피와 결별함으로써 이전과 다른 새로운 공간을 모색한다. 어둠에 대한 응시는 외부 상황에 대한 인지이며 자신에 대한 자각을 일으킨다. 이러한 자각은 행동으로 연계되어 어두운 공간을 벗어날 출구를 모색한다. 출구를 찾으려는 의지와는 달리 외계는 황량한 '폐허'이다. '꽃이 되'고자 하는 화자와 폐허의 외계와의 극한 대립은 피할 수 없다. 황폐한 외적 공간에 대응하는 화자의 내면은 '비수를 감춘' 금속성의 날카롭고 차가운 심상으로 묘사된다. 그의 행보는 '서릿길'의 차가운 공간에서 이루어진다. 서릿길이라는 공간적 심상에 비추어 볼 때 화자가 희구하는 꽃이 피는 공간은 아득하게 멀다. 어둠과 냉기가 지배적인 공간을 벗어나려는 화자에게 외부 공간으로 향한 통로는 형극의 문으로 묘사된다. 문은 열릴 경우 공간과 공간을 이어 주며 공간의 폐쇄성을 극복하는 방법이 되지만 열리지 않을 경우 공간은 폐쇄되고 만다. 고난의 문은 황폐한 어둠의 공간을 벗어나기 위하여 거쳐 나가야 하는 통과제의와도 같다. 문 안쪽은 황폐한 공간이다. 문의 안쪽에 멈추어 서는 것은 존재의 절멸을 초래할 수도 있는 위험성을 가진다. 화자는 '문'의 상징을 빌려 닫힌 공간에서 벗어나려는 노력을 보인다.

귀기우려도 있는 것은 역시 바다와 나뿐.
밀려왔다 밀려가는 무수한 물결우에 무수한 밤이 往來하나
길은 恒時 어데나 있고, 길은 결국 아무데도 없다.

아— 반딧불만한 등불 하나도 없이

우름에 젖은얼굴을 온전한 어둠속에 숨기어가지고…… 너는,
無言의 海心에 홀로 타오르는
한낫 꽂같은 心臟으로 침몰하라.

아— 스스로히 푸른 情熱에 넘처
둥그란 하눌을 이고 웅얼거리는 바다,
바다의깊이우에
네구멍 뚫린 피리를 불고…… 청년아,
애비를 잊어버려
에미를 잊어버려
형제와 친척과 동모를 잊어버려,
마지막 네 게집을 잊어버려,

아라스카로 가라 아니 아라비아로 가라
아니 아메리카로 가라 아니 아프리카로
가라 아니 沈沒하라. 沈沒하라. 沈沒하라!
오— 어지러운 심장의 무게 우에 풀닢처럼 흣날리는 머리칼을 달고
이리도 괴로운나는 어찌 끝끝내 바다에 그득해야 하는가.
눈뜨라. 사랑하는 눈을뜨라…… 청년아,
산 바다의 어느 東西南北으로도
밤과 피에 젖은 國土가있다.

아라스카로 가라!
아라비아로 가라!
아메리카로 가라!
아푸리카로 가라!

—「바다」 전문

이 시에 드러나는 바다의 광대한 공간적 심상은 '벽'의 폐쇄성과 대비된다. 광대함이 화자를 압도하여 '길은 어데나 있'지만 동시에 '아무데도 없다'는 절망감을 드러낸다. 화자는 '반딧불만한 등불' 하나 없이 어둠에 묻혀 있다. 밀려가고 밀려오는 바다의 거대한 운동 양상과 달리 시의 화자는 갈 곳을 알지 못하고 상심에 젖어든다. '길은 어데나 있지만 길은 결국 아무데도 없다'라는 진술은 길이 없는 공간은 없지만 어느 길도 화자가 궁극적으로 찾는 길은 아니라는 뜻으로 읽을 수 있다.

화자는 길이 없는 어두운 공간으로부터 벗어나 길을 찾으려는 노력을 드러내는데 이는 피에 젖은 국토를 벗어나 '애비와 에미'를 망각하는 행위로 드러난다. 화자는 '밤과 피에 젖'어 생명력을 상실한 국토와 '애비와 에미'의 규율이 지배하는 공간으로 벗어나 능동적인 자립을 꾀한다. 화자가 가려는 '아라스카' '아프리카' 혹은 '아메리카'는 이국의 공간이며 '애비'와 '에미'의 영역과는 대조된다. 이국의 낯선 곳으로 가려는 행동은 가족의 규율이 지배하는 영역을 벗어나 새로운 공간에 대한 탐색을 보인 것이다. 「바다」는 자화상의 '집'으로부터 벗어난 이후의 행로에 대한 모색을 진지하게 드러낸다. 이러한 점에서 본다면 「바다」는 '길'을 찾으려는 화자의 의지를 실현할 수 있는 공간이다.

> 샛길로 샛길로만 쪼껴 가다가
> 한바탕 가시밭을 휘젓고 나서면
> 다리는 훌처 肉膾를 처노흔듯,
> 핏방울이 내려저 바윗돌을 적시고……
>
> 아무도 없는 곳이기에 고이는 눈물이면
> 손아귀에 닷는대로 떫고 씨거운 山열매를 따먹으며

나는 함부로 줄다름질을 친다.

山새 우는 세월속에 붉게 물든 山열매는
먹고 가며 해를 보면
눈이 금시 밝어 오더라.

잊어버리자. 잊어버리자.
히부얀 종이燈ㅅ불밑에 애비와, 에미와, 게집을,
그들의 슳픈 慣習, 서러운 언어를
찌낀 흰옷과 같이 벗어 던져 버리고
이제 사실 나의위장은 豹범을 닮어야한다.
거리 거리 쇠窓살이 나를 한때 가두어도
나오면 다시 한결 날카로워지는 망자!
열민 붉은옷을 다시 입힌대도
나의 소망은 熱赤의 砂漠저편에 불타오르는 바다

가리로다 가리로다 꽃다운 이年輪을 天心에 던져
옴기는 발ㅅ길마다 독사의눈깔이 별처럼 총총히 무처있다는 모래언덕너머…… 모래언덕 너머……

그어디 한포기 크나큰 꽃그늘,
부즐없이 푸르른 바람결에 씻기우는 한낱 骸骨로 노일지라도 나의 念願은 언제나 끝가는 悅樂이어야한다.

—「逆旅」 전문

이 작품에 등장하는 길은 '가시밭 사이를 휘젓고' 가야 하는 '샛길'

이며 샛길의 여정은 화자의 걸음을 더욱 곤고하게 한다. 피 흘리며 가는 도주의 길은 생명력을 소진시키는 고단함으로 가득하다. 현재 자신이 처한 곳은 아무런 희망과 열의를 보장하지 못하며 화자가 택할 수 있는 가능한 길은 탈출하여 새로운 공간을 꿈꾸는 것이다. 새로운 곳에 대한 화자의 열의는 '거리거리 쇠窓살'이 한때의 육신을 가둘지라도 열망은 가둘 수 없는 것으로 진술되어 새로운 장소에 대한 강한 욕구를 드러낸다. 그곳을 찾아가기 위하여 화자는 '애비와, 에미와 게집을' '벗어 던저' 버릴 것을 스스로에게 요구한다. 그것은 다가올 미래를 위하여 현재의 부정적인 공간을 능동적으로 망각하는 행위이다. 망각은 창조를 위한 예비적인 행위이다. 화자가 고대하는 곳으로 가기 위하여서는 끝없는 고난을 감수해야 한다. 현재의 부정적인 공간과 다가올 소망의 공간 사이에는 생명을 위협하는 '모래언덕'이 자리하고 있다. 황량한 사막은 생명이 숨쉬지 않는 땅이며 생명의 땅 이전의 혼돈과 미개간의 지역[30]이다. 목숨을 위협하는 존재가 곳곳에 드리워져 있어서 새로운 공간을 지향하는 화자의 의지를 위협한다.

화자의 소망이 서린 공간은 '한포기 크나큰 꽃그늘'의 공간이다. 사막의 무생명성과 광막함은 화자에게 생명에 대한 갈망을 더욱 간절하게 만든다. 사막이 죽음의 음험함을 묵시적으로 드러낸다고 할 때 생명이 숨쉬는 곳에 대한 갈망은 비례적으로 커진다. 화자에게 꽃이 피어 있는 곳은 '독사의눈깔이 별처럼 총총히 무처있다는 모래언덕'과는 대조적이며 생명의 환희가 담긴 공간이라고 할 수 있다. 화자는 어둠으로부터 벗어날 방향을 가늠하기 위해 '해를 보면'서 가고 있다. '눈이 밝어 오더라'는 표현은 어둠을 벗어나 생명력이 가득한 공간으로 나아가는 행로를 찾는 일이 가능해짐을 의미한다. 꽃 그늘은 생명이

30) M. Eliade, ***The Myth of Eternal Return***(Princeton: Princeton University), p.23.

위협받는 모래언덕을 건너 삶의 가능성이 충만한 영역이다. 어둠의 땅을 벗어나려는 노력은 '꽃그늘'이 의미하는 생명의 긍정적 가능성을 탐지하면서 보다 분명하고 가열한 것으로 나타나기 시작한다.

제 3 장
공간의 고립과 재생 의지

1. 고립된 공간과 비애

외부와 소통이 단절된 채 홀로 공간에 갇힌 화자의 고립된 심정은 그리운 님과 이별하는 상황으로 제시되면서 극적인 슬픔으로 표출된다. 이별로 인하여 화자는 홀로 고립되며 고립된 공간은 소망의 대상이 있는 곳과 현재 자신이 처한 공간 사이의 극복되기 어려운 거리감을 드러낸다. 고립된 공간은 이별과 고독을 환기시키는 심상으로 가득하다. 화자는 슬픔을 외적으로 표출하기보다 내연(內燃)하는 성향을 보여준다. 화자는 조락의 계절이나 황혼의 심상, 새의 울음과 같은 자연물의 심상을 빌려 고립감과 슬픔을 표현한다.

화자는 님의 상실로 인한 고립과 비애를 극복하지 못한 채 정체된 장소에서의 어쩔 수 없는 무력감을 토로한다. 비애의 정서는 이와 같은 정체성에서 비롯된 것이다. 그리운 대상과 이별한 후의 공간은 비어 있는 것으로 인식되거나 허무함을 드러내는 심상으로 묘사된다. 화자는 고립을 벗어날 충분한 동력을 확보하지 못한 상태이며 고립 상태에서 이별의 비애를 감수하지 않을 수 없다. 삶의 고난과 좌절은 유폐된 공간적 심상과 조응하여 화자의 회한과 소외감을 극적으로 표출한다.

눈물 아롱 아롱
피리 불고 가신님의 밟으신 길은
진달래 꽃비 오는 西域 三萬里.
흰옷깃 염여 염여 가옵신 님의
다시오진 못하는 파촉 삼만리

신이나 삼어줄ㅅ걸 슬픈 사연의
올올이 아로색인 육날 메투리.
은장도 푸른날로 이냥 베혀서
부즐없는 이머리털 엮어 드릴ㅅ걸.

초롱에 불빛, 지친 밤 하늘
구비 구비 은하ㅅ물 목이 젖은 새,
참아 아니 솟는가락 눈이 감겨서
제피에 취한새가 귀촉도 운다.
그대 하늘 끝 호올로 가신 님아

—「歸蜀途」 전문

이 시의 화자는 사랑하는 대상인 님과 이별한 뒤 홀로 남아 있다. 「歸蜀途」에서 '나'의 공간과 '가옵신 님'의 공간은 '삼만리'라는 좁힐 수 없는 거리를 두고 단절된 상태이다. 님이 있어야 할 자리는 비어 있다. 비어 있는 공간을 채우는 것은 회한의 정서이다. 이별 이후의 고립된 공간은 어둠으로 가득하며 이 어둠은 '님'이 가신 죽음의 어둠을 나타내는 색채이자 화자가 표출하는 상실감과 절망감을 효과적으로 드러내는 효과를 가진다. 님과 나 사이의 '삼만리'라는 거리를 좁혀 님과 만나는 것이 불가능하다는 사실을 인지한 화자는 홀로 남아 있는 공간을 절절한 울음으로 채운다. '西域'은 님이 가버린 곳이며 화자가 갈 수 없는 공간이다. 반복되는 '三萬里'라는 거리감은 화자와 '가신님'과의 격절된 거리를 상기시켜 님과 나는 합치될 수 없는 거리를 두고 떨어져 있으며 거리를 좁히는 일은 불가능하다는 사실을 강조한다. '가신님이 밟으신 길'은 돌이키기 어려운 길이다.

1연에서 '눈물'과 '진달래 꽃비'는 슬픔을 강조하는 시어들이다. 아롱지는 눈물과 비는 모두 떨어져 내리는 물이라는 점에서 모두 하강적인 심상을 가진다. 진달래 꽃비는 꽃의 떨어짐이라는 점에서 소멸적이고 하강적인 심상의 표출로 볼 수 있다. 사랑의 종말을 아름다운 꽃의 처절한 떨어짐에 대응시킴으로써 이별의 비애를 효과적으로 표현한다. 진달래의 화려한 색조와 대비되는 낙화는 이별의 처연한 감정을 드러낸다. 비처럼 무수히 떨어지는 꽃은 공간의 가시거리를 축소시킨다. '꽃비'는 눈물과 조응하여 홀로 남아 있는 화자의 고독적 상황을 암시한다.

2연에서 드러나는 상실의 감정은 미처 다하지 못한 행위에 대한 미련을 드러냄으로써 애절한 감정을 더한다. 시적 문맥을 따라가면 화자는 님에게 '신이나 삼어' 주지 못한 것을 후회함으로써 님에 대한 자신의 애정을 극화시킨다. 화자는 머나먼 곳으로 떠나가는 데 필요한 님의 신발을 자신의 머리카락으로 만들어 줌으로써 님에게 못 다한 연모의 정을 표현하려 한다. 이 신을 삼는 재료로서 자신의 머리카락을 택한 점은 자신의 신체의 일부분이나마 '신'의 형태로 님과 동행하고자 하는 의지를 표명한 것으로 이해할 수 있다. 님이 자신의 머리카락으로 만든 신을 신는다면 자신은 님의 머나먼 행로에 상징적으로 동행하는 셈이 된다. 즉 화자는 자신이 갈 수 없는 '서역 삼만리'를 님의 발에 신겨진 자신의 머리카락을 빌려 함께 가고자 했던 것으로 이해할 수 있다. '슬픈 사연'의 '육날 메투리'는 이승에서는 살아 있는 화자의 머리카락이지만 '서역 삼만리'의 공간에서는 님의 소유물이다. 이러한 신은 애정의 증표인 동시에 이승과 저승의 공간을 소통시키는 일종의 가교이자 매개물인 셈이지만 2연에 드러난 화자의 어조는 신을 삼어주지 못하였다는 회한의 정조가 지배적이다. '육날 메투리'를 통해 상징적으로나마 공간의 공유를 꾀하고자 하는 화자의 의도는 좌절된다. 다하지 못한 연모의 정은 회한으로 남는다.

회한의 절절함은 3연에 이르러서 귀촉도의 울음을 통해 님이 부재하는 허무한 공간으로 퍼져 간다. 귀촉도의 서글픈 사연과 통한은 화자의 심정과 조응한다. 귀촉도의 울음은 화자의 울음을 대신하는 것이다. 피에 취하도록 처절한 울음은 '지친 밤하늘'을 울리며 님이 부재하는 하늘로 퍼진다. 어둠이 짙게 드리운 밤하늘에 가득한 '차마 아니솟는 가락'의 울음은 공허와 비애를 더욱 강조한다. '하늘끝'은 님이 가버리고 홀로 남은 공간의 공허함을 드러낸다. 비어 있는 공간이 클수록 홀로 남은 공허감과 고립감은 극명하게 인식된다.

「귀촉도」 1연의 '밟으신 길', '다시오지 못하는 파촉 삼만리'는 떠나간 님의 부재를 드러내는 공간적 심상이다. 2연에서는 님과 나의 공간을 매개할 수 있는 신발인 '육날 메투리'의 심상을 사용하여 공간의 거리를 좁히려는 의도를 보여준다. 이러한 화자의 시도는 이루지 못한 회한의 언어로 진술됨으로써 육날 메투리를 통하여 님이 계신 공간과 자신이 처한 공간을 연계하려는 노력이 헛된 것이었음을 드러낸다. 3연은 님을 부르는 간절함을 통해 홀로 남은 화자의 비애를 절절하게 드러낸다. 「귀촉도」의 공간적 구도를 님과 단절된 공간 → 연계될 수 있는 공간의 부재 → 화자의 고립된 공간으로 정리할 수 있다.

부재하는 임과 홀로 남은 화자의 고립감은 공간의 넓이와 화자의 움직임 간의 일정한 관계를 바탕으로 한다. 즉 화자의 움직임보다 공간의 운동성이 압도적으로 크거나 화자가 무력해진 경우 혹은 격리된 공간 사이의 거리가 지나치게 멀어서 도저히 다가가기 어려운 경우 등을 상정해 볼 수 있다. 외부 장애물이나 공간의 조건에 의해 만남이 제어당한다면 화자는 무기력해지며 단절에 처하게 된다.

우리 그냥 뻘밭으로 기어다니며
거이색기 같은거나 잡어 먹으며
노오란 조금에 醉할것인가

맞나기로 했든 정말의 바다ㅅ물이
턱밑에 바로 드러왔을땐
곱비가 안풀리여 가지못하고

불기둥처럼 서서 울다간
스스로히 생겨난 메누리 발톱

아아 우리 그냥 팍팍하야 땀흘리며
조금의 오름ㅅ길에 해와같이 저물뿐
다시는 다시는 만나지못하리라.

—「조금」 전문

이 시의 화자가 처한 공간은 '바닷가' 혹은 '뻘밭'으로 나타나 있다. 이러한 공간 조건은 척박한 삶의 상황을 나타낸다. 뻘밭은 육지와 바다의 중간지대에 위치한 곳이며 조수의 움직임에 의하여 변화가 심한 가변적인 장소이다. 또한 뻘밭은 활동성이 현저하게 떨어지는 공간이라는 점에서 대상을 향해 다가가려는 운동성이 저하되는 곳이다. 무기력한 화자의 모습은 '기어다니며'라는 활력이 약화된 동사를 사용한다는 점에서도 감지된다.

1연은 뻘밭이라는 공간 여건에 수긍하며 살 것인가에 관한 내적 물음을 담는다. 가변적인 환경에 순응하며 단절된 삶을 영위할 것인가에 관한 회의적인 내면의 물음이 임울하게 드리워져 있다. 순응적이고 소극적인 자세가 초래하는 비극적인 결과는 2연에서 암시된다. '정말의 바다ㅅ물'은 불만족스런 공간을 벗어나 소망스런 공간으로 화자를 데려다 줄 수 있는 유동성을 띤다. 물의 흐름은 하나의 길을 열어 주며 그 흐름에 기댄다면 단절된 공간을 소통시킬 수 있는 가능성을 기대할 수 있다. 그러나 공간의 이동을 초래하는 움직임에 직면하여도 화자는 '가지못하는' 무기력함만을 보인다. 결국 화자는 어쩔 수 없는 순응과 소극적인 자세로 인하여 단절된 공간의 고립을 극복하지 못하고 무기력한 비애만을 토로할 뿐 어떠한 적극적 행동을 보여주지 않는다. 유동성이 강한 자연과 무기력한 화자의 대비는 화자가 처한 단절의 상황을 확인시켜 준다.

노들강 물은 서쪽으로 흐르고
능수 버들엔 바람이 흐르고

새로 꽃이 핀 들길에 서서
눈물 뿌리며 이별을 허는
우리 머리 우에선 구름이 흐르고

붉은 두볼도
헐덕이든 숨ㅅ결도
사랑도 맹서도 모두 흐르고

나뭇닢 지는 가을 황혼에
홀로 봐야할 연지빛ㅅ 노을.

—「노을」 전문

이 시에서 화자가 드러내는 무기력함은 변모하는 공간과 정체된 화자 사이의 대비를 통해 드러난다. 꽃이 핀 들길은 화자의 심경과 대조되어 이별의 처절함과 비극성을 극적으로 강조해 준다. 꽃 피는 들길은 화자에게 이별의 장소로서 기억되며 꽃의 화려함과 이별의 슬픔이 대비된다. 이별과 자연 현상이 대조되면서 자연의 생명력으로부터 소외된 화자의 모습을 보여준다. 화자는 홀로 남아 나뭇잎이 지는 조락의 공간에 위치하고 있으며 그 공간에는 사랑의 맹세도 모두 흘러간 고적감만이 가득하다. 무성한 생명력이 지는 가을과 하루가 지난 황혼의 시간은 침체된 화자의 심리적 특성을 반영하고 있다.

1연의 흐르는 물과 바람, 2연의 흐르는 구름은 정체된 모습을 보이는 화자와 대비를 이룬다. 변화하는 자연물은 화자 또한 변화하는 존재이며 흘러가지 않을 수 없다는 사실을 일깨운다. 흘러가는 자연물에 대한 허무감은 '사랑도 맹세도' 한낱 흘러가는 것이며 궁극에는 사라지는 것이라는 인식으로 연계되어 무상감을 불러일으킨다. 노을의 색깔인 연지빛은 이별한 대상의 고운 모습을 상기시키는 빛으로 부재하는 대상의 모습과 고적한 화자의 심리를 중첩시켜 놓은 것이다. 노을의 빛은 머지않아 사라질 빛의 마지막 모습이라는 점에서 허무감을 증폭시킨다. 허무한 자연물의 심상이 보여주는 유동적인 외계 공간과 자아의 정체된 공간의 대비적 효과는 화자의 비애를 두드러지게 한다. 1연과 2연에서 중첩되어 사용된 동사 '흐르고'는 만상이 변화하며 흘러간다는 사실을 드러낸다. 만상이 보여주는 흐름의 양상은 자연의 지배적인 질서 중 하나이다. 흐름의 와중에 정체된다면 파멸의 위기를 초래한다. 화자 또한 자연의 흐름에 동참하지 않을 수 없다. 만상은 흘러 변화하기 마련이며 변화의 흐름 가운데서 화자는 자신의 공간적 입지를 찾아야 한다는 과제를 안게 된다.

> 이 밤속에밤의 바람壁의 또밤속에서
> 한마리의 산 귀똘이같이 가느다라ㄴ肉聲으로 나를 부르는것.
> 忠淸道에서, 全羅道에서, 비나리는港口의어느內外酒店에서,
>
> 사실은 내 脊髓神經의 한가운대서,
> 씻허연 두줄의잇발을내여노코 나를 부르는것.
> 슬픈人類의 全身의소리로서 나를부르는 것.
> 한개의鐘소리와같이 電線과같이 끊임없이나를 부르는것.
>
> ―「밤이 깊으면」 12~13연

끊임없이 들려 오는 그리운 대상의 목소리는 화자가 처한 공간의 고립성을 처절하게 일깨워 준다. '귀똘이같이 가느다라ㄴ肉聲'은 보고 싶은 대상에 대한 연민의 정을 드러낸다. 완강한 '바람壁'은 그리운 대상에게 다가가기 어려운 격절감을 강조한다. 무거운 밤의 공간과 바람벽의 완강함은 화자의 고립과 무기력함을 강조한다. 자신의 무기력을 인지할수록 바람벽 안에서 나를 '부르는' 소리는 처절하게 들린다. '부르는' 소리는 나를 고립된 공간의 침윤으로부터 벗어나게 하는 소리이며 내적인 각성을 촉구하는 소리이다. 화자가 취할 수 있는 행동

은 나를 부르는 소리를 찾아 홀로 유폐된 공간을 떠나는 것이다. 새로운 공간을 모색함으로써 '나'의 무기력함은 극복될 수 있다.

「귀촉도」의 시편에 나타난 공간적 상상력은 이별로 인한 공간적 고립과 고립이 유발하는 고뇌와 시련의 표출로 요약될 수 있다. 고립은 일종의 위기이며 고립된 공간에서 자아는 왜소하거나 무기력하게 느껴진다.

길 없음에 대한 막막한 절망감에 맞닥뜨린 자의 태도는 두 가지로 생각할 수 있다. 미래에 펼쳐질 새로운 공간을 포기하고 자폐적 공간으로 안주하는 것이 그 하나라면 스스로 길을 개척하여 열어 가는 방법이 또 다른 하나라고 할 수 있다. 이후 서정주는 길 없는 고립 공간에서 새로운 길을 열어 가려는 시적 탐색을 지속적으로 드러낸다.

2. 흐름의 시학과 공간의 변전

공간의 제약이 강건할 것일수록 고립을 벗어나려는 반발 의지 또한 강렬해진다. 폐쇄된 화자는 억눌린 공간을 뚫고 나가려는 의지를 가진다.[31] 개방된 공간은 단순히 크기나 넓이를 말하는 것은 아니며 자신의 의지를 관철할 수 있는 자유 공간을 의미한다. 개방된 공간은 막막한 광대함과는 구분된다. 개방 공간은 이동을 방해하는 장애가 존재하지 않는 곳이다. 개방 공간에서는 자유로운 이동 의지를 실현할 수 있으며 타인과의 교류에 있어서 제약이 가해지지 않는다. 질서가 없는 혼잡하거나 방향을 가늠할 수 없는 공간은 절망감을 자아낼 뿐이다. 화

31) 하나의 예로, 밀실을 두려워하는 자는 조그만 꽉 짜인 장소를 따뜻한 동료애나 명상이 가능한 장소가 아니라 압박적인 속박의 장소로 여긴다.
이-푸 투안, 정영철 역, 『공간과 장소』(태림문화사, 1995), p.69 참조.

자는 현재의 공간을 소망스런 대상과 거리를 두고 있는 곳으로 인식하고 이 단절을 벗어나 그리운 대상이 있는 곳으로 가려는 뚜렷한 지향의식을 드러낸다. 따라서 이동 의지와 공간의 방향 또한 분명하게 나타난다.

이동에는 적절한 동력이 필요하다. 서정주는 이동에 필요한 힘을 자연물 가운데서 이동을 유발하는 힘, 즉 바람의 유동성이나 물의 흐름 가운데서 찾는다. 변화하는 자연의 순환적 흐름을 따라 이동하는 것은 단순한 빈복적인 장소의 이동이 아니라 생성의 가능성을 내포하게 되며 생성의 움직임은 공간적 상승의 바탕이 된다.

> 大門열고 中門열고
> 돌門을 열고
> 바람되야 문틈으로 슴여 드러가면은
> 　그리운 우리누님 게 있느니라.
>
> —「누님의 집」 3연

문을 여는 행위는 닫힌 공간을 개방된 공간으로 전환하는 방법이다. 문은 분리된 공간을 이어 주는 소통의 기능을 가진다. '大門', '中門', '돌門'이 열리면 그리운 누님과 나를 이어 주는 통로가 된다. 반면 닫혀 있을 경우 문은 누님과 나 사이에 겹겹이 놓인 장애물이 된다. 화자는 만남을 성취하기 위하여 문을 열려는 노력을 보인다. 공기의 흐름인 바람은 완강한 공간의 단절을 넘어서서 두 사람의 만남이 가능하도록 해준다. '門'과 동사 '열고'의 반복된 쓰임을 통해 화자는 폐쇄되고 고립된 공간을 벗어나 개방된 공간으로 가려는 의지를 나타낸다.

이 시는 바람의 흐름을 통해 공간적 단절을 극복하려는 의지를 드러낸다. '슴여 드'는 동작은 흐르는 듯한 바람의 동력으로 가능하다. 바람은 작은 틈이라도 뚫고 들어가 대상과 접근이 가능하다. 바람의 흐름을 통한다면 '그리운 우리누님'이 있는 곳에 다가갈 수 있으며 바라던 해후를 성취할 수 있다.

첩첩 山中에
첩첩이 피는 닢에
눈 부비며 우름우는 뻐꾹새와같이

하누 바람, 마ㅎ바람
회오리 바람같이,
움직이는 바다ㅅ물에 사는 고기같이

내, 오늘은 西歸로 간다.
네활개 치며 西歸로 간다.

옴기는 발길마닥
구름이 일고,

내뿜는 숨ㅅ결에
날개 돋아나

내, 오늘은 西歸로 간다.
너 보고저워 西歸로 간다.

—「西歸로 간다」 전문

시의 화자는 그리운 대상과 떨어져 홀로 고립되어 있다. 고립된 공간으로부터 탈피하려는 갈망은 그리운 대상이 있는 '西歸'[32]로 가려는 치열한 의지로 표출된다. 시적 문맥으로 보아 서귀는 화자가 있는 곳과 상당한 거리를 두고 있다. 1연 1행의 '첩첩 山中'과 2행의 '첩첩이'에서 반복되어 사용된 '첩첩'은 화자를 둘러싸고 있는 공간의 두터운 장애를 연상시킨다. 첩첩한 산중에서 외부로 나아가기란 쉬운 일이 아니다. 겹겹이 둘러싸인 공간에서 우는 뻐꾹새의 소리는 외로이 고립된 화자의 심경을 새의 울음으로 대변한 것이다.

그리운 대상이 있는 곳으로 다가가기 위한 이동의 주요한 동력은 바람이다. 바람은 먼 곳을 향하여 가볍게 흐르듯 다가갈 수 있는 속성을 지닌다. '하누 바람' '마ㅎ바람' '회오리 바람'은 강한 운동성을 가지고 있으며 1연에서 뻐꾹새로 대변된 화자의 움직임과 일정한 연관을 가진다. 새의 날개는 바람을 이용하여 보다 신속하게 움직일 수 있기 때문이다. 바람의 움직임은 속박된 환경으로부터 벗어나 자유롭고자 하는 화자의 내면 의지와 일치한다. 물고기의 자유로운 유영은 물의 흐름과 관계 있으므로 화자는 물고기와 자신을 동일시하여 공간의 이동을 원활히 하고자 한다. '움직이는 바다ㅅ물'의 거대한 흐름은 화자가 공간을 이동하도록 도와준다.

4~5연은 움직임이 가장 큰 연이다. '발길'과 '날개'가 자아내는 커다란 움직임은 구애받지 않고 그리운 대상에게로 이르고자 하는 심리를 속도감 있는 공간 이동의 수단을 통해 담아낸 것이다. 경험 세계의 지상적 인간이 구현하는 움직임이라고 보기 어려운 우화(羽化)의 움직임은 속도감을 얻어 그리운 대상이 있는 공간에 도달하고자 하는 간절한 심경을 투영한 것이라고 할 수 있다. 옮기는 발길마다 구름이 일고

32) 김은자는 '西歸'의 서쪽은 불교의 서방정토가 있는 방향으로 푸른 하늘이 가진 초월적 의미를 내포하고 있다고 본다.
김은자, 앞의 책, pp.149~150.

날개가 돋는 것은 지상적 인간의 행동이라고 하기 어렵다. 바람의 흐름을 빌린 상상적인 움직임은 공간적 거리를 좁히려는 화자의 의도를 반영한다. 속도가 증가할수록 공간 사이의 거리감은 극복[33]되기 때문이다.

「누님의 집」과 「西歸」에서 화자는 '大門', '中門', '돌門'으로 이어지는 겹겹의 장애, '첩첩 山中'의 완강한 장애를 극복하고 소망스러운 공간으로 이동해 가기 위하여 바람이나 물의 흐름에 의탁한다.

「鞦韆詞」는 속도감 있는 운동을 통해 지상의 번뇌로부터 벗어나려는 초월적 공간에로의 욕망을 드러내는 시이다. 그러나 그네가 지닌 지상적인 제약은 분명한 것이며 그네의 운동을 통해 서정주는 경험적 현실의 한계를 보여준다.

香丹아 그네줄을 밀어라
머언 바다로
배를 내어 밀듯이,
香丹아

이 다수굿이 흔들리는 수양버들 나무와
벼갯모에 뇌이듯한 풀꽃뎀이로부터,
자잘한 나비새끼 꾀꼬리들로부터
아조 내어밀듯이, 香丹아

珊瑚도 섬도 없는 저 하늘로
나를 밀어 올려다오

---

33) 이-푸 투안, 앞의 책, p.68.

彩色한 구름같이 나를 밀어 올려다오
이 울렁이는 가슴을 밀어 올려다오!

西으로 가는 달 같이는
나는 아무래도 갈수가 없다.

바람이 波濤를 밀어 올리듯이
그렇게 나를 밀어 올려다오
香丹아.

—「鞦韆詞」 전문

이 시의 화자는 고소설 『춘향전』에서 춘향의 목소리를 본따 창작된 것으로 역할시(Rollengedicht)[34]에 해당한다. 원래 텍스트인 『춘향전』의 인물은 가공되어 분명한 역할을 가진 화자의 목소리를 내게 된다. 이 시의 화자는 원래의 텍스트에서 차용된 춘향의 시적 정조와 상황을 바탕으로 춘향의 역할을 수행한다. 화자의 의도적인 배치는 사랑으로 인한 고뇌와 고뇌로부터 탈피하려는 주제를 집중적으로 드러내는 동시에 공감의 확대를 꾀하기 위해서이다. 「鞦韆詞」는 원래의 텍스트인 『춘향전』에서 춘향의 역할이 가지고 있었던 폭넓은 공감을 전제로 한다. 사랑으로 인해 고뇌하는 춘향이라는 인물이 가지는 원래 텍스트의 성격은 그대로 차용되어 이 시의 전제 상황으로 작용한다.

원래 그네는 두 사람의 만남을 가능케 하는 계기로 작용하였다. 그네타기를 통해 그녀는 자신의 존재를 타인에게 알리는 계기를 만든다.

34) 디히터 람핑은 서정시에서 발화의 양상을 분석하여 화자와 저자가 한 사람이 아닌 역할시라는 개념을 설정한다. 작자와 동일하지 않은 인물을 내세워 특정 상황을 진술하게 하는 것이 역할시라고 할 수 있다.
디히터 람핑, 장영태 역, 『서정시, 이론과 역사』(문학과지성사, 1994), pp.172~173.

그네가 움직이면서 드러내는 비상의 곡선은 자신의 우아함을 지상적인 존재에게 과시한다. 그네를 탄 존재는 높이 날아오르는 순간 천상의 공간성을 획득하게 되며 '자잘한 풀꽃뎁이'들이 자리한 지상과는 구분된다. 그네를 타는 행위는 춘향이 사랑을 이루는 계기로 작용하여 최초의 만남을 성취하기도 하지만 이 시에서 만남의 공간이었던 그네 타는 장소는 이별의 고뇌를 안고 있는 장소로 변화한다. 이러한 상황에서 그네는 만남과 이별이라는 과거와 현재와의 차이를 극명하게 드러내는 구실을 한다. 「鞦韆詞」에 드러나는 춘향은 이별의 고통을 안고 홀로 남아 있는 상태이다. 그네타기는 괴로움을 떨쳐 버리는 의도를 가진다. 그네타기는 고립된 공간을 인내하는 수동적인 자세를 떨쳐 버리고 보다 적극적인 운동성을 자신에게 부여하는 행위이다. 그네는 과거 시간에는 만남을 이루는 장소였지만 현재는 홀로 남은 고립된 상태이다. 변함이 없는 장소와 만남과 이별을 거쳐 고뇌에 찬 화자의 변모된 상황은 대비를 이룬다. 화자인 춘향은 만남의 계기였던 그네를 통해 이별한 대상과의 만남이라는 의미로부터 한 걸음 나아가 고통스러운 지상으로부터의 초월이라는 목적을 성취하려 한다.[35)]

춘향의 소원을 담은 그네는 바다로 나아가듯 먼 창공을 향해 나아간다. 그네는 물의 흐름에 힘입어 커다란 공간을 향하는 배의 이미지를 얻는다. 바다는 미지의 세계이며 그녀가 속한 지상의 번잡함과 대조를 이루는 곳이다. 또한 '수양버들' '풀꽃뎁이' '나비새끼 꾀꼬리'가 상징하는 삶의 잡답과 구속으로부터 자유로운 곳이다. 하늘은 드넓은 장소

---

35) 그네가 일정한 한계를 지니고 있음에도 지상에서 천상으로 상승하려는 의도를 담고 있다는 점에 관하여 선행 연구들은 대체적인 일치를 보이고 있으나 약간의 해석상의 차이를 드러낸다.
김화영은 그네의 운동을 투명한 하늘로 가는 상승의 진행형으로 읽는다. '달같이' 가는 것은 수평인데 반하여 바람이 파도를 밀어 올리는 부분에서는 수직 운동으로 전환한다고 본다(김화영, 앞의 책, pp.51~52).
김재홍은 점진적인 상승으로 보아 그네 → 바람 → 구름 → 하늘로의 상승은 대지적 구속성과 운명성으로부터 벗어나서 비상을 꿈꾸는 의지와 자유에의 갈망을 담는다고 본다(김재홍, 「미당 서정주」, 앞의 책, pp.333~334).

라는 점에서 바다와 동등한 이미지를 가진다. 산호도 섬도 없는 하늘이란 표현을 통해 하늘과 바다는 상징적으로 동일한 공간이 된다. 그곳은 지상과 대조되는 곳으로 장애가 없는 개방 공간이다. 배를 통해 바다로 나아가는 행위와 그네를 타고 하늘로 가는 행위는 동일시된다. 그네는 배처럼 물의 흐름이라는 동력에 힘입어 하늘을 향한다. 그네의 운동이 자연스러움을 획득하는 것은 바다로 흘러가듯 나아가는 배와 동일한 이미지를 가지도록 장치한 시어의 구사에서 비롯된다. 흐름의 운동성은 시어의 선택이나 운율의 배치에서도 확인된다. '미언', '내이밀듯이', '西으로'와 같이 잘 짜여진 조어와 ㄹ, ㅁ, ㅇ의 유음을 활용하여 흐르는 듯한 의미를 강조하도록 한다. 바람이 파도를 밀어 올리는 듯한 흐름에 기댄다면 존재의 이동을 유발시켜 단절의 상황을 극복할 수 있다. 이 도령과 사랑을 성취하고 싶은 화자는 그네를 통해 바람과 같이 자유자재한 움직임을 획득하고자 한다.

그러나 지상에 매인 그네의 운동은 한계를 가진다.[36] 그네라는 이동의 수단이 한계를 가진 만큼 그녀의 바램은 성취되지 못한다. 그네의 운동은 일종의 진자 운동이다. 올라간 만큼은 반드시 되돌아와야 하는 것이 줄에 매인 그네의 한계이다. 배의 운동이 천상에 닿을 수 없듯이 그네는 서(西)로 가는 달의 유연한 흐름을 획득하지 못한다. 서로 가는 달은 배의 모양과 유사하다. 그네와 배는 바람이나 물의 유동성을 이용하여 움직이는 운송의 수단이다. 화자는 그네의 운동을 통해 배의 이동성을 닮기를 원한다. 달은 배의 모양과 유사하면서 보다 유연한 흐름을 따라 이동한다. 달의 이동은 천상적인 것이라는 점에서 지상에

36) 김종길은 「추천사」에 대한 탁월한 해석을 통하여, 그네가 지상적 괴로움과 운명은 벗어나려는 상징의 그네임을 지적한다. 배를 내어미는 동작과 그네를 미는 동작 사이의 대응 관계를 분석하여 그네 운동의 한계를 지적한 그는 그네에는 지상적인 번뇌로부터 벗어나고 싶은 욕망과 벗어나기 어려운 지상적인 것에 대한 애착이 공존함을 지적한다. 김종길, 「의미와 음악」 5. 추천사의 형태, 『사상계』(1966. 3), pp.210~224.

매인 그네의 운동과 대조된다. 그네의 운동을 통하여 천상에 도달하기란 원천적으로 불가능하다. 그네는 배의 유연한 움직임을 모방하고자 하며 배는 다시 달의 천상의 운행을 닮고자 한다. 이러한 비유를 통한 상승의 획득은 그네의 운동 양상에 기초하기는 하지만 그네는 상승을 달성하기보다 지상적 존재로서의 한계를 명확하게 드러낸다. 그네는 지상에 속박되어 있으며 천상의 달과 같은 유유자적한 운동을 보이기 어렵기 때문이다.

초월에 대한 욕구는 시집 『서정주 시선』(1955년)에서부터 두드러진 형태를 보이는 것으로 「鞦韆詞」는 그네의 운동이라는 절묘한 형식을 빌려 형상화한 것이다. 초월을 희구하는 것은 이상적 공간과 현실적인 자아가 누리는 공간 사이의 갈등과 괴리를 해소하는 방편이 되기 때문이다. 서정주는 천상으로의 비상을 통해 순간적이나마 해탈에 도달하려는 갈구를 표출한다.

지상과 천상을 오가는 진자 운동으로 이해되는 「추천사」의 운동 양상은 이후 서정주 시가 보여주는 공간 이동 양상에 중요한 실마리를 제공한다. 모든 번뇌를 해탈한 천상 공간에로의 지향성과 지상적인 것에의 애착이 담긴 왕복 운동은 지상적 인간의 숙명적인 한계를 보여준다. 고뇌에 찬 지상을 떠나 무구한 천상을 향하지만 이내 지상으로 되돌아온다. 「鞦韆詞」에서 지상에 있는 존재는 천상을 갈망하여 상승을 꾀하지만 지상의 조건을 부정할 수 없는 만큼 현실적인 제약으로 인하여 다시 하강한다. 현실 공간과 초월 공간 사이의 왕복은 서정주 시의 운동 원리이다. 현실을 떠나 초월적 공간을 향하는 것은 또 다른 하강을 내포하며 하강은 필연적인 것으로 자리한다. 이 하강을 극복하기 위하여 상승 의지는 다른 방식을 취하지 않을 수 없다.

「牽牛의 노래」의 화자는 고립된 존재로서 현실적인 구속과 제약에 묶여 있다는 점에서 「鞦韆詞」의 화자인 춘향과 동일하다. 「牽牛의 노래」에서 역시 그네의 진자 운동과 유사한 반복된 운동 형태가 드러난다. '견우'는 직녀에게로 향하여 길을 떠나는 존재이다. 「鞦韆詞」의 그네의 운동 역시 그리운 대상을 향하여 길을 떠나고자 하는 춘향의 마음이 담겨 있다. 「牽牛의 노래」의 화자는 순간적인 초월을 시도하기보다 묵묵한 인내를 통하여 생성적 움직임을 보이며 화합의 시간을 기다린다는 점에서 보다 진전된 태도를 보여준다.

> 우리들의 사랑을 위하여서는
> 이별이, 이별이 있어야하네
>
> 높었다, 낮었다, 출렁이는 물ㅅ살과
> 물ㅅ살 몰아 갔다오는 바람만이 있어야하네.
>
> 오— 우리들의 그리움을 위하여서는
> 푸른 銀河ㅅ물이 있어야 하네.
>
> 도라서는 갈수없는 오롯한 이 자리에
> 불타는 홀몸만이 있어야 하네!
>
> 織女여, 여기 번쩍이는 모래 밭에
> 돋아나는 풀싹을 나는 세이고……
>
> 허이언 허이언 구름 속에
> 그대는 베틀에 북을 놀리게.
>
> 눈섭같은 반달이 중천에 걸리는

七月 七夕이 도라오기까지는,

검은 암소를 나는 먹이고
織女여, 그대는 비단을 짜ㅎ세.

—「牽牛의 노래」 전문

기다림을 가진 자에게 현재는 무의미하며 융합이 성취되는 미래의 공간이 유의미할 뿐이다. '눈섭같은 반달이 중천에' 도달하기 이전의 지루한 기다림의 시간은 인내를 위한 묵묵한 과정일 뿐이다. 이별은 합치될 수 없는 견우와 직녀의 그리움을 간절하게 만든다. '불타는 홀몸'은 사무치는 그리움의 정염으로 가득한 견우와 직녀를 붉은색의 강렬한 이미지로 형용한 것이다. 이 붉은 색채는 이별의 공간을 가르는 '푸른 은하'와 선명한 색채적 대조를 이루면서 이별의 정서를 강조하는 구실을 한다. 소를 먹이고 비단을 짜는 일은 각기 엄격히 구분된 생활 영역[37]을 가지는 것으로 견우와 직녀의 거리를 둔 채 각자 고립된 자신의 일에만 전념해야 하는 상황을 보여준다. 분리된 영역을 극복하고 만남을 성취하기 위하여 무의미한 현재 시간을 충만한 것으로 변화시키는 전환이 필요하다.

'銀河ㅅ물'은 견우와 직녀 사이의 공간을 가르고 흘러간다. 두 사람이 만나기 위하여서는 이별을 야기한 은하수를 횡단해야 한다. 은하수물은, 현재는 강을 사이에 두고 양안(兩岸)으로 고립되어 있으나 미래의 시간에는 고립된 공간을 이어 주는 만남의 장으로 자리하게 된다. 이들이 만남을 성취하기 위하여서는 '七夕'까지의 시간의 흐름을 필요

37) 사회적 공간 영역과 거리 조정에 있어서 개인이 가진 사회적 지위와 역할에 따라서 변화되고 조정되며 이에 따라 생활 영역 또한 차이를 지닌다. 각각의 개인은 점유하고 방어하는 영역을 가질 뿐 아니라 서로간에 일정한 거리를 유지한다.
에드워드 홀, 김지명 역, 『숨겨진 차원』(정음사, 1984), pp.171~186.

로 한다.[38] 현재의 공간은 흐름의 유동성 위에 놓인다. 흐른다는 것은 고정되어 있지 않으며 변화 속에 놓여 있음을 의미한다. 흐름을 통해서 교감이 이루어질 수 있다는 기대는 현재의 무의미한 시간을 창조적인 시간으로 전환시키며 견디는 노력으로 연계된다. '도라서는 갈 수 없'다는 자각은 변화하는 질서를 거스르기란 불가능하다는 인식이 바탕을 이룬다. 화자는 자연의 질서에 힘입어 만남을 성취하는 길을 순리로 삼는다. '검은 암소'를 먹이는 견우와 '비단을 짜'는 직녀가 보여주는 생성적인 움직임은 반역과 거부보다는 자연의 순리에 순응하는 태도를 반영한다.

흐름의 유동성은 현재의 고립된 환경을 변화시켜 단정된 공간을 이어 주는 소통의 원동력이 된다. '물ㅅ살 몰아갔다오는 바람'과 '푸른 銀河ㅅ물'이 공간을 단절시키는 부정적인 요인이 아니라 긍정적인 요인으로 인식되는 이유는 변화의 동력이 되기 때문이다. 이 시는 반복되는 운동 양상을 보여준다. '높었다, 낮었다'를 반복하는 물살과 '물ㅅ살을 몰아갔다오는 바람'이 그 예이다. 하늘에 닿을 듯 올라갔다가 다시 낮아지는 물살은 그네가 오르락내리락하는 양상과 근본적으로 동일한 양상을 가진다. 천상적 높이를 획득하기 위해서는 지상적 낮춤이 선행되어야 한다. 또한 낮음은 또다시 높이를 회복하기 위한 조건이 된다. 강 양쪽으로 나뉜 이들은 물살을 몰아가는 바람에 의하여 순간적이나마 상대방의 영역으로 가까이 다가갈 수 있다. 그러나 물살은 되돌아가기 마련이어서 다시 상대의 영역으로부터 멀어진다. 이들이 만남을 성취하는 길은 변화하는 자연의 주기에 입각하여 해후의 시간을 기다리는 일뿐이다. '눈섭같은 반달이 중천에 걸리는 시간'이라는 변화하는 자연적인 흐름에 기댐으로써 두 사람의 재회는 순조롭게 성

38) 김석하, 「牽牛織女 聚會說話의 文學的 展開」(『국어국문학』, 49 · 50합집, 1970), p.47.

취될 수 있다. 흐름의 유동성이 공간의 단절을 극복하고 변화를 기다림으로써 공간의 변전을 통한 만남의 성취가 가능해진다.[39)]

서정주는 설화 속의 이야기를 빌어 이별의 상황을 창조함으로써 이별이 영원한 단절이 아니라는 점을 암시한다. 칠석이 다가오면 이별로 인한 단절은 극복된다. 견우와 직녀의 설화 속에서 이별과 만남은 순환적인 구조 속에 놓인다. 이별은 공간의 단절이지만 시간이 흐르면 두 사람은 단절을 극복하고 하나의 공간에 놓인다. 이 만남의 공간은 또 다른 이별을 내포하고 있으며 이별은 다시 공간의 분절을 초래할 것이다. 이 만남과 이별의 순환성은 자연의 순환적 질서에 따른 결과이다. 만남과 헤어짐이 공간을 통해 순환되며 변전을 거듭한다는 사실을 알려 주는 자연의·구체적 증거는 '눈섭같은 반달이 중천에 걸리는' 시간의 도래이다. 변화하는 달이 알려 주는 시간은 이별의 단절된 공간을 해후의 공간으로 전환하는 근거가 된다. 달은 변화를 거듭하는 자연의 질서를 반영한다. 천변 만화(千變萬化)하여 잠시라도 정지하지 않는 자연의 순환은 변역(變易)의 원리로서 이해될 수 있다. 이러한 변화의 흐름은 일정한 주기성을 지닌 불역(不易)의 원리를 지닌 것이어서 이별은 다시 만남을 기대할 수 있고 만남은 이별이라는 순환 흐름을 지닌다. 비단을 짜고 암소를 먹이는 행동을 통해 변역의 흐름 가운데서 생성의 가능성을 실현한다.[40)] 생성을 통해 변화의 양상은 단순히 제자리로 되돌아오는 무의미한 반복이 아니라 상승적 반복의 형태로 나타난다.

자연의 흐름에 따른 공간의 순환적 변전은 절대 고립으로부터 벗어나려는 화자에게 하나의 출구를 제공할 뿐 아니라 변환을 통해 생성의

---

39) 최두석은 「견우의 노래」의 전제는 견우와 직녀의 운명적 이별이라고 본다. 이별의 운명을 「견우의 노래」의 시적 자아는 온전히 수락하고 있다고 파악한다.
최두석, 「서정주론」, 『미당연구』(민음사, 1994), p.267.

가능성을 실현한다는 점에서 주목할 만하다. 이별을 생성적 만남으로 변화시키려는 의지는 「春香 遺文」에서도 확인된다.

안녕히 계세요
도련님

지난 오월 단오ㅅ날, 처음 맞나든날
우리 둘이서 나무 그늘밑에 서있든
그 무성하고 푸르든 나무같이
늘 안녕히 안녕히 계세요

저승이 어딘지는 똑똑히 모르지만
춘향의 사랑보단 오히려 더 먼
딴 나라는 아마 아닐것입니다.

천길 땅밑을 검은 물로 흐르거나
도솔천의 하늘을 구름으로 날드래도
그건 결국 도련님 곁 아니예요?

---

40) 이와 같은 변화의 원리는 『周易』의 근본을 이룬다.
日往則月來 月往則日來 日月 相推而明生焉
寒往則暑來 暑往則寒來 寒暑相推而歲成焉
往者 屈也 來者 信也
屈信 相感而利生焉
—『周易』 繫辭下傳
해가 가면 달이 오고 달이 가면 해가 온다. 해와 달은 교체하며 밝은 빛을 생성한다. 추위가 가면 더위가 오고 더위가 가면 추위가 온다. 추위와 더위는 교체하며 한 해를 형성한다. 간다는 것은 수축을 의미하고 온다는 것은 확장을 의미한다. 수축과 확장의 자연스러운 상호 작용으로 모든 유익한 현상들이 발생하는 것이다. 김인환 옮김, 『주역』(나남, 1997), p.526.
方東美는 우주의 변화 원리 중 하나로 『周易』의 通變不窮性(새로운 일이 일어남에 있어서 끊임없는 변화와 변이의 과정)을 거론한다. 그는 주역의 근간을 이루는 원천으로 시간의 흐름 속에 놓인 모든 변천과 발전의 근거를 쉬지 않고 창조하는 生生不息의 원리를 중시한다.
方東美, 정인재 역, 『중국인의 인생철학』(탐구당, 1983), pp.73~74 참조.

더구나 그 구름이 쏘내기되야 퍼부을 때
춘향은 틀림없이 거기 있을거에요!

—「春香 遺文」 전문

이 시의 화자 역시 춘향의 목소리로 설정된다. 시의 서두에 나오는 이별의 인사는 사랑의 성취가 순조로운 것이 아니며 별리의 고통을 맞고 있다는 점을 알게 한다. 최초의 만남을 이루었던 장소를 상기함으로써 춘향은 이별이 야기하는 사랑의 파탄를 극복하고자 한다. 만남을 이루게 한 장소에 존재하던 푸른 나무 그늘이라는 체험의 되살림을 통하여 과거의 장소는 새롭게 인지되며 독자적이고 개별적인 특성을 가진 곳으로 추억된다. 이러한 친근한 장소에 대한 기억은 사랑의 불변성을 확인하고자 하는 의도를 드러낸다. 화자는 '처음 만나든' 나무 그늘을 되살림으로써 그 장소는 과거나 현재에 국한된 공간이 아닌 초시간적인 영역에서 과거와 현재를 연결하는 공간으로 자리잡는다.

또한 화자는 도련님의 모습이 처음 만나던 장소의 나무같이 푸르기를 기원한다. 이는 사랑의 추억이 푸른 나무처럼 영속적인 것이기를 바라는 마음과 사랑하는 대상인 도련님이 오월의 나무처럼 활력 있는 시간을 향유하기를 바라는 염원을 담은 이중적 의미로 해석된다. 무성하고 푸른 나무로 형상화된 '도련님'의 모습은 젊음을 상징한다. 오월의 나무란 신록의 무성함을 보이며 대지에 뿌리내린 영원한 젊음을 나타내기 때문이다. '늘'이라는 부사를 사용하여 경모(敬慕)의 대상이 변치 않고 젊음을 누리기를 바라는 염원을 드러낸다.

연모의 대상인 '도련님'이 나무의 상징을 빌려 존재의 영속성을 향유하는데 비하여 춘향은 저승으로 떠나가야 하는 숙명적 한계를 지니고 있다. 3연의 저승은 '처음 만나든날' 나무의 '그늘밑'과는 대척적인 장소이다. '도련님'과 함께하던 나무 그늘이 '푸른' 생명감이 약동하는 친숙한 곳이라면 저승은 '검은 물'이 흐르는 땅이며 죽음의 낯선 자리이다. 나무의 푸른색이 왕성한 생명력을 드러내는 색이라면 저승의 '검은 물'은 죽음을 상기시키는 색으로 대비를 이룬다. 화자인 '춘향'은 저승이라는 낯선 공간으로 가야 하는 자신의 운명을 물의 운명과 동일한 것으로 받아들여 이별로 인한 공간적 분리가 절대적인 단절이 아님을 보여준다. '천길 땅밑'의 '검은 물'은 무거운 물로서 죽음을 의미하지만 하늘로 올라간 물은 존재의 또 다른 변환 형태이며 죽음의 공간을 벗어나 상승한 상태이다. 물은 항상 흐르며 흐르는 물은 변화를 수반하기 마련이다. 시인은 흐르는 물을 빌려 존재의 유동성[41]을 형상화한다. 물은 변화하는 존재의 운명성을 드러낸다. 변전하는 공간과 물의 흐름을 통해 춘향의 사랑은 새로워질 수 있다. 춘향은 고립된 공간에 격절된 것이 아니며 존재의 실체를 끊임없이 변화시키는 물의 이미지를 통해 공간적 제약을 극복한다. 물의 상상력을 빌려 '춘향'이 가진 존재의 한계와 사랑의 제약은 보완된다. 물의 순환적 흐름을 통해 화자는 '둘이서' '만나든' 공간과 '저승' 사이의 거리를 극복하고 연모하는 대상과의 융합을 성취한다. 물의 흐름을 빌 때 '저승'이라는 먼 공간은 결국 '도련님 곁'이라는 역설이 가능하다. 님을 둘러싸고 변전하는 물을 통해 이별을 극복하고 사랑을 실현한다.

나무에게 비는 대지를 적시는 생명수와 같은 의미를 지닌다. 나무와 물의 친근성은 '도련님'과 '춘향'이 가지는 만남의 필연성을 상징한다. 춘향의 변신인 소나기는 하강적인 물이 아니라 그리운 대상을 고무시키고 수직적 직립성을 더욱 굳건하게 하여 주는 생명의 물이다. 나무와 물은 상생(相生)의 원리를 보여주며 이 상생의 원리는 '도련님'과

41) G. 바슐라르, 이가림 역, 『물과 꿈』(문예출판사, 1980), p.14.

'춘향'에게 적용된다. '도련님'과 '춘향'이 비유된 존재가 나무와 물이기 때문이다.

굳은 생명력을 드러내는 식물의 직립성은 상승 운동의 바탕을 이룬다. 식물의 상승은 수직적 상승 의지를 실현해 나가는 바탕이 된다. 식물의 수직적 생장의 힘을 빌려옴으로써 공간의 순환은 평면적인 형태에 머무는 것이 아니라 상승적인 나선의 형태를 가진다. 춘향이 되돌아오는 오월의 나무는 겨울이 되면 무성함을 떨쳐 버리고 나목으로 되돌아가지만 수직적으로 자라나는 생장을 멈추지 않는다. 식물의 수직성을 빌려 공간의 순환성은 다시 본래의 자리로 되돌아오는 단순한 반복이 아니라 나선형을 이루는 상승적 반복을 보인다. '천길 땅밑'과 '도솔천의 하늘'을 거쳐 '쏘내기'로 내리는 비는 '도련님 곁'을 떠나 다시 '도련님 곁'으로 돌아오는 순환적 움직임을 보인다. 이 움직임은 물을 빌려 자연의 변화상을 체현해낸 것이다. 이러한 변화 양상의 중심에는 님의 변형인 '무성하고 푸르든 나무'가 자리한다. 춘향은 물의 흐름을 통해 나무로부터 멀어지기도 하고 다시 근접하기도 한다. 주목할 부분은 이러한 물의 순환적 반복인 '비'를 통해 나무의 성장을 꾀할 수 있다는 점이다. 반복적 움직임의 중점에는 식물인 나무가 놓여 있으며 물의 순환적 움직임은 나무에 필요한 자양을 공급한다. 식물이 생장함으로써 구현하는 상승은 서정주 시의 공간적 상상력이 천상을 향하는 내적 동력이 된다. 자연의 리듬을 따라 순환하는 가운데 생성과 생장이 이루어진다. 상승적 상상력은 식물이 보여주는 생장의 모습에 힘입어 구체화된다.

서정주는 자연의 흐름에 기대어 공간의 제약을 벗어나려는 다양한 시적 시도를 펼쳐 보인다. 그 중 하나인 그네는 천상을 지향하는 존재의 갈망을 표출한 것이다. 지상에 있는 존재는 천상을 갈망하여 상승을 꾀하지만 지상의 조건을 부정할 수 없는 만큼 현실적인 제약으로 인하여 다시 하강한다. 그네는 진자 운동으로서 일정한 제약을 지니지만 서정주 시의 공간 이동 양태를 이해하는 중요한 실마리를 제공한다. 존재의 조건으로서 왕복의 운동에 대한 시인의 통찰이 담겨 있기 때문이다. 서정주의 공간 이동의 원리는 일정한 공간에 고착되는 것은 아니며 자연의 변화 양상을 통해 순환적인 움직임을 보이는 것으로 이해할 수 있다. 이것은 천변 만화(千變萬化)의 주기적 흐름을 통해 생성의 원리를 표출하는 『周易』의 근본 사상과 같은 맥락을 형성하는 것이다.

현실 공간과 초월 공간 사이의 왕복은 서정주 시의 공간 이동 양상 중의 하나이다. 현실을 떠나 초월적 공간을 향하는 것은 궁극적으로 또 다른 하강으로 귀결되며 하강은 필연적인 것으로 간주된다. 보다 중요한 것은 자연의 순환적인 흐름에 기대어 생성적 상승을 구현하는 것이다. 서정주 시의 공간 이동은 반복되는 자연의 순환에 기대고 있으며 자연의 주기적 변천을 통해 생성의 가능성을 실현함으로써 점진적인 상승을 꾀한다. 자연의 주기적 변환을 거쳐 점차 성장하는 식물은 상승을 보여주는 뚜렷한 징후이다. 식물의 상상력을 빌려 공간은 단순한 반복의 형태에서 벗어나 상승의 움직임을 포괄한다. 공간의 반복을 통해 감지되는 상승의 움직임은 수직적이라기보다 나선에 가깝다. 순환과 상승을 포괄한 움직임은 나선의 형태이다. 나선은 순환하면서 점차 상승하는 동선을 보여준다. 서정주 시의 상승적 상상력은 수직적이고 초월적인 형태를 드러낸다기보다 나선의 형태로 이루어진다.

3. 개화의 공간과 열림의 상상력

공간의 순환적 흐름과 상승의 움직임을 구체적으로 드러내는 것은 식물이다. 식물은 상승적 생장 가운데 생명력의 발현을 구체적으로 드러내어 지상으로부터 새로운 공간을 창조한다. 식물의 생장은 지상의 뿌리로부터 하늘로 상승하는 구체적인 징후이다. 식물은 지상에 뿌리 박은 존재인 동시에 상승의 움직임을 보여주는 존재이다. 지상과 천상을 이어 주는 매개적인 공간을 점유하는 식물이 자신의 위상을 드높이는 것은 개화를 통해서이다. 개화는 공간의 새로운 창출이다. 식물의 생명력은 꽃을 피움으로 해서 그 절정을 구가한다. 개화가 이루어내는 공간은 새로운 공간의 창출이면서 결실을 예비한다는 점에서 또 다른 공간의 가능성을 내포한 것이다. 순환적 자연의 질서라는 측면에서 볼 때 꽃이 사라진 공간은 결실의 공간으로 이어진다는 점에서 공간적 연속성을 확보한다. 꽃이 열어 주는 공간에 대한 기대는 생명력에 대한 갈망의 또 다른 표현이다. 식물이 구현하는 항일적이고 상승적인 생명력은 『화사집』에서 소진된 생명력이 회복하는 단계에 도달하였음을 알리는 것이며 혼돈과 하강의 모습이 극복되었음을 의미한다. 식물이 꽃을 피우기까지는 일정한 조건이 구비되어야 하며 적절한 시간을 필요로 한다. 꽃의 열림은 문의 열림과 동등한 것으로 비유되며 문의 열림은 새로운 공간의 열림으로 이해된다. 서정주는 개화의 공간을 형상화함으로써 초기시를 감싸고 있는 도저한 어둠으로부터 벗어나는 출구를 찾는다. 어둠을 극복하여 개화에 도달하는 것은 고단하지만 의미 있는 행로이다. 개화가 이루어지고 열매 맺기까지의 시간은 성숙한 삶에 도달하기 위한 인내의 행로와 동일시되어 원숙한 삶과 무르익은 식물의 시간은 등치의 것으로 비유되기도 한다.

순이야, 영이야, 또 돌아간 남아.

굳이 잠긴 재ㅅ빛의 문을 열고 나와서

하늘ㅅ가에 머무른 꽃봉오리ㄹ 보아라

한없는 누예실의 올과 날로 짜 느린
채일을둘은듯, 아득한 하늘ㅅ가에
빰 부비며 열려있는 꽃봉오리ㄹ 보아라

순이야, 영이야, 또 돌아간 남아.

저,
가슴같이 따뜻한 삼월의 하늘ㅅ가에
인제 바로 숨 쉬는 꽃봉오리ㄹ 보아라

—「密語」 전문

시의 화자는 '재ㅅ빛의 문을' 열고 나와서 꽃봉오리를 바라보기를 청하고 있다. 문이 열리면 닫혀진 상태로부터 벗어나 외부와의 소통이 가능해진다. 문은 하나의 장소에서 다른 장소로 넘어가는 매개적 수단이자 공간적 이행의 상징이다. 문을 거침으로써 공간의 성격은 달라지게 된다. '굳이 잠긴' 문을 열고 나옴으로써 '열려있는 꽃봉리'가 보여주는 '누예실의 올과 날로 짜느린' 듯 따스한 생명의 공간이 열린다. 문의 열림이 꽃의 열림과 등가의 것으로 비유된다. 문이 열리어 새로운 영역을 보이듯 개화는 새로운 영역을 열어 보인다. 꽃봉오리가 가지는 고운 질감은 '누예실'의 부드러움과 상관 관계를 이루며 이 시의 심상을 부드럽고 아늑한 것으로 이끌어 간다. 꽃봉오리는 '하늘가'를 배경으로 함으로써 지상으로부터 상승적인 방향을 나타내며 꽃봉오리가 가진 공간적 높이를 보여준다.

닫힌 문을 열고 나온 '순이' '영이' '돌아간 남'이 보게 되는 것은 생명의 온기이며 생기 있는 부드러움이다. 온기어린 심상을 이끌어 가는 꽃봉오리의 심상은 각각의 연에서 변화된 양상으로 드러난다. 2연에서 '하늘가에 머무른 꽃봉오리'는 정태적인 모습이지만 점차 보다 동적인 움직임을 보인다. 3연에서 꽃봉오리는 점차 꽃잎이 벌어지면서 '빵 부비며 열려있는' 동적인 모습으로 나타난다. 꽃의 동적인 모습을 드러냄으로써 살아 있는 꽃의 생명력을 강조한다. 개화의 모습을 동적으로 포착함으로써 생명의 생기가 강조된다. 마지막 연에서 꽃은 '숨 쉬는' 가슴과 같은 역동적인 생명성을 가진 것으로 드러난다.

동적인 꽃의 모습은 '굳이 잠긴 재ㅅ빛 문'과 대조를 이룬다. 굳게 닫힌 문의 저쪽이 완강한 폐쇄의 장소라면 '꽃봉오리'가 피어나는 곳은 생명이 개화하는 개방성을 보여준다. 굳게 닫힌 문 저쪽이 생명이 소멸된 저승이라면 꽃이 피어나는 공간은 삶이 영위되는 이승으로 해석될 수 있다. 이러한 공간적 대조는 색채적으로도 확인된다. 잿빛의 문은 무채색으로서 생명의 소멸과 그에 따른 어둠을 묘사한다. 반면 꽃의 빛깔은 삶의 생기를 드러낸다.

꽃봉오리를 바라보는 화자의 시선은 생명에 대한 경이와 찬탄을 담고 있다. 꽃봉오리는 열려 있는 꽃봉오리로 발전되는 점진적인 개화의 모습을 통해 새로운 공간의 창조를 보여준다. 꽃은 하늘을 향하여 열리며 열린 공간은 새로운 생명이 숨쉬는 공간을 상징한다. 굳게 닫힌 잿빛 문을 지나온 삼월의 하늘은 따스한 생명의 온기를 가진 열린 곳으로 변화된다. 이러한 전환은 생명의 온기를 수반하는 것이어서 흥미롭다.

> 눈물로 적시고 또 적시여도
> 속절없이 식어가는 네 흰 가슴이
> 저 꽃으로 문지르면 더워 오리야

아홉밤 아홉낮을 빌고 빌어도
덧없이 스러지는 푸른 숨ㅅ결이
저 꽃으로 문지르면 도라 오리야

애비 에미 기럭이 서리ㅅ발 갈고 가는
九空 中天 우에 銀河水 우에
아— 소슬한 靑紅의 꽃 빌……

門 열어라 門 열어라
鄭도령님아.

—「門열어라 鄭道令아」 전문

그러나 내가 가시에 찔려 앞어헐때는, 네名의少女는 내곁에 와 서는 것이였다. 내가 찔레ㅅ가시나 새금팔에 베혀 앞어헐때는, 어머니와같은 손까락으로 나를 나시우러 오는 것이였다.

손까락 끝에 나의 어린 피ㅅ방울을 적시우며, 한名의소녀가 걱정을하면 세名의少女도 걱정을허며, 그 노오란 꽃송이로 문지르고는, 하연 꽃송이로 문지르고는, 빠알간 꽃송이로 문지르고는 하든 나의傷처기는 어쩌면 그리도 잘 낫는것이였든가.

정해 정해 정도령아
원이 왔다 門열어라.
붉은꽃을 문지르면
붉은피가 도라오고.

푸른꽃을 문지르면

푸른숨이 도라오고.

—「무슨꽃으로 문지르는 가슴이기에 나는 이리도 살고 싶은가」 부분

「門열어라 鄭道令아」에는 주술적인 생명력을 가진 꽃이 등장한다. 꽃이 상징하는 생명력은 보다 적극적으로 활용된다. 화자의 궁극적인 목표는 생명의 회복인데 그것은 문의 열림으로 표현되고 있다. 문의 열림은 폐쇄를 극복하고 외부와의 소통을 가능케 한다. 문이 열림으로써 닫힌 공간의 정체성에서 벗어나 개방된 공간으로 전환된다. 호흡을 하지 못하는 신체는 문이 닫힌 폐쇄 상태와 통한다. 죽음은 신체가 외계와 소통하는 생명 활동을 멈춤으로써 벗어날 길 없는 정체성에 빠진 상태이다. 생명의 소생은 닫힌 문을 열고 새로운 공기를 불어넣는 것과 같다. '스러지는 푸른 숨ㅅ결'은 신체가 외부의 공기를 흡입하고 배출하는 동작이 정지되어 죽음을 맞이하게 된 것을 상징한다.

꽃의 색채적 대조는 소진되어 가는 생명과 대비되면서 생명의 소생에 대한 염원을 명료하게 드러낸다. '흰 가슴'이나 '푸른 숨결'은 소진되어 가는 생명의 징후를 드러내는 색채로서 죽음을 암시한다. 반면 '靑紅의 꽃밭'이 환기하는 색상은 붉고 화려한 색상으로서 생명의 활기를 드러낸다. 꽃의 붉은 색상은 생명이 지닌 불의 타오름[42]이라고 볼 때 생명이 소진되어 가는 '흰 가슴'과 대조된다. 이 시에서 꽃은 생명을 소생시키는 힘을 지닌 존재로 인식되어 꽃이 가진 난만(爛漫)한 생명력을 빌려 죽어 가는 삶이 되살려질 수 있는 상징적인 계기를 얻는다. 꽃의 생명력이 가진 상상적인 특성은 문이 가진 공간성과 연계된다. 열리는 꽃과 열리는 문은 동일한 의미를 가진다. 꽃은 일종의 문으

42) 바슐라르, 이가림 역, 『촛불의 미학』(문예출판사, 1975), pp.97~98.
김현자, 『한국시의 감각과 미적 거리』, 「한국현대시에 나타난 꽃과 새의 시적 변용」(문학과지성사, 1997), p.92.

로 은유되어 폐쇄된 공간을 여는 데 기여한다. 4연에서 '門 열어라'는 명령은 폐쇄성을 열어 개방된 공간으로 전환시키고자 하는 의지를 표명한다. 문이 열림으로써 공간에 활기를 불어넣듯이 스러진 숨결을 다시 통하게 함으로써 생명의 소생이 이루어질 수 있다.

죽음이 초래하는 폐쇄성을 열어 생명이 호흡하도록 변화시킨 꽃은 소생의 원동력을 제공한다. 끊임없이 창조하며 고갈되지 아니하며 재생되는 현실을 식물이 구현하기 때문이다. 이러한 꽃들이 모여 이룬 '靑紅의 꽃밭'은 생명의 꽃밭이며 시상적인 식물로서의 꽃을 넘어서는 상상적 가치를 응집한 곳이다. '靑紅의 꽃밭'을 높이 나는 조류가 비행하는 영역을 넘어서서 가장 상층 공간에 위치시킨 것은 꽃밭에 대한 화자의 기대가 집약되어 있기 때문이다.

「무슨꽃으로 문지르는 가슴이기에 나는 이리도 살고 싶은가」에 담긴 꽃의 기능 역시 생명력의 회복에 있다. 어린 시절의 추억 속에서 꽃은 아픔을 다스리는 존재였다. 꽃은 화자와 소녀들의 마음을 이어 주는 매개적인 존재이다. '붉은꽃을 문지르면 붉은피가 도라오고'는 상처의 회복을 비는 일종의 주술적인 표현으로서 생명력의 훼손을 걱정하는 소녀들의 배려를 드러낸다. 꽃은 단순한 식물이기보다 회복을 희구하는 심리를 전달하는 매개체이다. 식물 자체의 힘보다는 그것을 신성하게 하는 어떤 행동이나 말의 반복에 의하여 신성한 주술적 능력을 부여한 것이라고 이해할 수 있다.[43] 네 소녀의 주술적인 행위를 통해 화자는 상징적인 꽃의 생명력을 구체적으로 체험한다. '나의傷처기는 어쩌면 그리도 잘 낫는것이였든가'는 상징적인 차원인 꽃의 생명력이 감

---

43) 엘리아데에 의하면, 식물이 가지고 있는 주술적이거나 약리적인 가치는 식물의 원형이 하늘에 있다는 사실에서 유래한다. 식물들은 그 자체로 귀중하다기보다 세속적인 공간에서 분리함으로써 그것을 신성하게 하는 어떤 행동이나 말의 반복에 의하여 귀중해진다. 즉, 식물을 채집할 때나 치유를 행할 때 주문을 외움으로써 약초로서 효능을 발휘한다는 것이다.
M. 엘리아데, 『종교사개론』(까치, 1993), pp.283~285 참조.

각적 실재인 몸을 통해 체현된 것에 대한 찬탄의 표현이다.

쉬여 가자 벗이여 쉬여서 가자
여기 새로 핀 크낙한 꽃 그늘에
벗이여 우리도 쉬여서 가자

맞나는 샘물마다 목을추기며
이끼 낀 바위ㅅ돌에 택을 고이고
자칫하면 다시못볼 하눌을 보자.

—「꽃」 4~5연

꽃은 고단한 행보를 쉬어 갈 수 있는 휴식의 공간을 제공한다. '새로 핀 크낙한 꽃'은 생명력의 절정이 담긴 공간을 창출한다. 피어나는 꽃의 모습은 고단한 행보를 계속해 온 화자의 기진한 모습과 대조를 이룬다. 화자는 꽃 그늘에서의 휴식을 통해 생명력의 풍요한 공간을 향유할 기회를 가진다. 꽃이 피어나는 자리는 삶이 깃들 만한 공간이라는 것을 증명한다. 꽃은 생명의 영위에 필요한 환경적 조건이 구비될 때 비로소 개화하기 때문이다. 샘물과 이끼는 꽃 그늘이 풍요한 생명의 공간이라는 것을 내비치는 환경적 증거이다. 꽃 그늘에서 '목을 추기며' 화자는 새로운 생명력을 얻는다. 신선한 물은 갱신의 꿈을 담고 있기 때문이다. 생명력을 회복한 화자는 '자칫 다시 못볼 하눌'을 바라봄으로써 꽃 그늘에서 자신을 돌아보고 보다 드넓은 하늘을 향해 시야를 넓힘으로써 새로운 삶의 각오를 다질 수 있다. 하늘은 중압적인 삶으로부터 해방과 자유를 의미하며 보다 개방된 곳은 희망의 이미지를 전달하기 때문이다.[44] 꽃은 개화함으로써 이전에 없었던 새로운 공간을 열어 준다. 새로이 창출된 개화의 공간에는 생명력과 상승의 활력이 내재되어 있다.

꽃밭은 그향기만으로 볼진대 漢江水나 洛東江上流와도같은 隆隆한 흐름이다. 그러나 그 낱낱의 얼골들로 볼진대 우리 조카딸년들이나 그 조카딸년들의 친구들의 웃음판과도같은 굉장히 질거운 웃음판이다.

세상에 이렇게도 타고난 기쁨을 찬란히 터트리는 몸둥아리들이 또 어디 있는가. 더구나 서양에서 건네온 배나무의 어떤것들은 머리나 가슴팩이뿐만이아니라 배와 허리와 다리 발ㅅ굼치에까지도 이뿐 꽃숭어리들을 달었다. 맵새, 참새, 때까치, 꾀꼬리, 꾀꼬리새끼들이 朝夕으로 이많은 기쁨을 대신 읊조리고, 數十萬마리의 꿀벌들이 왼종일 북치고 소구치고 마짓굿 올리는 소리를허고, 그래도 모자라는놈은 더러 그속에 묻혀 자기도하는것은 참으로 當然한 일이다.

—「上里果園」 1~2연

이 시에서 화자는 꽃들의 상징적 가치를 감각적이고 구체적인 사물을 통해 공간화한다. 꽃들은 강물의 흐름에 비유됨으로써 확장된 공간적 이미지를 얻는다. 향기는 꽃의 존재를 후각적으로 느끼도록 하는데 그 향기의 난만함을 '漢江水나 洛東江上流'로 표현함으로써 비가시적인 감각을 강물이라는 구체적인 공간 감각으로 바꾸어 놓는다. 또한 여린 꽃잎의 순수한 아름다움을 '얼골'로 표현하여 삶의 생기를 직접적으로 느끼도록 장치한다. 그 얼굴은 낯선 이들의 그것이 아니라 '조카딸년들이나 그 조카딸년들의 친구들의 웃음판'과도 같다는 형용을 통해 친근함을 배가시킨다.

꽃이 만개한 과원(果園)은 '기쁨을 찬란히 터트리는' 듯한 공간적 특

44) 이-푸 투안, 앞의 책, p.77.

질을 가진다. 꽃밭은 이전에 볼 수 없었던 기쁨이 만개한 장소이며 풍요한 결실을 예비하는 공간이다. 과원에 날아드는 새들과 꿀벌들은 '북치고 소구치고 마짓굿 올리는 소리를' 하여 개화의 공간이 일종의 축제의 장임을 알린다. 화자는 이 공간과 친연성을 느끼기 위하여서는 꽃과의 거리를 최소화할 것을 제안한다. '꽃 닢사귀들을 우리 몸우에 받어' 봄으로써 꽃의 몸과 우리의 몸이 직접적으로 만나는 것이다. 축제와도 같은 기쁨의 공간에 '서름'이나 '슬픔'은 끼어들 여지가 없음을 화자는 강조한다. 꽃이 열어 보이는 것은 꽃 자체뿐 아니라 순수한 기쁨과 웃음 또한 포함된다. 웃음은 닫힌 얼굴을 열어 준다. 꽃의 열림은 감정의 열림인 웃음과 통한다. 꽃이 가득한 과원은 정서적 고양이 이루어지는 자리이다. 과원은 생명력이 가득한 상승적 공간이다. 화자는 꽃의 생김새를 사람의 신체로 은유함으로써 개화라는 생명 현상을 감각적으로 전달한다. 생명의 축제가 벌어지는 과원은 풍요한 생명성을 향유하며 상승의 기쁨을 만끽할 수 있는 공간이다.

노래가 낫기는 그중 나아도

구름까지 갔다간 되돌아오고,

네발굽을 쳐달려간 말은

바닷가에 가 멎어버렸다.

활로 잡은 山돼지, 매「鷹」로 잡은 山 새들에도

이제는 벌써 입맛을 잃었다.

꽃아. 아침마다 開闢하는 꽃아.

네가 좋기는 제일 좋아도,

물낯바닥에 얼굴이나 비취는

헤엄도 모르는 아이와 같이

나는 네 닫힌 門에 기대 섰을 뿐이다.

門 열어라 꽃아. 門 열어라 꽃아.

벼락과 海溢만이 길일지라도

門 열어라 꽃아. 門 열어라 꽃아.

—「꽃밭의 獨白—娑蘇 斷章」 전문

꽃의 피어남은 하나의 세계를 열어 준다. '열림'이라는 점에서 꽃의 개화는 새로운 공간을 열어 주는 문이라고 할 만하다. 화자는 꽃의 개화를 두고 '아침마다 개벽'한다고 하여 개화와 개벽을 동등한 차원으로 간주한다. 꽃이 열어 보이는 공간은 천지의 열림과 동일한 공간적 의미를 갖는다. 꽃의 피어남에서 미처 경험하지 못한 새로운 공간을 탐지하였기 때문이다. 꽃이 열어 보이는 공간은 1연에서 6연까지의 공간과는 그 성향이 판이하다. 노래는 창조적인 공간을 펼쳐 보이기는 하지만 곧 사라져 버리는 한계를 가진다. 화자는 그 제한된 영역을 '구름까지' 라고 표현한다. '네발굽을 쳐 달려간 말' 역시 일정한 장소에 이르면 멈추어야 한다. 바닷가는 말이 닿을 수 있는 육지의 끝인 동시에 새로운 공간이 시작되는 경계의 지점이다. 말은 바다라는 또 다른 공간 앞에서는 멈출 수밖에 없다.[45] 꽃이 열어 주는 공간은 노래나 말이 향유할 수 있는 공간과는 달리 무한 공간에 가까운 상징성을 부여받는다. 꽃은 일종의 문으로 은유되는데 꽃이 열어 주는 문은 닫힌 공간을 열어 하늘을 향한다는 점에서 지상과 천상을 연결하는 수직적인 문에 가깝다. 땅으로부터 솟아나 하늘을 향한 꽃은 수직의 상하를 연계해 주는 매개적 역할을 하며 하늘을 향해 열려진 문이라는 은유를 가진다. 꽃의 개화라는 역동성은 상승적 공간의 높이를 가지는 계기가 된다.[46]

꽃이 열리는 공간 앞에 선 화자는 피어나는 꽃을 바라보는 자신의 태도를 물에 얼굴을 비추는 아이의 태도로 비유한다. 꽃을 앞에 둔 화자는 관조적 거리를 둔다. 관조적 거리를 두고서 꽃에 얼굴을 비추어낸다. 꽃이 열어 주는 개화의 공간은 스스로의 아름다움을 들여다보는 반영(反影)의 공간이기도 하다. 얼굴을 대하는 것은 그저 바라다보는 것과는 다른 차원을 보여준다. 얼굴을 통해 존재는 보다 깊이 접촉할 수 있다. 얼굴을 통한 접촉에서 존재와의 대면은 깊이를 얻으며, 열려 있음을 통하여 자신의 존재성을 부각시킨다. 꽃이 열리기를 바라면서 화자는 자신의 얼굴을 꽃에 열어 보이고 있는 것이다.[47] 화자는 얼굴을 비추어내고 있지만 몸의 한 부분으로서 얼굴을 드러내는 것이 아니라 자신의 내면을 비추어 내는 것과 같다. 꽃인 물에 얼굴을 비추고 영상

45) 김인환은 「꽃밭의 독백」을 심리 독백이 담긴 시라고 분석한다. '노래'는 노래로 대표되는 예술과 학문의 세계로서 유한하고 상대적인 세계이며 네 발굽쳐 달려간 말은 인간의 욕망과 의지, 애욕과 전쟁을 의미하지만 그것도 멈출 수밖에 없는 한계를 가진다고 분석한다. 애욕과 전쟁의 성취라는 것 자체가 무의미하다는 점에서 노래와 말은 한계를 지닐 수밖에 없는 협소한 세계로 본다.
김인환, 『상상력과 원근법』(문학과지성사, 1993), pp.100~101.

46) 가스통 바슐라르, 이가림 역, 『물과 꿈』(문예출판사, 1980), p.40.

을 들여다보는 나르시스트적인 태도는 자신의 내면을 들여다보려는 화자의 의지를 표출한다. 화자는 열린 꽃을 통해 자기 자신을 들여다본다. 이렇게 본다면 개화는 객관적인 세계의 열림인 동시에 안으로 열리는 자신의 내면을 상징하기도 한다. 내면이 천지 개벽하듯 열리기를 바라는 것은 존재의 질적 전환을 말한다. 꽃의 열림을 통해 화자가 희구하는 것은 숨겨진 내면의 열림이다.

화자는 개화의 공간이 내면의 열림으로 전환되기 위해서는 삶의 어둡고 고단한 이면을 견디는 역경의 감내가 필요하다는 사실을 암시한다.

누님.
눈물 겨웁습니다

이, 우물 물같이 고이는 푸름 속에
다수굿이 젖어있는 붉고 흰 木花 꽃은,
누님.
누님이 피우셨지요?

퉁기면 울릴듯한 가을의 푸르름엔
바윗돌도 모다 바스라져 네리는데……

저, 痲藥과 같은 봄을 지내여서

47) 레비나스는 얼굴은 사물들과의 대면과는 다른 차원을 열어 준다고 파악한다. 얼굴은 하나의 전체성이며 스스로 표현하는 방식이라는 것이다. 레비나스에 따르면, 얼굴을 통해서 존재는 더 이상 그것의 형식에 갇혀 있지 않고 우리 자신 앞에 나타난다. 얼굴은 열려 있고 깊이를 얻으며 열려 있음을 통하여 개인적으로 자신을 보여준다. 얼굴은 존재가 그것의 동일성 속에서 스스로를 나타내는, 다른 어떤 것으로 환원할 수 없는 방식이다.
E. 레비나스, 강영안 역, 『시간과 타자』(문예출판사, 1996), pp.135~137.

저, 無知한 여름을 지내여서

질갱이 풀 지슴ㅅ길을 오르 네리며

허리 굽흐리고 피우섰지요?

—「木花」 전문

목화꽃은 바위와 대조적인 심상을 보여준다. 목화꽃의 부드러운 질감과 양감은 바윗돌의 단단한 심상과는 대조된다. 부스러지는 바윗돌이 시간의 경과를 통해 풍화와 소멸의 과정을 보여준다면 목화는 시간의 흐름을 통해 성숙된 결실을 보여준다. 바윗돌이 시간의 흐름을 거쳐 자신의 공간적 양감(量感)을 잃어버리는데 반하여 목화꽃은 부드러운 공간적 양감을 확대하고 지속시킨다.

시간의 경과를 통해 부드러움을 획득하는 목화의 심상은 누님의 심상과 상관 관계에 놓인다. 목화꽃이 누님이 보여준 인고와 노동의 산물[48]이라는 점은 화자가 목화꽃을 정겨운 시선으로 바라보는 요인이다. 목화꽃의 피어남은 누님과 화자를 이어 주는 매개의 역할을 하게 된다. 목화꽃의 존재를 빌어 화자는 누이의 '질갱이 풀 지슴ㅅ길을 오르네리'는 삶을 연민의 시선으로 바라본다. 길을 오르내리는 것은 무의미한 반복적 행위가 아니다. 반복적인 행위의 중심에는 생장하는 목화가 놓여 있다. 「추천사」의 그네가 보여주었던 오르내리는 반복 운동과는 달리 목화를 가꾸기 위하여 길을 오르내리는 반복적 노동은 의미있는 생장과 결실을 가져다 준다. 개화가 빚어내는 보람이 가득한 공간의 이면에는 '痲藥'과 '無知'로 비유된 어둡고 음습한 그늘이 자리하고 있으며 개화는 이 어두운 공간을 극복한 산물이다. '지슴ㅅ길'을 오르내리는 일은 고단하지만 궁극적으로는 목화를 피워내는 보람으로

48) 최동호, 「꽃, 그 시적 형상의 구조와 미학」, 『한국현대시의 의식현상학적 연구』(고려대 민족문화연구소, 1989), pp.243~244.

귀결된다. 이 점에서 '지슴ㅅ길'은 생명력이 소모되는 「花蛇」의 '뒤안길'이나 「麥夏」의 피흘리고 가는 '두럭길'과는 대조된다. 목화꽃이 생명의 온기를 유지하는 데 있어서 유용한 식물이라는 점은 『花蛇集』에 수록된 「대낮」의 '따서 먹으면 자는듯이 죽는다는 붉은 꽃'이나 「花蛇」의 '사향 박하'의 쓰임새와는 구분된다. 생명력을 소진케 하는 꽃과 구분되는 목화의 유용성은 반복된 노동의 고단함이 헛된 것이 아님을 알게 한다. '질갱이 풀 지슴ㅅ길을 오르 네리며 허리 굽흐리'는 삶은 굴곡 많은 인생의 행로를 암시한다. 붉고 흰 목화꽃은 역경 이후에 피어난 보람의 상징적 공간을 열어 보여준다. 목화는 '푸르름'을 가진 하늘이라는 상방(上方)의 공간을 향하고 있기 때문이다.

한송이의 국화꽃을 피우기 위하여
봄부터 솥작새는
그렇게 울었나보다

한송이의 국화꽃을 피우기위해
천둥은 먹구름속에서
또 그렇게 울었나보다

그립고 아쉬움에 가슴 조이든
머언 먼 젊음의 뒤안길에서
인제는 돌아와 거울앞에 선
내 누님같이 생긴 꽃이여

노오란 네 꽃닢이 필라고
간밤엔 무서리가 저리 네리고

내게는 잠도 오지 않았나보다

—「菊花옆에서」 전문

1연과 2연의 '솥작새'와 '천둥'의 울음은 국화꽃이 피기 이전의 상태를 드러내는 이미지이다. 개화 이전의 상황은 어둠이 지배적이다. '솥작새'의 긴 울음은 대낮보다 어두운 밤에 들려 오며 먹구름 속에서 우는 천둥은 밝은 빛이 가리워진 상황에서 거칠고 암담하게 울린다. 봄과 여름은 천지에 미만한 어둠과 미정형의 상황에 대한 암시이다. 이러한 봄에 들리는 새 울음소리와 여름의 천둥 소리는 가을의 정제된 모습과 극명한 대조를 이룬다. '솥작새'의 울음과 천둥의 울음은 일종의 반복을 통한 강조이다. 이와 같은 강조는 울음이라는 측면에서 새와 천둥이라는 두 단어의 결합을 묶는 공통 요소가 된다. 새와 천둥은 유사성이 적다는 점에서 함께 묶이기 어려운 단어들이지만 울음소리를 낸다는 점에서 연계성을 가진다. 화자가 지내온 봄은 새의 울음소리로 가득하며 여름은 천둥의 소리로 혼돈스럽다. 울음은 혼돈의 상황을 드러낸다. 어두운 공간을 채우는 새의 울음과 천둥 소리는 국화의 피어남을 극적으로 강조하는 효과를 가져온다.

1, 2연은 어두운 공간에서 울리는 새와 천둥 소리를 통해 청각적 심상을 강조하는 반면 3, 4연은 시각적인 이미지를 강조하여 개화의 역동적 공간을 묘사한다. 울음이 의미하는 혼돈은 과거이며 국화의 개화는 현재이다. 이와 같은 대비 효과는 '머언 먼 젊음의 뒤안길'과 '인제는 돌아와' 바라보는 거울에서도 확인된다. 울음이 들리던 시간은 과거이며 젊음의 뒤안길 역시 지나가 버린 시간과 공간을 의미한다. 반면 국화가 피어나는 시간과 거울 앞에 선 시간은 현재이다. 화자는 국화꽃의 개화 과정과 원숙한 여인의 인생 역정이 긴밀한 연관을 가지고 있음을 암시한다. '머언 먼 젊음의 뒤안길'은 1 · 2연의 봄과 여름이 상

징하는 혼돈과 미정형의 상태에 해당한다. '머언 먼'의 부사는 젊음의 행로에서 멀리 벗어나왔다는 의미로 해석되지만 젊음의 길이 분명한 이정표나 목표가 없는 종잡을 수 없는 미로와 같은 것이었음을 암시하기도 한다. 이러한 젊음의 시간은 '뒤안길'로 공간화됨으로써 혼돈과 당혹감에 찬 것이었음을 강조한다. 이에 비하여 '거울'은 '뒤안길'과 대척적인 공간이다. 뒤안길이 혼돈에 휩싸여 있다면 거울은 관조[49]와 정돈을 이루어내는 차분한 공간이라는 점에서 그러하다. 거울은 모습을 비추어 봄으로써 흐트러진 모습을 가다듬어 질서를 부어하도록 돕는 기능을 가진다. 정제된 모습을 상징하는 거울의 이면에는 뒤안길의 어둡고 혼돈스러운 공간이 놓여 있다. 거울은 정면을 바라볼 때 거울의 기능을 제대로 발휘할 수 있다. 거울은 전면을 향한 공간이라는 점에서 어둡고 흐트러진 '뒤안길'이라는 이면과 대조된다. '인제는'이라는 시어를 사용하여 화자는, 혼돈의 시간이 종료되었으며 '뒤안길'의 어둡고 혼란스러운 공간과는 구별되는 공간에 자리하고 있음을 알린다.

국화의 개화는 혼돈의 종료이다. 생명의 신비스러운 개화에 가슴 조이는 설레임은 새로운 공간에 대한 기대로 말미암은 것이다. 개화 이전의 무서리가 내리는 밤은 개화의 이면에 어둠의 심상이 자리하고 있음을 드러낸다. 이러한 어둠은 개화로 말미암아 해소될 것이란 기대감이 '노오란 네 꽃잎'에 서려 있다. 노오란 꽃잎은 어둠을 사라지게 하는 광명과 같은 빛이다.

이 시의 화자가 국화를 바라보는 위치는, 제목이 암시하듯, 앞이 아닌 '옆'이어서 독특하다. 화자와 국화는 나란히 놓여 있는 셈이며 화자의 시선은 국화의 측면으로 향한다. 이러한 시선은 국화를 위에서 내

---

49) 천이두, 「지옥과 열반」, 『시문학』(1972. 6~9), p.22.
김재홍, 「미당 서정주」, 앞의 책, pp.329~330.

려다보는 위압적인 시선과는 달리 친밀감을 형성하기에 용이하다. 옆은 앞과 달리 공간을 독점적이거나 배타적으로 점유하지 않는다. 앞은 대상의 전면을 향하기에 독점적인 공간이지만 옆은 독점적이거나 배타적인 성격을 띠지 않고 다시 옆으로 이어질 수 있다. '옆'은 공간과 공간을 이어 주는 연결 지점이나 매개 지점으로 기능한다. '菊花옆'은 나와 국화를 매개해 주는 자리이며 생명의 발현인 국화와 친밀도를 증가시키는 것이라고 할 수 있다. 개화 이전의 혼돈의 공간은 개화를 통하여 혼돈을 극복하고 생명의 절정을 창출한다. 이 창조의 집중성과 역동성은 국화꽃에만 집중되는 것이 아니라 옆에 선 '나'를 거쳐 또 다른 옆으로 확대될 여지를 가진다. '菊花옆'은 매개적인 공간적 특성을 지닌다. 또한 개화의 생명력은 국화를 중점으로 하여 방사상으로 확대된다. 국화의 꽃잎이 하나의 중점을 향하여 모여들고 또한 확산된다는 점을 상기할 때 공간적 확산성을 가짐을 알 수 있다. 「菊花옆에서」의 개화는 열림의 공간을 보여주며 집중과 확산의 절묘한 움직임을 담는다.

「木花」와 「菊花옆에서」를 통해 혼돈에 찬 공간은 생명의 창조적인 공간으로 재편된다. 어둡고 혼란스러웠던 뒤안길을 극복하고 생명의 탄생으로 전환하는 힘이 개화에 담긴 의미라고 볼 수 있다. 꽃은 생명성을 집중적으로 드러내며 다시 확산시키는 힘을 지닌다. 개화의 역동성을 바탕으로 이후의 시는 상승에의 욕구를 구체화시키기 시작한다. 꽃이 지상과 천상을 연계하는 상승 지향적인 존재라는 점에서 매개적인 특성이 확인된다.

서정주는 개화의 공간적 특성을 빌어 열림의 상상력을 보여준다. 꽃이 열리는 것은 새로운 공간을 여는 것과 동일하다. 꽃은 문으로 비유되거나 문과 연계되는 이미지를 지니는데 이는 꽃과 문이 열린다는 측면에서 동일한 공간적 기능을 가진 것으로 간주할 수 있기 때문이다.

문은 폐쇄 공간을 열어 주고 이질적인 공간과 공간을 이어 주는 역할을 한다. 이러한 문의 매개적 역할은 꽃의 공간적 특성과 상통하는 것으로 이해할 수 있다. 꽃은 닫힌 공간을 열어 새로운 공간을 열어 주고 삶의 생기를 부여한다. 꽃을 통한 열림의 상상력은 이전의 고립된 공간으로부터 벗어나는 계기를 제공할 뿐만 아니라 하강적인 어둠을 극복하고 상승적인 역동성을 보인다. 꽃은 향일성을 가지고 상승하며 환경적인 조건이 충족되었을 때 개화하기 때문이다. 개화의 공간은 생명력이 충민한 공간이다. 개화의 생명력을 빌려 서정주는 상승 공간 지향 의지를 분명하게 드러낸다. 꽃은 상승의 매개체로서 공간적 상승을 주도한다.

꽃이 내포한 매개적 기능은 두 가지로 분기되어 이후의 시에서 나타난다. 꽃이 열어 준 하늘로 향하는 상승 지향 의식은 이후 시에서 보다 분명하고 구체적인 형태로 제시된다. 창공을 따라 올라가려는 상승적인 의지는 하늘을 절대 공간으로 설정하고 이를 따라가려는 역동적 양상으로 전개된다.

또 다른 하나는 꽃에 상징적으로 내포된 여성성을 따라가려는 의지이다. 초기시와는 구분되는, 원숙하고 창조적인 여성적 공간에 대한 기대와 모성적 공간으로의 귀환은 이후 서정주 시의 중요한 흐름 중의 하나이다. 이러한 여성적 공간에의 경도는 여성이 상징하는 생명 창조성과 모성이 내포한 안위로 구체화된다. 여성적인 공간으로 귀환하려는 움직임은 고향으로 향하는 회귀의 형태를 띠며 이러한 경향은 『질마재 신화』를 통하여 본격화된다. 개화의 공간은 상승 공간과 여성적 공간으로 나아가는 매개 지점인 셈이다.

제4장
상향 공간과 역동적 상상력

1. 산과 매개 공간의 구축

공간적 상상력에서 주목할 부분은 공간과 공간을 이어 주고 분절시키는 매개적 공간의 설정이다. 매개적 공간은 화자의 지향점을 보다 분명히 드러내는 공간으로 기능하여 두 영역 사이에 존재한다. 이러한 매개 공간은 산으로 나타나는데, 산은 수평적인 공간으로부터 출발하여 수직적인 공간과의 중간 지점에 자리한다. 산은 지상과 천상을 이어 주며 천상의 긍정적인 가치를 지향하는 공간이다. 산은 두 공간을 매개[50]하는 역할을 하거나 성장을 내포한 공간으로 자리함으로써 상승을 주도한다. 산의 등성이는 상승 공간을 향한 도정이라는 의미를 가진다.

50) 정진홍, 「산과 한국인의 종교」, 『산과 한국인의 삶』(나남, 1993), p.41.

가난이야 한날 襤褸에 지내지않는다.
저 눈부신 햇빛속에 갈매빛의 등성이를 드러내고 서있는
여름 山같은
우리들의 타고난 살결 타고난 마음씨까지야 다 가릴수 있으랴

青山이 그 무릎아래 芝蘭을 기르듯
우리는 우리 새끼들을 기를수밖엔 없다.
목숨이 가다 가다 농울쳐 휘여드는
午後의때가 오거든
內外들이여 그대들도
더러는 앉고
더러는 차라리 그 곁에 누어라

지어미는 지애비를 물끄럼히 우러러보고
지애비는 지어미의 이마라도 짚어라

어느 가시덤불 쑥굴헝에 뇌일지라도
우리는 늘 玉돌같이 호젓이 무쳤다고 생각할일이요
青苔라도 자욱이 끼일일인것이다.

—「無等을 보며」 전문

이 시는 가난은 남루에 불과하다는 단정적인 언술로 시작된다. 가난은 가변적인 것이고 대체가 가능한 의복으로 은유된다. 벗어 버리기 쉬운 외양과 내면이라는 대조적인 방식을 택함으로서 남루한 외피인 가난이 내면의 빛남을 손상시킬 수 없다는 뜻을 지니게 된다.[51] 외양에 불과한 가난은 여름산의 무성한 생명력에 의하여 극복된다. 남루함의

극복은 청산이 주는 풍요한 상징에 힘입은 것이다. 청산은 생명이 깃들어 자라는 곳이며 상승의 공간성을 지닌다. 갈매빛 등성이는 산의 정점을 향한 상승의 선을 보여준다. 빛나는 내면에 대한 신념은 여름산의 등성이로 표현됨으로써 구체성을 얻는다. 비가시적인 내면 세계를 가시적인 공간으로 바꾸어 놓음으로 화자의 의도를 분명하게 드러낸다. 청산의 높이는 삶에 내재된 지고한 가치로 전환된다.

'청산'은 포용과 양육의 장소이다. 청산과 내외들은 '무릎아래' 자손을 기른다는 점에서 공통된다. 청산이 지란을 기르는 것과 내외들이 자식을 양육하는 행위는 동일시된다. 양육은 유기체가 점차 자라난다는 점에서 상승과 관련이 있다. 청산은 상승의 운동이 집약된 곳이라고 할 만하다. 남루는 본질을 가리우는 은폐 작용을 하지만 청산은 강한 포용력을 보여주어 대비된 모습을 보인다. 청산은 고난과 마주쳤을 때 휴식과 보살핌이 허락되는 장소이기도 하다. '가시덤불 쑥굴헝'은 '襤褸'와 연관성을 가진 시어로서 신산한 삶을 상징한다. '갈매빛 등성이'와 대조되는 공간인 '가시덤불 쑥굴헝'은 양육과 생장이 불가능한 황폐한 곳이며 하향적인 공간에 해당한다. 황폐함 가운데에서도 옥돌의 존재에 대한 환기는 강인한 삶의 의욕을 고양시키는 역할을 한다. 산에 묻힌 '玉돌'은 내부에 숨겨진 아름다움[52]으로서 그 빛이 사그러지지 않는 결정체이다. 옥돌은 현재는 비록 '무쳤'으나 보석의 정화된 이미지를 간직하여 장차 세상에 스스로의 빛을 내보이게 될 것이다.

푸르른 여름산의 등성이는 지상으로부터 출발하여 하늘로 이어지는 매개적인 동선을 형성한다. 지상으로부터 솟은 산은 하늘에 가장 가까

---

51) 남루하고 보잘것 없는 외면과 감추어진 내면의 아름다움이라는 대비는 노자의 『道德經』 70장 중 "是以聖人被褐懷玉"(성인은 겉으로는 남루한 갈옷을 입고 속으로는 아름다운 옥석을 품는다)에서 찾아볼 수 있다.

52) 바슐라르는 "대지의 지각은 쇠부스러기나 화산의 용암에 지나지 않는다. 그 아름다움은 내부에 잠겨있다"고 본다.
가스통 바슐라르, 민희식 역, 『대지와 의지의 몽상』(삼성출판사, 1982), p.376.

이 갈 수 있는 공간이다. 이러한 상승 지향성은 산 자체의 공간성뿐만 아니라 여름산이 품고 있는 식물적 생장에서도 확인된다. 수직으로 자라는 식물은 상승의 구체적인 징후이며 상승 의지의 지속성을 확인하게 한다.

성장 공간으로서의 산은 하늘로 향한 수직의 공간성을 보여준다. 청산이 삶의 남루함을 견디는 상징적 힘을 부여받는 것은 산이 가진 상향적 공간성과 무관하지 않다. 수직축은 희망을 상징[53]하는 공간으로 작용하기 때문이다. 성상의 공간으로서 산이 가지는 가능성은 유한한 삶을 자각하고 갱신하려는 의지를 부여하는 역할을 한다.

> 山아 푸른 山아 나보다는 덜 닳아진,
> 上代 三皇氏ㅅ적부터 닳은 나보다는 덜 닳아진,
> 나보다는 젊고 키가 큰 山아
>
> 내가 살다 마침내 네 속에 들어가면
> 바람은 우릴 안고 돌고 돌아서,
> 우리는 드디어 차돌이라도 되렷다.
> 눈에도 잘 안 뜨일 나를 무늬해
> 山아 넌 마침내 차돌이라도 돼야 하렷다.
>
> 그러면 차돌은 또 아양같이 자리해서
> 자잘한 細砂, 細砂, 細砂라도 돼야 하렷다.
> 그 細砂의 細砂는 또 뻘건 흙이라도 돼야 하렷다.

---

53) 이-푸 투안, 앞의 책, p.151.

그렇거든 山아
그때 우린 또 같이 누워
출렁이는 벌판의 풀을 기르는
제일 오래고도 늙은 것이 되리니

—「無題」 부분

이 시에서 산은 생명력의 공간으로 인지된다. 푸른 산은 '나보다 덜 닳아진 키가 큰 산'으로 인격화된다. 양육의 공간으로서 산이 가진 특징으로 말미암아 화자는 산을 늘 '젊은' 공간이라고 간주한다. 산의 생명력은 '출렁이는 벌판의 풀을 기르는' 것으로 구체화된다. 변화하는 시간을 통해 산은 벌판이 되는 공간적 전환을 거쳐 풀을 기르는 터전이 된다. 유한한 생명을 누릴 수밖에 없는 화자는 산과 '같이 누워' '풀을 기르는' 양육의 행위를 통해 생명의 유기적 흐름에 기여할 수 있는 계기를 마련한다. '오래고도 제일 늙은 것'이 새롭고 신선한 생명의 바탕이 된다. 양육의 터전이 됨으로써 젊음에서 노년에 이르는 직선적 행로의 허무함을 극복하는 방편을 마련하는데 그 토대는 산이 가진 공간적 특성에서 형성된 것이다. 성장의 터전으로 인식된 산은 무한한 생명의 장소로 인식된다. 산과의 상징적 동일시를 통해 나의 존재성은 변환된다. 생장의 터전이 됨으로써 삶의 허무한 일회성을 극복하여 존재를 갱신할 수 있는 토대를 구축한다.

어느날 아침
나는 문득 눈을 들어 우리 늙은 山둘레들을 다시 한번 바라보았다. 역시 꺼칫꺼칫하고 멍청한것이 잊은듯이 앉어있을 따름으로, 다만 하늘의 구름이 거기에도 몰려와서 몸을 대고 지내가긴 했지만, 무엇때문에 그 밉상인것을 그렇게까지 가까이하는지 여전히 알길이 없었다.

허나 이튿날도 그 다음날도 또 그 다음날도 이것들이 되풀이해서 사귀는 모양을 보고있는동안 그것이 무엇이라는걸 알기는 알았다.

그것은 우리 한쌍의 젊은 男女가 서로 빰을 마조 부비며 머리털을 매만지고 하는 바로 그것과 같은것으로서, 이짓거리는 아마 몇十萬年도 더 계속되어 왔으리라는것이다. 이미 모든 땅우의 더러운 싸움의 찌꺽이들을 맑힐대로 맑히여 날아 올라서, 인제는 오직 한빛 玉色의 터전을 영원히 흐를뿐인—저 한정없는 그리움의 몸짓과같은것들은, 저 山이 젊었을때부터도 한결같이 저렇게만 어루만지고 있었으리라는것이다.

〔… 중략 …〕

이튿날.

밝은 날빛속에서 오랫동안 내눈을 끌게한것은, 필연코 무슨 사연이 깃들인듯한—그곳 綠蔭이었다. 뜯기어 드문드문한대로나마 그속에선 무엇들이 새파랗게 어리어 소근거리고있는듯하더니, 문득, 한 큰악한 향기의 가르마와같이 그것을 가르고, 한 소슬한 젊은이를 실은 金빛 그네를 나를 향해 내어밀었다. 마치 山 바로 그 自己아니면 그 아들딸이나 들날리는것 처럼…….

—「山下日誌抄」 1연 · 3연

산은 자연의 불변성뿐만 아니라 존재 갱신의 가능성을 담고 있는 공간이다. 이 시에서 화자는 산과의 점진적인 친화를 보여준다. 산은 애초에는 '그 밉상인 것', '꺼칫꺼칫하고 멍청한것'으로 인지된다. 화자는 산과 '몸대고 지나가는' 구름이 보여주는 친화의 양상을 이해하지 못한다. '그 다음날도' 거듭되는 구름과 산이 보여주는 반복된 친화의 행위는 산에 대한 편협한 시선에서 벗어나 산이 가지는 공간에 대한 새로운 이해에 도달하게 한다. 구름은 자유롭게 이동하는 특성을 가지지만 산은 구름의 운동성과 대비되는 둔중한 고착의 특성을 가진 공간이다. 산과 몸대고 지나가는 구름의 묘사를 통해 산의 공간 위치와 구름의 공간적 위상은 근접한 것으로 묘사된다. 이러한 묘사를 통해 구름과 산이 지상과 천상으로 분리된 공간이 아니라 하나의 연계된 공간이라는 점을 이해하게 된다. 산은 천상의 구름에 가 닿을 수 있는 매개 공간으로 인지된다. 산은 '찌꺽이들을 맑히어 날아오르는' 지상적 승화의 공간이며 '玉色의 터전'이라는 인식이 바탕이 되면서 천상적 승화를 이루는 공간으로 이해된다. 산은 욕망의 찌꺼기를 정화시키는 공간으로 가벼움을 성취하여 구름이 있는 하늘과 연계되는 공간이다. 산은 '옥색의 터전'으로 은유되고 있는데 옥색은 하늘의 색이며 이 색깔이 응집된 광물은 산의 소산이라는 점에서 땅과 하늘을 매개하는 산의 역할에 조응하는 비유로 이해할 수 있다.

3연에서 '밝은 날빛속에서' 바라본 산은 '綠蔭'으로 둘러싸인 공간이다. '綠蔭'은 식물의 생장이 보여주는 생명력의 빛깔이라고 할 수 있다. 산은 하나의 성숙한 존재로서 화자와 교감의 손을 내미는 것으로 묘사된다. '금빛 그네'는 산과 화자 사이의 교감을 비유한 것으로 역동적인 교류의 양상을 드러낸다. 산을 인격체로 비유함으로써 보다 가까운 교류의 대상으로 여기게 하여 친밀감을 강화시킨다. 산이 그네의 형태를 빌어 화자에게 다가옴으로써 그네는 산과 화자를 이어 주는 매개물로 존재하며 산과 화자는 연계된 공간을 향유하게 된다.

구름과 산의 친화, 산과 나의 교감을 통하여 화자는 산을 역동적인 공간으로 인지하게 된다. '더러운 싸움의 찌꺽이'를 맑게 하는 정화의 공간으로서 산이 가진 기능과 산에서 자라는 나무의 무성한 생명력은 산을 역동적인 공간으로 인지하게 하는 근원이다. '옥색의 터전'인 산은 지상과 천상을 이어 주는 매개 공간으로 자리한다.

산은 지상으로부터 점진적으로 상승하는 공간이라는 의미를 담는다. 산이 내미는 그네가 지상적 인간과 산을 이어 준다면 산으로 오르는 '다리'는 산과 인간을 연결하는 또 다른 매개 공간이다.

어느날 언덕길을 喪輿로 나가신 이가
그래도 안 잊히어 마을로 돌아다니며,
낮모를 사람들의 마음속을 헤매다가,
날씨 좋은 날
날씨 좋은 날 휘영청하여
일찌기 마련했던 이 別邸에 들러 계셔

그보다는 적게 적게 땅을 기던 것들의 넋백도 몇 이끌고
맑은 山 위 이내「嵐」ㅅ길을
이 別邸에 들러계셔

現生하던 나날의 맑은 呼吸, 呼吸으로 다짐하고
마지막 茶毘의 불 뿜어 아름다이 落成했던
이 別邸에
이 別邸에
이 別邸에
들러 계셔

鷄林 사람들은 이것을 잔치하고
이 구름 및 수풀을 성하게 하고
이 別邸 오르내리기에 힘이 덜 들게
돌로 빚어 다리를 그 아래에 놨더라.

—「구름다리」 부분

이 시에서 산은 구름으로 둘러싸임으로써 내밀한 공간을 형성한다. 구름이 보호해 줌으로써 산은 방과 같은 안정감과 내밀함을 얻게 된다. 산은 주거 공간 중 가장 높은 곳에 위치한 방인 '다락'에 대응하는 것으로 인지된다. 이러한 산과 다락의 조응은 일상 생활 공간과는 거리를 두고 있는 산을 주거 공간으로 이끌어들이는 효과를 가져온다. 산과 방의 일치는 자연의 공간을 폭넓게 향유하는 공간의 확장을 가져온다. 삶의 공간은 지상의 주거의 공간에 제한되지 않고 산과 같이 높은 곳에도 자리할 수 있음을 보여준다. 이러한 공간의 확대는 매개 공간인 '구름다리'를 설정함으로써 보다 구체화된다.

「구름다리」에서는 죽음으로 인하여 생전의 공간과 결별하지 않을 수 없는 상황에서도 '그래도 안 잊히어' 지상 위의 방인 '別邸'로 되돌아온다. '땅을 기던 것들의 넋백도 몇 이끌고' 별저로 향함으로써 그들과 더불어 상승하는 길을 택하게 된다. 하강적인 존재인 넋백과 더불어 오르는 별저는 초월적인 공간이거나 배타적인 공간이 아님을 분명하게 드러낸다. 4연에서 방향을 지시하는 부사 '~에'를 거듭 사용하여 '別邸'를 향한 상승 지향 의식을 표출한다. 지상을 벗어난 곳에 위치하면서 지상적인 주거 공간의 성격을 아울러 지닌 별저에 대한 애착은 천상과 지상을 매개하는 공간성뿐 아니라 삶과 죽음을 이어 주는 별저의 상징성에서 기인한다.

지상과 천상의 매개적 성격을 분명하게 드러내는 것은 구름다리이다. 구름다리는 지상과 상층을 연결하여 높은 공간에 수월하게 이르도록 한다. 다리는 지상의 사람들이 상승의 공간을 오르기 위한 매개적 구축물이다. 구름다리가 천상을 위한 다리라면 돌로 빚은 다리는 구름다리의 모방이면서 천상을 향한 지상의 구축물이다.

이러한 가교의 설정을 통해 서정주는 지상과 상층 공간 사이의 매개 공간을 설정하고 공간 사이의 단절감을 제거하며 상향의식을 표출한다.

北岳과 三角이 兄과 그 누이처럼 서 있는것을 보고 가다가
형의 어깨뒤에 얼골을 들고있는 누이처럼 서 있는 것을 보고 가다가
어느새인지 光化門앞에 다다렀다.

光化門은
차라리 한채의 소슬한 宗教.
조선 사람은 흔이 그 머리로부터 왼몸에 사무쳐 오는 빛을
마침내 보선코에서까지도 떠바뜰어야할 마련이지만,
왼하늘에 넘쳐흐르는 푸른 光明을
光化門—저같이 으젓이 그 날개쭉지우에 실ㅅ고 있는者도 드물라.

上下兩層의 지붕위에
그득히 그득히 고이는 하늘.
윗層엣것은 드디어 치—ㄹ치—ㄹ 넘쳐라도 흐르지만,
지붕과 지붕사이에는 新房같은 다락이 있어
아래層엣것은 그리로 왼통 넘나들마련이다.

玉같이 고으신이
그 다락에 하늘 모아
사시라 함이렸다.

고개 숙여 城옆을 더듬어가면
市井의 노랫소리도 오히려 太古같고

문득 치켜든 머리위에선
파르르 쭉지치는 내 마음의 매아리…….

—「光化門」 전문

이 시의 화자는 광화문을 향하여 걷는 중이다. 1연에서 화자는 '북악과 삼각'을 '보고 가다가' '광화문'에 이르렀으며 '성열'을 '더듬어가'고 있다. 산을 바라보고 가던 상향의 시선은 광화문을 보는 시선의 높이로 연계된다. 산이 자연물로서 대지에서 솟아난 상승 공간이라면 광화문은 인위적인 축조물로서 수직의 공간성을 보여준다. 광화문은 '푸른 光明'을 떠받들고 있어 수직의 높이를 가진다는 점에서 산과 긴밀히 연계된 의미망을 형성한다.

산은 공간의 평평한 균질성을 넘어서서 높이를 가진 공간이다. 산은 하늘과 땅이 만나는 지점[54]으로 상승적인 높이를 가진다. 이러한 높이는 종교적 신성함과 연관되어 범상한 일상 공간을 떠난 공간으로 이해할 수 있다. 하늘과 가까운 자리에 있음으로 해서 산은 광명을 떠받드는 공간으로 인지된다. 산이 가진 공간적 의미는 광화문으로 승계된다. '광화문'은 지상에서 천상을 열어 주는 '문'으로서 공간적 매개물로 작용한다. 광화문의 상승적인 의미는 건물의 높이에서 그치지 않고 하늘로 올려진 처마 끝이 보여주는 상향의 곡선에서도 확인된다. 위로 뻗어나간 '보선코'의 곡선과 동일한 이 곡선은 '날개쭉지'로 전환되어 비상의 이미지를 보여준다.

광화문은 지상과 천상이 만나 합일을 이루는 공간이다. 광화문의 다락은 '신방'으로 형용되어 분리된 것이 만나는 화합의 장소임을 드러낸다. 높은 다락에 '옥같이 고으신 이'가 사는 것으로 상상하여 하늘을 경모하는 삶의 한 모습을 드러낸다. 천상과 지상의 합일은 옥돌의 이미지에서 생생한 표현을 얻는다. '玉'은 지상의 돌로서 무게를 가지는 동시에 '푸른 광명'인 하늘의 색채를 닮아 있음으로 해서 지상의

---

54) "산은 초월성에 대한 공간적 상징이며 성현의 영역이다. 산은 하늘과 땅이 만나는 지점이기 때문에 세계의 중심에 위치하며 지상에서 가장 높은 곳임이 확실하다. 그런 이유로 성지, 사원, 궁전 등은 산과 동일시되어 그 자체가 중심이 되며 우주산과 주술적으로 통합된다."
M. 엘리아데, 이재실 역, 『종교사개론』(까치, 1993), pp.112~113.

무거움과 창공의 가벼움을 동시에 지닌 물질이다. 하늘을 섬기는 '옥같이 고으신 이'는 지상적 존재인 동시에 광화문의 높은 공간에 존재함으로써 하늘과 가장 가까운 곳에 사는 존재이다. 하늘을 받드는 광화문은 지상적 존재와 연계됨으로써 포용적인 상승의 움직임을 드러낸다.

광화문은 지상의 '문'인 동시에 천상의 문이기도 하다. 광화문은 지상의 영역을 분할하는 건축물로서 개폐 작용이라는 문의 역할을 하는 데서 그치는 것이 아니다. 지상과 하늘을 연결하는 매개적 구축물이다. 광화문은 부동의 건축물이 아니라 '날개쭉지'를 가진 비상의 몸짓을 보임으로써 하늘을 향해 상승하려는 꿈을 간직한 지상의 구축물이다. 광화문은 상승의 공간 개념을 구체화한 건물이다. 광화문은 산과 동일한 공간적 특질을 가진 구조적 동형(isomorph)의 공간이다.[55)]

산은 식물이 생장하는 터전이며 식물의 영속적인 생명감을 통해 존재의 유한성을 갱신할 수 있는 공간이다. 지상으로부터 솟아난 산은 지상에서 천상으로 다가가는 연속선상에 있으며 식물이 생장하는 바탕이 됨으로써 상승의 움직임을 구체화하는 공간이다. 산은 천상과 지상이 만나는 매개 공간이며 천상에 가까이 다가간 산의 높이로 인하여 신성한 공간으로 간주되기도 한다. 상승의 의욕은 자연물인 산뿐 아니라 인공의 건축물인 구름다리와 광화문을 통해서도 동일한 양상으로 표출된다. 다리와 광화문은 지상과 천상을 연계하는 상징적 매개 공간으로 기능하기 때문이다.

---

55) 노베르그 슐츠에 의하면 실존적 공간 개념은 건축물에 의하여 구체화되며 고정된 이미지를 가지게 된다고 본다. 이상적인 경우 실존적 공간 개념과 그에 따라 축조된 건축물은 구조적 동형을 이룬다는 것이다.
C. 노베르그 슐츠, 앞의 책, p.48.

2. 새의 비상과 관조적 거리

새의 이미지는 무거운 지상을 벗어나고자 하는 가벼움을 담는다. 새의 날개로 말미암아 무거운 지상을 떨쳐 버리고 하늘에 오르려는 꿈은 보다 분명하게 수행된다. 새의 날개짓을 통한 공간 이동은 산이라는 매개적 공간에서 한층 상승을 보인다. 화자는 새를 선망하거나 새의 날개짓을 상상적인 차원에서 실행해 봄으로써 비상을 실현한다. 새를 선망하는 것은 새의 자유분방함과 가벼운 날개짓을 자신의 움직임과 일치시키려는 의도의 소산이다. 날개짓을 통한 상향 운동은 현실의 탈피만을 의미하지 않는다. 비상을 통해 시야를 넓히고 보다 높고 넓은 공간을 내면화함으로써 협소한 현실에 국한된 자신을 반성할 수 있는 계기로 작용하기도 한다.

피가 잉잉거리던 病은 이제는 다 낳았읍니다.

올 봄에
매〔鷹〕는,
진갈매의 香水의 강물과 같은
한섬지기 남직한 이내〔嵐〕의 밭을 찾아내서

대여섯달 가꾸어 지낸 오늘엔,
홍싸리의 수풀마냥. 피는 서걱이다가
翡翠의 별빛 불들을 켜고,
요즈막엔 다시 生金의 鑛脈을 하늘에 폅니다.

아버지.

아버지에게로도,
내 어린 것 弗居內에게로도, 숨은 弗居內의 애비에게로도,
또 먼 먼 즈믄해 뒤에 올 젊은 女人들에게로도,
生金 鑛脈을 하늘에 폅니다.

—「娑蘇 두번째의 편지 斷片」 전문

이 시에서 매는 새로운 공간을 발견하고 단절된 공간을 이어 주는 매개자로서 기능한다. 매는 서신의 전달자일 뿐 아니라 '이내의 밭'을 찾아낸 탐색자이다. 이내의 푸른빛은 '피'의 색채와 대조를 이루어 '피가 잉잉거리던 병'으로부터 벗어났음을 암시하는 색이다. 잉잉거리는 피는 육체의 닫힌 공간을 순환하며 맴돈다. 피의 공간성과 이내〔嵐〕밭의 공간성은 대조된다. '香水의 강물과 같은' '이내의 밭'은 열린 공간이다. 푸른 갈매빛의 식물을 키워 가는 터전을 비유한 것으로 생각할 수 있는 이내의 밭은 확산적인 공간성을 가지고 있다. 식물이 성장하는 토대인 '밭'은 식물의 생장함에 따라 높이를 더할 수 있는 곳이다. 이 밭이 향수의 강물과 같다는 것은 향(香)의 기체성과 물의 유동성이 합쳐진 비유로서 후각과 시각을 통한 공간적인 확산을 보인다. 피는 '홍싸리'와 같은 식물의 상승을 거쳐 비취의 불빛으로 변모한다. 비취의 빛은 하늘의 푸른빛과 유사하다는 점에서 광물로서의 견고한 심상과 창공의 빛을 융합하고 있다. 비취(翡翠)의 한자 표기에서 볼 수 있듯 날개의 심상을 가진 시어임을 알 수 있다. 비취의 별빛은 이내의 밭으로부터 출발하여 창공에 도달한다. 이 빛의 반짝임은 생금(生金)이 가진 생생한 금빛으로 전환되어 퍼진다. 금빛은 공간적 제약을 넘어서 무한히 확장할 뿐 아니라 시간적인 제약을 넘어서 '즈믄 해' 이후의 후손에게로 확산된다. 빛은 딸과 어머니인 여성으로부터 '즈믄 해' 이후의 여성에게로 확산되어 여성에서 여성으로 전해지

는 연계성을 가진다. 피가 잉잉거리던 병은 낳아서 이내의 색으로 변하며 다시 비취의 별빛을 거쳐 생금의 색으로 전환되는 과정을 보인다. 생금의 빛은 혈육을 통해 계승되는 피의 승화된 빛이라고 할 수 있다.

승화와 확산의 과정에서 매개자의 역할을 하는 것은 매가 가진 관찰의 시선이다. 매는 '이내의 밭을 찾아내서' 피가 이내의 색으로 승화될 수 있는 매개의 역할을 수행한다. 매가 기민한 운동성을 지니며 높이 날 수 있다는 점은 폭넓은 시야를 확보한다는 사실과 긴밀한 연관이 있다. 시야를 폭넓게 가짐으로써 삶의 공간이 협소하다는 사실을 인지하게 하고 이러한 깨달음으로부터 제한된 삶의 공간을 벗어나 드넓은 공간을 지향하는 태도를 갖게 된다.

「십월유제」는 협소한 일상의 삶으로부터 드넓은 공간을 열어 가려는 명상과 각성의 태도를 보여준다.

> 思索하고 고민하는 이마로써 길을 내 걸어가는
> 늦가을날 雁旅의 기러깃 길을 아시는가.
> 五六月의 칙덤불과 七八月의 싸리재에
> 한동안씩 잊었던 이 葉錢 선비의 길
> 十月 상달 날 맑으니 또 北으로 뻗치는구나!
> 十月은 내 새 雁旅의 길이 서슬푸리 열리는 달.
> 내 書齋 속 새 雁旅의 길이 불 밝히어 열리는 달.
>
> —「십월유제」 전문

서재는 사색의 공간이면서 닫힌 공간이다. 닫힌 서재는 '思索하고 고민하는' 내면 성찰의 장소로 기능하면서 물리적인 평면 공간으로 측량할 수 없는 드넓은 내면 공간으로 열린다. 닫힌 공간에서 열린 공간으로 전환되는 계기는 기러기 길이 보여주는 공간성을 통해서 얻어진다. 칙덤불과 싸리재는 경계를 나누거나 시야를 가리게 되어 넓은 영역을 조망할 수 없도록 가로막는다. '내 書齋 속'이라는 공간이 가지는 협소함은 기러기의 길을 빌어 시야를 확대하게 된다. 칙덤불과 싸리재가 지상적 장애로서 폐쇄성을 가진다면 기러기는 지상을 벗어나 상층을 향하는 개방성을 띤다. 기러기 길을 상기함으로써 서재의 조밀한 공간성은 '날 맑' 은 시월의 넓은 공간으로 변화된다. 서재는 조밀하지만 드넓은 명상을 열어 주는 공간이며 가을의 맑은 창공을 꿈꾸는 드넓은 공간으로 변화한다. 이러한 변화를 주도하는 것은 기러기의 비상이다. 기러기들의 이동을 관찰하고 그 머나먼 길을 측정해 봄으로써 창공의 광활함을 가늠하고 내면화할 수 있게 된다. 기러기는 화자에게 창공의 무한함을 지시해 주는 동시에 삶의 행로를 안내하는 자로서 매개적 역할을 한다.

기러기는 먼 길을 가야 하는 행로의 고단함을 지닌다는 점에서 '사색하고 고민하는' 화자 내면의 무거움과 상통하는 점이 있다. 화자는 기러기와 자신의 길을 동일시함으로써 자신이 추구하는 길이 고단하기는 하지만 기러기가 향유하는 창공처럼 지고하다는 사실을 일깨운다. 기러기와 화자의 앞길에는 만만치 않은 행로가 예비되어 있다는 사실을 자각하는 것이다. '雁旅'가 보여주는 길은 겨울나기의 일종이며 겨울이란 삶의 혹독한 시간이기 때문이다.

겨울의 혹독한 시간이 오히려 내적 충일함을 다지는 계기가 됨을 「冬天」의 역동적 상상력을 빌어 확인할 수 있다.

내 마음 속 우리님의 고은 눈섭을
즈문밤의 꿈으로 맑게 씻어서
하늘에다 옴기어 심어 놨더니

동지 섣달 나르는 매서운 새가
그걸 알고 시늉하며 비끼어 가네

—「冬天」 전문

이 시의 짜임을 살펴보면 공간과 시간이 엇갈려 배치되어 있다. 1행의 '내 마음 속'은 공간적 상상력을 드러내는 시어이며 2행의 '즈문 밤'은 시간의 추이를 나타내는 시어이다. 3행의 '하늘'은 공간을 드러내며 4행의 '동지섣달'은 시간을 지칭하는 시어이다. 공간을 지칭하는 시어과 시간을 지칭하는 시어가 맞물리면서 공간과 시간은 점차 확장된다.

'눈섭'은 '내 마음 속'에서 '하늘'에 이르는 것으로 나타나 내밀한 공간으로부터 광대한 공간으로 확장된다. '내 마음 속'의 공간은 사적이며 은밀한 곳이다. 사적이고 주관적인 마음속에서 '고은 눈섭'은 '즈문' 시간의 꿈으로 씻는 정화의 과정을 거친다. '즈문'의 시간은 님에 대한 연모의 시간이다. '즈문'이라는 어휘는 오랜 시간이라는 느낌을 강조하기 위한 수사적 강조의 표현이다. 천(千)이라는 숫자 대신 고어를 사용함으로써 님에 대한 연모의 연원이 즈믄이라는 숫자가 쓰이던 과거 시간으로 거슬러 올라가는 듯한 인상을 준다. 고어를 사용하여 전아한 어감을 살리면서도 기나긴 시간의 향유라는 시간적 특질을 배어들게 하는 수법을 사용한다. 즈믄의 시간을 통한 씻김은 맑음을 획득하여 투명한 하늘로 옮아가기 위한 과정이다.

화자가 가진 연모의 정은 1~2행에서는 '즈문'이라는 시간적인 깊이를, 3행에서는 '하늘'이라는 공간적 광활함을 획득한다. 이러한 시간과 공간의 깊이와 넓이는 각각 분리된 것이 아니라 4행에서 '동지섣달을 나르는' 새가 등장함으로써 시공간의 광활함은 더욱 두드러진다. 매서운 새가 상정됨으로 시공간을 꿰뚫는 동적인 활력을 확보한다. 매서운 새가 비끼어감으로써 나의 마음속으로부터 하늘로 옮기어진 눈섭은 차가운 겨울 하늘에서 범상치 않은 예기를 가지게 된다. '매서운 새'가 보여주는 비상은 '내 마음 속'에서 'ㅈ문밤의 꿈'으로 이어지는 몽환적인 분위기를 쇄신한다. 매서운 새의 비상이 불어넣는 활기로 말미암아 시적인 공간은 무한한 확장을 보인다.

'ㅈ문밤'을 통하여 가꾸어 온 '눈섭'은 나의 마음속에 속박되지 않고 하늘로 '옴기어'진다. 지상적 인간의 영역을 떠나 하늘로 옮아가는 이동은 비약적인 상승을 수반한다. 화자는 '눈섭'이 옮거진 천상을 굳건한 터전으로 만들기 위하여 심어 놓았다는 동사를 사용한다.[56] 심어 놓았다는 표현을 사용함으로써 '눈섭'은 하늘을 터전으로 삼고 뿌리를 내린다. '눈섭'이 하늘로 이식됨으로써 화자의 님에 대한 연모는 내 마음의 협소한 공간을 떠나 광활한 공간을 빌어 표현된다. 눈썹이 옮겨진 하늘은 가변적인 공간이다. 이 시에 나타나는 'ㅈ문밤'은 화자 내면의 연모의 정을 깊게 할 수 있는 시간이지만 하늘이라는 천체로서는 수많은 변화가 이루어지는 시간이다. 화자는 '옴기어'라는 동사에 만족하지 않고 '심어놨더니'라는 동사를 덧붙여 식물과도 같이 자신만의 고유한 영역을 구축하도록 한다. 화자는 '심어놨더니'라는 동사를 사용하여 하늘이라는 가변적인 공간에서 고정된 터전을 갖도록 한다.

이 시의 핵심어인 '눈섭'이 거치는 공간의 변화를 살펴보면 '내 마음 속'에서 '하늘'로 이동하여 점차 공간이 확장됨을 알 수 있다. 원래 눈썹은 신체의 한 부분으로 미소한 위치를 차지한다. '눈섭'은 님의 신체로부터 '내 마음 속'이라는 영역으로 전이됨으로써 상징적인 영

---

56) '심어놨더니'라는 동사가 가진 의미와 기능에 대하여는 선행 연구에서 논의된 바가 있다.
김화영은 1, 2행의 지상적인 세계에서 3, 4행의 천상적 세계로 전환하는 의미의 통로인 동시에 변환점이라고 이해한다. 김화영, 앞의 책, pp.136~137.
김재홍은 식물적 상상력에 뿌리를 두었다는 점에 주목하여, 우주적 비상을 꿈꾸면서도 현세적인 지상에서의 생명력을 바탕으로 하게 된 것이라고 본다. 김재홍, 앞의 책, pp.340~341.

역에 자리를 잡는다. '눈섭'은 다시 하늘로 옮아감으로써 천상의 달과 같은 높이와 형상을 가진다. '눈섭'이 가진 반원의 형상은 초생달의 모습과 유사하다. 초생달이 더욱 둥글어 빛을 더하고 원숙한 형태를 얻듯이 하늘에 심어진 눈썹은 초생달의 형태로부터 장차 빛을 더하게 될 것이며 원만(圓滿)한 형태를 가지게 될 것이다. '눈섭'이 점차 공간적 영역을 확장하게 될 것이며 그에 따라 광휘로움을 더할 것이라는 점은 '심어놨더니'라는 동사에서 확인된다. 심어 놓는다는 동사를 통해 '눈섭'은 식물적 특성을 부여받는다. 적절한 토양에 뿌리내린 식물은 생장하여 보다 충일한 존재로 변모한다. 심어 놓는다는 동사를 통해 서정주는 작은 눈썹이 거대한 식물로 확장될 것을 기대한다. '눈섭'이 천상의 높이와 넓이를 확보할 것이라는 기대가 심는 행위에 함축되어 있다. 천상의 공간적 특성을 염두에 둘 때 심는 것으로부터 기대되는 생장은 지상적인 식물의 성장과는 다른 영속성을 확보한다. 신체의 부분인 눈썹은 원래 일정한 수명이 다하면 쇠잔해진 몸의 다른 부분과 더불어 소멸할 수밖에 없는 숙명적인 한계를 가진다. '내 마음 속'을 거쳐 천상으로 옮기어진 '눈섭'은 이러한 한계를 넘어선다. 님의 신체로부터 분리된 '눈섭'은 꿈으로 정화되는 시기를 거쳐 천상에서 충일한 존재로 영속적인 생명감을 부여받게 된다. '눈섭'은 영원불멸을 구현하는 맹아라고 할 수 있다. 「동천」은 작은 '눈섭'으로부터 출발하여 무한한 시공의 넓이와 깊이를 확보하는 역동적인 상상력을 보인다.

> 달이 좋으니 나와 보라고 하여
> 아내한테 이끌리어 나가서 보니
> 두 마리 동전 한 닢짜리 새의 무리를
> 두다리 잘린 채 저리도 잘 날으는

연습은 언제부터 그리 잘 된 것인가,
인제는 李朝白磁의 무늬의 새보다도
더 유창히 달의 한켠을 썩 잘 날으고,
달의 다른 한켠엔
모진 비바람에 쓰러져 누운
크나큰 느티의 枯木나무 한 그루.
또 사실은 나도 아내도 다리없는 새로서
인제 보니 그 달의 둘레를
아주 멋들어지게는 썩 잘 날으고 있었다.

—「敍景」 전문

달이 빛나는 창공은 어둠을 걷어내고 비상의 움직임을 명확하게 드러나도록 한다. 어둠은 시야를 가려 공간에 대한 분별을 어렵게 하지만 빛의 존재는 가시성을 높여 공간에 대한 인지도를 높인다. 1행의 '달'의 이미지는 3행의 '동전'의 이미지와 연관된다. 동전과 달은 둥근 형태라는 점과 빛난다는 점에서 의미의 상관 관계를 형성한다. 화자는 새의 비상을 '저리도 잘 날으는 연습'이라고 표현함으로써 새의 날개짓은 오랜 연습과 탐색의 소산이라는 점을 암시한다. 4행, 7행, 13행에 쓰인 '날으고'의 어감은 비상의 가벼움을 표현한다. 달 한켠의 쓰러진 '크나큰 느티' 고목은 둔중한 느낌을 자아내면서 가벼이 '날으는' 새들과 선명한 대조를 이룬다. ㅋ음과 ㅌ음이 가지는 파열음의 소리는 무겁게 가라앉은 고목나무의 상태를 상기시킨다. 새의 비상과 쓰러져 누운 고목나무는 대조적인 이미지를 보여준다. 날다와 눕다의 동사는 대립하면서 이 시의 움직임을 역동적으로 만들어 준다.

'나도 아내도' 다리 없는 새가 되어 나는 것은 상상을 통한 비상의 실현이다. 창공에 대한 선망은 스스로가 새가 되어 나는 꿈으로 연계된다. 새가 된 몸으로 달 한켠의 고목나무를 둥글게 감싸고 도는 원형의 비행을 보여준다. 화자는 새를 바라보는 관조의 자리에서 실제 새가 되어 나는 꿈을 실현시킨다. 이러한 상상을 통해 창공은 바라다보는 공간이 아니라 생생한 체험의 공간으로 변모한다.

공간적 상상력의 관점에서 창공을 나는 것은 가벼움의 실현이며 공간 이동을 자유롭게 하기 위한 자유 의지를 실현한 것이다. 새의 날개짓은 창공을 구애됨 없이 오가는 원동력으로 작용한다. 시인은 새의 비상을 빌어 현실의 협소한 공간을 탈피하고 드넓은 공간으로 나아가고자 한다. 비상을 통해 지상에 제한된 공간적 상상력은 무한한 창공으로 확대된다. 「동천」의 상상력은 천상의 무한한 공간 속에서 존재의 충일함을 실현하려는 노력을 보여준다. 서정주가 '심어' 놓은 '눈섭'은 지상과 천상의 공간성이 통합된 지점에 자리하고 있다. 식물적 상상력과 매서운 새의 비상이 통합되는 상상력의 역동성을 보여준다는 점에서 「동천」의 공간성은 상승 지향성의 한 정점에 놓인다고 할 수 있다.

비상의 가벼움은 초월적 공간으로 이동하는 해탈이라고 보기는 어렵다. 비상은 지상으로 돌아와야 하는 귀환의 공간을 예비하고 있다는 점에서 원환 운동의 양상을 보여준다. 지상과 천상을 오가는 비상은 산만하게 흩어져 버리는 확산과는 양상을 달리한다. 지상과 천상을 잇는 원형의 운동 양상은 몸바꿈을 통하여 보다 가벼운 운동을 체현해내는 기화의 상상력에서도 지속된다.

3. 몸바꿈의 가벼움과 기화의 상상력

산을 매개로 한 상승의 지향은 새를 보는 관조적 거리에서 스스로 새가 되어 날아가는 비상의 자유로움으로 변화한다. 창공을 오가는 운동을 통해 육신의 무거움과 고뇌를 벗고 보다 넓은 공간으로 떠나려는 갈망을 드러낸다. 이러한 갈망을 실현하는 것이 몸바꿈의 상상력이라고 할 수 있는데, 몸바꿈의 상상력은 존재의 불안정성과 일정한 연관을 가진다. 화자는 불안정한 존재의 위상을 가벼움으로 치환하여 공간의 자유자재한 이동을 그린다. 불안정한 존재의 이면에 드리워진 무거운 고뇌는 기화의 상상력을 통해 밝고 부드러운 것으로 변모한다. 기화 상태에 도달하려면 에너지를 필요로 한다. 기화는 물질의 다른 상태보다 가벼운 상태이다. 화자는 기화의 상상력을 통해 삶의 무거운 고뇌를 가볍고 따뜻한 상태로 바꾸어 놓음으로써 고뇌를 다스리려는 상상력을 형상화한다. 따라서 기화를 통한 공간 이동을 보여주는 시편은 진지한 사색의 몰입보다는 산뜻하고 경쾌한 상상력의 언어를 보여준다.

내 그대를 사랑하는 마음은
이것은 차마 벌써 말씀도 아닌,
말씀이 아닐것도 인제는 없는
구름 없는 하늘에 가 살고 있어요.

햇빛의 일곱 빛깔 타고 내려 와
구름속에 묻히어 앉아 쉬다가
빗방울에 싸여서 山茱萸에 내리면
山茱萸꽃 피여서 사운거리고

山茱萸꽃 떠러져 시드시어서
구름으로 날아가 또 앉아 쉬다

푸리즘의 무지개를 타고 오르면
구름 없는 하늘에서 다시 살아요.

—「내 그대를 사랑하는 마음은」 전문

이 시에서 드러나는 공간은 구름 없는 하늘 → 산수유꽃의 공간 → 구름 → 구름 없는 하늘로 변전한다. 하늘과 땅을 오가는 진폭이 큰 이동 양상을 보인다. 화자는 이 시에 드러나는 운동감을 시의 율격을 통하여 느낄 수 있도록 장치한다. 가장 운동감이 두드러진 2연을 살펴보면, "햇빛의 일곱빛깔/타고/내려와//구름속에/묻히어/앉아 쉬다가//빗방울에/싸여서/山茱萸에 내리면//山茱萸꽃/피여서/사운거리고"와 같은 양상으로 3음보의 율격이 성립됨을 알 수 있다. 이러한 율격의 형성은 동적인 활력을 강조한다.

빠르게 이루어지는 공간 변전의 주체는 '내 그대를 사랑하는 마음'이다. 이 마음은 '말씀'으로 표현되기 어렵다. 마음은 불안정하기 이를 데 없는 것이기 때문이다. 화자는 순식간에 사라지는 '말씀'에 '내 그대를 사랑하는 마음'을 담으려 하기보다 물의 변화 양상과 대응시킴으로써 활기를 불어넣으려 한다. '내 그대를 사랑하는 마음'에 내포된 막연하고 혼란스러운 열기가 공간을 오가는 운동으로 변형된다. 존재의 불안정성을 변화하는 물의 운동 양상을 빌어 동적인 운동감으로 표출하며 이를 통해 혼란을 벗어나 내적인 신뢰감을 확인한다.

물의 공간 이동 양상은 항일성의 특징을 드러낸다. 물의 순환 운동은 빛과 어울려 아름다운 색채로 빛난다. 물은 빛을 향해 상승하며 '구름 없는 하늘'에서 살고자 하기 때문이다. '햇빛의 일곱 빛깔'은 물방울에 의하여 분해된 빛이 만들어낸 아름다운 색채이다. 이 일곱 빛깔은 지상과 천상을 이어 주는 가교와 같다. 떠 있는 물인 구름은 기화된 물이 지상과 천상의 중간에 자리잡은 형태로서 '빗방울'로 몸을 바꿀 수 있는 잠재적인 운동량을 내재하고 있다.

산수유꽃이 '사운거리고' 피어나기 위하여 물과 빛은 없어서는 아니 될 요소이다. 이 산수유는 피었다가 시들어 버리기에 순간적인 삶이라는 한계를 지닌다. 피고 지는 꽃과는 대조적으로 물은 몸바꿈을 통한 순환 운동을 끊임없이 지속한다. '무지개'의 빛을 따라 구름 없는 하늘로 되돌아가는 물은 향일성의 상승적 움직임을 보여주면서 또 다른 이동을 준비한다. 다시 하늘로 돌아가는 물은 대지에 내려 수분을 공급함으로써 생명력의 원천으로 기능한다. 물이 보여주는 공간의 순환은 충만한 생명력을 담지한 채 발랄한 이동 양상을 보여준다.

첫 窓門 아래 와 섰을 때에는
피어린 牧丹의 꽃밭이었지만

둘째 窓 아래 당도했을 땐
피가 아니라 피가 아니라
흘러내리는 물줄기더니,
바다가 되었다.

별아, 별아, 해, 달아, 별아, 별들아.
바다들이 닳아서 하늘 가며는
차돌같이 닳아서 하늘 가며는
해와 달이 되는가. 별이 되는가.

세째 窓門 영창에 어리는 것은
바닷물이 닳아서 하늘로 가는
차돌같이 닳는 소리, 자지른 소리.

세째 窓門 열창에 어리는 것은
가마솥이 긇어서 새로 솟구는
하이얀 김, 푸른 김, 사랑의 김의 떼.

하지만 가기 싫네 또 몸 가지곤
가도 가도 안 끝나는 머나먼 旅行
뭉클리어 밀리는 머나먼 旅行

그리하여 思想만이 바람이 되어
흐르는 내 兄弟의 앞잡이로서
철따라 꽃나무에 기별을 하고,

옛 愛人의 窓가에 기별을 하고,
날과 달을 에워싸고 돌아다닌다.
눈도 코고 김도 없는 바람이 되어
내 兄弟의 앞을 서서 돌아다닌다.

—「旅愁」 전문

창문은 내부 공간과 외부 공간을 이어 주는 소통의 기능을 가진다. 창은 단절된 공간을 이어 주는 구실을 하지만 공간을 제한적으로 소통시키거나 일부분만 개방하는 역할을 한다. 이 시의 화자는 '窓門 아래와' 서 있는 것으로 설정되어 있다. 화자는 내부 공간으로 들어가지 못하고 창문 아래에 서 있다. 창 아래 서 있는 자는 어느 공간에서도 소속되지 못한 국외자로서의 의미를 강하게 암시한다. 외부 공간을 떠도는 존재인 화자의 상황은 여수라는 시의 제목과 관련이 깊다. 화자가 서 있는 창 아래의 풍경은 각각 '피어린 牧丹의 꽃밭', '바다', '하이얀 김, 푸른 김'으로 변주된다. 이 시의 시어의 쓰임을 살펴보면 '흘러내리다', '가다', '흐르다', '돌아다닌다', '여행' 등으로 이동을 의미하는 동사나 명사가 대부분이다. 공간의 이동이 다채롭게 이루어지고 있음을 알 수 있다.

1연의 '피어린 목단꽃밭'은 '피어린' 것으로 수식됨으로써 피의 색채와 목단의 색깔이 조응됨을 알 수 있다. 꽃은 응결된 피의 이미지로 수식된다. 꽃밭은 대지에 뿌리내린 식물적 특성을 구현하므로 대지와 동일한 공간성을 보여준다.

2연에서 창 아래의 풍경은 '바다'로 변환됨으로써 유동성이 강한 물로서의 특성을 가진다. 물의 심상은 무거운 물인 피로부터 '흘러내리는 물줄기'를 거쳐 바다라는 거대한 물의 집합으로 변주된다. 셋째 창 아래서는 그 '바닷물이 닳아서' 하늘로 가는 상승의 기류를 감지할 수 있다. '하늘로 가는' 물은 바다라는 응집된 물의 상태를 벗어나 가벼운 수증기 상태로 공중으로 나아가는 물이다.

3연에서 보듯 화자는 상승 공간을 지향하고 있다. 천체를 향하여 가기 위하여서는 가벼운 몸을 가지지 않으면 안 된다. 화자는 가벼운 몸을 통해 해 · 달 · 별과 같은 천체를 향할 수 있음을 '차돌같이 닳아서'라는 비유를 통해 드러낸다. 무거운 차돌의 형태로는 상승을 이루기 어렵다. 차돌이 닳아서 작고 가벼운 흙으로 전환되듯이 몸을 바꿈으로써 하늘을 향할 수 있다는 신념을 드러낸다. 차돌의 단단한 심상이 신념의 굳건함을 방증해 준다. 하늘로 가는 물은 '피'로부터 바다에 이르러 무거운 몸을 벗고 기화된 물로써 물의 몸바꿈 상태를 통해 가벼움의 극한인 '하이얀 김, 푸른 김'의 상태에 도달한다. 화자는 종래의 '몸가지곤' 자유로운 여행이 불가능하다는 것을 인지하고 몸의 전환을 통해 공간을 가로지르는 가벼움을 성취하고자 한다. 육신의 얽매임으로부터 벗어남으로써 새의 몸보다 가볍고 더 빠른 환희에 찬 몸으로 변화한다.[57] 자신의 몸이 작아질수록 세계는 확장되며 공간을 유영하는 속도감은 증가한다. 이와 같은 공간 변환은 기민한 운동성을 전제로 하여 발랄한 상상력을 보여준다. 몸바꿈을 통해 기화의 상상력을 보여주는 것은 육신의 무거움에서 벗어나려는 노력이며 이는 자신을 얽어매어 놓은 삶의 무거움에서 벗어나려는 시도와 통한다. 몸바꿈을 통해서 성취될 수 있는 삶은 상상력의 재기발랄함을 드러내지만 현실 세계에서 극복하기 어려운 삶의 고뇌를 역설적으로 보여주는 것이기도 하다.

이 고요 속에
눈물만 가지고 앉았던 이는
이 고요 다 보지 못하였네.

이 고요 속에
이슥한 삼경의 시름
지니고 누었던이도
이 고요 다 보지는 못하였네.

눈물,
이슥한 삼경의 시름,
그것들은
고요의 그늘에 깔리는
한낱 혼곤한 꿈일뿐,

57) G. 바슐라르, 정영란 역, 『공기와 꿈』(민음사, 1993), p.145.

이 꿈에서 아조 깨어난 이가
비로소
만길 물 깊이의
벼락의
향기의
꽃새벽의
옹달샘 속 금동아줄을
타고 올라 오면서
임마중 가는 만세 만세를
침묵으로 부르네.

—「고요」 전문

눈물은 눈으로부터 떨어지는 하강적인 물이다. 소리 없는 슬픔인 눈물은 혼란된 정서의 외적 표출이며 이러한 얼크러진 감정은 '고요'가 가지는 속성과 대조를 이룬다. 화자는 고요라는 추상적인 상태를 공간화함으로써 고요의 상태를 묘사한다. 눈물은 하강적인 물이라는 점에서 침체된 상태를 보여준다. 이슥한 삼경에 시름으로 인하여 누운 자세를 취하는 것은 무기력한 상태를 보여준다. 화자는 이러한 하강적인 인식을 탈피해야만 '고요'의 공간에 몰입할 수 있음을 상기시킨다. 혼곤한 꿈은 무기력한 상태이며 동적인 활력이 부족한 상태이다. 동적인 운동성이 배제된 어둠과 무기력은 진정한 고요와는 거리가 있다. 고요는 무기력이나 침체의 상황이 아니라 안으로 활기를 감춘 능동적 침묵의 상태임을 화자는 말하고자 한다. 혼곤한 꿈에서 벗어나는 각성과 만 길의 깊이에서 상승하는 활력이 내재된 고요는 안으로 충만한 상태를 만들어 가는 것이다.

고요는 역동적인 상승의 상태에서 인지되며 소리 없는 환희를 담는다. 점층적인 수식을 통해 화자는 고요가 환호를 내재한 침묵임을 알려 준다. 고요는 물의 이미지를 빌려 그려지는데 만 길 깊이의 물은 고요의 원천을 이룬다. 깊은 물은 잠겨 있지 않고 '금동아줄'을 통해 위를 향하여 상승한다. '금동아줄'은 물의 기화를 유발하는 빛의 열기를 은유한 것인 동시에 상승의 동선을 보여준다. 금동아줄은 상승하는 힘의 상징이라는 점에서 하강하는 물인 '눈물'이나 무거운 '시름'과 대조된다. 벼락이 은유하는 놀랄 만치 강한 순간적인 힘과 향기가 의미하는 점진적인 확산의 움직임 그리고 꽃새벽이 암시하는 청신함 등으로 수식되는 옹달샘은 깊이를 가진 물이며 잠재된 활력을 가진 물이다. 물이 상승하면서 '임마중'과 같은 설레임과 '만세만세'와 같은 환호를 표출하지만 상승의 약동감은 '침묵'으로 수렴되면서 지극히 정적인 활기로 제시된다. 침묵으로 수렴됨으로써 내적인 약동감과 활력이 더욱 강하게 느껴지는 역설적인 효과를 자아낸다.

나 바람 나지 말라고
아내가 새벽마다 장독대에 떠 놓는
삼천 사발의 냉숫물.

내 襤褸와 피리 옆에서
삼천 사발의 냉수 냄새로
항시 숨쉬는 그 숨결 소리.

그녀 먼저 숨을 거둬 떠날 때에는
그 숨결 달래서 내 피리에 담고,

내 먼저 하늘에 올라가는 날이면

내 숨은 그녀 빈 사발에 담을까.

—「내 아내」 전문

'삼천 사발의 냉숫물'에는 이른 새벽의 청정함과 간절한 기원이 담겨 있다. 새벽은 하루의 시초이며 냉숫물은 시초의 청정을 담고 있다. 냉수의 맑음은 존재 시원의 순수[58]와 통한다. 이 순수한 물을 빌어 '아내'는 '바람 나지 말라'는 다스림에의 기원을 드러낸다. '바람'은 육신의 일탈이다. '냉숫물'은 일탈을 막기 위한 치유의 물인 셈이다.[59] 새벽마다 기원을 드리는 '아내'의 모습은 '삼천 사발의 냉수 냄새'를 가진 '숨결 소리'로 비유된다. 냉수의 물이 숨결로 기화되어 가벼운 상승 상태를 보인다. 이와 대비되는 것은 '내 남루와 피리'로 상징되는 방랑의 모습이다. 남루는 육신의 보잘것 없음을 드러내는 단어이자 궁극에는 벗어 버려야 할 외피를 뜻한다. 남루로 상징된 육신은 '삼천 사발의 냉수 냄새'가 가진 순수함과 대조된다. 또한 삼천 사발이 정성을 담은 그릇이라면 피리는 방랑과 자유를 담은 하나의 그릇이다. 삼천이라는 숫자에 내포된 극진함과 무궁함은 남루의 소모적인 외양과 대비된다. 남루는 '냉수 냄새'로 정화되어야 할 것이면서 다스려져야 할 성질의 것이다. '냉수 냄새'는 남루를 정화시키는 냄새이며 모든 냄새를 무화시키는 순수의 냄새이다.

1연과 2연은 '내 남루와 피리'의 심상과 아내의 삼천 사발 냉수가 지니는 정화와 다스림의 심상이 미묘한 대조를 이루어내는 단락이다. 반면 3·4연에서는 대조된 심상 사이의 어울림이 일어난다. '삼천사발의 냉수 냄새'였던 아내는 피리의 소리로 기화되어 천상을 향하여 날아간다. '내 먼저 하늘에 올라가는 날이면' 아내의 사발에 담기는 것은 물

58) 정진홍, 「물과 한국 종교」, 『물과 한국인의 삶』(나남, 1994), pp.152~153.
59) M. 엘리아데, 『종교사개론』, p.189.

이 아니라 남루와 피리의 숨결이다. 아내의 숨결은 피리에 담겨 소리로 바뀜으로써 공간을 가로질러 파동쳐 간다. 아내는 육신의 죽음을 통해 피리 소리로 거듭나며 나의 남루함은 청정한 공간이었던 '빈 사발'에 담김으로써 거듭난다. 아내의 숨결은 나의 피리에 담기고 나의 숨결은 아내의 피리에 담기는 자리바꿈을 통해 아내와 나의 삶의 굴곡은 상승적 화합을 이루어낸다. 이러한 자리바꿈의 과정을 상정함으로써 사발에 담긴 물이 숨결로 화하는 상징적 기화 과정을 보여주는 것이다. 이 상징적인 기화의 과정은 육신의 무거움을 숨결의 가벼움과 피리 소리의 자유로움으로 전환시킨다. 이러한 몸바꿈의 형태를 통하여 상승적 승화를 실현해 나간다.

이 시의 공간은 '장독대'로 상징되는 아내의 장소와 '남루와 피리'로 상징되는 떠돌이의 공간으로 나누어 볼 수 있다. 장독대는 여성의 고유한 영역으로서 충실한 자리지킴을 상징한다. 반면 남루와 피리를 통해 드러나는 나의 행적은 정처 없이 바람처럼 떠도는 방랑의 길을 드러낸다. 자신의 자리를 지키는 여성과 바람같이 떠도는 남성이 각기 점유하는 공간은 대립적이다. 대비적인 공간은 아내의 '빈사발'과 '나'의 '피리'가 어울리면서 바뀌어 담기는 자리바꿈을 통해 상징적으로 통합된다. 대립적인 두 영역은 통합됨으로써 친화적인 공간을 형성한다.

아내와 내가 서로의 영역을 바꿈으로써 두 사람의 대립적인 영역은 둘이면서 동시에 하나인 공간으로 통합된다. 이 둘의 화합은 이별이 야기하는 공간적 분절을 해소하고 친화할 수 있는 가능성을 예견케 한다. 여성의 자리지킴과 남성의 떠돎이 유발하는 대립적이고 분열된 공간은 역동적으로 합치될 수 있다. 이러한 화합의 공간을 통해 서정주가 보여온 오랜 방랑은 귀착점을 찾는다. 서정주의 시적 전개로 보아 이 귀향은 더 큰 자유의 공간을 포용한 안착의 행위이다. 고정된 공간에서의 안착과 자유로운 공간에서의 유랑이 역동적으로 통합되어 있는 질마재로의 귀향은 여성의 고유한 공간과 남성의 유랑 공간이 합치되는 지점에서 실마리를 찾는다.

제 5 장
회귀의 공간과 친화의 상상력

1. 여성 공간으로의 귀환

질마재는 시인의 유년기의 추억이 어려 있는 공간이다. 질마재는 모성적 보호와 안위를 누리며 성장을 꾀할 수 있었던 곳이다. 질마재가 회귀하고 싶은 그리운 공간이 되는 이유는 여성이 불러일으키는 낭만적 정감과 모성이 허여하는 안위와 편안함 그리고 풍요한 생명력이 자리하고 있기 때문이다.

여성적인 특징으로 인하여 질마재는 고단한 삶의 표랑이나 결손 그리고 일탈에서 벗어날 수 있는 공간으로 기능하여 뿌리내린 삶의 가능성이 풍성히 실현되는 곳으로 묘사된다. 과거의 기억을 빌려 현재 삶의 결여를 보충하는 공간이 될 수도 있다. 과거는 현재보다 우세한 기억의 공간이 아니라 서정적인 순간[60]으로 이끄는 계기라고 할 수 있다.

60) E. 슈타이거, 오현일 이유영 공역, 『시학의 근본개념』(삼중당, 1978), p.88.

기억은 어떤 사건을 일회성으로 그치게 하지 않고 삶에 대한 이해를 풍성히 하게 된다. 회고적 반추을 통한 기억의 재구성이 가지는 궁극적인 의미는 풍요의 현재적 향유라고 볼 수 있으며 이는 자아 동일성의 회복 욕구를 반영한다. 서정주가 보여온 공간적 탐색의 의도가 자아의 회복에 있다고 할 때 고향으로의 회귀는 자아의 근원을 돌아보는 것과 같은 길임을 알 수 있다.[61)]

ⓐ 바닷물이 넘쳐서 개울을 타고 올라와 삼대 울타리 틈으로 새어 옥수수밭 속을 지나서 마당에 홍건히 고이는 날이 우리 외할머니 집에는 있었읍니다. 이런 날 나는 망둥이 새우 새끼를 거기서 찾노라고 이빨 속까지 너무나 기쁜 종달새 새끼 소리가 다 되어 알발로 낄낄거리며 쫓아다녔읍니다만, 항시 누에가 실을 뽑듯이 나만 보면 옛날이야기만 무진장 하시던 외할머니는, 이때에는 웬일인지 한마디 말도 않고 벌써 많이 늙은 얼굴이 엷은 노을빛처럼 불그레해져 바다쪽만 멍하니 넘어다보고 서 있었읍니다.

ⓑ 그때에는 왜 그러시는지 나는 아직 미처 몰랐읍니다만, 그분이 돌아가신 인제는 그 이유를 간신히 알긴 알 것 같습니다. 우리 외할아버지는 배를 타고 먼 바다로 고기잡이 다니시던 漁夫로, 내가 생겨나기 전 어느 해 겨울의 모진 바람에 어느 바다에선지 휘말려 빠져 버리곤 영영 돌아오지 못한 채로 있는 것이라 하니, 아마 외할머니는 그 남편의 바닷물이 자기집 안마당에 몰려 들어오는 것을 보고 그렇게 말도 못 하고 얼굴만 붉어져 있었던 것이겠지요.

—「海溢」 전문(부호는 필자가 부기한 것임)

---

61) 무한한 원심력이 다시 근원으로 돌아오는 구심력으로 변화하는 원리를 『老子』 25장에서는 '遠曰反'으로 표현한다. 여기서 반(反)은 원점으로 돌아오는 복귀의 뜻을 가진다.
『老子』, 앞의 책, pp.85~86.

해일은 바다와 육지가 이루는 공간의 경계를 허무는 난폭한 자연 현상이다. 해일은 바다에 있어야 할 물이 육지로 넘쳐나는 것으로 바다와 육지가 혼재되는 현상을 보인다. 외할아버지와 외할머니를 바다와 육지로 나누는 공간적 분할은 해일을 통해 허물어진다. 외할머니는 이승과 저승의 경계를 허무는 해일에 힙입어 외할아버지와 해후한다. 이러한 측면에서 보자면 해일은 집을 떠나 먼바다로 나가 돌아오지 않았던 외할아버지가 집으로 돌아오는 계기를 마련하는 회귀의 물이라고 할 수 있다.

이러한 회귀의 과정을 이해하는 것은 유년기 당시의 과거 시점이 아니라 현재의 시점이다. 이러한 전개 방식은 화자의 언술을 살펴보면 이해할 수 있다. 해일과 그로 인한 상상적 해후에 관한 서술은 ⓐ 부분인데 이는 과거 시제로 이루어져 있다. 화자는 '망둥이 새우 새끼를 거기서 찾노라고' 즐거워할 뿐 할머니가 보이는 현저한 언행의 변화에는 무관심하다. 유년기의 화자로서는 해일이 가져온 변화는 이해할 수 없는 광경이며 바닷물이 보여주는 회귀의 움직임과 할머니의 변화 양상에 대하여 방관자로 존재한다. 서술자의 시각은 유년기의 아이가 가진 시점을 유지하고 있으며 단순한 관찰자에 지나지 않는다.

ⓑ 부분은 시점이 달라져 현재 시점에서 과거의 사건을 회상하는 어조를 취하고 있다. '그때에는'과 '인제는'과 같은 부사어를 활용하여 ⓐ와 ⓑ 부분 사이에 상당한 시간적 격차가 있음을 알게 해준다. ⓑ 부분의 화자의 언술은 ⓐ와는 표면적으로는 유사하지만 이해의 지평은 사뭇 달라져 있다. ⓑ 부분에서 화자는 자신이 이해하지 못했던 과거의 추억을 상기하고 그것을 새롭게 해석하고 이해한다. 화자 자신이 과거에 이해하지 못하였던 상황, 참여가 배제되었던 상황은 회상의 과정을 거쳐 새롭게 부각되는 것이다.

시 「海溢」에서 ⓐ와 ⓑ부분의 서술 시간은 구분되는 것이며 공간적 지평 역시 또한 같다고 할 수 없다. '외할머니네 집 마당'은, ⓐ 부분에서는 어린아이가 경험하기 어려운 해일이라는 자연 조건이 만든 단순한 놀이의 장소이지만 ⓑ 부분에서 바닷물이 밀려와 외할머니의 오랜 기다림을 해소하고 상상적인 조우를 이해하는 곳으로 변모한다.

이 시에서 문면에서 일어나는 회귀는 두 가지 양상으로 설명할 수 있다. 첫번째 회귀는, 시의 서술 안에 존재하는 것으로, 해일이 가져온 외할아버지의 귀환이며 그로 인해 오랜 시간을 기다려 온 만남을 상상으로나마 성취하는 계기를 이룬다.

두 번째 회귀는 화자의 과거 시간의 기억이 이루어낸 회귀라고 할 수 있다. 시의 문맥으로 보아 과거 시점에서 화자는 해일이 가져온 변화의 의미를 깨닫지 못한다. 회상에 힘입어 시의 화자는 유년기의 놀이의 공간이었던 외할머니 집의 마당에 밀려온 해일을 풍부한 의미를 가진 사건으로 바꾸어 놓는다. 과거 일상적인 놀이 공간에 불과했던 '외할머니 집의 마당'이 상징적인 해후의 장소로 탈바꿈한 사건의 전말을 이해하는 것은 이후의 시간에 이루어진다. 안마당의 해일이 지닌 풍부한 의미를 깨닫는 것은 기억을 통한 회귀를 빌려 가능한 것이다.

이 시에서 '안마당'과 '먼바다'는 대립적인 특성을 지닌다. 외할머니는 '안마당'으로 상징되는 자신의 영역을 수호하는 반면 외할아버지는 '먼바다'를 떠돈다. 해일은 안마당으로 몰려든 먼바다이며 외할머니를 찾아온 외할아버지인 것이다. 외할머니의 집은 해일이 모여든 곳일 뿐 아니라 오랜 이별 후의 만남을 성취하는 공간이기도 하다. '먼바다'는 '안마당'의 제한된 영역과는 대조되는 드넓은 공간성을 지닌다. 안마당이 여성적인 안위와 보호의 공간이라면 '먼바다'는 모험과 유랑의 장소이다. 바다는 외할아버지가 떠난 곳인 동시에 외할아버지가 되돌아오는 공간이다.[62]

「해일」에서 일어나는 회귀가 외할머니의 '얼굴만 붉어'진 수줍은 해후를 만들어내는데 반하여 「新婦」에 나타나는 회귀는 보다 비극적인 양상을 띠고 있다.

ⓐ 新婦는 초록 저고리 다홍치마로 겨우 귀밑머리만 풀리운 채 新郎하고 첫날밤을 아직 앉아 있는데, 新郎이 그만 오줌이 급해져서 냉큼 일어나 달려가는 바람에 옷자락이 문 돌쩌귀에 걸렸읍니다. 그것을 新郎은 생각이 또 급해서 제 新婦가 음탕해서 그 새를 못 참아서 뒤에서 손으로 잡아다리는 것라고, 그렇게만 알곤 뒤도 안 돌아보고 나가 버렸읍니다. 문 돌쩌귀에 걸린 옷자락이 찢어진 채로 오줌 누곤 못 쓰겠다며 달아나 버렸읍니다.

ⓑ 그러고 나서 四十年인가 五十年이 지나간 뒤에 뜻밖에 딴 볼일이 생겨 이 新婦네 집 옆을 지나가다가 그래도 잠시 궁금해서 新婦방 문을 열고 들여다보니 신부는 귀밑머리만 풀린 첫날밤 모양 그대로 초록 저고리 다홍치마로 아직도 고스란히 앉아 있었읍니다. 안스런 생각이 들어 그 어깨를 가서 어루만지니 그때서야 매운재가 되어 폭삭 내려앉아 버렸읍니다. 초록 재와 다홍 재로 내려앉아 버렸읍니다.

—「新婦」 전문

「新婦」는 사건의 전개와 결말이 담긴 서사적인 구조를 가지고 있다. 「新婦」에서 보이는 공간 이동을 '新婦네 집'이라는 공간을 중심으로 요약하면, 신랑과 신부가 같은 공간(신방)에 있음 → 신랑의 떠나감 → 신부가 공간을 지킴 → 신랑이 되돌아와 신부의 공간을 들여다봄 → 신랑과 신부의 비극적인 만남으로 정리된다. 이 시에 나타나는 공간 이동의 양상은 신부의 방을 중심으로 떠나가고 되돌아오는 원환의 구

62) 오탁번은 바다의 공간적 심상에 순환성과 재생의 의미가 담긴 것으로 본다. '바다'는 할아버지를 앗아가 버린 미지의 거친 모험의 세계이지만 죽음의 기억만으로 가득한 것은 아니며 재생의 의미를 동반하고 있다고 파악한다.
오탁번, 「서정주 시의 비유와 모성심상」, 『사대논집』 19집(고려대 사범대, 1994), p.115.

조를 가진다.

ⓐ 부분은 작품의 내적 서술 구조에서 볼 때 과거의 이야기이다. 과거의 이야기는 오해와 집착으로 인하여 비극이 배태되는 부분이다. 신랑은 떠나고 신부는 홀로 남는 이별의 양상을 담는다. 봉건적인 남성 중심 사회의 관습에서 비롯된 오해와 그로 인한 결별을 다루고 있다. 신부의 방과 신랑이 떠나는 외부 공간은 대립적인 특성을 가진다.

이 시의 비극적인 사건의 발단에는 두 가지 형태의 집착이 자리한다. 첫째는 신랑의 집착으로, 이것은 봉건적인 남성 위주의 완고한 윤리감에서 비롯된다. 신부와 결별하게 되는 비극적인 사건의 시초는 이러한 봉건적인 윤리의식에 대한 집착이 야기한 것이다. 둘째는 신랑이 오해로 말미암아 떠나간 후의 자리지킴에 내재된 신부의 강렬한 집착을 지적할 수 있다. 마지막 행에서 '매운 재'로 내려앉은 것은 다름 아닌 신부의 오랜 집착이다. 신랑은 두 사람의 공유 공간을 떠나는 존재이며 신부는 홀로 남아 공간을 지키는 존재이다. 신랑이 신부의 방으로 되돌아옴으로써 두 사람의 오랜 오해와 원망은 해소된다.

ⓑ 부분에서는 오해가 풀리고 화해가 이루어지는 대목이다. 오해가 풀리기 위해서는 신랑이 신부의 방으로 다시 돌아와야 한다. 그러나 화해가 이루어진 순간 신부의 모습은 재로 변하여 형상이 사라진다. 신방을 고집스럽게 지키고 있었던 신부의 육신은 순식간에 와해되고 만다. 육신이 재로 변하는 것은 삶의 종말인 동시에 집착과 원망의 사라짐이다. 삶에 대한 집착과 오랜 오해의 해소가 '내려앉아' 버리는 재는 인생의 허무와 무상감을 짙게 투영한다. '재'는 사소한 오해가 부른 비극과 아울러 삶의 덧없음을 상징적으로 보여준다. 시간의 흐름은 만상을 무화시킨다. 오랜 집착이 곧 허상이었음을 깨닫는 데는 몇십 년이라는 오랜 시간이 필요했던 것이다.

이별이 만남으로 귀착되고 오해와 원한이 해소되기 위해서는 공간적 대립이 상쇄되어야 한다. 육지와 바다의 대립은 할머니와 할아버지의 이별을 만들어낸 공간적 요소이다. 신방을 떠나는 신랑과 지키는 신부가 보여주는 대립적 공간은 상호간의 오해와 원한을 함축적으로 드러낸다. 신랑이 돌아와 신방이라는 장소에서 두 사람이 다시 만날 때, 바다와 육지가 하나가 되어 안마당에서 할머니와 할아버지가 상상적으로 조우할 때, 두 사람은 화합을 이룬다. 여성은 자신의 영역을 고수함으로써 대립이 해소될 수 있는 바탕을 마련한다. 고유의 영역을 지키는 것은 자신을 보호하며 나아가 홀로 고립된 공간을 친화적인 공간으로 만들며 대립과 오해를 해소하는 변화를 이끌어낸다. 공간적 대립이 사라지는 것은 곧 분리되었던 두 사람 사이의 친화를 형성하는 극적인 계기이다.

「海溢」과 「新婦」는 공간을 지키려는 의지와 허물려는 의지가 공존한다. 지킴과 허무름은 대립적으로 존재하는 것이 아니다. 자신의 고유한 영역을 지키려는 의지는 여성이 이별을 극복하는 하나의 방법이다. 홀로 남아 공간을 지키는 여성과 떠나가 돌아오지 않는 남성이 향유하는 공간은 대립적 특성을 지닌다. 대립적인 공간의 해소는 남성이 원래의 공간으로 회귀함으로써 가능해진다. 「海溢」과 「新婦」에서는 각기 대립적인 공간의 경계를 허무는 사건이 발생한다. 회귀는 여성이 지켜온 공간이 존재하기에 가능하다. 대립적인 공간의 경계를 허물고 화합을 성취함으로써 여성이 지켜온 공간은 삶과 죽음을 아우르는 곳이 된다. 경계를 허무는 것은 보다 넓고 포용적인 공간으로 가는 계기가 된다. 회귀의 움직임은 정처 없는 방랑의 공간에서 생명력의 원천적 토대로 되돌아오려는 구심력에서 비롯된다.

남성이 원래의 공간으로 휘귀함으로써 여성이 지켜온 공간은 새로운 의미를 부여받는다. 여성의 공간은 떠남과 머무름이 통합되어 화합이 이루어지는 공간적 특성을 갖게 된다. 떠남과 되돌아옴은 원환의 구조를 형성한다. 이 원환의 중심에 놓인 것은 여성이 내포한 따뜻함과 편안함이다. 여성적인 포용성은 무한한 대립된 공간이나 분절된 시간을 극복하여 영원을 추구하는 원환 구조의 중심을 이룬다.

알뫼라는 마을에서 시집 와서 아무것도 없는 홀어미가 되어 버린 알묏댁은 보름사리 그득한 바닷물 우에 보름달이 뜰 무렵이면 행실이 궂어져서 서방질을 한다는 소문이 퍼져, 마을 사람들은 그네에게서 외면을 하고 지냈읍니다만, 하늘에 달이 없는 그믐께에는 사정은 그와 아주 딴판이 되었읍니다.

陰 스무날 무렵부터 다음 달 열흘까지 그네가 만든 개피떡 광주리를 안고 마을을 돌며 팔러 다닐 때에는「떡맛하고 떡 맵시사 역시 알묏집네를 당할 사람이 없지」모두 다 흡족해서, 기름기로 번즈레한 그네 눈망울과 머리털과 손 끝을 보며 찬양하였읍니다. 손가락을 식칼로 잘라 흐르는 피로 죽어가는 남편의 목을 추기었다는 이 마을 제일의 烈女 할머니도 그건 그랬읍니다.

달 좋은 보름 동안은 外面당했다가도 달 안 좋은 보름동안은 또 그렇게 理解되는 것이었지요.

앞니가 분명히 한 개 빠져서까지 그네는 달 안 좋은 보름 동안을 떡장사를 다녔는데, 그 동안엔 어떻게나 이빨을 희게 잘 닦는 것인지, 앞니 한 개 없는 것도 아무 상관없이 달 좋은 보름 동안의 戀愛의 소문은 여전히 마을에 파다하였읍니다.

방 한 개 부엌 한 개의 그네 집을 마을 사람들은 속속들이 다 잘 알지만, 별다른 연장도 없었던 것인데, 무슨 딴손이 있어서 그 개피떡은 누구 눈에나 들도록 그리도 이쁘게 만든 것인지, 빠진 이빨 사이를 사내들이 못 볼 정도로 그 이빨들은 그렇게도 이쁘게 했던 것인지, 머리털이나 눈은 또 어떻게 늘 그렇게 깨끗하고 번즈레하게 이쁘게 해낸 것인지 참 묘한 일이었읍니다.

—「알뫼집 개피떡」 전문

알뫼집이 남편이 없이 홀로 사는 여인이라는 정황은 「海溢」의 외할머니와 「新婦」의 여인들과 동일한 조건이다. 알뫼집은 보다 적극적인 행동을 통해 자신의 여성성을 입증한다. 알뫼집의 연애 행태는 달의 주기적 변화에 상응한다. 알뫼집은 '보름달이 뜰 무렵이면' '행실이 궂어'지지만 '그믐'에는 '아주 딴판이' 되어 개피떡을 만들어 판다. 이러한 알뫼집의 행실은 달과 여성과의 깊은 상관 관계에 기초한다.

초승달로부터 보름달에 가까워지는 시간은 알뫼집과 달의 친연성이 더욱 높아지는 시기이다. 초승달은 점차 생장하는 형태로서 장차 이루어질 생장과 번식을 예고한다. 알뫼집의 연애와 초승달의 생장은 연관를 이룬다. 달의 변화상에 의하여 지배되고 측정되는 시간은 살아 있는 시간이며 기계적인 시간과는 구분된다.[63] 알뫼집의 보름사리 무렵의 연애는 그리도 '머리털이나 눈은 또 어떻게 늘 그렇게 깨끗하고 번즈레하게 이뿌게 해낸 것인지' 의구심을 자아낼 정도로 신비에 싸인 것으로 간주된다. 알뫼집의 이러한 행동은 달과 여성과의 친밀한 관계에 기초하고 있다. 달의 주기에 따른 행동의 변화와 연애담은 여성들의 생명의 주기와 밀접한 연관을 가진 달과의 뿌리 깊은 심층적 연관성 때문이다. 현실에서 좌절된 '홀어미'인 알뫼집은 자신의 결여를 심리적이고 신화적인 차원에서 보상한다. 달의 주기에 따라 일어나는 알뫼집의 연애담은 엄격한 윤리가 지배하는 현실과 대칭을 이루는 심층

63) 멀치아 엘리아데에 의하면, 태양이 어떤 종류의 생성도 없이 동일한 형태를 보여주는데 비하여 달은 차고 기울고 사라지는 천체로서 끝없는 주기성을 가지며 생의 리듬을 지배한다. 월상(月相)에 의하여 지배되는 시간은 태양의 시간과 다른 살아 있는 시간으로 비, 조수, 여성의 주기, 파종, 통과제의는 달이 알려 주는 시간과 일정한 관련을 가지고 있다. 달의 리듬에 따라 다양한 우주적 영향하에서 이러한 현상이 서로 관계를 가지게 되는 것이다.
M. 엘리아데, 이재실 역, 『종교사개론』(까치, 1993), pp.153~154.

의 욕망의 구조를 따라 행해진다.[64] 알뫼집의 행동은 현실의 결여를 메우려는 의도의 소산이며 윤리적인 자아와는 구분되는 또 다른 내적 자아의 욕구에 충실한 것이다. 알뫼집의 연애는 심층 심리와 내면의 무의식에 이끌린 것이기에 외모의 결함은 문제시되지 않는다.

그믐으로 다가가 달이 사라지는 시간에 알뫼집은 천상의 달의 형상을 지상에서 구현해낸다. 알뫼집이 만들어내는 솜씨 좋은 개피떡은 외형으로 볼 때 달의 모습을 본따고 있다는 점에서 달의 모방 형태이다. 개피떡을 통한 달의 지상적 구현은 그녀가 마을의 구성원으로서 정당한 대우를 받는 방편이다. 뛰어난 맛을 자랑하는 알뫼집의 개피떡을 먹는 것은 지상에서 구현된 달의 생명력을 취하는 셈이다.[65] 달을 닮은 개피떡은 그녀를 외면했던 마을 사람들에게도 호감을 사는 방편이다. '烈女 할머니'는 봉건 윤리에 충실한 삶을 영위한다는 점에서 알뫼집과는 대조적인 인물이다. 떡맛은 알뫼집과 극단적인 위치에 서는 '마을 제일의 烈女 할머니'와의 적대감을 최소화할 수 있는 사회적 위상을 제공한다.

달은 그녀의 현실적 좌절을 보상해 주는 존재이며 실질적인 존재의 중심축이라고 할 수 있다. 달의 지상적 모방을 통해 그녀는 자신의 신체적 결함을 감추고 여성으로서 존재 가치를 인정받게 되는 것이다. 사람들의 찬탄의 대상이 되는 개피떡은 천상의 존재인 달의 형태를 모방하여 지상적 존재인 알뫼집이 만들어낸 창조적 구현물이다. 달이 좋은 보름 동안은 연애를 통해, 달이 기울어 가는 그믐의 기간에는 뛰어

---

64) 에리히 노이만에 따르면, 여성이 내적으로 이끌리는 것은 지상적인 존재보다는 비인간적인 존재인 달이다. 여성의 달에 대한 귀속은 여성과 달의 무의식적인 일체감에 근거한 것이다.
에리히 노이만, 서봉연 역, 『여성의 심층』(삼성문화재단, 1982), pp.98~100.

65) 개피떡에서 유추할 수 있는 맛과 생명력의 상징은 『화사집』에 등장하는 먹지 못할 것 혹은 먹어서는 아니 될 것과 뚜렷하게 대비된다. 『화사집』의 먹을 것들은 피와 연관되어 먹기를 욕망하는 주체의 생명력의 소진으로 귀결되는데 비하여 알뫼집의 '개피떡'은 천상과 대지의 생명력이 결합한 곡물을 취하는 것이다.

난 떡맛을 통해, 그녀는 여성으로서의 자신의 존재 가치를 입증한다. '아무 것도 없는 홀어미인' 알묏집은 여성으로서의 생명력과 번식에 참여할 기회를 봉쇄당한 여인이다. 그녀가 달의 주기를 따라 보이는 행동은 여성으로서의 풍요한 가능성을 실현하는 방법이며 현실의 결여를 보상하는 수단이다. 달과 연관된 풍요한 생명력은 질마재가 생명감을 고양시키는 곳이라는 점을 드러낸다.

> 小者 李 생원네 무우밭은요. 질마재 마을에서도 제일로 무성하고 밑둥거리가 굵다고 소문이 났었는데요. 그건 이 小者 李 생원네 집 식구들 가운데서도 이 집 마누라님의 오줌 기운이 아주 센 때문이라고 모두들 말했읍니다.
>
> 옛날에 新羅 적에 智度路大王은 연장이 너무 커서 짝이 없다가 겨울 늙은 나무 밑에 長鼓만한 똥을 눈 색시를 만나서 같이 살았는데, 여기 이 마누라님의 오줌 속에도 長鼓만큼 무우밭까지 鼓舞시키는 무슨 그런 신바람이 있었는지 모르지. 마을의 아이들이 길을 빨리 가려고 이 댁 무우밭을 밟아 질러가다가 이 댁 마누라님한테 들키는 때는 그 오줌의 힘이 얼마나 센가를 아이들도 할 수 없이 알게 되었읍니다.—「네 이놈 게 있거라. 저 놈을 사타구니에 집어 넣고 더운 오줌을 대가리에다 몽땅 깔기어 놀라!」 그러면 아이들은 꿩 새끼들같이 풍기어 달아나면서 그 오줌의 힘이 얼마나 더울까를 똑똑히 잘 알 밖에 없었읍니다.
>
> —「小者 李 생원네 마누라님의 오줌 기운」 전문

질마재는 풍요한 여성성으로 가득한 공간이다. 여성의 풍요한 생산력은 대지의 생산력과 동일시된다는 점에서 질마재는 농경 사회의 특질을 반영한다. 토지의 풍요성과 여성적 생산력과의 긴밀한 관계는 농경 사회의 현저한 특징 중의 하나이다. 여성과 대지적 풍요의 동일시는 농경 사회의 뿌리 깊은 믿음에서 연원하며 이러한 믿음에 근거하여 여성은 풍요한 수확에 영향을 미치고 그것을 분배할 수 있는 권위를 획득하기도 한다.[66] 남성은 이러한 권위와 신성의식의 행사에 있어서 주도적인 입장에서 비껴 서 있다. 남성인 '李 생원'을 형용하는 '小者'라는 단어에서 유추할 수 있듯이 창조와 풍요의 풍부한 상징성에 있어서 '李 생원네 마누라'와 비견될 때 열등한 지위에 선다. '마누라'라는 명칭에 '님'이라는 존칭을 더한 것은 다소 해학스러우면서 이 생원과의 대비적인 효과를 강조한 호칭 방법이다.

'小者 李 생원네 마누라'가 관장하는 무우밭이 풍요한 결실을 이루는 것은 그녀가 지닌 '地母'로서의 능력[67]에 힘입는다. 풍요한 산물을 가져오는 '地母'로서의 역할을 확인시켜 주는 것은 그녀의 '오줌기운'이다. 오줌은 대지를 향해 부어지는 물줄기라는 점에서 자연 현상인 비와 동일한 양상을 가진다. 신체는 종종 우주와 동일시[68]된다는 점을 상기한다면 신체의 현상인 오줌은 자연의 현상인 비와 동일시된다. 비는 농경 사회의 풍요를 보장하는 자연 현상이며 비가 오지 않는 가뭄은 식물의 성장에 막대한 지장을 초래하기 마련이다. '地母'와 상징적으로 동일시되는 '李 생원네 마누라'에게 풍요한 대지를 침탈하거나 훼손하는 것은 용납할 수 없는 행위이다. 이 침범 행위를 다스리는 '李 생원네 마누라'의 행위는 다소 해학적이다. 풍요의 상징인 '오줌기운'은 아이들을 압도하는 거센 힘을 담고 있기에 비행을 다스리는 징벌로

---

66) 여성은 대지와 달이라는 우주적 풍요와 연계되어 있기 때문에 여성은 풍요에 영향을 미치고 그것을 분배할 수 있는 권위를 가지게 된다.
M. 엘리아데, 앞의 책, pp.245~248.

67) 여성과 대지적 번식의 능력 사이의 유사 관계는 고대 신화에서 찾아볼 수 있다.
중동지방의 신화에 의거하면 '여신이 부재하는 동안 번식력과 자연의 욕망은 대지에서 사라진다'고 여겨졌고 그녀가 되돌아오면 '사랑과 풍요의 힘이 다시 넘치게 된다'고 보았다.
에스터 하딩, 김정란 역, 『사랑의 이해』(문학동네, 1996), pp.255~257.

68) 인간은 소우주이며 우주(天)과 인간(人)은 상관성을 가지고 있으므로 인체는 天地를 모방하고 있다.
劉安, 이재호 역, 『淮南子』, 精神訓(세계사, 1992), pp.151~156.

도 기능한다.

인물을 지칭하는 명명법 또한 농경 사회의 특질을 드러낸다. 풍요와 다산을 상징하는 '李 생원네 마누라'와 '小者 李 생원'은 비교되는 존재이다. 별다른 주도권을 행사하지 못한 채 상대적으로 왜소화된 '小者 李 생원'과 '마누라님'의 대비적인 명명 외에도 아이들의 행동을 '꿩새끼'로 비유하여 경작지를 훼손하던 꿩의 행태와 작고 여린 체구를 동등하게 취급하고 있다. 이렇듯 질마재는 여성적인 힘이 지배적인 장소이며 농경 사회의 신화가 배어든 장소이다.

'알묏집'과 '李 생원네 마누라님'은 각각 풍요한 생명력을 주관하는 여성성을 드러낸다. 이들은 공통적으로 남편이 부재하거나 상대적으로 왜소한 존재로 그려져서 여성의 풍부한 생명력을 부각시킨다. 여성은 풍요의 원천이며 질마재를 비옥한 대지로 이끄는 주도적인 역할을 수행한다.

여성은 풍요와 다산을 주관하는 상징적 존재인 동시에 안위와 피난의 공간을 제공하는 존재이기도 하다. 모성은 자신이 가진 생명력을 타인에게 확산시키고 이들의 생명력을 보호하는 역할을 한다. 여성이 가진 생명력은 자신만을 위하여 배타적으로 쓰이는 것이 아니라 다른 사람에게로 확대된다. 모성이 가꾸어 온 공간을 빌려 어린 '화자'인 나는 모성의 보호와 안위를 구체적으로 감득한다. 보호와 안위를 제공하는 모성의 공간은 '외할머니네 뒤안 툇마루'를 통해 구체화된다.

> 외할머니네 집 뒤안에는 장판지 두 장만큼한 먹오딧빛 툇마루가 깔려 있읍니다. 이 툇마루는 외할머니의 손때와 그네 딸들의 손때로 날이날마닥 칠해져 온 것이라 하니 내 어머니의 처녀 때의 손때도 꽤나 많이는 묻어 있을 것입니다마는, 그러나 그것은 하도나 많이 문질러서 인제는 이미 때가 아니라, 한 개의 거울로 번질번질 닦이어져 어린 내 얼굴에 들이비칩니다.

그래, 나는 어머니한테 꾸지람을 되게 들어 어디 따로 갈 곳이 없이 된 날은, 이 외할머니네 때거울 툇마루를 찾아와, 외할머니가 장독대 옆 뽕나무에서 따다 주는 오디 열매를 약으로 먹어 숨을 바로 합니다. 외할머니 얼굴과 내 얼굴이 나란이 비치어 있는 이 툇마루에까지는 어머니도 그네 꾸지람을 가지고 올 수 없기 때문입니다.

—「외할머니네 뒤안 툇마루」 전문

외할머니 집 뒤안의 툇마루는 모성적 특징을 강하게 드러내는 곳이다. '번질번질'하게 닦인 툇마루는 할머니에게서 어머니에게 이르는 모성의 대를 이어 형성된 것으로 여성에 의하여 길들여 온 영역이다. 툇마루는 보호와 안위의 장소이다. 유년기의 소년이 꾸지람으로부터 안위를 구하는 장소이며 이러한 점은 모성의 품과 동일한 효과를 자아낸다.

툇마루는 외할머니에게서 어머니에 걸친 오랜 시간을 통해 형성되어 온 번들거림을 가지고 있다. 먹빛 반짝임은 오랜 시간의 퇴적을 거쳐 손에서 손으로 전해 내려온 손때로 이루어진 것으로 제거되어야 할 더러움의 층위를 넘어서 거울과도 같은 반사 효과를 가지고 있다. 때거울에는 오랜 시간 동안 툇마루를 거쳐 갔을 무수한 손길과 그 손길이 함축하는 인생 역정이 누적되어 있다. 마루 전체가 거울인 곳은 언행을 삼가지 않을 수 없는 곳이며 함부로 '꾸지람을 가진' 노여움의 표정을 드러낼 수 없는 공간이기도 하다.

툇마루는 반쯤 열린 동시에 반쯤 닫힌 공간이다. 마루는 내실의 연장으로 일부분은 벽으로 차단된다. 또한 마당으로 내려서는 통로의 구실을 하며 외부 공간과 소통하도록 열려 있다. 툇마루는 교류의 공간으로서 내부와 외부를 이어 주며 사적인 성격이 강한 방과 달리 누구나 스스럼없이 접근할 수 있을 정도로 친화력이 강하다. '어디 따로 갈 곳이 없이 된 날' 툇마루를 떠올리는 것은 이러한 친화적인 특성에서 기인한다.

툇마루는 '뒤안'에 있다는 점에서 집 안 전체의 구조에서 볼 때는 구석에 해당한다. 구석은 은신처이며 영혼의 은둔처[69]로 기능한다. 툇마루는 거울의 공간인 동시에 피난처[70]이다. 삶의 어려움과 곤경에서 벗어나기 위하여 찾아가는 공간이며 짐승처럼 몸을 웅크리고 싶은 구석이다. 툇마루의 수호자인 외할머니의 존재를 빌려 은신처로서의 성격은 강화된다. 툇마루가 지닌 은둔처로서의 특성은 외할머니가 가진 모성의 자애로움과 동일시된다. 모성의 자애로움을 빌어 고향은 생명력을 고양시키는 장소로 기억된다. 어린아이는 연약하기 때문에 모성의 보호와 양육을 필요로 한다. 화자가 어린아이로 설정된 것은 보호되어야 할 존재라는 것을 드러내기 위함이다. 외할머니의 자애로움과 보호가 깃든 외할머니 집은 상처받기 쉬운 자신을 강건하게 기르는 터전으로 제시된다. 외할머니에게서 어머니에게로 이어지는 모성의 계보는 삶을 지탱하는 실질적 축이며 질마재의 공간적 특질을 유지하고 보존하는 내면 원리라고 할 수 있다.

까치 발, 까치 발, 눈 위에 가는 까치 발.
까치 발을 따라서 山너머 갈까,
窓戶紙, 窓戶紙, 울 어머님 窓戶紙.

窓戶紙 연 날려서 기러기 뒤따를까.
하늘 한창 차지니 느는 어머님 생각.

---

69) 바슐라르에 의하면 영혼은 은둔처를 찾아 구석이라는 장소를 택한다. 우리가 구석에 몸을 피하고 있을 때, 스스로가 잘 숨겨져 있다고 믿는 하나의 상상적인 방이 건조된다고 본다.
G. 바슐라르, 곽광수 역, 『공간의 시학』(민음사, 1990), pp.282~283.
70) 김윤식, 「徐廷柱의 질마재神話 攷」, 『현대문학』(1976. 3), p.254.

善竹橋 옆 開城의 어머님 생각.

찬 바람, 찬 바람, 옷 속에 드는 찬 바람.
찬 바람에 몰려오시다 어디만큼 섰는가.
숨소리, 숨소리, 울 어머님 숨소리.

푸르게 언 하늘에 퍼지다가 어는가.
내 손톱 빛 더 붉으니 치미는 어머님 생각.
善竹橋 옆 開城의 어머님 생각.

—「이월의 향수」 전문

이 시에서 그리운 모성의 공간은 멀리 있으며 가까이 다가가기 어렵다. 화자는 어머니가 계신 공간에 대한 그리움을 동요와 같은 어조를 빌려 표출한다. 동요를 연상시키는 어조는 유년기의 천진난만함과 어머니를 따르는 아이의 정서를 표출하기에 효과적이다. 까치발의 경쾌한 움직임을 3음보의 형태로 담은 것은 어머니가 계신 공간으로 가고자 하는 내면의 지속적인 움직임과 일치한다. 까치의 작고 앙증맞은 발자국은 아이의 발자국과 일치하면서 장소의 이동 상태를 효과적으로 전달한다. 지상에는 눈이 깔려 만상을 뒤덮고 있다. 눈은 발자국을 선명하게 드러냄으로써 이동의 방향은 물론 심리적 행로를 선명히 부각시킨다. 작은 까치의 발걸음과 같은 아이의 걸음으로 따라가기에 어머니가 계신 공간은 멀다. '山너머'라는 거리감은 어머니가 계신 공간이 멀리 있음을 알려 주는 동시에 도달하기가 용이한 곳이 아니라는 사실을 암시한다. 1연 3행의 '窓戶紙'는 지상에 깔린 눈의 흰색과 조응하는 흰 빛깔을 가지고 있으며 어머니가 계신 방을 둘러싸고 있다. 어머님의 창호지는 어머니가 계신 공간을 연상케 하는 상징물이다.

2연은 1연보다 더욱 움직임이 강하게 드러난다. 창호지 연이라도 날려서 어머니가 계신 공간으로 도달하려는 염원을 표현한다. 창호지 연은 자신의 육신을 대행하게 하여 자신의 마음을 기탁한 상징물이다. 창호지 연은 '까치 발'보다는 먼 곳을 향하여 자유롭게 날아오르지만 연실에 묶인 존재라는 제약을 가진다. 이러한 움직임은 도달하기 어려운 거리감을 짙게 드러내면서 그리움의 정조를 강조한다. 외부가 차가울수록 어머니가 계신 곳에 깃들어 있는 따뜻한 정이 더욱 간절해진다.

이 시의 공간적 특성은 크게 창호지 밖과 창호지 안으로 구분된다. 창호지 안은 어머니가 계신 곳으로 모성의 보호와 온기가 서려 있다. 창호지 밖은 모성의 영역과는 거리를 두고 있으며 '옷 속에 드는 찬 바람'이 삶의 온기를 빼앗는 스산한 곳이다. 화자는 창호지 밖에서 안으로 들어가 어머니의 품으로 돌아갈 것을 갈망한다. 창호지 안은 곧 어머니의 품과 같다. 어머님의 품은 삶을 위협하는 한기로부터 벗어나 휴식과 생장을 이루어낼 수 있는 장소이다.

이러한 모성의 공간은 여성이 가진 풍요의 가능성이 실현되는 곳이다. 여성적인 특질이 자리한 공간은 안주하고자 하는 욕망이 충족되는 최적의 장소이고 편안함과 따뜻함을 내포한 곳이다. 모성의 공간은 생명의 원천이라는 점에서 육신의 안위는 물론 정신의 자유로움을 보장한다. 질마재가 가진 친화와 풍요한 생명감은 여성적 특질에서 비롯된다.

『화사집』에 등장하는 여성은 관능적인 특성을 지니며 소모적인 움직임을 보여주는데 반하여 『질마재 신화』에 묘사된 여성은 모성으로서의 생산력을 지니며 생명력의 근원이라는 점에서 대조된다.

『질마재 신화』에서 여성은 자신의 고유한 영역을 지킴으로서 대립적인 공간의 경계를 허무는 바탕을 마련한다. 남성의 유랑 공간과 화합을 성취함으로써 여성이 지켜온 공간은 삶과 죽음을 아우르는 포용적인 영역이 된다. 경계를 허무는 것은 보다 큰 공간으로 가는 계기가 된다. 회귀의 움직임은 자유를 추구하는 태도이며 영원을 지향하는 태도와 맞물린다. 「해일」과 「신부」에서 확인할 수 있듯이, 떠남과 되돌아옴을 거쳐 이루어지는 재회는 원환의 구조를 형성한다. 이 원환의 중심에 놓인 것은 여성이 내포한 따뜻함과 편안함이다. 여성적인 특성은 대립된 공간이나 분절된 시간을 극복하여 영원을 추구하는 원환 구조의 중심을 이룬다. 이러한 원환의 구조는 달의 상징을 통해서도 확인된다. 원환의 상상력은 사계의 순환이나 차고 기우는 달의 순환적 형상에서 동일하게 나타난다. 둥근 달은 원만 구족(圓滿具足)한 존재로 풍요의 상징이며 여성의 생명력과도 연관된다. '알묏집'과 '이 생원 댁 마누라'는 여성의 풍요한 생명력을 구현하는 존재이다. 여성적 공간은 대립을 허무는 포용성과 풍요한 생명력을 보인다. 이러한 여성성이 구현된 공간에서는 구애받지 않는 자유로움과 풍요로움을 향유할 수 있다. 여성적 공간으로 회귀하는 것은 영원의 공간으로 회귀하는 것이며 자유의 공간으로 회귀하는 것과 통한다.

2. 우주적 집과 교감의 확대

서정주가 시적 출발에서 감행하였던 결핍과 상실의 집으로부터의 일탈적 행로는 집을 향한 회귀로 귀결된다. 서정주는 결여의 집으로부터 방랑에 가까운 시적 편력 끝에 집으로 귀환한다. 오랜 공간적 모색 끝에 귀환한 집은 「자화상」의 집과는 양상이 판이하다. 고향의 집은 과거와 현재의 자신을 연결하며 사라져 가는 시간의 흐름 속에서 찾아낸 자아의 근원이다.[71] 고향과 집은 자신의 생명력을 고양시키고 자신의 정체성을 발견할 수 있는 공간이다. 질마재라는 명칭으로 구체화되는 '집' 혹은 고향은 하늘과 통하는 개방된 공간이며 풍요한 생명력으로 가득한 곳이다. 고향의 집은 앞선 항목에서 살폈듯이 모성의 자리지킴 혹은 여성이 상징하는 풍요함으로 말미암아 새로운 의미를 부여받는다.『질마재 신화』의 '집'은 어둡고 폐쇄적인 공간이 아니라 천지 자연과 교감을 나누며 생명력을 고양시키는 개방성을 지닌다. 이 개방성은 서정주가 추구해 온 상승의 지향과 공간적 넓이를 통합함으로써 획득된 것이다. 막힌 곳이 없는 개방성은 천지 자연과 교감한다는 자긍심을 형성하는데 이것은 자아의 정체성을 확인하는 근거가 된다.

ⓐ 우리가 옛부터 만들어 지녀온 세 가지의 房—溫突房과 마루房과 土房 중에서, 우리 都市 사람들은 거의 시방 두가지의 房—溫突房과 마루房만 쓰고 있지만, 질마재나 그 비슷한 村마을에 가면 그 土房도 여전히 잘 쓰여집니다. 옛날엔 마당방 말고 土房이 또 따로 있었지만, 요즘은 번거로워 그 따로 하는 대신 그 土房이 그리워 마당을 갖다가 代用으로 쓰고 있지요. 그리고 거기 들이는 정성이사 예나 이제나 마찬가지지요.

ⓑ 陰 七月 七夕 무렵의 밤이면, 하늘의 銀河와 北斗七星이 우리의 살에 직접 잘 배어들게 된 왼 食口 모두 나와 딩굴며 노루잠도 살풋이 부치기도 하는 이 마당 土房. 봄부터 여름 가을 여기서 말리는 山과 들의 풋나무와 풀 향기는 여기 저리고, 보리 타작 콩타작 때 연거푸 연거푸 두들기고 메어 부친 도리깨질은 또 여기를 꽤나 매끄럽겐 잘도 다져서, 그렇지 廣寒樓의 石鏡 속의 春香이 낯바닥 못지않게 반드랍고 향기로운 이 마당 土房. 왜 아니야. 우리가 일년 내내 먹고 마시는 飮食들 중에서도 제일 맛좋은 풋고추 넣

71) 진정한 인간, 본질적인 인간은 과거 속에서나 현재 속에서가 아니라 과거와 현재를 연결하는 관계 속에서, 다시 말하면 양자 사이에서 그 존재가 확인되는 것이다.
조르쥬 뿔레, 조종권 역,『프루스트적 공간과 존재의 변증법』(동인, 1994), p.124.

은 칼국수 같은 것은 으레 여기 모여 앉아 먹기 망정인 이 하늘 온전히 두루 잘 비치는 房. 우리 瘧疾 난 食口가 따가운 여름 햇살을 몽땅 받으려 홑이불에 감겨 오구라져 나자빠졌기도 하는, 일테면 病院 入院室이기까지도 한 이 마당 房. 不淨한 곳을 지내온 食口가 있으면, 여기 더럼이 타지 말라고 할머니들은 하얗고도 짠 소금을 여기 뿌리지만, 그건 그저 그만큼한 마음인 것이지 迷信이고 뭐고 그럴려는 것도 아니지요.

―「마당房」 전문(부호는 필자가 부기한 것임)

「마당房」은 서술의 태도에 따라 두 부분으로 나뉜다. '집'에 대한 기억은 화자의 어조의 변화에 따라 현재의 시점에서 과거의 공간으로 회귀해 가는 두 부분으로 구분된다. ⓐ 부분은 마당방을 이야기하기 위한 도입부와 같다. 화자의 어조는 청자에게 말을 건네는 태도를 취하고 있다. 말 건넴의 태도는 화자의 내밀한 정서를 표현하기보다는 객관적인 사실을 전달하여 교감을 얻는 데 유용할 수 있다. '~ㅂ니다', '~지요'와 같은 어미의 활용은 일방적인 독백의 형식보다는 보다 친밀한 대화의 형식을 취하고 있어서 독자의 공감을 이끌어내기에 용이하다. 말 건넴이 가지는 궁극적인 의미는 지금은 없고 사라져 버린 공간에 대한 회상을 이끌어내려는 것이다. 연결어의 잦은 사용은 대화체 문장의 친근한 맛을 살리려는 의도적인 서술이다. 화자는 온돌방, 마루방, 토방, 마당방을 열거한 후 지금은 사라져 마당으로 대용하게 된 마당방에 대한 그리움을 드러낸다.

ⓑ 부분에서 마당방의 공간적 위치와 특징을 묘사하고 있다. 역시 화자의 감정이 직접 개입하는 서술 방식을 피하고 마당방의 풍경을 묘사함으로써 마당방이 예사로운 장소가 아님을 알아차리게 한다.

화자가 서술하는 마당방은 마당이면서 동시에 방의 기능을 가지고 있다. 마당과 방은 가옥의 구조상 대조적이다. 마당은 외부와 내부를 이어 주며 드넓은 외부를 향하도록 열려 있다. 일반적인 방은 벽으로 차단된 폐쇄 공간으로서 보호의 기능이 우선시된다. 외부와 접촉하려면 방을 벗어나 마당으로 나가지 않으면 안 된다. 이 시에 등장하는 마당房은 명칭에서 알 수 있듯이 마당과 방이 통합된 곳이다. 마당방은 마당의 특성을 유지하면서 방의 기능이 합치되어 있다. 밤 하늘과 별을 볼 수 있는 동시에 가족이 식사나 수면과 같은 생활을 영위하는 곳이기 때문이다. 마당房은 외부와 자유롭게 접촉하도록 열려 있는 동시에 친목의 내밀함을 보장하는 통합적 공간이다. 마당방은 밖으로 열려 있는 동시에 안으로 닫혀 있어서 포용적인 공간성을 가진다.

마당방에는 수확물을 거두는 노동의 땀이 배어 있다. 곡식을 타작하는 마당방은 풍요의 기쁨으로 충만하기 마련이다. 음식이 되살려내는 미각은 마당방을 풍성한 곳으로 기억하는 바탕이 된다.

일상 공간으로 쓰이는 마당방의 기능성에는 우주적 친화의 조건이 구비되어 있다. 천체와 지상이라는 물리적 거리를 두고 있음에도 마당방에서는 '銀河와 北斗七星'이 '살에 직접 잘 배어'드는 접촉이 가능하다고 여겨질 정도로 우주적 교감이 이루어진다. 이러한 교감은 영혼과 세계의 결합을 강화한다.[72] 뿐만 아니라 자연의 변화를 구체적으로 실감할 수 있는 장소이기도 하다. 마당방은 수평적으로는 '산과 들'을 향하여 열려 있으며 수직적으로는 우주라는 드넓은 공간을 향해 열려 있다.

마당방에 이루어지는 자연과의 친밀한 교감은 '病院 入院室'과 같은 치유의 위력을 가지기도 한다. '따가운 여름 햇살'을 통해 생명력을 회

72) 가스통 바슐라르, 김현 옮김, 『몽상의 시학』(기린원, 1989), pp.136~142.
바슐라르는 유년 시절을 향한 몽상 속에서 인간을 세계와 묶고 인간과 세계의 시적 일치를 가능케 하는 원형을 창출해낸다고 본다. 그에 의하면, 우리 자신이었던 옛날의 어린애를 생각하다 보면 가족사를 넘어서, 회한의 지대를 지나서, 향수의 환상을 흩뜨린 후에, 우리의 무명의 어린 시절, 삶의 순수한 원천, 최초의 삶, 최초의 인간적 삶에 도달한다.

복하는 마당방이 가진 치유의 기능은 자연에 대한 신뢰어린 교감이 전제되지 않고는 불가능하다. 마당방이 가진 치유의 기능이 수행되기 위하여서는 청정함을 잃지 않아야 한다. 소금을 뿌리는 행위는 청정함을 유지하려는 노력이다. 마당방의 청정함을 훼손하지 않으려는 노력은 마당방에 대한 애정을 드러내는 부분이다. '하얗고도 짠' 소금은 훼손을 방지하는 방부(防腐)와 정화의 역할을 상징적으로 수행함으로써 공간의 청정함을 보존하려는 노력을 드러낸다.

우주적 교감을 통하여 실병을 치유하고 생명력을 회복하는 회고담은 「내가 여름 학질에 여러 직 앓아 영 못 쓰게 되면」에서 보다 구체적으로 표출된다.

> 내가 여름 학질에 여러 직 앓아 영 못쓰게 되면 아버지는 나를 업어다가 山과 바다와 들녘과 마을로 통하는 외진 네갈림길에 놓인 널찍한 바위 위에다 얹어 버려 두었읍니다. 빨가벗은 내 등때기에다간 복숭아 푸른 잎을 밥풀로 짓이겨 붙여 놓고, 「꼼짝말고 가만히 엎드렸어. 움직이다가 복사잎이 떨어지는 때는 너는 영 낫지 못하고 만다」고 하셨읍니다.
>
> 누가 그 눈을 깜짝깜짝 몇천 번쯤 깜짝거릴 동안쯤 나는 그 뜨겁고도 오슬오슬 추운 바위와 하늘 사이에 다붙어 엎드려서 우아랫니를 이어 맞부딪치며 들들들들 떨고 있었읍니다. 그래, 그게 뜸할 때쯤 되어 아버지는 다시 나타나서 홑이불에 나를 둘둘 말아 업고 갔읍니다.
>
> 그래서 나는 다시 고스란히 성하게 산 아이가 되었읍니다.
>
> —「내가 여름 학질에 여러 직 앓아 영 못 쓰게 되면」 전문

고향의 자연은 치유의 놀라운 능력을 발휘한다. 바위가 놓인 '외진 네갈림길'은 사람들의 왕래가 적은 곳이지만 수평적으로는 '산과 바다와 들녘과 마을로' 통하며 수직적으로는 '하늘'과 통한다. 바위는 '山

과 바다와 들녘과 마을'이라는 지리적 통로의 한가운데 놓였다는 지정학적 특성뿐만 아니라 질병으로 쇠잔해진 생명이 의탁하는 죽음과 삶의 교차점이라는 상징적 공간성을 동시에 지닌다. 질병에 걸리는 것은 일상에서 벗어난 상황으로 일종의 여행과도 같다. 질병에 걸린 동안 일상의 삶은 잠시 유보되고 삶과 죽음이 대면하는 역동적이고 우주적인 차원에서 꿈꾸고 상상하기 때문이다.[73] 실제로 이 시에서 화자는 질병으로 인해 집을 떠나고 바위를 거쳐 다시 집으로 돌아온다. 이와 같은 짧은 여행을 통해 삶과 죽음이 교차하는 네거리의 바위 위에서 죽음을 극복하고 생명력을 회복한다. 바위는 새로운 태어남을 매개하는 공간이다. 평평한 대지와는 달리 돌출된 장소인 바위는 병자의 쇠잔한 생명력과는 대조되는 강건함을 보인다. 널찍한 바위는 굳건하고 호방한 힘을 지닌다.[74] 학질의 치료 장소로 바위가 선택되는 것은 바위가 지닌 상징적인 힘 때문이다.

'바위와 하늘' 사이의 공간에서 치유를 기다리는 광경은 다분히 주술적이다. 복사잎이 '떨어지는' 것은 생명의 추락으로 여겨져 죽음으로 다가가게 된다고 믿어진다. 복사잎이 '붙어' 있는 것처럼 생명이 '붙어' 있기 위하여서는 추락은 금기시되며 하늘과 교감하여야 한다. 하늘은 상승의 영역이며 바위는 하늘의 고양된 힘을 얻기 위한 장소인 것이다. 바위는 질병을 치유하는 열기와 빛을 내리쬐는 '하늘'과 교감하는 장소이며 햇살이 일상적인 공간에서와 달리 비상한 치유의 힘을 형성하는 곳이다. 네거리라는 개방된 영역에 자리한 바위는 일상적인 장소이지만 재생의 능력을 가지며 이러한 치유의 힘은 고향에 대한 친

73) 김화영, 『문학상상력의 연구』(문학사상사, 1982), pp.139~140.
74) 위풍당당한 바위, 호방하게 서 있는 화강암 덩어리만큼 그 힘의 충만함에서 직립적이고 자립적이고 고귀하고 두려운 것은 없다. 바위는 인간 조건의 불안정성을 초월하는 절대적인 존재 양태를 인간에게 제시해 준다.
M. 엘리아데, 앞의 책, p.209.

화력을 더욱 강화시키는 역할을 한다.

아무리 집안이 가난하고 또 천덕꾸러기드래도, 조용하게 호젓이 앉아, 우리 가진 마지막껏—똥하고 오줌누어 두는 소망 항아리만은 그래도 서너 개씩은 가져야지. 上監녀석은 宮의 각장 장판房에서 白磁의 梅花틀을 타고 누지만, 에잇, 이것까지 그게 그 까진 程度여서야 쓰겠나. 집 안에서도 가장 하늘의 해와 달이 별이 잘 비치는 외따른 곳에 큼직하고 단단한 옹기 항아리 서너 개 포근하게 땅에 잘 묻어 놓고, 이 마지막 이거라도 실천 오붓하고 自由로이 누고 지내야지.

이것에다가는 지붕도 休紙도 두지 않는 것이 좋네. 여름 暴注하는 햇빛에 日射病이 몇 千 개 들어 있거나 말거나, 내리는 쏘내기에 벼락이 몇 萬 개 들어있거나 말거나, 비오면 머리에 삿갓 하나로 응뎅이 드러내고 앉아 하는, 休紙 대신으로 손에 닿는 輿夫 박잎사귀로나 밑 닦아 간추리는—이 韓國 〈소망〉의 이 마지막 用便 달갑지 않나?

「하늘과 별과 달은

소망에도 비친답네」

가람 李秉岐가 술만 거나하면 가끔 읊조려 찬양해 왔던, 그 별과 달이 늘 두루 잘 내리비치는 化粧室—그런 데에 우리의 똥오줌을 마지막 잘 누며 지내는 것이 역시 아무래도 좋은 것이 아니겠나? 마지막 것일라면야 이게 역시 좋은 것 아니겠나?

—「소망」(똥깐) 전문

'소망'은 자연 친화적인 공간이다. 비천하고 보잘것 없는 공간은 사색적이고 자유로운 공간으로 옹호된다. 소망은 천시되는 장소임에도 불구하고 편하고 자유로운 곳으로 인지된다. 소망은 '집 안에서도 가장 하늘의 해와 달이 별이 잘 비치는' 곳으로서 자연과 교감할 수 있는 곳으로 그려진다. 소망이 가진 개방성과 자유로움은 '宮의 각장 장판' 이 가진 위엄을 조롱할 수 있는 여유를 부여한다. '宮의 각장 장판房' 이 가진 폐쇄성은 '소망'의 특성과는 대조된다. 화자는 권위의 상징인 '宮'의 폐쇄성을 비웃는 데 그치지 않고 절대적 지배자를 '상감녀석'이라고 비하한다. 고귀한 장소나 신분이 옹색한 곳이나 호칭으로 비하되는 것은 웃음을 자아낸다. '宮의 각장 장판房'과 '白磁의 梅花틀'이 가진 폐쇄성과 협소함은 '上監'이 가진 위엄을 조롱하게 되는 동기를 제공하며 권위와 우아함이 오히려 우스꽝스러워지는 역설을 유발한다. 위세 당당한 '宮의 각장 장판房'의 '白磁의 梅花틀'은 궁색한 공간이 되는 반면 '큼직하고 단단한 옹기 항아리'는 자연 친화적이며 개방적인 위세를 가지게 된다. 소망의 보잘것 없는 공간이 오히려 당당한 공간으로 변모한다. 권위와 부귀조차 조롱할 수 있는 여유는 과장적인 어조로 전개된다. '日射病' '몇 千 개', '벼락' '몇 萬 개'의 과장된 수사는 자연과 더불어 있을 수 있는 소망에 대한 자긍심을 반영한다. 열려 있기에 감수해야 하는 외부의 위험은 소망에서 누리는 편안함과 당당함을 드러내는 증거로 작용한다.

소망에서 누릴 수 있는 당당한 기세는 자신이 천지 운행의 한가운데에 있다는 우주적 귀속감에서 비롯된다. '우리의 똥오줌을 마지막 잘 누며 지내는 것'은 신체의 배설물이 다시 자연으로 회귀한다는 뜻을 담는다. 자연의 거대한 순환적 연속성 속에서 소망은 인체와 자연을 이어 주는 매개적 역할을 수행한다. '소망'은 인체의 '마지막 것'이 차지하는 순환의 장소인 동시에 자연과 이어지는 융합의 공간이다. 「소망」에서 드러나는 폐쇄성에 대한 조롱은 개방성에 대한 시인의 열망을 드러내는 것이다.

비천하고 보잘것 없는 장소가 자유로움을 실현하는 길이 된다는 인식은 무한 공간에 대한 희구를 통해 보다 분명하게 드러난다. 우주적인 교감을 나누는 「마당방」의 마당이나 학질을 치유하는 마을 네거리의 '바위' 그리고 천시되는 장소인 '소망'은 옛 마을에서 찾아볼 수 있는 대수롭지 않은 공간이다. 바위나 마당 그리고 소망은 자연의 특질이 그대로 배어드는 장소이다. 자연과 교감함으로써 자신의 생명력을 고양시키는 장소가 되는 방과 바위는 분식(粉飾)이나 위선이 통용되지 않는 곳이다. 비천한 장소가 자연과 가까이 교감하는 공간이 되어 생명감을 고양시킴으로써 장소에 대한 애착과 자긍심을 가지게 된다. 비천한 공간에서 지고한 가치를 발견하는 역설적 상상력을 통해 서정주는 질마재를 정신적 안식처로 여긴다. 외형적 공간에 구애받지 않는 자유를 구가하기 위해서는 현실 삶에 대한 집착을 버려야 한다. 얽매인 것 없는 비천한 삶이 편안한 삶을 누릴 수 있는 계기가 되며 가진 것 없어 비어 있는 상태가 무한 공간을 누리는 가벼움을 제공한다. 집착을 버리는 것은 더욱 광대한 공간을 향유할 수 있는 자유를 획득하는 바탕이 된다.

3. 무한 공간에의 동경

고향이 주는 안위와 보호는 화자의 생명감을 고양시키고 보다 큰 공간에서 자신의 삶을 영위하고자 하는 의욕을 고취한다. 광활한 영역으로 나아가려는 행위는 모험과 도전 가운데에서 자신의 존재성을 입증하려는 욕구를 반영한다. 삶은 안주와 모험 그리고 집착과 자유 사이의 변증법적인 움직임이다. 해탈과 애착 사이의 반복된 움직임은 크게 보아 서정주 시의 공간 이동을 관통하는 원리의 하나로 이해할 수 있다.

무한한 공간을 누리는 자유는 일상적인 삶에 대한 집착을 버린 상태에서만 획득된다. 역설적인 관점에서 볼 때 일상적인 삶에서의 패배는 좌절이 아니라 오히려 무한 공간을 꿈꿀 수 있는 자유로움을 제공한다. 무한한 시공간에 대한 선망은 존재가 가진 유한성에 대한 자각에서 말미암는다. 유한한 존재임을 자각한 화자는 자연의 무한함과 자신의 삶을 일치시키려는 의도를 표명함으로써 보다 드넓은 삶으로 나아가고자 하는 의지를 행동으로 옮긴다. 자아는 자신이 갖고 있지 않은 시간적 불변성을 자연으로부터 빌려 오고자 하는 유혹을 버리지 못하며 동시에 시간의 간섭으로부터 자아를 도피시키면서 자연을 인간과 동일한 차원으로 이끌어내고 싶은 욕구를 갖는다.[75] 시인은 자연과의 동일시를 통해 유한한 자아의 한계를 넘어서고자 하며 현실의 경험 공간을 확장하려 한다.

〈싸움에는 이겨야 멋이라〉는 말이 있읍니요만 〈져야 멋이라〉는 말은 없사옵니다. 그런데, 지는 게 한결 더 멋이 되는 일이 陰曆 正月 대보름 이마을 에선 하늘에 만들어져 그게 1년 내내 커어다란 한 뻰보기가 됩니다.

勝負는 끈질겨야 하는 거니까 山海의 끈질긴 것 가운데서도 가장 끈질긴 깊은 바다 속의 민어 배 속의 부레를 끄내 풀을 끓이고, 또 勝負엔 날카론 서슬의 날이 잘 서 있어야 하는 거니까 칼날보다 더 날카로운 새금파리들을 모아 찧어 서릿빨같이 자자란 날들을 수없이 만들고, 勝負는 또 햇빛에 비쳐보아 곱기도 해야 하는 것이니까 고은 빛갈 중에서도 얌전하게 고은 梔子의 노랑 물도 옹기솥에 끓이고, 그래서 그 勝負의 鳶실에 우선 몇번이고 거듭 번갈아서 먹어야 합죠.

그렇지만 選手들의 鳶 자새의 그 긴 鳶실들 끝에 매달은 鳶들을 마을에서 제일 높은 山 봉우리에 날리고, 막상 勝負를 겨루어 서로 걸고 재주를 다하

75) Paul de Man, ***Blindness & Insight***(New York: Routlege, 1988), p.197.

다가, 한 쪽 鳶이 그 鳶실이 끊겨 나간다 하드래도, 敗者는 〈졌다〉는 嘆息 속에 놓이는 게 아니라 그 반대로 解放된 自由의 끝없는 航行 속에 비로소 들어섭니다. 山 봉우리 우에서 버둥거리던 鳶이 그 끊긴 鳶실 끝을 단 채 하늘 멀리 까물거리며 사라져 가는데, 그 마음을 실어 보내면서 〈어디까지라도 한번 가 보자〉던 전 新羅 때부터의 한결같은 悠遠感에 젖는 것입니다.

그래서 그들은 마을의 生活에 실패해 한정없는 나그네 길을 떠나는 마당에도 보따리의 먼지 탈탈 털고 일어서서는 끊겨 풀려 나가는 鳶같이 가뜬히 가며, 보내는 사람들의 인삿말도 〈팔자야 네놈 팔자가 상팔자구나〉 이쯤 되는 겁니다.

—「紙鳶勝負」 전문

연 싸움을 위한 준비는 정성스럽다. 끈질긴 승부욕이 자아내는 연과 연실의 제작 과정은 지상적 삶의 고단한 경쟁과 동일시될 수 있다. 연실을 만드는 과정에 정성을 들임으로써 연의 제작과 연 싸움은 단순한 놀이의 차원을 넘어서 삶의 고단한 과정을 상징한다. 끈질긴 힘을 위하여 '바다' 속의 민어 부레가, 날카로움을 위하여서 '땅' 속의 광물인 새금파리가, 고운 빛깔을 내기 위하여 지상의 식물인 치자가 필요하다. 이러한 재료로 만들어진 연은 바다와 땅의 공간적 특성을 취합한 창조물이라고 할 수 있다.

끈질긴 승부욕과 제작 과정에서 드러나는 전반부의 긴장감은 후반부의 홀가분하게 실을 끊고 날아가는 연의 모습과 대조를 이룬다. 1, 2행과 3, 4행은 대칭을 이루어 전반부는 승부 이전의 긴장감을 자아내며 후반부는 승부 이후의 홀가분한 느낌을 전달한다. 전반부의 긴장과 후반부의 해방은 단조로워지기 쉬운 산문체 서술에 생기를 부여한다.

오랜 제작 과정을 거친 연은 '제일 높은 山 봉우리'에서 창공을 향해 떠오른다. 넓은 곳에 이르기 위하여서는 보다 높이 올라가야 한다. 연은 지상에서 창공으로 날아오름으로써 지상에 속박된 마을 사람들의 자유 의지를 간접적으로 표방한다. 연 싸움에서는 승리라는 가치가 존중되기보다 오히려 패배가 지닌 가치가 강조되어 가치의 전도가 이루어진다. 연 승부는 지는 것이 오히려 자유로움을 가져다 준다는 역설을 만든다.[76] '하늘 멀리 까물거리며 사라져 가는' 연은 자유의 공간을 희원하는 화자의 심리를 대행하는 존재이다. 무한 자유의 공간 앞에서 승부의 집착과 지상적 삶에 매인 패배의 고통은 묵과된다. 종이연은 마을 사람들에게 무한 공간에서 누리는 자유의 이미지로 각인된다. 이러한 역설적 인식은 놀이뿐만 아니라 일상 삶에도 반영된다. 생활고로 인해 마을을 떠나는 사람들은 연실을 끊고 날아간 연의 자유로운 비행을 모방하는 것이다. 생존 경쟁에서 패배한 이들은 낙오된 인물로 인지되는 것이 아니라 '鳶같이 가뜬히 가'는 가벼운 행보를 보이며 마을에 안착한 삶에 비하여 '상팔자'로 인식된다. 떠도는 삶의 고단함을 해방으로 인식하는 것은 삶의 고난을 순화시키려는 심리적 위안의 한 방편이지만 이러한 위안의 어조는 화자 내면에 침잠된 풀림에 대한 욕구, 즉 실 끊긴 연으로 대변되는 무한 공간으로의 욕구를 드러낸다. '解放된 自由의 끝없는 航行'을 이루어내기 위해 일상에 얽매인 삶을 떨쳐야 한다. 화자는 자유의 획득에 수반되는 패배에 대해 담담하기까지 하다. 패배가 오히려 자유로 인식되는 일상적 가치의 전도는 삶의 궁극적인 뜻이 '산봉우리에 버둥거리'는 듯한 일상의 삶보다는 '한정없는 나그네 길'에 있음을 방증한다.

나보고 명절날 신으라고 어버지가 사다 주신 내 신발을 나는 먼 바다로

76) 지는 것이 오히려 더 큰 자유를 가져다 주며 물러서는 것이 더 큰 나아감의 발판이 된다는 역설적 사고는 "明道若昧 進道若退 夷道若類 上德若谷 大白若辱 廣德若不足"(老子, 『道德經』, 41章)과 동일한 맥락에서 이해될 수 있다.

흘러네리는 개울물에서 장난하고 놀다가 그만 떠내려 보내 버리고 말았읍니다. 아마 내 이 신발은 벌써 邊山 콧등 밑의 개 안을 벗어나서 이 세상 온갖 바닷가를 내 대신 굽이치고 놀아다니고 있을 것입니다.

아버지는 이어서 그것 대신의 신발을 또 한 켤레 사다가 신겨 주시긴 했읍니다만, 그러나 이것은 어디까지나 대용품일 뿐, 그 대용품을 신고 명절을 맞이해야 했었읍니다.

그래, 내가 스스로 내 신발을 사 신게 된 뒤에도 예순이 다된 지금까지 나는 아직 대용품으로 신발을 사 신는 습관을 고치지 못한 채로 있읍니다.

—「신발」 전문

신발은 세상과 접하는 가장 직접적인 도구이다. 생소한 여러 곳을 접하며 경험의 영역을 확장하는 데 신발은 없어서는 안 될 도구이다. 명절날을 위하여 준비된 신발은 평소의 신발과는 구분되는 것으로 애착을 더하게 한다. 최초의 신발을 잃어버리고 '그것 대신의 신발'이 주어지기는 하지만 처음의 신발이 가지는 애틋한 소유의 기억은 사라지지 않는다. 새로운 신발은 이전의 것을 모방한 것에 지나지 않으며 본래의 것은 '떠내려 보내고' 만 것이다. 시의 화자가 신발을 그리워하는 이유는 신발이 정처 없는 공간을 자유로이 흘러다닌다는 점 때문이다. 드넓은 바닷가를 '내 대신 굽이치며 놀아다니고 있을' 것이라는 화자의 추측은 신발이 누리는 광활한 영역에 대한 선망을 드러낸다. '놀아다니다'는 표현에서 알 수 있듯이 신발은 놀며 다니고 있다. 이러한 동사의 쓰임에서 떠돎이란 놀이와도 같은 즐거움을 내재한 것이라는 인식을 읽을 수 있다. 본래의 신발은 영영 사라진 것이 아니라 화자의 분신과도 같은 존재로 반추된다. 신발의 분실은 곧 본래적인 자유의 상실을 상징하는 사건으로 기억된다. 잃어버린 신발에 대한 기억은 잃어버린 자유에 대한 기억과 통한다. 이후 닳아진 신발을 바꾸어 신고 사는 삶은 화자에게 본래적인 삶과는 거리가 먼 것이며 '대용품'의 삶에 불과하다. 잃어버린 원래의 신발은 자유를 상징하지만 대용품으로 신는 신발은 일상에 구속된 삶을 상징한다.

'세상의 온갖 바닷가'를 구애됨 없이 떠도는 신발의 모습은 축소된 배와도 같다. 신발은 작은 배의 형상을 본따고 있으며 아무것도 그 안에 담기지 않았다는 점에서 홀가분한 자유를 만끽한다. '세상의 온갖 바닷가'를 떠도는 신발은 화자가 선망하는 방랑을 대행한다. 지상에 발 붙이지 못하고 주인 없이 떠도는 신발은 떠돌이의 모습이며 나그네의 표상이다. 화자는 이러한 상징적 의미를 내포한 신발을 그리워함으로써 대용의 신발에 매인 일상적 삶을 안타까워하는 심리를 드러낸다.

제비같이 휘얼훨, 나비같이 퍼얼펄
멋쟁이는 정말 진짜 멋쟁이지만
어쩌다 보니 노자없는 나그네 신세.
사공아 공짜로 한번 건너가 보세.
하늬바람 배쌂으로 한번 건너세.

「저승 들어서 노자나 있느냐」고
진달래 핀 山에서 육자배기 들리네.
저승에 들어서도 노자 없기는
옛날이나 지금이나 마찬가지 아닌가.
육자배기 배쌂으로 사공아 건너세

—「노자 없는 나그넷길」 전문

이 시의 화자가 보이는 행보는 제비와 나비가 가지는 자유로운 행보와 상관 관계를 가지고 있다. 화자는 건너야 할 강을 목전에 두고 있으나 건널 배삯이 없다. 강은 자유로움을 방해하는 하나의 장애이다. 강이라는 장애를 극복하기 위해서는 '배삯'이라는 대가를 필요로 한다. 화자는 대가 없이 강을 건너고자 하는데 이는 제비나 나비가 대가 없이 누리는 자유로운 이동을 모방하려는 태도이다. 제비나 나비가 '하뉘바람'에 힘입어 이동하듯이 화자도 '하뉘바람 배쌌'으로 건너가려 한다. 새처럼 강을 건너가고자 하는 태도는 무한한 공간을 향유하는 새의 속성을 내면화시킨 것이다. 화자는 노자 없는 나그네 행색을 가진 것이 없는 처량한 신세로 묘사하는 것이 아니라 가진 것이 없기에 더욱 초탈한 여유를 느끼도록 서술한다. '~보세'라는 권유형의 어조는 이러한 자유로움에 동참하지 않겠느냐는 뜻을 담은 것으로 텍스트 내의 청자인 사공은 물론 독자에게까지 자유에의 권면을 전달하는 것이다.

2연에서 가진 것이 없는 자유로움은 이승의 삶을 넘어서 저승에까지 확장된다. 저승에서 역시 자유로운 행보를 지속함으로써 저승이라 해서 달리 두려울 것이 없다는 초연한 태도를 내비친다. 세속적인 삶에 얽매이지 않는 자유로움은 가진 것 없어 비어 있는 초탈함으로 나타난다. 비어 있음은 현실의 속박을 풀고 무한 공간을 지향하는 화자에게 새의 비상과 같은 가벼운 행보를 제공한다. 노자 없는 나그네의 가벼움이 오히려 무한한 공간을 향유할 수 있도록 해주는 것이다.

땅 위에 살 자격이 있다는 뜻으로 〈在坤〉이라는 이름을 가진 앉은뱅이 사내가있었읍니다. 성한 두 손으로 망석도 절고 광주리도 절었지만, 그것만으론 제 입 하나도 먹이지를 못해, 질마재 마을 사람들은 할 수 없이 그에게 마을을 앉아 돌며 밥을 빌어먹고 살 권리 하나를 특별히 주었었읍니다.

「在坤이가 만일에 제 목숨대로 다 살지를 못하게 된다면 우리 마을 人情은 바닥난 것이니, 하늘의 罰을 변치 못할 것이다」 마을 사람의 생각은 두루 이러하여서, 그의 세 끼니의 밥과 추위를 견딜 옷과 불을 늘 뒤대어 돌보아 주어 오고 있었읍니다.

그런데, 그것이 甲戌年이라던가 乙亥年의 새 無窮花 피기 시작하는 어느 아침 끼니부터는 在坤이의 모양은 땅에서도 하늘에서도 一切 보이지 않게 되고, 한 마리의 거북이가 기어다니듯 하던 살았을 때의 그 무겁디 무거운 모습만이 산 채로 마을 사람들의 마음 속마다 남았읍니다. 그래서 마을 사람들은 하늘이 줄 天罰을 걱정하고 있었읍니다.

그러나, 해가 거듭 바뀌어도 天罰은 이 마을에 내리지 않고, 農事도 딴 마을만큼은 제대로 되어, 神仙道에 약간은 알음이 있다는 좋은 흰수염의 趙先達 영감은 말씀하셨읍니다. 「在坤이는 생긴 게 꼭 거북이같이 안 생겼던가. 거북이도 鶴이나 마찬가지로 목숨이 千年은 된다고 하네. 그러나 그 긴 목숨을 여기서 다 견디기는 너무나 답답하여서 날개 돋아나 하늘로 神仙살이를 하러 간 거여……」

그래 「在坤이는 우리들이 미안해서 모가지에 연자맷돌을 단단히 매어달고 아마 어디 깊은 바다에 잠겨 나오지 안는 거라」 마을 사람들도 「하여간 죽은 모양을 우리한테 보인 일이 없으니 趙先達 영감님 말씀이 마음的으로야 불가불 옳기사 옳다」고 하게는 되었읍니다. 그래서 그들도 두루 그들의 마음속에 살아서만 있는 그 在坤이의 거북이 모양 양쪽 겨드랑이에 두 개씩의 날개를 안 달아 줄수는 없었읍니다.

—「神仙 在坤이」 전문

이 시의 주인공이라 할 만한 '在坤'이라는 인물은 불구인 육체로 인해 고단한 삶을 영위하는 인물이다. 신체적 불구로 인하여 그의 삶은 제약받게 되며 그가 누리는 삶의 영역은 한정될 수밖에 없다. 마을 사람의 호의에 힘입어 재곤은 최소한의 생계가 보장된다. '한마리의 거북이가 기어다니듯' 한 모습으로 형용되는 在坤의 삶은 신체가 부자연스러운 만큼 고통스러운 것일 수밖에 없다. 돌연한 재곤의 사라짐은 우화(羽化)로 빗대어진다. 마을 사람의 호의를 벗어난 재곤의 실종은 더욱 곤궁한 삶의 영위 혹은 죽음으로 예견되는 것이 상식이지만 마을 사람들은 재곤의 삶에 새로운 도약의 상상력을 부여한다. 재곤은 육체적으로 부자유스러웠으나 궁극으로는 자유스러운 삶을 찾는 것으로 간주된다. 마을 사람의 마음속에서 재곤의 모습은 날개를 단 모습으로 남는다. 사라짐 혹은 존재의 소멸은 비극적인 사실이 아니라 새롭게 갱신할 수 있는 기회로 여겨진다. 살고 있는 주거지를 떠난 재곤의 삶은 신선의 경지로 비화된다. 그는 집을 버림으로써 영원에 가까운 시공간을 획득한다.

신체적 부자유로 인하여 곤궁한 삶을 영위하지 않으면 아니 되던 재곤의 삶은 가장 자유스러운 삶으로 도약한다. 재곤이 누리는 초월적 삶은 마을 사람들의 지상적 삶과 대조된다. 재곤의 삶은 시간 · 공간적으로 확장되어 영원성을 부여받는다. '하늘로 신선살이 하러 간' 것이라고 믿어지는 재곤은 '목숨이 천년'이나 되는 긴 시간성을 부여받을 뿐 아니라 '날개 돋아나' 드넓은 창공을 향유할 수 있게 된다. 지상의 삶을 통해 가장 부자유한 존재였던 재곤의 삶은 천상적인 삶을 누리는 초월자로서의 면모를 가지게 되는 것이다. 재곤과 대비되는 일상적 삶을 누렸던 마을 사람들은 재곤의 삶을 무궁한 시간과 공간을 누리는 것으로 바꾸어 놓음으로써 신성화한다. 재곤이 누리는 가상의 삶은 마을 사람들에게 결여된 부분을 채우려는 자기 충족의 형식[77]이라고 할 수 있다. 그 결과 비천한 삶의 주인공이 신선으로 재탄생한다. 이 재탄생의 믿음에는 무한 공간과 시간을 누리는 신선에 대한 선망과 불사의 삶에 대한 선망이 어려 있다.

77) 랭거는 문학이 표현하는 가상적인 삶은 하나의 자기 충족의 형식이라고 본다. 수잔 K. 랭거, 이승훈 옮김, 『예술이란 무엇인가』(고려원, 1993), p.236.

ⓐ 옛날 옛적에도 사람들의 마음은 千差萬別이어서, 그 사람 사이 제 情으로 言約하고 다니며 사람 노릇하기란 참으로 따분한 일이라, 그 어디만큼서 그만 작파해 버리고 깊은 山으로 들어와 버린 두 사내가 있었읍니다. 한 사내의 이름은 〈機會 보아서〉고, 또 한 사내의 이름은 〈道通이나 해서〉였읍니다. 〈機會 보아서〉는 山의 南쪽 모롱에 草幕을 치고 살고, 〈道通이나 해서〉는 山의 북쪽 洞窟 속에 자리잡아 지내면서, 가끔 어쩌다가 한 번씩 서로 찾아 만나는데, 그 만나는 약속 시간을 정하는 일까지도 그들은 이미 그들 本位로 하는 것은 깡그리 작파해버리고, 수풀에 부는 바람이 그걸 정하게 맡겨 버렸읍니다.

「아주 아름다운 바람이 북녘에서 불어와 山골짜기 수풀의 나뭇잎들을 남쪽으로 아주 이쁘게 굽히면서 파닥거리거던, 여보게, 〈機會 보아서!〉 자네가 보고 싶어 내가 자네 쪽으로 걸어가고 있는 줄로 알게」 이것은 〈道通이나 해서〉가 한 말이었읍니다.

「아주 썩 좋은 南風이 불어서 山골짜기의 나뭇잎들을 북쪽으로 멋드러지게 굽히며 살랑거리거던 그건 또 내가 자네를 만나고 싶어가는 信號이니, 여보게 〈道通이나 해서!〉 그때는 자네가 그 어디쯤 마중나와 서 있어도 좋으이」 이것은 〈機會 보아서〉가 한 말이었읍니다.

ⓑ 그런데 그 〈機會 보아서〉와 〈道通이나 해서〉가 그렇게 해 빙글거리며 웃고 살던 때가 그 어느 때라고. 시방도 질마재 마을에 가면, 그 오랜 옛 습관은 꼬리롤망정 아직도 쬐그만큼 남아 있기는 남아 있읍니다.

오래 이슥하게 소식 없던 벗이 이 마을의 친구를 찾아들 때면 「거 자네 어딜 쏘다니다가 인제사 오나? 그렇지만 風便으론 소식 다 들었네」 이 마을의 친구는 이렇게 말하는데, 물론 이건 쬐끔인 대로 저 옛것의 꼬리이기사 꼬리입지요.

—「風便의 소식」 전문(부호는 필자가 부기한 것임)

「風便의 소식」의 ⓐ 부분은 『三國遺事』 卷五 "包山二聖"[78]의 내용을 차용한 것이다. 『三國遺事』에서는 '觀機'와 '道成'으로 되어 있으나 시의 화자는 한글로 내용을 풀어서 〈機會 보아서〉와 〈道通이나 해서〉로 바꾸어 놓았다. 이러한 개작은 원래의 내용이 담고 있는 은자의 유유자적함을 이어받고 있으나 시 「風便의 소식」에서는 다소 해학적인 면모가 엿보인다. 한글 이름이 '觀機'와 '道成'보다 친근감을 주지만 일상적인 명명법과 다르다는 점에서 독자의 주의를 환기시킨다. 이러한 명명법은 원래 문헌이 가진 건조한 시술과 「風便의 소식」의 신문 서술이 주는 단조로움을 탈피하고 해학성을 부여하는 역할을 한다.

도입부인 '옛날 옛적에'는 마치 민담의 도입부와 유사하여 친근한 옛 이야기를 듣는 듯한 효과를 자아낸다. 이들의 이름에서 유추할 수 있듯이 〈機會 보아서〉는 의무나 강요에 구속되지 않는 여유를 가지고 있다. 〈道通이나 해서〉 역시 일상의 굴레를 탈피한 자의 이름이다. 명명(命名)은 창조된 인물에 대한 일종의 인격의 부여이며 인물에 대한 상징적인 정보를 담고 있기 때문이다.

이들이 거처하는 장소는 '깊은 산'으로 일상의 공간과는 차단된 곳이다. 드높은 산은 '사람노릇하기'라는 '참으로 따분한 일'인 일상의 삶과 구분해 주는 동시에 두 사람의 자유로움을 보장해 준다. 이러한 탈속의 영역인 산은 두 사람의 친밀한 교류를 매개하는 공간으로 기능한다. 이러한 자유 추구는 초월적인 공간이나 초월적인 이념을 추구하기 보다는 일상의 잡답(雜沓)으로부터 거리를 두려는 의식[79]이 반영된 것이다. 이 점은 ⓑ 부분의 언급에서도 확인된다. 이전의 정취가 지금

78) 원문의 내용은 다음과 같다.
羅時有觀機 道成二聖師 不知何許人 同隱包山 機庵南嶺 成處北穴 相去十許里 披雲嘯月 每相過從 成欲致機 則山中樹木皆向南而俯 如相迎者 機見之而往 機欲邀成也 則亦如之 皆北偃 成乃至 如是有年 成於居所之後 高 之上 常宴座 一日自 縫間透身而出 全身騰空而逝 莫知所至 或云 至壽昌郡損骸焉 機亦繼踵歸眞
『三國遺事』 卷五 "包山二聖" 條.

에도 계승되어 생활 속에 실마리를 보여준다는 점은 자유로운 정신과 이를 뒷받침하는 공간 향유에 대한 선망을 표현한 것이다.

두 사람은 상당한 공간을 사이에 두고 있음에도 격절감을 느끼지 않을 뿐더러 드넓은 공간을 오가는 자연의 힘을 매개로 하여 친밀한 교감을 나누게 된다. 두 사람의 만남은 자연의 변화상과 합치될 때 가능하다. 그들이 지닌 뜻은 자연을 통하여 충실하게 전달된다. 두 사람은 바람과 수풀이라는 매개체를 통함으로써 남쪽과 북쪽이라는 상당한 거리를 극복한다. 먼 거리를 두고서도 친밀한 감정의 교류를 잃지 않는 유유자적함의 바탕에는 자연과의 폭넓은 교감이 자리하고 있다.

고대 설화에서 드러나는 광활한 공간 향유는 서정주 시에 내재된 자유로운 방랑에 대한 선망을 반영하는 것이다. 보다 넓은 공간을 향유하기 위해서는 일상의 협소한 삶을 버리는 행위가 전제된다. 일상의 삶은 보다 넓은 공간을 갈망하는 자들에게는 구속이나 다름없다. 「紙鳶勝負」에서 승부에서 패한 연은 오히려 넓은 공간으로 갈 수 있는 전제가 된다. 「노자없는 나그넷길」에서 여비조차 없는 가난한 행보가 홀가분한 자유를 보장한다. 「神仙 在坤이」에서 불구자인 재곤은 지상적 삶을 버림으로써 초월적인 시공간을 누리게 된다. 「風便의 소식」에서 일상의 혼잡함으로부터 벗어나 자연과 교감하는 유유자적한 삶이 선망의 대상이 된다. 일상적 삶에서의 패배나 좌절은 삶을 제약하는 조건이 되지 못한다. 이들에게 타인을 압도하는 승리나 권위는 오히려 삶을 압박하는 무거움으로 인식된다. 무한 공간에서 구애받지 않는 자유를 구가할 수 있는 이유는 현실에 대한 집착을 떨쳐 버렸기 때문이

79) "신라의 仙風은 반드시 長生不死하는 神仙이 되기를 희구하는 순수한 도교적인 풍조를 의미한다고 말하기는 힘들다. 新羅의 仙風이라고 하면 그것은 결국 俗事에 악착스럽게 집착하지 않고 티 없이 인생을 사는, 이른바 신선과 같은 생활 태도를 좋아하고, 그러한 생활의 표본 내지는 실현을 내세워 그것을 중심으로 하여 그러한 풍조를 고취하는 것으로 파악된다."
차주환, 「統一新羅의 道家 및 道教思想」, 『한국도교와 도교사상』(아세아문화사, 1991), p.156.

다. 현실에서의 패배나 좌절이 오히려 자유로운 삶의 조건이 되는 역설이 가능하다. 여행이나 방랑은 삶의 자유로움을 만끽하는 수단이며 이들은 무한 공간을 떠도는 삶을 통해 구애받지 않는 자유를 확인한다. 현실의 패배를 자유로운 삶의 영위로 간주하는 것은 승리와 패배, 권위와 비천함을 전도시키는 전환적 인식이 바탕을 이루기 때문이다. 이러한 역설적 인식은 시인의 여행을 지속시키는 동력이다. 일상 삶의 자발적인 패배를 통해 자유를 추구하려는 시인의 의지는 끊임없는 여행을 통해 구체화된다.

일상적 삶을 떠난 자리에서 열리는 무한 공간에 대한 갈망은 이후 서정주 시가 보여주는 방랑과 여행의 주요한 계기를 이룬다. 이후 1975년 이후 발표된 『떠돌이의 시』에서 드러나는 폭넓은 시공간이나 1980년 발표된 『서으로 가는 달처럼……』에서 나타나는 폭넓은 여행 체험은 『질마재 신화』에서 보여준 무한 공간의 자유를 실현한 것이라고 할 수 있다. 『질마재 신화』 이후 시집에서 구현되는 광활한 공간의 편력은 질마재라는 공간에 담긴 자유에 대한 인식으로부터 발원한다.

제 6 장

서정주 시에 나타난 공간 상상력의 구조와 의미

이 장에서는 작품 분석을 통해 서정주 시의 공간 상상력의 특징적 구조를 종합적으로 살펴보고 공간의 구조가 창출하는 의미를 살펴보고자 한다.

서정주 시의 공간의식은 고립된 폐쇄 공간으로부터 개방 공간으로 나아가며 하향 공간으로부터 상승 공간으로 나아가려는 노력을 담는다. 공간적 지평을 확장하려는 노력은 유한한 존재의 범주를 확충해 나가려는 시도와 동궤에 놓인다.

서정주의 공간 상상력은 「자화상」으로부터 출발한다. 「자화상」은 기존의 공간을 벗어나 자신의 공간을 탐색하려는 거부와 도전이 담겨 있다. 「자화상」에 드러나는 결여의 '집'으로부터 탈출한 서정주는 기존의 질서와는 다른 자신의 실존적 공간을 찾기 위하여 모색을 거듭한다. 공간의 새로운 가능성을 찾으려는 탐색은 서정주의 시에서 두드러지게 발견되는 방랑과 여행의 상상력과 긴밀하게 연관된다.

서정주 시의 공간 구조는 크게 고립의 공간과 공간을 이어 주는 매개 공간, 상향 공간, 회귀의 공간으로 나눌 수 있다.

초기 시편에서는 하향적이고 폐쇄된 공간이 두드러지게 나타난다. 어둡고 고립된 초기시의 공간을 통해 자아와 세계의 갈등과 불화가 첨예하게 드러난다. 어두운 공간은 하향적인 특성을 가진다. 어두운 공간은 본능의 충동에 이끌리는 공간이며 생명력이 소모되는 혼미한 공간이다. 어둠은 운동성을 약화시키는 정체된 공간에서 두드러지게 드러난다. 운동감은 약화되어 벗어날 길 없는 폐쇄 공간에 고립된 양상을 표출한다. 『화사집』과 『귀촉도』의 '뒤안길', '두럭길', '뻘밭', '가시밭'이 이에 해당한다. 하향 공간은 존재의 위기를 드러내는 공간으로서 자아와 세계가 대립하는 갈등과 모순의 공간이다. 폐쇄된 공간은 공간적 장애로 말미암아 자유로운 활동이 불가능한 공간이다. 공간적 조건은 삶을 구성하는 요소라는 점을 감안하면 폐쇄되어 고립된 공간은 삶을 제약하는 요인으로 기능한다. 폐쇄된 공간의 완강함을 벗어나 새로운 공간을 열어 가려는 화자의 의지는 지속적으로 드러난다.

초기시의 폐쇄적인 어둠은 빛의 공간으로 나아가려는 향일성을 통해 극복된다. 바람과 물의 흐름은 공간 이동을 유발하는 동력이다. 바람과 물은 변화하는 자연의 질서를 감득할 수 있는 흐름과 변환의 징후를 보여준다. 거부와 일탈, 그로 인한 단절과 유폐 공간이 개방적이고 친화적인 공간으로 나아가는 근본적인 동력은 흐름을 통한 역동성에서 연원한다. 고착화된 장소가 아닌 끊임없이 변전하는 공간을 통해 서정주는 갱신의 시도를 보인다. 바람과 물과 같은 끊임없이 변화하는 자연의 흐름을 빌려 폐쇄 공간을 극복하고 개방 공간으로 나아가는 변환의 상상력을 구현한다.

매개 공간은 하향 공간에서 상향 공간으로 향하는 의지를 드러내는 공간이다. 두 공간을 이어 주는 매개 공간은 『서정주 시선』 이후에 구체화되어 드러난다. 구체적인 공간의 양상은 '문', '산', '구름다리'의 형태로 나타난다. 매개 공간은 지상과 천상을 이어 주는 공간으로 상승의 움직임을 주도적으로 보여준다.

상승의 공간을 통해 서정주는 하늘을 지향하는 의식을 드러낸다. 새의 비상이나 기화된 물을 통해 가볍고 속도감 있는 운동성을 표출한다. 비상이나 기화는 동력을 수반한다는 점에서 상승 지향 의식은 생동감 있는 활력을 지닌다. 「冬天」은 님의 '눈섭'을 하늘에 심는다는 식물적인 상상력을 통하여 미소한 '눈섭'이 천상에서 넓이와 깊이를 확보하는 역동적인 상상력을 보인다.

회귀의 공간인 질마재는 모성적인 포용력과 생산력을 감득할 수 있는 공간이며 우주적으로 확대된 체험을 할 수 있는 곳이다. 여성의 공간은 대립을 허무는 통합적인 특징과 풍요로운 생명력을 아울러 지니고 있다. 특히 모성의 공간은 생명의 원천적 토대라는 점에서 육신의 안위는 물론 정신의 자유로움을 보장한다. 구애받지 않은 자유로움이 구가되는 질마재는 우주적 교감을 나눌 수 있는 공간이기도 하다. 고향인 질마재로 귀환함으로써 시인은 자연의 무한한 공간을 향유하며 유한 존재의 한계로부터 벗어나 자아와 자연을 동일시하려는 욕구를 가진다.

결핍의 집을 떠나 공간적 모색을 지속해 온 공간 상상력은 우주적인 교감이 가능한 집으로 회귀함으로써 원환의 구조를 보인다. 순환의 구조를 통해 출발과 귀환이 긴밀한 연관성을 가지고 있다는 점을 알 수 있다. 원형의 순환을 거쳐 귀환한 집은 출발의 집과 다른 공간성을 보인다. 질마재의 집은 「자화상」의 집과는 다른 생성적이고 자유로운 공간이다. 회귀한 집은 우주와 교감하는 개방적인 공간이며 모성이 부여하는 보호와 안위로 인해 생명력의 고양을 꾀할 수 있는 공간이다. 집으로의 귀환은 여성성으로 귀환하는 것과 동일한 맥락을 가진다. 여성성으로의 귀환은 화해로운 만남을 전제로 한다. 결핍과 단절을 풍요와 화해로 바꾸는 모색을 통해 결여의 집에서 풍요의 집으로 귀환하는 순환의 구도가 표출된다.

원환의 구조는 이별이나 죽음으로 인한 단절이 영원한 좌절의 상태가 아님을 인식하게 하며 새로운 상승의 계기를 마련할 수 있는 근거를 제공한다. 「견우의 노래」, 「춘향 유문」, 「내 그대를 사랑하는 마음은」, 「신부」, 「해일」 등의 시편을 통해 서정주는 만남과 이별 그리고 재회라는 원환의 시학을 보여준다. 원환의 시학은 이별의 슬픔이나 고뇌를 극복하고 생성적인 만남을 이루는 과정을 담는다. 초기시의 소모적 충동이나 빛과 어둠, 하늘과 땅의 대립이 빚는 갈등과 혼돈의 공간 구도는 화해로운 재회, 천상을 향한 상승 지향으로 귀결되면서 포용적이고 상승적인 공간을 형성한다. 이별이 야기하는 공간의 분절이나 대립을 극복하고 재회를 성취하는 공간은 삶과 죽음을 아우르는 포용적인 공간적 특성을 드러낸다.

이별의 단절과 대립의 고뇌를 극복하는 원환의 구조는 『周易』에 담긴 순환과 변화의 이치와 동일하다. 서정주 시의 상승적 원환의 구조는 주역에서 드러나는 음양의 이원적 변화상이 대립이나 배척을 의미하지 않고 순환하여 상생적 발전을 이끌어내는 원리를 빌려 설명될 수 있다. 순환 원리는 서정주 시의 공간 상상력의 근간을 이룬다. 서정주의 시를 관통하는 순환적인 구조는 만남 → 이별(단절) → 화합이라는 인간적 삶의 구조와 대응하며 우주적 원리로는 끊임없이 되풀이되는 사계의 순환이나 차고 기우는 달의 순환적 형상과 긴밀한 연관을 가진다. 서정주 시의 원환적 상상력은 단순한 반복적 구조와는 달리 상승을 내포한다. 순환은 단순한 반복적 구조를 이루는 것이 아니라 나선형의 상승 구조를 이룬다. 순환하는 자연의 질서를 거스르지 않으면서 순환의 질서를 통해 평면적 반복이 아닌 상승적 반복의 구조를 보인다. 서정주는 식물적 상상력에 힘입어 상승적 순환의 모습을 구현한다. 식물은 봄 여름 가을 겨울의 순환을 통해 생장의 시작 → 개화 → 무성한 생장 → 결실 → 생장의 휴지를 거쳐 다시 생장을 시작한다. 이러한 순환의 과정을 거쳐 식물은 성장을 거듭한다. 식물의 수직적 생장의 힘을 빌려 공간의 순환은 평면적인 형태를 지니는 것이 아니라 상승적인 나선의 구조를 가진다. 식물은 생장을 거듭한다는 점에서 상승의 주요한 동력이다. 창공을 향하여 자라나는 식물은 생명의 연속성을 보여주며 자연의 질서에 순응하여 무성한 생명력을 현시한다. 식물적 상상력을 통해 지속적이고 상승적인 생명감을 확인하는 것은 삶에서 죽음에 이르는 존재의 한계를 극복하는 일이 된다.

우주적 순환 구조에 있어서 달은 차고 기우는 모습을 반복하는 순환성을 전형적으로 보여준다. 서정주는 달의 순환적 모습을 통하여 생성의 모습을 발견한다. 달이 영향을 미치는 여성의 공간이나 농경의 공간에서는 달이 구현한 순환적 흐름에 따라 대지적이고 여성적인 생성의 가능성을 실현한다.

서정주의 시는 나선형적 상승의 구조를 통해 고립되고 단절된 공간에서 개방적이고 상승적인 공간으로 나아가려는 의식을 드러낸다. 고립된 공간을 통해 실존의 위기를 감지하고 이를 갈등의 언어로 표출한다. 공간에 대한 지속적인 모색을 통해 변환하는 만상의 흐름을 포착하여 공간 변전의 계기를 마련하며 식물적 상상력과 모성의 생명력을 통해 상승 지향 의식을 실현한다. 서정주는 끊임없이 변화하는 자연의 순환적 흐름을 간파하고 공간 변전의 동력으로 삼아 삶의 재구축을 시도한 것으로 판단된다. 상승적 원환의 공간 상상력을 통해 일회적이고 유한한 존재는 충일한 생명력을 확인하며 무한 자유의 역동성을 얻는다.

제 7 장
결 론

본고는 공간적 상상력의 분석을 통하여 서정주 시의 특성과 시세계의 변모 양상을 고찰하였다. 작품의 내적 공간에 대한 관심은 작가의 내면 세계에 대한 이해와 통찰과 깊은 관련을 지닌다. 서정주 시에 드러나는 공간을 분석함으로써 각각의 공간적 상징적 형태가 시적 자아의 정서 표출과 어떠한 연관을 가지는가를 고찰하며 서정주의 공간 상상력이 보여주는 구조와 의미는 무엇인가를 규명하는 것이 본고의 목적이었다. 서정주 시세계는 다양한 변화를 보이는데 이러한 변화의 양상과 공간의 변전은 맞물리는 것으로 판단된다.

서정주의 공간 인식은 양육 공간인 '집'에 내포한 결여를 감지하고 이곳을 떠나려는 의지에서 출발한다. 『화사집』에 드러나는 공간은 어둠으로 가득 차 있으며 합리적이고 이성적인 빛으로 어둠을 거두어내기보다는 정향을 갖지 못한 채 부박한 표랑을 거듭한다. 어둠은 두려움과 혼란을 불러일으킨다. 화자에게 외계는 어둠으로 가득한 혼란의 공간이며 이 어둠은 내면화되어 혼란과 갈등을 짊어지지 않을 수 없는 부정적인 의식을 형성한다. 화자는 자존의 위상을 마련하지 못한 채 위압적이고 소모적인 외부 공간과 마주한다. 이러한 외부 공간의 통어되지 않는 질서는 어둡고 유혹적인 길로 표상되고 그 길 위에 선 화자는 주체적인 길을 찾기 위한 고통스러운 모색을 보인다.

애욕을 따라가는 화자는 관능이 유혹하는 길을 선택하는데 이 길은 생명력이 소모되는 공간이다. 붉은 꽃과 사향 박하의 뒤안길로 대표되는 길의 공간성은 화자 내면의 혼돈과 어둠을 상징한다. 육신의 욕망을 따르는 행동은 내적 규범이 부재하는 하강적 인식을 드러낸다. 하강의식으로 말미암아 땅과의 밀접한 관계를 드러내지만 상층 공간인 하늘과는 적대적인 감정을 노출한다.

길 없는 공간에 갇힌 화자의 고립된 심정은 소망의 대상인 님과 이별하는 상황이 주는 비애감으로 표출된다. 화자는 슬픔을 외적으로 표출하기보다 내연하는 성향을 보여주는데 이러한 이별의 정서는 자연물의 심상을 빌려 고립감과 슬픔을 표현한다.

고립된 공간에 유폐된 화자는 무력감과 비애감을 표출한다. 비애의 정서는 공간의 정체성에서 비롯된 것이다. 그리운 대상과 이별한 후의 공간은 비어 있는 것으로 인식되거나 허무함을 환기시키는 공간적 심상으로 묘사된다. 고립된 공간을 벗어나려는 화자의 의도는 변화하는 자연의 흐름을 긍정하면서 공간을 변화시키려는 노력으로 표출된다. 공간의 제약이 강건한 것일수록 고립을 벗어나려는 반발 의지 또한 강렬해진다. 폐쇄된 화자는 제한된 공간을 뚫고 나가려는 의지를 다지게 된다.

화자는 현재의 공간을 소망스런 대상과 거리를 두고 있는 공간으로 인식하고 이 단절을 벗어나 그리운 대상이 있는 곳으로 가려는 뚜렷한 지향의식을 드러낸다. 따라서 이동 의지와 방향 또한 분명하게 나타난다. 공간 이동에는 적절한 동력이 필요하다. 공간 이동에 필요한 힘은 자연계 가운데서 이동을 유발하는 힘, 즉 바람의 유동성이나 물의 흐름 가운데서 얻게 된다.

상승적 공간을 향한 움직임을 구체적으로 드러내는 것은 식물의 수직적인 생장력이다. 식물의 생장은 지상의 뿌리로부터 하늘로 향하는 상승의 구체적인 징후이다. 지상과 천상을 이어 주는 매개적인 공간을 점유하는 식물이 자신의 위상을 드높이는 것은 개화를 통해서 가능해진다. 개화를 통한 열림의 상상력은 폐쇄된 공간을 벗어나 상승 의지를 실현할 수 있는 바탕이 된다. 식물의 생명력은 꽃을 피움으로 해서 그 절정을 구가한다. 개화가 이루어내는 공간은 새로운 공간의 창출이면서 결실을 예비한다는 점에서 또 다른 공간의 가능성을 담는 것이다. 순환적 자연의 질서에서 꽃이 사라진 공간은 결실의 공간으로 이어진다는 점에서 공간적 연속성을 확보한다. 하늘을 향한 꽃은 지상과 천상을 이어 주는 매개적 공간으로 기능한다. 개화를 통해 하늘로 향하는 상승 지향 의식은 이후 시에서 보다 분명하고 구체적인 형태로 제시된다.

공간적 상상력에서 주목할 부분은 공간과 공간을 이어 주고 분절시키는 매개적 공간의 설정이다. 두 영역 사이에 존재하는 매개적 공간은 공간의 이행을 통해 화자의 지향점을 보다 분명히 드러내는 곳이다. 이러한 매개 공간은 산의 형태로 나타나는데, 산은 수평적인 공간으로부터 출발하여 수직적인 공간과의 중간 지점에 자리한다. 산은 지상과 천상의 중간적 공간이며 천상의 긍정적인 가치를 지향하는 공간이다. 이러한 상승 의욕은 자연물인 산뿐 아니라 인공 건축물인 구름다리와 광화문을 통해서 동일한 양상으로 드러난다.

상승 공간을 향한 의지는 새가 가진 비상 이미지를 활용함으로써 구체화된다. 새의 이미지는 무거운 지상을 벗어나고자 하는 가벼움을 담고 있다. 비상의 심상을 통해 무거운 지상을 떨쳐 버리고 하늘에 오르려는 갈망을 드러낸다. 새의 비상을 선망하는 것은 새가 가진 공간의 높이와 내면 공간의 넓이를 일치시키려는 의도를 가진다. 이는 협소한 현실을 초탈하려는 의지를 반영한 것이다. 보다 높고 넓은 공간을 내면화함으로써 현실의 협착함을 반성할 수 있는 계기로 작용하기도 한다.

산의 등성이를 매개로 한 상승의 지향은 새를 보는 관조적 거리에서 스스로 새가 되어 날아가는 비상으로 발전하게 된다. 이러한 가벼움의 성취를 통해 육신의 무거움과 고뇌를 벗고 날아가는 확산과 상승을 시도한다. 몸바꿈의 상상력은 존재의 불안정성과 일정한 연관을 가지고 있다. 화자는 불안정한 존재의 위상을 가벼움으로 치환하여 공간의 자유자재한 이동을 보인다. 존재의 이면에 가리워진 무거운 고뇌는 기화의 상상력을 통해 밝고 부드러운 것으로 변모한다.

시인은 보다 생명력이 충만한 공간으로 가고자 하는 의지를 드러내어 고향으로 회귀하려는 움직임을 보인다. 유년기의 추억이 어린 질마재는 모성적 보호와 안위를 누리며 성장을 꾀할 수 있었던 공간이다. 질마재가 회귀하고 싶은 공간이 되는 이유는 모성이 부여하는 안위와 여성이 상징하는 풍요한 생명력이 자리하고 있기 때문이다. 질마재는 여성적인 특징으로 인하여 부박한 삶의 표랑에서 벗어나 뿌리내린 삶의 가능성이 풍성히 실현되는 곳이다.

서정주가 감행하였던 결여의 집으로부터의 일탈적 도주는 우주적 집을 향한 회귀로 귀결된다. 서정주는 결여의 집으로부터 표랑과 해방의 자유를 만끽한 끝에 다시 집으로 회귀하였다. 고향 탈출 혹은 가출 충동은 시작과 끝이 이어지듯 '집'으로 향한다. 집 혹은 고향은 여성이 상징하는 풍요함과 편안함으로 말미암아 새로운 의미를 부여받을 수 있는 곳이다. 『화사집』에 등장하는 여성은 관능적인 특성을 지니며 소모적인 움직임을 보여주는데 반하여 『질마재 신화』에 묘사된 여성은 모성으로서 생명력의 원천적 토대라는 점에서 대조된다. 여성은 자신의 고유한 영역을 지킴으로써 남성의 유랑 공간과 대립된다. 여성적 공간은 단절된 공간을 허무는 포용성을 드러냄으로써 드넓은 공간성을 함축할 뿐 아니라 풍요한 생명력을 확인할 수 있는 계기를 제공한다. 경계를 허무는 것은 보다 넓은 공간으로 가는 계기가 된다. 화합을 성취함으로써 여성이 지켜온 공간은 삶과 죽음을 아우르는 포용적인 영역이 된다. 회귀의 움직임은 변치않는 존재의 근원으로 돌아오려는 의지를 담은 것으로 영원을 지향하는 태도와 맞물린다.

고향이 주는 안위와 보호는 화자의 생명감을 고양시킨다. 고향이 주는 안정감을 바탕으로 서정주는 보다 광활한 공간에서 자신의 삶을 영위하고자 하는 의욕을 가진다. 무한한 공간을 누리는 자유는 일상적인 삶에 대한 집착을 버린 상태에서만 획득된다. 역설적인 관점에서 일상적인 삶에서의 패배는 좌절이 아니라 오히려 무한 공간을 꿈꿀 수 있는 자유로움을 제공한다. 화자가 가진 무한한 시공간에 대한 선망은 존재가 가진 유한성에 대한 자각에서 말미암는다. 유한한 존재로서의 자각은 자연의 무한한 공간과 자신의 삶을 일치시키려는 의도를 표명함으로써 보다 드넓은 삶으로 나아가고자 하는 의지를 행동화한다.

서정주의 공간 상상력의 근간을 이루는 것은 순환의 원리이다. 서정주는 공간의 단절과 대립을 극복하고 순환의 구조를 통해 포용적이고 통합적인 공간을 모색한다. 서정주 시의 원환적 공간 상상력은 단순한 반복의 구조와는 달리 상승을 내포함으로써 나선의 형태로 전개된다. 상승적 원환의 구조는 『周易』에 드러나는 바와 같이 음양의 이원적 대립이 배척을 의미하지 않고 순환함으로써 상생(相生)의 발전 양상을 보이는 것과 동일한 원리를 가진다. 서정주 시를 주도하는 순환의 구조는 만남 → 이별 혹은 단절 → 화합이라는 인간적 삶의 구조와 대응한다. 순환적 구조는 우주적 원리와도 연관이 깊은 것이어서 되풀이되는 사계의 순환과도 일치한다. 서정주의 공간 상상력은 우주적 순환의 질서에 힘입어 상승적 원환의 구조를 보이는 것으로 이해할 수 있다.

서정주 시의 공간적 상상력의 특성과 변모 양상은 구체적인 작품 분석을 통해 얻어진 것이다. 공간적 상상력을 통하여 서정주 시의 역동성을 보다 세밀하게 고찰할 수 있다. 서정주가 활발한 작품 활동을 보이는 시인이라는 점을 감안할 때 그의 작품 전체에 공간적 상상력을 적용하여 전반적인 시세계를 규명하는 작업은 이후의 과제로 남는다.

1. 자료

『화사집』, 남만서고, 1941. 영인본 『한국현대시사자료집성』 11권, 태학사, 1982.
『귀촉도』, 선문사, 1946. 영인본 『한국현대시사자료집성』 16권, 태학사, 1982.
『서정주시선』, 정음사, 1955.
『신라초』, 정음사, 1960.
『동천』, 민중서관, 1968.
『서정주문학전집』, 일지사, 1972.
『질마재 신화』, 일지사, 1975.
『미당 시전집』 1 · 2, 민음사, 1994.

2. 평론 및 논문

강우식, 「서정주 시의 상징연구」, 『한국문학』, 1984. 7.
———, 「신라정신의 고찰과 정주시」, 『성균』 17호, 1963. 11.
강희근, 「서정주 시의 서술성에 대하여」, 『월간문학』, 1984. 1.
고 은, 「서정주시대의 보고」, 『문학과지성』, 1973. 3.
구자성, 「한국현대시에 나타난 불교사상」, 연세대 석사논문, 1984.
권영민, 「시적 체험과 이야기조」, 『현대문학』, 1982. 12.
김동일, 「서정주 시 연구—화자 중심으로」, 성균관대 석사논문, 1989.
김석하, 「牽牛織女 聚會說話의 文學的 展開」, 『국어국문학』, 49 · 50합집, 1970.
김선학, 「설화의 시적 수용」, 『한국문학연구』, 1981. 2.

김수이, 「서정주 시의 변천과정 연구」, 경희대 박사논문, 1997.
김시태, 「시와 역설적 의미」, 『현대문학』, 1975. 4.
——, 「한국현대시의 이미저리소고」, 『동악어문논집』, 1965. 6.
김열규, 「속신과 신화의 서정주론」, 『서강어문』, 1982.
김영수, 「서정주 시의 상징성에 관한 연구」, 경북대 석사논문, 1981.
김우창, 「한국시의 형이상—하나의 관점, 최남선에서 서정주까지」, 『세대』, 1968. 12.
김윤식, 「徐廷柱의 질마재 神話 攷」, 『현대문학』, 1976. 3.
——, 「전통과 예의 의미」, 『한국근대작가논고』, 일지사, 1974.
김인환, 「서정주의 시적 여정」, 『문학과지성』, 1972. 6.
김재홍, 「하늘과 땅의 변증법」, 『월간문학』, 1971. 5.
——, 「우주적 상상력과 대지적 조응」, 『현대문학』, 1975. 5.
김종길, 「의미와 음악」 5. 추천사의 형태, 『사상계』, 1966. 3.
김준오, 「인간 탐구와 미당의 신화」, 『심상』, 1978. 11.
김지향, 「서정주 시에 나타난 무속적 특성—그 신화적 접근 시고」, 『한양여전논문집』, 1985. 12.
김학동, 「신라의 영원주의」, 『어문학』 24, 1971. 4.
김해성, 「서정주론」, 『한국현대시인론』, 1973.
——, 「서정주론—그의 불교사상을 중심으로」, 『월간문학』, 1981. 8.
김화영, 「한국인의 미의식—서정주 시의 공간」, 『예술세계』, 한국예총, 1991. 11.
남진우, 「남녀양성의 신화」, 『시운동』, 1987. 3.
——, 「뱀, 미지의 부름」, 『작가세계』, 1993. 11.
문덕수, 「신라정신에 있어서의 영원성과 현실성」, 『현대문학』, 1963. 4.
문정희, 「서정주 시에 나타난 물의 이미지」, 『심상』, 1985. 10.
——, 「서정주 시 연구—물의 심상과 상징체계를 중심으로」, 서울여대 박사논문, 1993.
박진환, 「삼교의 혼융과 샤먼의 신화 창조」, 『현대시학』, 1974. 12.
박철석, 「미당시학의 변천고」, 『한국문학논총』, 1980. 12.

박희선, 「시와 선 그리고 작품」, 『풀과 별』 12, 1973.
변해숙, 「서정주 시의 시간성 연구」, 이화여대 석사논문, 1987.
서우석, 「서정주—리듬의 완만한 대립」, 『시와 리듬』, 문학과지성사, 1981.
송 욱, 「서정주론」, 『문예』 18호, 1952. 11.
송재소, 「시적 방법으로서의 신화」, 『아한』, 1968. 5.
송하선, 『미당 서정주 연구』, 선일문화사, 1991.
신동욱, 「'국화옆에서'의 율격미」, 『우리 시의 역사적 연구』, 새문사, 1981.
신상철, 「화사집의 '님'」, 『현대시와 님의 연구』, 시문학사, 1983.
심재휘, 「1930년대 후반기의 시 연구」, 고려대 박사논문, 1997.
심혜련, 「서정주 시의 화자 청자 연구」, 이화여대 석사논문, 1992.
양금섭, 「서정주 시 연구」, 고려대 박사논문, 1996.
오세영, 「현대문학의 본질과 공간화 지향」, 『문학사상』, 1986. 4~5월호.
오 준, 「한국 현대시에 나타난 물의 양상」, 중앙대 석사논문, 1991.
오형엽, 「서정주 초기시의 의미구조」, 고려대 석사논문, 1989.
오탁번, 「서정주 시의 비유와 모성심상」, 『사대논집』 19집, 고려대 사범대, 1994.
원형갑, 「서정주의 신화」, 『현대문학』, 1968. 9.
유종호, 「소리지향과 산문지향」, 『작가세계』, 1994. 3
유혜숙, 「서정주 시 연구—자기실현 과정을 중심으로」, 서강대 박사논문, 1994.
육근웅, 「서정주 시 연구」, 한양대 박사논문, 1991.
이경희, 「서정주의 시 '알뫼집과 계피떡'에 나타난 신비체험과 공간」, 『이화어문논집』, 1992. 3.
이광호, 「영원의 시간, 봉인된 시간」, 『작가세계』, 1994. 3.
이성부, 「서정주의 시세계」, 『창작과비평』, 1972년 겨울호.
이어령, 「피의 순환과정」, 『문학사상』, 1987. 10.
——, 「문학 공간의 기호론적 연구」, 단국대 박사논문, 1986.
이영희, 「서정주 시의 시간성 연구」, 『국어국문학』 95호, 1986. 5.
이종윤, 「서정주 초기시의 연구」, 경희대 석사논문, 1984.

이진홍, 「서정주 시의 심상 연구」, 영남대 박사논문, 1989.
이철범, 「신라정신과 한국 전통론의 비판」, 『자유문학』, 1959. 8.
이해도, 「미당 서정주 연구」, 연세대 석사논문, 1984.
임우기, 「오늘, 미당 시는 무엇이 문제인가」, 『문예중앙』, 1994년 여름호.
정금철, 「'화사집'의 심리분석적 접근」, 『서강어문』, 1981. 6.
정봉래, 『시인 미당 서정주』, 좋은글, 1993.
정신재, 「미당 시에 나타난 신화적 의미」, 『시문학』, 1983. 1.
———, 「미당 시의 공간의식—초기시를 중심으로」, 『동악어문 논집』, 1983. 10.
정영자, 「원형의 재생」, 『현대문학』, 1979. 4.
정의홍, 「꽃을 통한 육성의 몸부림」, 『현대문학』, 1974. 5.
정진홍, 「물과 한국 종교」, 『물과 한국인의 삶』, 나남, 1994.
정한모, 「미당 시의 이미저리와 방법」, 『현대시론』, 민중서관, 1973.
조연현, 「원죄의 형벌」, 『문학과 사상』, 세계문화사, 1949. 12.
조화선, 「서정주 시에 보이는 누님의 모습」, 『현대시학』, 1991. 12.
차주환, 「統一新羅의 道家 및 道教思想」, 『한국도교와 도교사상』, 아세아문화사, 1991.
천경록, 「'화사집'의 이미지 연구」, 『선청어문』, 1986. 10.
천이두, 「지옥과 열반」, 『시문학』, 1972. 6~9.
최두석, 「서정주론」, 『산청어문』, 1992. 9.
최원규, 「미당 시의 불교적 영향」, 『현대시학』, 1977. 12.
———, 「한국시의 전통과 선에 관한 소고」, 『충남대 논문집』, 1974.
최하림, 「신화와 시의 세계」, 『문예중앙』, 1980. 3.
하재봉, 「서정주 시에 나타난 물질적 상상력의 연구」, 중앙대 석사논문, 1981.
허영자, 「현대시에 나타난 신화의 세계」, 『연구논문집』 성신여대 사대, 1976.
홍신선, 「여성, 천상적 의미의 성당」, 『현대시학』, 1974. 10.
황동규, 「탈의 완성과 해체」, 『현대문학』, 1981. 9.
황현산, 「서정주, 농경사회의 모더니즘」, 『미당연구』, 민음사, 1994.
O. F. 볼노우, 이규호 역, 「인간과 그의 집」, 『실존과 허무』, 태극출판사, 1974.

Arnheim, R. 'A Structure on Space and Time', Critical Inquiry vol. 4 no. 4. 1978.
Blang, 'Space, Time and Philosophical style', Critical Inquiry vol. 2 no. 2. 1975.
Frank, Joseph, 'Spatial Form', Critical Inquiry vol. 4 no. 2. 1977.

3. 단행본

김우창, 『궁핍한 시대의 시인』, 민음사, 1977.
김은자, 『현대시의 공간과 구조』, 문학과비평사, 1988.
김인환, 『상상력과 원근법』, 문학과지성사, 1993.
김재홍, 『한국현대시인연구』, 일지사, 1986.
——, 『한국현대시인비판』, 시와시학사, 1994.
——, 『한국현대시시어사전』, 고려대 출판부, 1997.
김현자, 『한국시의 감각과 미적 거리』, 문학과지성사, 1997.
김화영, 『문학상상력의 연구』, 문학사상사, 1982.
——, 『미당 서정주 시에 대하여』, 민음사, 1984.
오탁번, 『한국현대시사의 대위적 구조』, 고려대 민족문화연구소, 1988.
이남호, 『문학의 위족』, 민음사, 1990.
이부영, 『분석심리학』, 일조각, 1978.
정진홍 외, 『산과 한국인의 삶』, 나남, 1993.
조연현 외, 『서정주연구』, 동화출판공사, 1975.
——, 『미당연구』, 민음사, 1994.
최동호, 『한국현대시의 의식현상학적 연구』, 고려대 민족문화연구소, 1989.
——, 『현대시의 정신사』, 열음사, 1985.
『三國遺事』
노자, 장기근 역, 『老子』, 삼성출판사, 1982
劉安, 이재호 역 『淮南子』, 세계사, 1992.

김인환 역, 『주역』, 나남, 1997.

Bachlard, Gaston, 곽광수 역, 『공간의 시학』, 민음사, 1990.
———————, 김현 옮김, 『몽상의 시학』, 기린원, 1989.
———————, 민희식 역, 『대지와 의지의 몽상』, 삼성출판사, 1982.
———————, 이가림 역, 『물과 꿈』, 문예출판사, 1980.
———————, 정영란 역, 『공기와 꿈』, 민음사, 1993.
Bataille G, 조한경 역, 『에로티즘』, 민음사, 1989.
Blanchot, Maurice, 박혜영 역, 『문학의 공간』, 책세상, 1990.
Dufrenne, Mikel, 김채현 역, 『미적 체험의 현상학』 上 · 下, 이화여대 출판부, 1991.
Eliade, Mircea, 이동하 역, 『성과 속』, 학민사, 1983.
———————, 이재실 역, 『종교사개론』, 까치, 1993.
Goudsblom, Johan, 천형균 역, 『니힐리즘과 문화』, 문학과지성사, 1988.
Hall, Edward, 김지명 역, 『숨겨진 차원』, 정음사, 1984.
Harding, Ester, 김정란 역, 『사랑의 이해』, 문학동네, 1996.
Ingarden Roman, 이동승 역, 『문학예술작품』, 민음사, 1985.
Kant, Immanuel, 최재희 역, 『순수이성비판』, 박영사, 1985.
Lamping Dieter, 장영태 역, 『서정시, 이론과 역사』, 문학과지성사, 1994.
Langer, Susane K, 이승훈 역, 『예술이란 무엇인가』, 고려원, 1993.
Langger, Monika, 서우석 · 임양혁 옮김, 『메를로 퐁티의 지각의 현상학』, 청하, 1992.
Levinas, Emmauel, 강영안 역, 『시간과 타자』, 문예출판사, 1996.
Lottman, Jurij, 유재천 역, 『예술텍스트의 구조』, 고려원, 1991.
Needam Joseph, 이석호 역, 『중국의 과학과 문명』 Ⅱ, 을유문화사, 1986.
Norberg-Schurz, 김광현 역, 『실존 · 공간 · 건축』, 태림문화사, 1994.
Poulet, George, 조종권 편역, 『프루스트의 공간과 존재의 변증법』, 동인, 1994.
Russell, Bertrand, 최민홍 역, 『서양철학사』, 집문당, 1988.

Steiger, E. 오현일 이유영 공역, 『시학의 근본개념』, 삼중당, 1978.
Wheelwright, Philip, 김태옥 역, 『은유와 실재』, 문학과지성사, 1982.
Yi-Fu Tuan, 정영철 역, 『공간과 장소』, 태림문화사, 1995.
Blanchot, Maurice, ***L'espace litteraire***, Gallimard, 1978.
Bollow, Otto Friedrich, ***Mensch und Raum***, Stuttgart: Kohlmer, 1980.
Dufrenne, Mikel, ***Phenomenology of Aesthetic Experience***, Northwestern University Press, 1973.
Eliade, Mircea, ***Cosmos and History***: The Myth of Eternal Return, Haper & Row, 1959.
―――――, ***The Sacred and the Profane***, The Nature of Religion, New York: Harcourt, Brace & World, 1959.
Hall, Edward, ***The Hidden Dimension***, New York:Doubleday and Company, 1966.
―――――, ***The Silent Language***, New York:Doubleday and Company, 1959.
Heidegger, Martin, ***Poetry, Language, Thought***, trns. Albert Hofstadter, New York: Harper & Row, 1971.
Norberg-Schulz. C, ***Existence, Space & Architecture***, New York: Praeger Publisher, 1971.
O' Keefe, John, ***Spatial Representation***, London, Blackwell, 1993.
Paul de Man, ***Blindness & Insight***, New York: Routlege, 1988.
Poulet, George, ***L'espace Proust***, Paris: Gallimard, 1962.
Smart, J. J. C, ***Problem of Space and Time***, New York: Macmillan Company, 1964.
Wheelwright, Philip, ***Metaphor and Reality***, Blooming: Indiana University Press, 1962.
Yi-Fu Tuan, ***Space and Place***, Minnesota University Press, 1977.
Zevi, Bruno, ***Architecture as Space***, New York: Horizon Press, 1957.

제 2 부

텅 빈 세계를 향한 실존의 언어

귀소와 동경의 공간 시학

—집의 공간 상상력과

김소월, 이용악, 윤동주, 서정주, 백석 시에 나타난 상실의식

1. 인간의 집, 그 내밀한 정서의 구축물

문학 상상력에 있어서 공간은 추상적이고 현실적인 공간과 차별성을 가진다. 상상력 속에서 공간은 하나의 배경에 그치거나 물리적인 성격을 부여받는 데 머무르지 않고 상징적인 내포를 지니게 된다. 공간 인식은 구체적인 공간이나 건축물에서 출발하지만 물리적인 공간 건축물에 정서적이고 심리적인 상상력을 불어넣음으로써 새로운 공간적 의미를 창출한다. 공간이 흥미 있는 대상인 것은 공간에 대한 인지를 통해 실존적인 경험을 구조화하고 심미화할 수 있는 영역을 창출할 수 있기 때문이다.

물리적인 동시에 정서적이고 심미적인 공간의 의미를 분석하여 하나의 공간 시학을 성립시킬 수 있다. '집'이라는 공간에 대한 상상력은 하나의 건축적인 구조물의 토대에서 출발한다. 우선 집이 가지는 순수한 건축 구조물로서의 기능으로 염두에 둘 수 있다. '집'이라는 단어를

떠올릴 때 좁다, 크다, 넓다, 낮다는 개념 이외에 연상될 수 있는 아늑함, 따뜻함, 그리움, 휴식과 같은 정서적인 반응들은 집의 물리적인 공간 구조를 넘어서는 보다 확장된 차원의 것이다. 집이 가지는 공간 시학은 정서적이고 심미적인 반응에 힘입은 바 크다. 시인은 이러한 정서적이고 심리적인 반응을 보다 정교하고 섬세하게 구축하여 하나의 공간적 시학으로 축조해낸다.

인간은 '집'으로부터 출발하여 집으로 되돌아온다. 집으로부터 세상의 길은 뻗어 가고 되돌아온다.[1] 하이데거에 의하면 집에 '거주한다는 것은 실존의 기본적인 원리이다.'[2] 바슐라르에 의하면 거주 공간인 '집'은 기하학적인 공간을 초월하는 것이며 인간과 집은 역동적인 공동체성을 지니고 있다고 본다. 그는 집에 거주한다는 역동성은 인간 생활의 위대한 통합력을 보여주는 것이며 '집'과 '방'은 시적 정서의 내밀성을 분석할 수 있다는 점에서 시인의 심리적 도해(圖解)를 보여준다고 파악한다.[3]

집은 실존적인 자의식이 출발하고 확대된다는 점에서 자아 동일성을 확인할 수 있는 중요한 공간이다. '집'은 자아의 근거지이며 자의식의 출발지이고 근원지라는 점에서 시의식의 행보를 추적하기에 용이한 자료를 제공한다. 문학 상상력의 측면에서 '집'을 잃는다는 것은 삶의 근거지를 잃는다는 것이며 이것은 자아를 잃는다는 것과 상통한다. 집은 보호와 정주의 공간이라는 점에서 육체적 · 정서적 모태에 해당하는 공간이기 때문이다.

식민지 시대의 시인들은 개항 이후 급격한 서구 문명의 유입과 식민지배의 파행성으로 인한 자아 동일성의 상실이라는 위기감과 자괴감

1) O. F. 볼노우, 이규호 역, 「인간과 그의 집」, 『실존과 허무』(태극출판사, 1974), p.311.
2) M. Heidegger, 'Bauen Wohenen Deuken', 1954. C. Norberg-Sculz, 『실존 공간 건축』, pp. 66~67. 재인용.
3) G. 바슐라르, 『공간의 시학』(민음사, 1990), pp.157~199.

에 시달리지 않을 수 없었다. 식민지 시인들의 시에 드러나는 상실감은 식민지 지배에 따른 조국 상실, 국토 강탈, 주권 박탈과 같은 시대적 어둠에서 기인하는 경우가 많다. 시인들은 내면적 상실감을 시적 언술로 간접화하여 표출하는데 이러한 상실의 징후를 적절하게 포착할 수 있는 부분이 '집'에 대한 공간 시학적인 측면이다. 집이 가진 정서적이고 사회적인 의미가 심오한 만큼 집의 상실이 가져오는 의식의 진폭은 크게 나타난다. 따라서 집이라는 공간에 스며 있는 내밀한 의식을 살펴보는 것은 식민지 시대 시인들의 상실의식의 근원을 추적하고 궁극적인 자아 동일성의 회복에 이르는 경로를 분석하는 작업에 해당한다.

이 글은 식민지 시대의 대표적인 시인이라 할 수 있는 김소월 · 윤동주 · 서정주 · 백석 · 이용악의 시에 나타난 집의 의미를 살펴보고 이들이 표출하는 상실의식의 구체적인 면모를 고찰하게 될 것이다. '집'을 응시하는 이들 시인의 각각의 특징을 살펴보고 이들이 '집 없음'을 통해 궁극적으로 드러내고자 하는 의식의 지향점은 무엇인지를 규명하게 될 것이다.

2. 황폐한 '집'과 표랑의 공간—김소월, 이용악

김소월의 「바라건대 우리에게 우리의 보습 대일 땅이 잇섯더면」과 이용악의 「낡은 집」에는 식민 시대 시인이 짊어지지 않을 수 없는 조국 상실, 국토 강탈과 같은 의식이 집 없음 · 땅 없음으로 개인화하거나 간접화되어 나타난다. 집 없음과 유랑의 비유 구조를 통해 집을 잃는 것이 단순히 개인적인 차원에서의 상실의식을 유발하는 것이 아니라 역사 · 사회적인 차원에서의 박탈감을 의미한다는 사실을 폭넓게 드러내고 있는 것이다.

나는 꿈꾸었노라, 동무들과 내가 가지런히
벌가의 하루 일을 마치고
석양에 마을로 돌아오는 꿈을,
즐거이, 꿈 가운데.

그러나 집 잃은 내 몸이여,
바라건대는 우리에게 우리의 보습대일 땅이 있더면!
이처럼 떠돌으랴, 아침에 저물손에
새라 새로운 탄식을 얻으면서

동이랴, 남북이랴,
내 몸은 떠가나니, 볼지어다,
희망의 반짝임은, 별빛의 아득함은.
물결뿐 떠올라라, 가슴에 팔다리에.

그러나 어쩌면 황송한 이 심정을! 날로 나날이 내 앞에는
자칫 가늘은 길이 이어가라. 나는 나아가리라.
한 걸음, 또 한 걸음. 보이는 산비탈엔
온 새벽 동무들 저저 혼자 …… 산경을 김매이는.

—「바라건대 우리에게 우리의 보습 대일 땅이 잇섯더면」 전문

「바라건대 우리에게 우리의 보습 대일 땅이 잇섯더면」은 김소월 특유의 탄식과 회한이 짙게 드러난다. 그러나 이 작품은 다른 작품과는 달리 현재의 번민의 근거가 '집 없음'과 생산에 참여한 근거지가 없다

는 점에서 절망의 현실적인 근거를 비교적 선명하게 드러낸다.

이 시의 짜임은 4연의 기 · 승 · 전 · 결의 구조를 가지고 있다. 1연은 노동의 보람 후 귀가의 즐거움에 대한 기대감을 노래한다. 그러나 귀가의 즐거움, 동무들과의 유대가 주는 기쁨은 2연에 이르러 급격히 붕괴되고 꿈이 사라진 후의 현실의 척박함을 노래한다. 집 없는 자의 서러움은 3연에서 더욱 고조되어 정처 없는 방랑의 울분이 강하게 부각된다. 4연에서는 척박한 현실에서 생산에 참여하는 건강한 미래의 꿈이 제시되어 있어서 1연의 이상적인 꿈을 포기하지 않음을 드러낸다.

이 시는 꿈과 현실의 대립적 구조를 지니고 있다. 노동과 생산의 즐거움이 가득한 벌판과 집의 존재가 꿈의 핵심을 이룬다면 벌판과 집의 상실은 비참한 현실의 구체적 모습이다. 이러한 집의 있음/없음의 대립적 구조는 꿈과 현실의 이분법적인 인식으로 전개된다. 집 있음은 꿈에서나 가능한 것이며 집 없음은 현실의 상황이다. 2연에서 드러나듯, 표랑과 방황의 근원에는 집 없음이라는 조건이 놓여 있다. 김소월은 집이란 건강한 노동의 근거지이며 노동의 즐거움은 삶의 보람과 직결된다는 인식을 강조한다. 2연의 탄식은 3연에서 더욱 강조된다. 유랑의 공간은 더욱 확대되어 '東이라, 南北이라'와 같이 정처 없이 떠도는 행보를 보인다. 근거지를 잃고 부유하는 삶의 현재 정황은 미래에 대한 전망마저 어둡게 만든다. 희망을 별빛의 아득함에 대응시키고 있음에서 미래에 대한 회의를 감지할 수 있다. 별이라는 공간이 쉽게 닿을 수 없는 거리를 두고 있음을 감안할 때 희망은 그만큼 먼 곳에 존재하는 것이며 '집'의 회복이란 불가능한 것으로 인식된다. 4연에서 시인은 건강한 노동이 가능한 미래의 꿈을 조심스레 제시한다. 노동이 이루어 주는 풍요한 대지의 회복이란 곧 집의 회복으로 이어지며 이는 방황이 종식된 후 정착된 삶의 조화로움을 뜻하기 때문이다.

김소월 시에서 마땅히 있어야 할 집은 부재하고 마땅히 누려야 할 생존의 터전은 빼앗긴 상태이다. '있어야 할 것'의 부재는 좌절과 절망을 낳게 되고 이 절망의 감정은 정처 없는 표랑으로 이어진다. 김소월의 시에 드러나는 현실과 당위 사이의 분열의 심화는 긍정적인 가치를 과거나 미래에 두는 현실 부정의 태도를 낳는다. 표랑은 절망적 현실 속에서 그가 택할 수 있는 부정적 대응 행위이다. 그가 현실 극복의 적극적 의지를 표방하지 않는 것은 부재의 완강한 상황 때문이기도 하지만 좌절의 연속 가운데서 저항보다는 소극적이고 체념적인 자아상[4]을 보여준 정서의 한 특징을 반영하는 것이기도 하다.

날로 밤으로
왕거미 줄치기에 분주한 집
마을서 흉집이라고 꺼리는 낡은 집
이 집에 살았다는 백성은
대대손손에 물려줄
은동곳도 산호관자도 갖지 못했니라

재를 넘어 무곡을 다니던 당나귀
항구로 가는 콩실이에 늙은 둥글소
모두 없어진 지 오래
외양간엔 아직 초라한 내음새 그윽하다만
털보네 간 곳은 아무도 모른다

4) 김준오, 「素月 詩情과 원초적 인간」, 『김소월 연구』(새문사, 1986), p.41.

찻길이 뇌이기 전
노루 멧돼지 쪽제비 이런 것들이
앞뒤 산을 마음놓고 뛰어다니던 시절
털보의 세째아들은
나의 싸리말 동무는
이 집 안방 짓두광주리 옆에서
첫울음을 울었다고 한다.
〔… 중략 …〕

그가 아홉살 되던 해
사냥개 꿩을 쫓아다니던 겨울
이 집에 살던 일곱 식솔이
어데론지 사라지고 이튿날 아침
북쪽을 향한 발자욱만 눈 우에 떨고 있었다.

더러는 오랑캐령 쪽으로 갔으리라고
더러는 아라사로 갔으리라고
이웃 늙은이들은
모두 무서운 곳을 짚었다.

지금은 아무도 살지 않는 집
마을서 흉집이라고 꺼리는 낡은 집
제철마다 먹음직한 열매
탐스럽게 열던 살구
살구나무도 글거리만 남았길래
꽃피는 철이 와도 가도 뒤울안엔

꿀벌 하나 날아들지 않는다.

—「낡은 집」 부분

이 시는 독특한 시적 진술을 보여준다. 시적 화자의 목소리가 관찰자적인 입장에서 서술되고 있으며 시의 주인공은 시적 화자의 친구인 '털보네 세째 아들'이다. 화자인 '나'는 시의 내용 전개에 있어서 전달자 혹은 관찰자의 입장에 머물러 있을 뿐 사건에 직접 관여하지 않는다. 이러한 객관화된 화자의 목소리는 서정시의 성격에서 이탈한 것으로 서사시의 화자의 역할[5]과 유사하다. 자아의 내면 정서를 토로하기보다 객관적인 사실 전달에 치중하는 것은 식민지 시대의 가난한 하층민과 그들이 고향을 떠나 유랑하는 현실의 참담함을 효과적으로 전달하기 위한 시적인 배려 때문이다.

이 시에 나타나는 중심 사건은 털보네 가족이 고향집을 떠나 유민으로 전락하는 비극적인 삶의 내력이다. 화자는 어릴적 친구의 집에 일어난 사건을 자신의 감정은 극도로 억제한 담담한 어조로 서술함으로써 이 시의 비극적 사건에 대한 독자의 직접적인 정서적 감응을 유도한다. 이 시는 1~2연은 주인이 떠나 버려 낡은 집만이 남은 현재적 상황이 그려져 있다. 3~7연까지는 털보네 셋째 아들의 출생과 성장 그리고 유랑까지의 과거의 이야기가 서술되고 8연은 아무도 살지 않는 낡은 집의 정경이 다시 한 번 등장하는 형식으로 짜여져 있다.

이 시에서 화자는 '집'이 애초부터 황폐한 공간은 아니었음을 보여주며 서사적 시간의 흐름에 따라 평화로운 삶의 공간인 집이 생존이

5) G.W.F, 헤겔, 최동호 역, 『헤겔시학』(열음사, 1985), p.129.
헤겔은 서사시의 화자는 감정과 성찰도 외적인 사실에 기반하고 있는 것만을 다루어야 한다고 보아 서사시의 화자는 객관적인 외적인 사실의 전달성에 주력해야 한다는 점을 지적한다. 헤겔에 따르면 자아를 표현하기 위해서만 토로되는 내적인 혼의 영탄은 서정시에 적합한 것이며 서사시에는 부적합하다고 본다.

불가능한 공간으로 변모하였음을 드러내 준다. 이용악은 집의 공간적 성격이 변모하여 황폐화되는 중요한 요인이 당대 사회의 모순과 파행에 있음을 지적한다.

시의 첫 부분과 마지막 부분에 등장하는 아무도 살지 않는 낡은 집의 정경은 고향을 떠나 유랑해야 했던 기층민들의 고통스러운 삶을 집약적으로 보여준다. '대대손손 물려줄 은동곳도 산호관자도 갖지 못했'다는 사실은 가난한 평민이었다는 사실을 드러내며 이는 식민지 시대의 폭압으로 인한 고통을 감내할 수밖에 없다는 점과 연결된다. 털보네 셋째 아들의 출생 시기에 전후한 집의 주변 정황은 평화롭고 이상적인 것으로 드러난다. '노루 멧돼지 쪽제비'들이 마음놓고 뛰어다니는 평화로운 정경은 건강한 생명력이 살아 있는 삶의 터전이라는 것을 말해 준다. 이상향과도 흡사한 이 마을은 이후 '찻길'이 대표하는 파행적 식민 자본주의와 일제 식민지 지배로 인해 황폐화한다. '찻길'이 의미하는 큰길과 기찻길은 식민지 지배의 일환으로 이루어진 것이라는 점을 염두에 두어야 한다. '찻길'은 민중을 수탈하고 군국주의적 침략 행위가 용이하도록 하기 위한 일제의 침탈 행위를 상징한다고 볼 수 있다. 이러한 폭압적 침탈로 말미암아 3연에 서술된 평화로운 고향의 정경은 변모하기 시작한다. 6연은 생활고로 인하여 집을 버리고 이주할 수밖에 없는 털보네 가족의 비극적인 상황을 간결하게 서술한다. 고향의 집을 떠나 이국을 떠도는 그들의 삶이 신산하리라는 것은 자명한 일이다. 마지막 연의 낡은 집의 묘사는 털보네 집이 집으로서의 원래적 기능을 완전히 상실하였음을 보여준다. 벌조차 찾아들지 않는 집은 생명력이 소실된 공간이다. 평범했던 주거 공간은 삶의 터전으로서의 가치를 잃고 황폐화된 것이다.

이 시의 서사적 짜임을 검토해 보면 흉가로 변한 집(현재) → 평화롭고 순박하던 삶의 공간(과거) → 몰락 이후 생명력이 소실된 집(현재)으로 축약할 수 있다. 내용의 초점은 주인 없이 흉가로 변한 집의 몰락 과정을 통해 식민지 기층민의 뿌리 뽑힌 삶을 묘파하는 데 있다. 화자는 과거의 평화로웠던 삶이 유이민의 처참한 상황으로 추락한 비극성을 '낡은 집'의 대비적인 공간 묘사를 통해 효과적으로 서술하고 있다. '아무도 살지 않는 집', '꿀벌 하나 날아들지 않는' 황폐한 집의 모습을 통해 시인은 당대의 삶의 고통을 객관적인 시각으로 그려낸다. 흉가로 변한 집의 공간은 더 이상 조화로운 삶의 공간이 아니며 가족의 안위를 보상할 수 없는 공간이나. '집'의 몰락 과정을 통해 담담히 그려내는 이용악의 시적 성취는 한 가족의 삶에 국한되지 않는 민족 전체의 비극적인 삶을 관찰자적인 시각에서 독자에게 호소력 있게 전달한다는 점에서 찾을 수 있다. 더 이상 안락한 삶의 근거지가 되지 못하는 '낡은 집'의 공간적 변모를 통해 당대 사회의 모순에 저항하는 첨예한 시정신을 표출한 것이다.

3. 동경과 성찰의 미학—윤동주

윤동주의 공간적 인식은 과거의 화해로웠던 공간과 현실의 부정적 공간 사이의 절대적 거리감에서 비롯된다. 현재 공간이 지닌 부정성은 내면의식으로 침잠케 하는 계기로 작용한다. 현재와 과거 공간 사이의 긴장된 대립을 내면화시켜 반성적인 자의식의 통로를 마련하는 것이다. 현재의 공간이 부정적인 만큼 화해로웠던 과거 공간에 대한 강한 동경을 갖게 되나 단순한 복고나 회귀로 귀결되지 않고 현재의 암울한 공간을 넘어서 또 다른 미래 공간을 모색하는 시정신을 보여준다.

창 밖에 밤비가 속살거려

六疊房은 남의 나라,

시인이란 슬픈 天命인 줄 알면서도
한줄 시를 적어볼까,

땀내와 사랑내 포근히 품긴
보내주신 학비 봉투 받아

대학 노-트 끼고
늙은 교수의 강의 들으러 간다.

생각해보면 어린 때 동무들
하나, 둘, 죄다 잃어버리고

나는 무엇을 바라
나는 다만, 홀로 沈澱하는 것일까?

인생은 살기 어렵다는데
시가 이렇게 쉽게 씌어지는 것은
부끄러운 일이다.

六疊房은 남의 나라
창 밖에 밤비가 속살거리는데,

등불을 밝혀 어둠을 조금 내몰고,
시대처럼 올 아침을 기다리는 최후의 나,

나는 나에게 작은 손을 내밀어
눈물과 위안으로 잡는 최초의 악수.

—「쉽게 쓰여진 시」 전문

이 시에서 시인은 현재 집을 떠나와 이국에서 유학 생활을 하는 것으로 나타난다. 유학으로 인해 고향집을 떠나 홀로 지낸다는 공간적 조건은 시인에게 자신의 현재 모습을 성찰하도록 하는 계기를 제공한다. '六疊房'이라는 시어에서 시인이 현재 처한 공간적 위상을 판단할 수 있다. '六疊房은 남의 나라'라는 서술을 통해 현재 공간이 일본이라는 것, 고향집을 떠나와 홀로 기거한다는 사실을 드러낸다. 이 시에서 공간은 단지 배경에 머무는 것이 아니라 시인의 반성적 사유를 촉발시키는 구체적인 요인으로 작용한다. '육첩방은 남의 나라'라는 언술이 1연과 8연에서 반복되어 강조되는 점을 감안할 때 방이 단순한 공간이 아님을 짐작할 수 있다. 남의 나라 낯선 공간이라는 점은 식민지 지식인의 현재적 상황을 극명하게 인식하도록 한다. 고향이라는 익숙한 장소가 주는 위안과 보호가 부재한다는 점에서 타국의 육첩방은 의식의 긴장감을 유발하는 공간이다. '남의 나라' 낯선 방은 첨예한 자의식의 공간일 수밖에 없다. 또한 창 밖에 속살거리는 '밤비'가 쓸쓸하고 차가운 이미지를 지닌다는 점에서 '六疊房'을 둘러싼 공간적 조건은 자아를 긴장시키기에 충분하다. 육첩방의 이러한 공간적 조건은 고향으로부터 보내온 '땀내와 사랑내 포근히 품긴' 친애의 정과는 대조된 것이다. 현재 자아가 처한 공간과는 대조되는 육친의 따뜻한 정을 지닌 고향의 집은 시인과 현격한 공간적 거리를 두고 있음으로 해서 현재는 부재하는 공간으로 인식된다. 떠나온 고향의 따뜻함과 현재 기거하는 육첩방의 차가운 이미지는 대조를 이루며 차별적 공간성을 구성한다.

식민지 지배국에 대한 적대감과 고향으로부터 떠난 낯선 땅의 소외감을 시인은 창 밖의 '밤비'로 집약하여 표현한다. '밤비'는 쓸쓸하고 차가운 이미지를 내포한다는 점 이외에도 어둠이라는 측면을 주목해 볼 수 있다. 어둠은 단순히 밤의 도래에 따른 빛의 부재가 아니라 내면의 번민과 갈등의 간접적 표출이라는 상징적 의미를 지닌다. 어둠은 궁극적으로는 추방되어야 할 갈등을 의미한다.

「쉽게 쓰여진 시」는 육첩방이라는 공간이 촉발한 자의식의 대립과 화해라는 시적 사유의 과정을 담아낸 시이다. 부정적이고 적대적인 공간 인식을 통하여 시인은 시적 사유의 긴장감을 높이고 내적 갈등과 번민으로부터 보다 높은 정신적 경지의 자아상을 모색한다. 이 시의 서술 구조를 살펴보면, 남의 나라라는 낯선 공간에 자신의 내면 공간을 구축해 나가는 과정으로 이해할 수 있다. 이러한 내면 공간의 구축은 철저한 자기 반성에 의하여 획득된다. 고향을 떠나온 유학생의 고독한 심경 고백이 1연에서 4연까지 이어지고 있다. 5~6연의 현재 자신에 대한 회의와 7연의 시쓰기에 대한 갈등은 시인의 내적 어둠을 말해 주는 것이다. 이러한 내적 갈등과 번민은 부끄러움으로 집약된다. 그러므로 부끄러움은 자신에 대한 반성적 사유의 산물이다.

반성의 구체적인 실천 행위는 2연에서 등장하듯 '한줄 시를 적어' 보는 것이다. 시쓰는 행동 자체가 반성을 이미 내포한다고 볼 수 있는데 이것을 다시 반성하는 것은 내면 응시[6]의 철저함을 말해 준다. 그가 등불을 밝혀 '어둠을 조금 내몰' 수 있는 것은 내면 성찰을 통해 획득된 자의식의 견고성 덕분이다.

'남의 나라 육첩방'이라는 낯설고 고통스러운 공간성이 자기 성찰을 촉발하는 강한 계기로 작용한다. 외적인 조건으로 볼 때 이국의 낯선

6) 디이터 람핑, 장영태 역, 『서정시 : 이론과 역사』(문학과지성사, 1994), pp.256~257.

육첩방은 사유의 공간으로는 매우 부적절한 공간이지만 불리한 공간적 특성이 공간이 주는 어둠을 극복하고 나아가 견고한 자의식을 구축해 나가는 동기를 제공한다. 육첩방은 식민 지배국의 땅이라는 점에서 기거할 공간으로서는 매우 불편하지만 견실한 사유를 창조해내는 사유의 공간이라는 역설적인 의미를 지닌다.

이 시는 부정적인 공간에서 도피하거나 외면하지 않고 이를 응시하는 사유의 과정을 보여준다. 반성적 사유의 결과로 외부의 어둠을 내몰고 어둠을 극복하는 내면의 빛을 얻는 것이 가능해진다. 시의 제목인 '쉽게 쓰여진 시'는 시를 쓰는 것이 용이하지 않은 시대에 대한 암묵적인 비판이며 시쓰는 작업에 대한 자기 반성이 담긴 이중적 의미를 표출하고 있다.

> 가슴 속에 하나 둘 새겨지는 별을
> 이제 다 못헤는 것은
> 쉬이 아침이 오는 까닭이요,
> 내일 밤이 남은 까닭이요,
> 아직 나의 청춘이 다하지 않은 까닭입니다.
>
> 별 하나에 추억과
> 별 하나에 사랑과
> 별 하나에 쓸쓸함과
> 별 하나에 동경과
> 별 하나에 시와
> 별 하나에 어머니, 어머니
>
> 어머님, 나는 별 하나에 아름다운 말 한마디씩 불러 봅니다. 소학교 때 책

상을 같이했던 아이들의 이름과, 패(佩), 경(鏡), 옥(玉) 이런 이국 소녀들의 이름과 벌써 애기 어머니가 된 계집애들의 이름과, 가난한 이웃 사람들의 이름과 비둘기, 강아지, 토끼, 노새, 노루, '프랑시스 짬' '라이너 마리아 릴케' 이런 시인의 이름을 불러 봅니다.

이네들은 너무나 멀리 있습니다.
별이 아슬히 멀듯이,

어머님, 그리고 당신은 멀리 북간도에 계십니다.

나는 무엇인지 그리워
이 많은 별빛이 나린 언덕 위에
내 이름자를 써 보고,
흙으로 덮어 버리었습니다.

딴은 밤을 새워 우는 버레는
부끄러운 이름을 슬퍼하는 까닭입니다.

그러나 겨울이 지나고 나의 별에도 봄이 오면
무덤 위에 파란 잔디가 피어나듯이
내 이름자 묻힌 언덕 위에도
자랑처럼 풀이 무성할게외다.

—「별헤는 밤」 부분

이 시는 과거의 화해로운 공간에 대한 그리움과 현재 처한 공간에 대한 인식을 드러내 준다. 자전적인 요소가 농후한 이 시에서, 과거 유년 시절의 공간은 북간도의 고향으로 대표된다. 그곳은 어머니가 계신 유년 시절의 공간으로서 정신적인 '집'에 해당한다. 현재 그는 고향인 북간도를 떠나 있는데 현재 공간이 문제시되는 것은 지리적으로나 정신적으로 낯선 공간이기 때문이다. 이러한 정서적 낯섬은 자연스레 과거의 친밀하고 화해로웠던 공간을 회상하도록 한다. 4연부터 5연은 친밀한 과거 공간에 대한 회상인데 이러한 회상은 정서적 낯섬에 대한 저항 심리의 발로이기도 하다.

윤동주는 외지의 정서적 어둠 속에서 '별'로 상징되는 정신의 빛을 찾아내는데 이 별이 지니는 상징적 의미는 갈등의 현실을 벗어나기 위한 정신적 지향점으로 해석될 수 있다. 시의 화자는 정신적 지향점인 별에 추억 속의 인물, 포악성과는 거리가 먼 순한 동물의 이름 그리고 어머니를 대응시킨다. 별과 대응된 사물들은 바로 영원한 정신적 집인 '고향'이 함축하는 평화와 화해의 공간과 밀접하게 연관되어 있다. 시인은 정신적 집인 고향에 대한 간절한 그리움을 연속적인 리듬감 속에서 담아내고 있다. 5연에서 연쇄적인 리듬감은 끊임없이 밀려오는 '집'에 대한 그리움과 상응한다. 이러한 그리움은 정신적인 근거지인 고향집과 현재 공간 사이의 현격한 차이에 의하여 더욱 강조된다. 그리운 고향의 공간이 별과 대응되는 것은 이러한 의미에서 또한 적절성을 지닌다.[7] 아름답고 황홀하지만 가 닿을 수 없다는 점이 더욱 그리움을 증폭시킨다는 점과 현재 낯선 공간의 정신적 어둠을 몰아낼 수 있는 친밀감을 담고 있다는 점에서 별과 고향집은 공통된다.

별과 고향 그리고 현실의 자리라는 공간적 위상 가운데 윤동주는 현재 자아가 선 공간과 고향집이 좁히기 어려운 거리를 두고 있다는 점을 직시한다. 이러한 현실에 대한 통찰은, 과거의 화해로운 공간으로

---

7) 김흥규, 『문학과 역사적 인간』(창작과비평사, 1980), p.152.

의 회귀는 불가능하며 가능한 것은 오직 현재 자리에서 자아 확립을 이루어야 한다는 판단으로 귀결된다. 자신의 공간을 확인하는 것은 시인으로 하여금 과도한 그리움에 함몰되지 않고 자신의 자리를 응시할 수 있는 성숙한 정신적인 자세를 견지하는 데 기여한다. '밤을 세워 우는 버레'는 현재를 반성하고 미래를 전망하려는 자아의 분신이다.

이러한 자아 성찰이 바탕을 이루면서 시인은 지나간 과거의 집과는 다른 미래의 공간을 모색한다. 정신의 혹독한 고난을 상징하는 '겨울'과 '밤'이 지나고 나면 '자랑처럼' 당당한 자신의 공간을 구축하고자 하는데 이 시에서 이러한 미래적인 공간은 '내 이름자 묻힌 언덕'으로 표상된다. 무덤으로 인지되는 이 공간은 과거 정신적인 집이었던 '고향집'의 미래적 변용이다. 무덤의 미래적 공간은 고난의 시기인 겨울과 밤이 지나갔다는 점에서 현재의 갈등이 종식된 공간이며 시인에게 자랑스러운 이름을 남길 공간이기도 하다. 집에서 무덤으로의 변용은 고향집이 삶을 영위하는 자의 영원한 귀소이며 무덤이 죽은 자의 영원한 귀소라는 점에서 연계성을 지닌다. 과거의 화해로운 공간과 현재의 갈등의 공간을 거쳐 무덤으로 이어지는 공간적 변용은 이상과 현실의 괴리에 갈등하는 자아에게 미래의 전망을 제시하며 현재적 고난을 견인(堅忍)하도록 하는 정신적 높이를 보여준다. 이 시가 그리움을 담은 한갓 감상에 그치지 않고 보다 고양된 시정신을 보여주는 것은 이 때문이다.

4. 집의 결손과 일탈의 행로—서정주

서정주의 시 「자화상」에 등장하는 집은 굴욕과 결핍을 내재한 집으로서 정서적인 안주의 장소가 되지 못한다. 그가 묘사한 집은 부성의 부재와 모성의 고난으로 대변될 수 있는 공간으로서 시인은 부정적인 집에 대한 도전적인 발언을 통해 집으로부터 일탈할 것임을 선언하고 새로운 자신의 공간을 모색하고자 한다.

애비는 종이었다. 밤이기퍼도 오지않었다.
파뿌리같이 늙은할머니와 대추꽃이 한주 서 있을뿐이었다.
어매는 달을두고 풋살구가 꼭하나만 먹고 싶다하였으나…… 흙으로 바람벽한 호롱불밑에
손톱이 깜한 에미의아들.
甲午년이라든가 바다에 나가서는 도라오지 않는다하는 外할아버지의 숯많은 머리털과
그 크다란눈이 나는 닮었다한다.
스믈세햇동안 나를 키운건 八割이 바람이다.
세상은 가도가도 부끄럽기만하드라
어떤이는 내눈에서 罪人을 읽고가고
어떤이는 내입에서 天痴를 읽고가나
나는 아무것도 뉘우치진 않을란다.

찰란히 티워오는 어느아침에도
이마우에 언친 詩의 이슬에는
몇방울의 피가 언제나 서꺼있어
볓이거나 그늘이거나 혓바닥을 느러트린
병든 수캐마냥 헐덕어리며 나는 왔다.

—「자화상」 전문

생명이 탄생하고 양육되는 공간으로서 집이 가져야 하는 기능과 역

할의 측면에서 볼 때 「자화상」의 집은 부적절한 양상을 드러낸다. 집이 지닌 부정성은 1연의 충격적인 언술에서 확인된다. '종'이라는 '애비'의 신분이 암시하는 굴욕은 집에 대한 화자의 심리적 거부 반응과 일정한 연관을 지니고 있다. 종이라는 신분이 함축하는 굴욕과 수모는 '애비'에 국한되는 것이 아니라 집안의 구성원 전체와 연관된다. 시의 화자 또한 애비의 신분적 제약과 그로 인한 사회적인 굴레로부터 자유롭기 어렵다. 아버지는 현실에 질서를 부여하는 존재이며 아버지의 권위를 인정함으로써 가정이라는 최초의 사회에 내재된 질서를 인정하게 된다고 볼 수 있다. 아버지가 부여한 질서를 인정함으로써 사회의 구성원으로 진입할 수 있는 토대가 마련된다. 이 시에서 부성의 부재는 가족의 물질적 · 정신적 고난을 상징적으로 드러낸다. 밤이 깊어도 '오지 않'는 것은 아버지뿐 아니라 바다로 나가서 '도라오지 않는' 외할아버지에게도 공통적으로 드러나는 현상이다. 집은 외부 세계를 향하여 나아가는 공간이자 동시에 외부로부터 돌아오는 귀소의 공간으로 기능한다. 「자화상」에는 외부로 나아가는 길은 열려 있으나 귀소의 특징은 현저히 약화되어 있다.

이 시에서 '애비'의 신분이 종이었다는 진술은 일종의 극화된 진술이라고 할 수 있다. 시인 자신의 전기적 사실 여부와 상관 관계를 논하는 것보다는 충격적인 진술을 통해 얻어지는 시적 효과를 주목하는 것이 작품의 의미망을 분석하는 유용한 방법일 수 있다. 시인의 도전적인 진술은 부정적인 부성을 부각시킴으로써 화자를 둘러싼 기존의 권위와 지배에 대한 전복과 반항의 의도를 담은 것으로 이해할 수 있다. 이 시의 화자가 기존의 권위로부터 벗어나 새로운 자아의 영역을 확인하고자 할 때 우선 파기되어야 할 것은 부성의 권위이며 이러한 권위에 대한 반발을 통해 가정을 부정하고 집을 떠남으로써 자신의 새로운 공간을 구축해 나가는 것이 가능해진다. 집은 기존 사회의 질서를 함축하고 있는 공간인 동시에 자신의 차별화된 공간을 설정하기 위해서는 부정되어야 할 공간으로 인지된다.

화자는 '애비'에 대한 심리적 반발을 가지고 있으며 이러한 반발력은 집으로부터 벗어나려는 원심력을 형성한다. 부성에 대한 부정적 인식은 복합적인 의미를 생산한다. 부성의 굴욕적인 면모와 부재 양상은 직접적으로는 가계의 결여 상태를 드러내며 집을 부정하고 또 다른 외부 세계를 동경하는 원인이 된다. '나를 키운 건 8할이 바람'이라는 진술은 집에 내재된 부정적 측면을 암시하는 동시에 실질적인 양육의 공간이 집이 아님을 선언하는 것으로서 외부 공간에 대한 선망을 드러내는 것이다. 바람 부는 외부 공간은 집과는 대조적인 공간성을 지닌다. 바람은 변화와 유동성을 의미한다. 자신을 키워 온 실질적인 양육의 환경이 바람이었음을 고백하는 것은 집이 의미하는 고착과 질서로부터 벗어나 변화를 갈망하는 태도를 함축하는 것이라고 할 수 있다.

이 시에서 선명한 대비를 보여주는 것은 집으로 대표되는 정착과 안주의 공간 심상과 바람이 대변하는 방랑과 도전의 심상이다. 집과 바람의 공간은 대극적인 긴장 관계를 형성하면서 이 시의 공간을 양분하고 있다. 집의 공간이 '종'인 '애비'와 '손톱이 깜한 에미'가 드러내듯 굴욕과 가난의 고통으로 가득하다면 바람의 공간은 화자의 일탈적 성향을 집약적으로 드러내 준다. 바람이 부는 개방된 공간에 대한 동경에는 집에 대한 부정적인 인식이 바탕이 되고 있다. 서정주가 보여주는 집에 대한 반발력은 또 다른 공간으로 나아가려는 힘으로 충전된다.

집은 그의 시적 여정으로 볼 때 출발선에 놓인 공간이다. 서정주는 집을 부정함으로써 도전적으로 유년의 공간과 결별한다. 이는 독자적이며 일탈적인 방법으로 사회로 진입하게 되었음을 뜻하며 기존의 권위와 질서를 부정한 채 자신만의 질서를 가진 공간을 구축해야 한다는 과제를 안게 된다. 이러한 시적 과제는 이후 서정주가 보여주는 유랑과 기행의 중요한 요인이 된다.

집이 내포한 억압적 굴레를 부정하는 화자는 집을 벗어난 공간을 꿈꾸는데 중요한 것은 집을 부정하는 일이 새로운 자아를 찾는 일과 상응한다는 점이다. 서정주에게 집 없음은 수동적이고 비극적인 사건이 아니라 보다 열린 공간으로 나아가기 위한 방법적 부정인 것이다. 집 없음은 자발적인 선택에 의한 것인 만큼 도전적이며 모험적 성격이 강하다. 「자화상」에서 보여준 집으로부터의 탈출은 아버지의 폐쇄적이고 지배적인 규범으로부터의 전환을 이루려는 의도를 반영한다. 서정주에게 있어서 집의 부정은 상징적인 것이다. 이미 집에 내포된 결여에 그 원인이 있다고 볼 수 있는 일탈은 기존의 질서를 무너뜨리고 새로운 자신의 질서를 구축하려는 노력의 일환이라고 볼 수 있다. 이는 시의 첫 구절에서부터 확인된다. '애비는 종이었다'는 시적 진술의 충격은 사실 여부와 관계 없이 일종의 극적인 진술이다. 이 극적 진술 속에 시인은 '집'으로 대표되는 '애비'의 영역을 떠나 자신의 새로운 영역에 이르고자 하는 도전적인 결의를 담고 있다.

5. 소외와 자기 연민의 공간—백석

상징적인 의미에서 집은 원초적인 삶의 자리이다. 탄생과 죽음을 비롯한 삶의 내밀한 기억을 담고 있는 것이 집이라고 할 수 있다. 생존의 근거지인 집을 잃는다는 것은 생존을 위협받는다는 것과 통한다. 집은 최소한의 삶의 온기를 지켜 주는 최초의 자리이자 최후의 보루이다. 따라서 집을 잃고 떠돈다는 것은 견디기 어려운 냉혹한 삶의 여건을 드러내는 것이다. 시인 백석은 이 막바지에 몰린 삶의 공간을 통해 삶에 대한 숙고와 연민의 시선을 보여준다.

어느 사이에 나는 아내도 없고, 또,
아내와 같이 살던 집도 없고
그리고 살뜰한 부모며 동생들과도 멀리 떨어져서,
그 어느 바람 세인 쓸쓸한 거리 끝에 헤매이었다.
바로 날이 저물어서,
바름은 디욱 세게 불고, 추위는 점점 더해오는데,
나는 어느 木手네 집 헌삿을 깐,
헌 방에 들어서 쥔을 붙이었다.
이리하여 나는 이 습내 나는 춥고, 누긋한 방에서,
낮이나 밤이나 나는 나 혼자서 너무 많은 것 같이 생각하며,
딜옹배기에 북덕불이라도 담겨오면,
이것을 안고 손을 쬐며 재 우에 뜻없는 글자를 쓰기도 하며,
또 문밖에 나가디두 않구 자리에 누어서,
머리에 손깍지베개를 하고 굴기도 하면서,
나는 내 슬픔이며 어리석음이며를 소처럼 연하여 쌔김질하는 것이었다
내 가슴이 꽉 메어올 적이며,
내 눈에 뜨거운 것이 핑 괴일 적이며,
또 내 스스로 화끈 낯이 붉도록 부끄러울 적이며,
나는 내 슬픔과 어리석음에 눌리어 죽을 수밖에 없는 것을 느끼는 것이었다.
그러나 잠시 뒤에 나는 고개를 들어,
허연 문창을 바라보든가, 또 눈을 떠서 높은 턴정을 쳐다보는 것인데,
이때 나는 내 뜻이며 힘으로, 나를 이끌어 가는 것이 힘든 일인 것을 생각하고,

이것들보다 더 크고, 높은 것이 있어서, 나를 마음대로 굴려 가는 것을 생각하는 것인데,

이렇게 하여 여러 날이 지나는 동안에,

내 어지러운 마음에는 슬픔이며, 한탄이며, 가라앉을 것은 차츰 앙금이 되어 가라앉고,

외로운 생각만이 드는 때쯤 해서는,

더러 나줏손에 쌀랑 쌀랑 싸락눈이 와서 문창을 치기도 하는 때도 있는데,

나는 이런 저녁에는 화로를 더욱 다가끼며, 무릎을 꿇어보며,

어니 먼 산 뒷옆에 바우섶에 따로 외로이 서서,

어두어 오는데 하이야이 눈을 맞을, 그 마른 잎새에는,

쌀랑쌀랑 소리도 나며 눈을 맞을,

그 드물다는 굳고 정한 갈매나무라는 나무를 생각하는 것이었다.

—「南新義州 柳洞 朴時逢方」 전문

집은 가족과 기거하며 삶을 영위하는 기본적이고 긴요한 삶의 공간이다. 집이 가진 안락함은 가족이 이루는 유대감과 친밀감에서 연원한다. 외부로부터 삶을 보호해 주며 생존에 필요한 영역을 제공해 준다는 점 또한 간과할 수 없는 집의 기능이다. 외부의 조건이 혹독할수록 집이 지니는 이러한 조건은 더욱 절실해진다. 가혹한 외적 환경이 삶을 압박할수록 집이 지니는 심리적인 의미는 내밀하고 깊어지기 마련이다.

이 시의 화자는 집이라는 공간을 상실한 채 아내를 비롯한 가족들과 떨어져 낯선 공간을 홀로 떠돌고 있다. 제목에 등장하는 '南新義州 柳洞 朴時逢方'은 시인이 떠도는 장소를 드러내는데 생경한 한자 조어를 통해 시를 읽는 독자들에게 낯선 느낌을 증폭시켜 시인이 처한 공간적

낯섦을 시의 첫머리로부터 강하게 느끼도록 하는 역할을 한다.

시인이 기거하는 곳은 자신의 집이나 친지의 집이 아닌 낯선 고장, 낯선 이의 집이다. 낯선 이의 집은 가족과 유리된 자신의 상황을 더욱 절실하게 느끼도록 한다. 이러한 단절의 공간은 자신의 내면을 응시하고 숙고하도록 만든다. 홀로 떨어져 있음에 절망하고 자신의 불행에 좌절하는 화자는 자존의 근거를 잃고 삶을 포기하려는 극단적인 움직임을 드러내기도 한다. 이 시에 드러나는 자신의 삶에 대한 번민과 회의는 깊고 처절한 것이다. 16행에서 19행에 드러나는 리듬은, 앞서의 행보다 점차 길어지는 줄글의 형식을 통해 숨가쁜 절망의 언어를 토로함으로써 화자의 깊은 좌절감을 효과적으로 표출한다. 19행에 이르면 독자는 숨가쁜 줄글의 호흡 속에서 화자의 절망에 찬 신음의 토로가 최고조에 달해 있음을 알게 된다.

20행에 이르면 자기 파괴의 하강적인 인식에서 벗어나 화자는 조금씩 삶의 도저한 절망을 딛고 자존의 근거를 찾으려는 의식의 전환에 이른다. 고개를 들어 문창을 바라보는 행위나 눈을 들어 천장을 보는 행위는 절망의 하강적인 인식에서 벗어나고 있음을 시사하는 부분이다. '천정'이나 '문창'은 외부 공간으로 통하는 상향적인 부분이다. 상향적인 공간의식을 드러내는 것은 앞의 행과 구별되는 것으로 화자의 인식이 서서히 변화함을 상징적으로 보여준다. 화자는 자신의 불행한 운명보다 '더 크고, 높은 것'을 생각함으로써 슬픔을 가라앉히고 한탄의 숨가쁜 호흡에서 점차 심적인 평형을 회복하는 단계에 이른다. 이는 한결 가라앉은 리듬감을 통해 확인되는데, 10행~19행과 비교할 때 한 행의 중간 중간에 쉼표를 두어 호흡의 휴지를 배치함으로써 여유 있는 어조를 유지한다. 이러한 심적인 안정은 혼란스러운 감정을 앙금처럼 가라앉힌 불안정하나마 불행의 평온 상태[8]를 이룸으로써 얻어진 것이다.

그는 운명의 보다 큰 힘에 대하여 명상함으로써 삶에 대한 경건한 상태에 도달한다. 화로에 다가가 무릎을 꿇는 자세가 암시하는 겸손함은 삶에 대한 진지한 성찰의 태도를 보여준다. 이러한 성찰과 명상의 과정을 통해 화자는 갈매나무라는 상징적 가치를 발견한다. 갈매나무에 대한 명상을 통해 화자는 갈매나무와 심리적으로 동화된다. 갈매나무와 시인 자신과의 동일시가 가져오는 상징적이고 심리적인 효과는 주목할 만하다. 갈매나무와 시인은 가혹한 외적 환경을 견딘다는 점에서 공통된다. '하이야니 눈을 맞을' 갈매나무는 겨울의 추위를 견디어야 하며 화자는 '쓸쓸한 거리 끝'의 추위를 견디어야 한다. 갈매나무가 '따로 외로이' 서서 홀로 겨울을 견딘다면 화자는 가족들과 따로 떨어져 낯선 집에서 지내야 한다.

그는 갈매나무라는 삶의 상징적인 준거점을 마련함으로써 춥고 낯선 공간으로부터 정신적으로 벗어날 수 있게 된다. 갈매나무가 내포한 정신적 높이는 실제 나무가 지닌 높이 이상의 것이다. 상향적 공간을 점유하고 있는 나무의 상징성은 20행과 21행에서 화자가 보여준 상향적 태도와 연계된다. '고개를 들어' '높은 텬정을 쳐다보는' 상승 지향적 태도는 궁극적으로 '나무'가 내포한 정신의 높이에 이르러 마무리된다. 삶을 포기하고 죽음으로 다가갔던 그에게 갈매나무는 생명력의 강인함을 현시하는 존재이다. 갈매나무는 죽음의 벼랑에서 삶으로 전환시키는 생명성을 지니고 있다. 갈매나무가 지닌 '굳고 정한'이라는 특징은 화자의 윤리적 덕목으로 자리잡아 삶의 준거 원리를 형성한다. 갈매나무라는 상징적 장치를 통해 낯선 집은 절망을 딛고 나아가 미래의 생명성을 품은 공간으로 전환된다. 낯설고 황량한 공간은 극적인 전환을 거쳐 확고한 윤리적 덕목과 자존의 근거를 다지는 터전으로 변

---

8) 이희중, 『기억의 지도』(하늘연못, 1998), p.20.

모한다. 이러한 변모는 앞서 지적한 내면적 숙고와 다짐의 덕분이다. 낯선 집의 외적이고 물리적인 조건은 아무런 변화가 없지만 그 방이 가지는 내면적 의미는 크게 달라진 것이다.

백석은 집을 잃은 채 홀로 떠도는 절망적인 삶을 낯선 이의 집이라는 공간을 빌려 표출하였고 궁극적으로 낯선 이의 방이라는 공간적 한계를 벗어나 자기 동일성의 확인에 도달한다. 절망적이고 하강적인 공간 인식에서 벗어나 상승적인 공간의식을 회복할 때 이러한 시적 성취는 가능해진다.

6. 영혼의 집에 이르기 위하여

집 없음의 인식을 통하여 시인들은 식민지 시대에 폭넓게 자리잡았던 상실의식을 구체적으로 표현할 수 있는 계기를 마련하였다. 전대의 시인들이 추상적인 상실의식을 다분히 감상적인 어조로 표출하였던 점에 비추어 볼 때 이들 시인들이 집의 공간 시학을 통하여 구체화한 상실감은 삶의 경험적 진실에 보다 근접한 것이라고 할 수 있다.

공간적 의미에서 집은 물리적인 공간일 뿐 아니라 가족 간의 유대와 보호, 안주와 휴식, 그리고 생존의 근거지라는 상징적인 의미를 지닌다. 이러한 집의 박탈은 황폐한 삶의 공간 조건을 형성하여 정신적 표랑의 원인이 된다. 이러한 내적인 의미 이외에도 식민지 시인들은 '집'을 잃는다는 상징적인 표현을 통해 사회적인 차원에서 자행되었던 강탈과 억압을 간접화하여 표현하였다.

김소월의 시에서 부재의 저편에 어른거리는 '집'은 현실적이고 구체적인 집인 동시에 낭만적인 동경[9]으로서의 '집'이다. 김소월은 부재의 현실이 주는 절망을 뿌리 깊게 탐구해 간 시인이다. 김소월의 다른 작품이 시대의 파열상을 주관적 감정의 통로를 거쳐 발산하는데 비하여 「우리에게 우리의 보습 대일 땅이 잇섯더면」은 그의 절망의 근원에 사회 정치적인 상황이 도사리고 있었음을 시사하는 작품이다.[10] 따라서 이 작품은 여타 작품과 달리 절망의 근원을 비교적 선명하게 드러낸 예에 해당한다.

'집'의 황폐화를 통해 기층민의 몰락을 담담히 그려내는 이용악의 시적 성취는 한 가족의 삶에 국한되지 않는 민족 전체의 비극적인 삶을 객관화된 시각으로 전달한다는 점에 있다. 기층민이 삶의 근거지를 잃고 유이민으로 전락하는 비극적인 상황을 서사적인 기법으로 표출한 것이다. 더 이상 안락한 삶의 근거지가 되지 못하는 '낡은 집'의 공간적 변모를 통해 민족의 비극을 전달하는 한편 당대 사회의 모순에 저항하는 첨예한 시정신을 표출한 것이다.

서정주는 「자화상」을 통해 집의 결핍상을 드러내고 자발적으로 집으로부터 벗어난다. 서정주에게 집 없음은 타의에 의한 박탈이 아니라 불가피한 선택의 차원에서 이루어진 것이다. 「자화상」에 담긴 도전적이고 충격적인 시적 언술은 기존의 불합리성, 굴욕을 벗어나 자신의 새로운 영역을 개척하고자 하는 의지를 내포하고 있다. 사회 역사적인 관점에서 보자면 불합리한 사회적 여건과 대결하고자 하는 결의[11]를 느낄 수 있다.

윤동주의 시는 부정적인 현재 공간이 촉발한 자의식의 대립과 화해라는 시적 사유의 과정을 담아낸다. 부정적이고 적대적인 공간 인식을 통하여 시인은 시적 사유의 긴장감을 높이고 내적 갈등과 번민으로부터 보다 높은 정신적 경지의 자아상을 모색한다. 윤동주의 시에 나타

---

9) 유종호, 「임과 집과 길」, 『동시대의 시와 진실』(민음사, 1982), p.54.
10) 김우창, 「韓國詩의 形而上」, 『궁핍한 시대의 시인』(민음사, 1977), pp.42~44.
11) 김우창, 앞의 책, p.62.

나는 순연한 시정신은 현실의 부정성을 회피하지 않고 직시하려는 노력의 소산이다. 동경의 대상인 고향 그리고 현실의 자리라는 공간적 위상을 통해 윤동주는, 과거의 화해로운 공간은 회복 불가능하다는 점을 인식하고 현재 자아가 선 공간을 넘어서 자아 동일성을 이루어야 한다는 과제를 스스로에게 부여한다.

백석은 집 없음이 주는 고통의 극한을 보여준다. 집 없음은 단순한 소외나 고립을 넘어서서 삶의 근거를 상실한 삶의 벼랑을 의미한다. 집과 대조되는 낯선 방을 통해 집 없음이 단지 공간의 결여가 아닌 가족 관계의 파탄이며 정서적인 고립으로 연계된다는 점을 드러낸다. 집 없음은 자존의 근거를 상실한 것으로 인지되며 낯선 공간의 고립감은 실존적 위기로 부각된다. 시인은 상승 공간을 지향하는 나무의 상징성을 빌려 집 없음이 유발하는 좌절감에서 벗어나려는 노력을 보인다. 외부 공간의 황량함에도 불구하고 내적인 강건함을 지키는 나무를 빌려 시인의 정신적 고뇌는 자존의 근거를 찾게 된다.

본고에서 분석의 대상으로 삼은 시는 일제 강점기 시문학사에 있어서 상당한 시적 성취를 보여주는 작품이다. 이들 작품이 집의 상실 혹은 집 없음의 정서를 기반으로 한다는 점은 주목할 만하다. 이들 작품은 1920년대의 관능적이고 탐미적인 미의식이나 추상화된 슬픔이나 영탄, 관념적인 죽음에의 경도라는 추상화된 정감의 세계[12]를 벗어나 있다. 이들 시인들은 1910년대에서 1920년대의 초기 시인들이 보여주었던 낭만적 양분법[13]에서 벗어나, 속악한 현실을 초월하는 구원적 외부 세계를 찾기보다는 '집 없음'이라는 현실적 조건을 의식하고 내면적인 침잠을 통해 현실의 결여상을 감내하거나 극복하려고 노력했다

12) 최동호, 「1920년대 시적 응집과 확산의 문학사적 위상」, 『한국현대시의 의식현상학 연구』, 고려대 민족문화연구소, 1989. pp.257~272.
13) 김흥규, 「1920년대 초기시의 역사적 성격」, 『문학과 역사적 인간』(창작과비평사, 1980), pp. 232~236.

는 점을 지적할 수 있다. 집 없음의 인식이 일제 강점기의 조국 상실과도 정서적인 연관성을 가지고 있음을 상기할 때 이들이 집 없음을 통해 드러낸 것은 개인적인 상실의 차원이 아니라 사회 역사적인 차원에서의 상실감과 긴밀하게 연관됨을 알 수 있다. 가족의 부재 혹은 소외감과 방랑은 사회적인 측면과도 연관성을 가지고 있기 때문이다.

어둡고 혼란한 시대의 삶은 주변 상황을 위협으로 인식하게 하며 스스로의 삶이 아무 데에도 뿌리 박혀 있지 않다는 생의 부박함에 대하여 회의하게 한다. 어두운 시대의 문학은 이러한 삶의 부박함을 진솔하게 드러내어 삶의 비판적 반영에 기여하려 한다. 문학이 지향하는 궁극은 '있는 그대로의 현실 드러내기'에서 나아가 의미 있는 현실의 모습을 추구하는 것일 터이다. 이러한 문학의 기능은 쉽지 않은 것이어서, 현실의 중압감이 압도적인 경우에는 손쉬운 대안을 내놓으려 하거나 현실이 주는 혼란과 슬픔에 함몰되어 주관적 정서를 그대로 언어화하려는 위험에 빠지기 쉽다. 1920년대와 1930년대의 시인들이 안고 있었던 어려움은, 불행한 시대에서 기인한 것이기도 하지만, 현실의 경험을 재구축하고 언어화하는 작업을 통해 현실의 질서를 통찰해내야 한다는 중압을 견디어야 했다는 점이다.

식민지 시대 시인에게 절실하게 요구되었던 것은 1910년대와 1920년대 초 시인들에게 드러났던 내면적인 슬픔에의 침윤이나 외형적인 삶의 단편에 대한 묘사를 벗어나 삶의 현실을 투시하여 경험적인 현실의 구조를 파악하고 사회적인 가치의 질서를 구축하는 구조적인 상상력을 갖추는 일이라고 할 수 있다. '집 없음'의 시학을 통하여 시인들은 경험적 현실을 구조화함으로써 문학의 사회적 기능에 부응하는 하나의 실마리를 마련하였다고 볼 수 있다. '집 없음'이라는 공간 시학을 바탕으로 주관적인 슬픔의 자기 탐닉이 아닌 객관화된 정서적 공감을 이끌어낼 수 있었다는 점은 하나의 문학적 성과로 꼽을 수 있다. 나아가 이들은 현실의 암담함을 뚫고 나아갈 자의식의 정신적 단련을 꾀함으로써 한국 시문학사에 독특한 영역을 점유할 수 있었다.

삶의 숨은 향기인 님을 찾아서

—한용운론

『님의 침묵』은 님이 떠나가는 순간부터 시작된다. 님과의 이별은 사랑의 마지막이자 시의 시작이다. 님은 온전한 형상을 드러내지 않는 존재이지만 시집 전체는 님을 향한 갈구와 기다림의 어조로 가득하다. 문학의 다양성과 삶의 중층성을 반영하듯 간단히 정의되지 않는 님의 의미야말로 독자의 읽는 즐거움을 더욱 두텁게 하는 것일지도 모른다. 님의 존재는 한마디로 정의하기에 참으로 난감한 존재이지만 『님의 침묵』에서 화자는 님과의 관계 체계 안에서야 비로소 삶의 가치와 의의를 보장받는다. 한용운의 시집 『님의 침묵』에서 의미의 궁극적인 지향은 '님'을 향하고 있으며 비유 구조는 님을 중심으로 결합하고 있다. 이러한 특성으로 말미암아 님의 존재에 대한 질문과 해답은 지속적으로 이루어져 왔으며 님에 관한 끊임없는 의미의 재생산이 거듭되어 왔다. 주요한 언급을 정리하여 살펴보면 다음과 같다.

만해에게 있어서 '님'이란 생명의 근원이었고 영환의 극치였으며, 또 삶

을 위한 신념의 결정이었다.[1)]

그는 無上의 불도에 다다르는 길과 우리 민족을 일제로부터 해방하여 독립시키고 구제하는 길을 꼭같은 것이라고 생각하였을 것이다.[2)]

님은 어떤 때는 佛陀가 되고, 자연이 되고, 일제에 빼앗긴 조국이 되기도 하였다.[3)]

님의 의미는 본질적으로 그리워하는 대상이다.[4)]

님의 참다운 정체는 열반의 경지에 들게 하는 참다운 無我로 본다.[5)]

'님'은 한자리에 놓여 있는 존재로서의 대상이 아니라, 움직이는 부정의 변증법에서 의미를 갖는 존재의 가능성이다.[6)]

님이란 어떤 대상이나 경지가 아니라 차라리 그런 것을 깨닫을 수 있는 인식론적 근원인 '心'이 될 수 있다.[7)]

님은 완성된 모습으로 이 세계 안에 존재하지도 부재하지도 않고 그것을 갈구하는 자의 끊임없는 豫期와 모색의 실천 속에 불완전한 모습으로 나타난다.[8)]

---

1) 박노준 · 인권환, 『한용운 연구』, 통문관, 1960, p.139.
2) 송 욱, 『시학평전』, 일조각, 1963, p.314.
3) 조연현, 『한국현대문학사』, 성문각, 1969, p.434.
4) 고 은, 「한용운론」, 『사상계』, 월간문학 8호, 1969. 6, p.219.
5) 오세영, 「침묵하는 님의 역설」, 『국어국문학』, 65 · 67호, 1974. 12, p.267.
6) 김우창, 「궁핍한 시대의 시인」, 『궁핍한 시대의 시인』, 민음사, 1977, p.130.
7) 이인복, 『소월과 만해』, 숙명여대출판부, 1979, p.109.
8) 김흥규, 「님의 소재와 진정한 역사」, 『문학과 역사적 인간』, 창작과비평사, 1980, p.21.

님은 연인이라는 현실태로서 출발하여 조국 · 민족 · 佛陀라는 가능태와 정의 · 無我라는 이념태를 포괄하는 구조적 개념으로 파악할 수 있다.[9)]

이상적 대상인 님과 진리, 애인인 동시에 佛이며 그것을 모두 포함하는 다의적인 이념이다.[10)]

님의 의미를 해명하려는 기존의 연구를 자양으로 하여, 작품의 구체적인 맥락 속에서 님의 의미를 가려내고자 한다. 님의 의미에 대한 탐구는 한용운 시의 전체를 파악하는 데에 있어서 핵심에 해당하기에 님을 둘러싼 의미 구조를 분석하여 한용운 시의 면모와 특징을 추출할 수 있을 것이다.

시 「님의 침묵」의 서두 '님은 갔습니다. 아아 사랑하는 나의 님은 갔습니다'라는 탄식으로부터 시작되는 『님의 침묵』의 시편들은 기다림과 좌절이 교차하는 가운데 님의 존재를 확인하고 님에 대한 나의 믿음과 사랑을 확인해 나가는 작업이라고 할 수 있다. 님과의 이별은 현실 삶을 결핍과 좌절의 고통으로 이끌어 가지만 이 부재의 고통은 도리어 님의 존재에 대한 역설적인 확인이 된다.

당신이 가신 뒤로 나는 당신을 잊을 수가 없습니다.
까닭은 당신을 위하느니보다 나를 위함이 많습니다.

나는 갈고 심을 땅이 없으므로 추수가 없습니다.
저녁거리가 없어서 조나 감자를 꾸러 이웃집에 갔더니, 주인은 '거지는

9) 김재홍, 『한용운문학연구』, 일지사, 1982, p.89.
10) 김현자, 『시와 상상력의 구조』, 문학과지성사, 1982, p.113.

인격이 없다. 인격이 없는 사람은 생명이 없다. 너를 도와주는 것은 죄악이다.' 고 말하였습니다.

그 말을 듣고 돌아나올 때에, 쏟아지는 눈물 속에서 당신을 보았습니다.

나는 집도 없고 다른 까닭을 겸하여 民籍이 없습니다.

'민적이 없는 자는 인권도 없다. 인권이 없는 너에게 무슨 정조냐.' 하고 능욕하려는 장군이 있었습니다.

그를 항거한 뒤에, 남에게 대한 격분이 스스로의 슬픔으로 化하는 찰나에 당신을 보았습니다.

아아, 온갖 윤리, 도덕, 법률은 칼과 황금을 제사지내는 연기인 줄을 알았습니다.

영원의 사랑을 받을까, 인간 역사의 첫 페이지에 잉크칠을 할까, 술을 마실까 망설일 때에 당신을 보았습니다.

—「당신을 보았습니다」 전문

이 시의 화자는 님이 떠나간 후 님이 부재하는 현실을 살아간다. 화자에게 현실은 도저한 결여의 상황이며 이러한 결여는 '인격'과 '생명', '인권'이 없는 것으로 간주되어 인간으로서의 권리 및 가치를 말살당하는 상황에서 구체적으로 드러난다. '땅'과 '집'은 인간이 스스로의 생존을 영위해 나가기 위한 물질적인 기반에 해당한다. 3연의 '민적'은 주체적인 개인으로서의 권리를 보장받을 수 있는 근거이다. 최소한의 생존 기반의 상실은 인간으로서의 수모와 굴욕으로 귀결된다. 굴욕적인 삶의 현실에 화자는 슬픔과 분노를 느끼지 않을 수 없다. 역설적이게도 부재하는 님의 존재를 인지하는 순간은 굴욕이 극에 달하고 분노와 고통이 극한에 이르렀을 때이다. 인간적인 수모와 고통의 밑바닥에서 인지하는 '당신'은 슬픔과 격분을 지양하는 상태에서 주체로서의 인간됨을 인정받을 수 있는 삶의 원리를 뜻한다고 볼 수 있다.

마지막 3행은 부재의 현실과 그에 대한 깨달음을 드러낸다. '온갖 윤리, 도덕, 법률은 칼과 황금을 제사지내는 연기인 줄을 알았'다는 진술은 현실에 대한 부정적 반응을 집약한 것이다. '칼'과 '황금'은 현실적인 권력과 재력을 상징하며 이는 '집'과 '땅', '민적'이 없어서 인간의 존엄성마저 위협당하는 나의 현실과 대척점에 선다. 부정적 역사와 현실에 대한 통찰적 인식은 허무의 바닥에 이르게 한다. 허무의식으로 말미암아 화자는 은둔이나 역사에 대한 부정 그리고 순간적 도취의 몰각 사이의 선택을 두고 서성거린다. '영원의 사랑을 받을까'는 현실적인 삶에 대한 회의와 그로 인한 초월적인 세계로의 은둔을 의미하는 것이고 '역사의 첫 페이지에 잉크칠을 할까'는 윤리와 도덕, 법률이 허위이고 교묘한 가면이라는 사실을 직시한 순간 깨달은 허위의 역사에 대한 전면적 부정을 노정한 것이다. '술을 마실까'는 현실 삶을 살되 순간적인 쾌락이나 몰각에 골몰하는 행위를 뜻한다고 볼 수 있다. 세 가지 모두 부정적 허무의식의 소산이며 현실 삶에 대한 포기 또는 망각을 뜻하는 것이어서 주체적 삶의 원리를 보장하는 것은 아니라고 할 수 있다. 도저한 절망과 허무의 순간에 본 당신은 이러한 현실 망각과는 선택의 방향을 달리하는 가치를 표상한다고 할 수 있다. 시인이 희구하는 것은 초월적인 것이 아닌 사랑, 거짓이 아닌 역사, 자포자기가 아닌 인생을 보장하는 절대선의 원리로서의 '당신'이다.[11]

당신 즉 님은 현실에서 부재하지만 현실의 부정적 상황에 대응하는 실재로서 존재한다는 인식을 드러내는 것이다. 일제 치하의 억압적 현실을 고발한 것으로 이 시를 이해할 수도 있으나 보다 눈여겨 볼 것은 부재로서 자신의 존재를 증명하는 님의 표상과 님에 대한 화자의 갈구

---

11) 김우창, 앞의 책, p.133.

이다. '당신'의 존재는 현실에 대한 도피와 부정적 삶에 대한 파행적 순응을 거부하는 삶의 원리로 기능한다.

「나룻배와 행인」에서는 잠시 머물고 떠나는 님의 모습과 기다리는 화자의 모습이 대조를 이룬다. 화자의 분신인 나룻배는 기다림이라는 행위를 통해 자신의 존재성을 입증한다.

나는 나룻배
당신은 행인.

당신은 흙발로 나를 짓밟습니다.
나는 당신을 안고 물을 건너갑니다.
나는 당신을 안으면 깊으나 옅으나 급한 여울이나 건너갑니다.

만일 당신이 아니 오시면 나는 바람을 쐬고 눈비를 맞으며 밤에서 낮까지
당신을 기다리고 있습니다.
당신은 물만 건너면 나를 돌아보지도 않고 가십니다그려.
그러나 당신이 언제든지 오실 줄을 알아요.
나는 당신을 기다리면서 날마다 날마다 낡아갑니다.

나는 나룻배
당신은 행인.

—「나룻배와 행인」 전문

나룻배와 행인이라는 은유는 시적인 상상력의 풍부한 가능성을 내포한다. 나룻배는 행인을 싣고 물을 건너 주는 존재이다. 행인으로 비유된 당신은 정처 없는 존재로서 잠시 머물고 떠나가는 순간적인 존재이

다. 반면 나룻배로 비유된 나는 기다림을 간직한 존재로서 지속적인 시간에 걸쳐 자신의 존재 가치를 입증한다. 당신을 안고 물을 건너가는 행위는 나룻배의 존재를 실현하는 순간이다. 행인이 나룻배를 통해 도달하여야 할 공간에 이르는 순간에 나룻배는 배로서의 기능을 다하게 된다. 나룻배의 기능과 존재 가치는 행인이 다시 물을 건널 때까지 유보된다.

낡아간다는 것은 시간의 유구한 흐름 속에서 소멸에 다가가는 변화 상태를 의미한다. 화자는 자신의 시간을 소진시키면서 기다림의 절대성을 고수한다. 님의 도래는 나룻배라는 본연의 위치를 벗어나지 않을 때 기대될 수 있는 일이다. 낡아감을 수반하는 시간의 경과에도 불구하고 변하지 않는 희생적이고도 꿋꿋한 기다림의 자세가 바탕이 될 때 님의 도래는 예견 가능한 사건이 된다. 기다리면서 낡아간다는 진술에서 기다리는 행위가 단지 한순간에 그치고 마는 것이 아니라 존재가 소멸에 이르도록 지속되는 것임을 보여준다.

님과의 관계는 기다림의 의미망 속에서 새롭게 부각된다. 님이 오지 않는다고 해서 그 존재를 부인할 수 없다. 기다림이 가지는 현실적인 맥락은 자신의 존재 가치의 실현과 님의 현존에 대한 믿음과 연관된다. 영원히 머무는 존재도 아니고 영원히 오지 않는 존재도 아닌 님은 나룻배인 화자의 기다림 속에서 존재의 의미를 부여받는다. 불완전한 시간 속에 존재하는 님을 영속케 하는 것은 나의 기다림의 과정을 통해서이다. 기다림은 현실의 결여를 미래적 시간의식을 통하여 극복함으로써 현실의 부재를 극복하는 방법이다. 기다림에는 미래에 대한 낙관과 현재의 결여를 감수하는 인내가 함축되어 있다. 기다림이란 결여의 삶 속에서 나의 존재를 확인하고 나아가 님의 도래까지의 험난한 시간을 감내하려는 의지적 사랑의 실천 행위이다.

님을 기다리며 현실의 고난을 극복하려는 자세를 보여주는 한용운의 시는 현재적인 모습에 만족하지 않고 미래를 향한 적극적인 의지를 표출한다. 『님의 침묵』은 님을 기리는 긍정적인 면모만을 다룬 것은 아니어서 좌절과 절망의 언사가 비치기도 한다. 그러나 좌절과 절망이야말로 사랑하는 님을 보낸 화자의 진솔한 감정 표출이 아닐 수 없다. 좌절과 절망이라는 고비를 넘어서서 한용운의 시가 지향하는 것은 궁극적으로 미래에 도래할 님이며 님의 도래가 수반하는 주체적인 삶의 회복이다.

님이여, 당신은 백 번이나 단련한 金결입니다.
뽕나무 뿌리가 산호가 되도록 천국의 사랑을 받읍소서.
님이여, 사랑이여, 아침 볕의 첫걸음이여.

님이여, 당신은 義가 무거웁고, 황금이 가벼운 것을 잘 아십니다.
거지의 거친 밭에 福의 씨를 뿌리옵소서.
님이여, 사랑이여, 옛 梧桐의 숨은 소리여.

님이여, 당신은 봄과 광명과 평화를 좋아하십니다.
약자의 가슴에 눈물을 뿌리는 자비의 보살이 되옵소서.
님이여, 사랑이여, 얼음바다에 봄바람이여.

—「讚頌」 전문

「찬송」에서 님이 가진 미래적 의미는 구체화된다. 1연은 님의 존재에 대한 형용이다. 님을 수식하는 어휘인 '금결', '아침 볕'은 모두 광휘가 가득한 시어로서 찬란한 빛의 이미지를 통해 님을 수식하고 있다. 화자는 이 광휘가 우연히 획득된 것이 아님을 백 번이나 단련한 금결이라는 시어를 통해 표출하는데 단련이란 시어를 통해 좌절과 난관을 거쳐 왔음을 시사한다. 또한 백 번이라는 횟수를 통해 지나온 역경이 만만치 않았음을 암시한다. 화자는 오랜 기간을 거친 단련을 통해 획득된 광휘가 영구히 지속되기를 기원한다. '뽕나무 뿌리가 산호가 되도록 천국의 사랑'을 받고자 하는 것은 역경의 시간이 지난 후의 영광된 시간의 향유를 희구하는 것이다.

2연에서 님에 대한 기원은 상세히 진술된다. 화자는 거지의 거친 밭에 복의 씨를 뿌리라고 청한다. 거지의 거친 밭이라는 비유에서 「당신을 보았습니다」의 땅과 집이 없이 수모와 굴욕을 당하는 '나'의 상황을 떠올릴 수 있다. 황폐한 '나'의 현실을 극복하는 것은 주체적인 삶의 회복을 통해 가능하며 화자는 이러한 소망의 단초를 '복의 씨'로 비유한 것이다. 2연에서 드러나는 '씨' '밭' '오동'의 시어를 통해 표출된 식물적 상상력은 풍요함에의 희구라는 지향점을 가지고 있다. 씨앗은 현재의 시점에서는 미소한 존재이지만 비옥한 땅에 뿌려진다면 장차 풍성한 결실을 맺는 식물로 성장해 나갈 수 있다는 생명력의 가능성을 담고 있다. 한용운은 식물적 상상력을 도입함으로써 현재는 거칠고 황폐하더라도 미래에는 거지의 황폐한 땅이 아닌 풍요한 대지의 꿈을 이룰 수 있다는 점을 부각시킨다. 식물이 누리는 시간 중 비교적 오랜 시간 삶을 영위하는 '옛 오동'의 존재는 식물의 제한적인 삶의 시간을 넘어서 보다 장구한 시간에 걸친 조화로운 생명의 향유를 암시한다. 오동나무의 강인한 생명력이야말로 풍요의 꿈이 한정된 시간에 머물고 마는 것이 아니라 보다 오랜 시간 동안 지속될 수 있는 바탕이 되기 때문이다. 2연에서 진술된 풍요한 식물성의 꿈은 3연에서도 되풀이되어 풍요한 미래에의 기대를 강화시킨다. 봄과 광명, 평화는 온화함과 광휘로움, 조화로움을 연상시킨다는 점에서 2연에서 제시된 풍요한 식물의 꿈을 실현시키는 외부 조건이라고 할 수 있다. '봄과 광명과 평화를 좋아'하는 님의 성향과 '복의 씨'는 유기적으로 결합되어 풍요한 대지의 꿈을 실현시킨다. 마지막 행의 '얼음바다에 부는 봄바람'은 현실과 미래의 상황을 대비시켜 놓은 행이다. 님이 부재하는 현실이 춥고 황량한 얼음바다라면 님과의 조화로운 만남이 이루어지는 미래는 봄바람이 가져오는 온화함으로 가득할 것이다.

님과의 해후가 보장할 수 있는 조화로움과 풍요로움은 미래 시간에 가능한 것이다. 조화로운 미래의 성취는 님의 존재에 대한 신뢰와 맞물린다. 풍요한 삶, 조화로운 삶은 「당신을 보았습니다」의 억압된 삶을 견디고 극복하는 자만이 향유할 수 있다. 「당신을 보았습니다」에서 님의 존재는 고통의 극한에서는 드러나지만 고통을 회피하거나 초월해 버린 상태에서는 나타나지 않는다. 한용운의 님은 영원의 초월적 세계로 은둔하거나 삶을 전면적으로 포기하거나 몰각하지 않는 상태에서만 해후할 수 있는 존재인 것이다. 「찬송」은 속악한 현실 가운데서 삶을 부정하거나 도피하지 않는 상태에서 기대할 수 있는 님에 대한 강렬한 희망을 담는다. 님의 존재를 빌려 화자는 현실을 부정하지 않으면서 현실의 속악함을 승인하지 않으려는 의도를 드러낸다.

한용운의 시집 『님의 침묵』은 시 「님의 침묵」으로 시작하여 「사랑의 끝판」으로 마감된다. 「사랑의 끝판」은 오랜 시간에 걸친 기다림이 종식되고 님과의 만남이 머지않았음을 암시하는 비유와 역동적인 미래의 시간이 도래할 것을 믿는 시적 진술을 보여준다.

> 님이여, 하늘도 없는 바다를 거쳐서, 느릅나무 그늘을 지워버리는 것은 달빛이 아니라 새는 빛입니다.
> 홰를 탄 닭은 날개를 움직입니다.
> 마구에 매인 말은 굽을 칩니다.
> 네 네 가요, 이제 곧 가요.
>
> —「사랑의 끝판」 2연

님을 그리며 기다리던 화자는 그늘을 지우는 것이 어두운 달빛이 아니라 '새는 빛'이라고 힘주어 말한다. 이별의 고뇌와 좌절을 담은 어둠이 물러가고 나타나는 새벽의 찬란한 빛은 님의 도래와 비견되는 빛인 것이다. 아침 빛이 가져오는 역동적인 미래상은 「찬송」에서 나타나는 빛의 이미지와 연계되어 생각할 수 있다. 님이 곧 빛으로 인식되는 상징 구조 속에서 새벽 빛은 님과의 만남이 머지않은 시간에 가능하리라는 암시를 제공한다. 움직이는 모든 것은 활기를 지님으로써 님에게 가려는 화자의 역동적인 의지를 간접화된 방법으로 묘사한다. 날개와 말발굽은 미래를 향한 움직임을 내포하는 것이며 님이 부재하는 공간으로부터 벗어나 긍정적인 공간으로 나아가려는 움직임을 담은 것이다. 날개와 말발굽이 지닌 역동성은 님과의 합일로 나아가려는 화자의 의지를 가속화시키는 역할을 한다.

님이 떠나가는 「님의 침묵」으로부터 출발하여 「사랑의 끝판」으로 마감되는 『님의 침묵』 전체의 구성은 님과의 이별로부터 시작하여 기다림과 그리움 그리고 재회에의 기대를 담은 것으로 요약할 수 있다. 한용운의 시에 나타나는 님은 낭만적 사랑의 대상이거나 이 세계를 떠난 피안의 존재이거나 구원의 존재가 아니라 남루한 현실 삶 가운데서 파악되는 존재이다. 삶에 대한 망각이나 포기를 지양하는 주체적인 삶의 원리로서 기능하는 님은 부박한 삶을 견디는 의지와 실천의 행위 속에서 가치를 보증받는다고 할 수 있다.

님과의 재회를 그리는 염원은 능동적인 기다림의 바탕이 되며 기다림의 절대성은 실의와 갈등을 넘어서 만남을 성취하려는 의지적 신념으로 표출된다. 이러한 과정을 거쳐 성취된 만남은 이별—재회라는 단순한 평면 구조 위에서의 만남이 아니라 보다 상승되고 고양된 지점에서의 만남을 의미한다. 현실을 타개하려는 적극적인 의지와 맞물리는 주체적이고 풍요한 미래의 회복은 한용운의 『님의 침묵』을 관통하는 의지이자 갈망이다.

님의 존재가 함축하는 의미망을 통해 한용운은 1920년대 초기시가 지녔던 슬픔의 탐닉, 또는 상실감이나 절망의 안이한 반복에서 벗어난다. 이러한 시적 사유의 차별성은 상실과 절망으로 가득한 삶을 도피하지 않는 삶의 불완전성에 대한 정직한 응시와 긍정을 바탕으로 이루어진다. 한용운에게서 눈여겨 보아야 할 것은 님이 떠나 부재한다는 사실 자체보다는 님이 부재하는 삶을 어떻게 받아들이고 어떻게 결여의 삶을 살아가는가라는 점이다. 한용운은 억압과 결여의 현실을 님의 부재라는 사유 구조 속에서 파악했다. 한용운은 모순과 결여로 가득한 사회 역사의 상황을 누구보다 통찰적인 시선으로 응시하고 있었으며 부재와 결여 자체에 함몰되지 않으려는 노력을 보이는 동시에 현실의 부정적인 측면을 건전한 삶을 열망하는 힘으로 전환시켰다. 현실의 부정성이 가장 두드러진 부분에 이르러 님에 대한 갈구는 또한 강렬해지며 님과의 합일을 이루려는 실천적인 의지 또한 뚜렸해진다는 점에서 이를 확인할 수 있다. 그는 초월적이고 이상적인 삶의 원리를 제시하기보다는 현실의 파행성 가운데서 주체적인 삶의 원리를 모색하려 했다. 설악이라는 은둔의 공간에서 세간의 고통을 직시했던 한용운의 실천적 사유는 님이 떠난 척박한 현실에서 님이 도래할 미래에 대한 신념을 포기하지 않는 의지적 선택을 가능케 했다. 한용운 시의 현재적 의미는 님이 부재하는 현실 앞에서 그가 선택한 길의 적절성과 그 선택을 실천하려는 의지의 진실함에서 찾아질 것이다.

시적 공간의 변전과 실존의식의 심화
—조병화론

1. 시와 삶이 만나는 자리

이 글은 1949년 시집 『버리고 싶은 遺産』을 상재한 이래 지속적인 작품 활동을 보여온 조병화 시인의 시세계를 50년대에 발표된 작품을 중심으로 살펴보려는 목적으로 씌어진다.

조병화 시는 일상적인 삶의 무상성과 유랑감에 근거한 시세계를 보여주고 있으며 이 점에서 그의 시는 삶의 궤적을 응시하고 반추하는 관찰자의 목소리가 담겨 있다. 조병화 시가 출발을 보인 50년대는 분단과 전란의 암운이 드리웠던 황폐한 시대였으며 당대의 많은 시 또한 시대의 압도적인 중량에서 벗어나기 어려웠다. 독특하게도 조병화 시는 사회 역사적 자장에 이끌리기보다 개인의 삶에서 발원하는 개성적인 목소리를 들려 준다. 그의 시가 기대는 상상력의 원천은 당대의 사회 역사적인 것이기보다는 보편적인 일상사이다. 폭넓은 독자에게 접근할 수 있다는 조병화 시의 특징은 이와 같은 시인의 시적 관심과 맥을 같이한다. 그는 전후의 황폐감에 구속되지 않음으로써 비교적 유연한 시적 운신을 보인다. 조병화의 시적 관심은 시인의 표현에 따르자면 '자기 위안'과 '자기 구원'[1]에서 출발하는 것이며 이것의 추구와 확산이 조병화 시의 전개 과정의 기본축이라고 볼 수 있다. 위안과 구원의 방식은 추상화된 인식의 공간을 맴돌기보다 구체적인 삶을 지각하는 가운데서 찾아진다. 그러한 시인의 모색 과정을 집약적으로 보여주는 것은 변모하는 시의 공간이며 시적 공간의 변전은 시의식의 변화와 동궤에 놓인다. 그는 부박한 일상사 속에서 자신의 존재적 입지를 자각하려는 끊임없는 움직임을 시에 담았으며 이것은 자의식이 형성하는 제한된 공간을 벗어나려는 노력으로 파악된다. 지속적인 변화를 보여주는 시적 공간에는 자아를 응시하는 시인의 자성적인 시선과 자아와 타인을 매개하는 관계 방식이 자리하고 있다.

기존의 연구 또한 시인의 자의식과 대타 관계를 중시하여 조병화 시의 특성을 규명하고 있다. 대략적인 논의의 흐름을 검토해 보면, 정영자는 '너'와 '나'라는 관계 체제를 중심으로 만남과 떠남, 생존과 죽음[2]의 의미를 규명하였다.

김윤식은 조병화의 시학에 대중성을 부여하는 근거가 일상적인 그리움으로서의 외로움 자체에 있는 것이 아니라 외로움의 존재 방식으로서 편지의 형식과 여행의 형식이 그의 시학의 원리를 이루고 있기 때문[3]이라고 지적하였다.

오세영은 조병화의 시가 생활을 소재로 하여 인생이란 무엇인가에 관한 물음에 바쳐지고 있다고 파악하며 그 시가 생의 외경과 휴머니즘에 근거하여 존재론적 고독을 드러낸다고 보았다.[4]

---

1) 조병화, 「끝없이 끝없는 '말'을 찾아서」, 『전후문제시집』(신구문화사, 1963), p.412.
2) 정영자, 「조병화론」, 『현대문학』(1980년 10월).
3) 김윤식, 「편지의 형식과 여행의 형식」, 『현대문학』(1983년 8월호).
4) 오세영, 「조병화론」, 『현대시와 실천비평』(이우출판사, 1983).

김재홍은 그의 시가 관념이 아니라 생활 그 자체이며 비극적 세계관의 투시를 통하여 순천명과 운명애의 긍정적 세계관을 지닌다고 파악하였다.[5)]

홍희표는 조병화의 초기시의 주조를 이루는 것은 실존적 불안과 고독에 근거한 삶의 무상의식이라고 지적한다.[6)]

이승훈은 조병화의 시세계를 고독의 시학이라 이름짓고 사랑마저도 고독의 범주에 포함시킬 수 있다고 파악하여 고독의 의미를 짚어낸다.[7)]

조병화에 관한 기존의 평가는 평이한 시적 표현으로 폭넓은 독자를 지닌다는 점과 주제적인 측면에서 실존적인 고독이나 무상감에 바탕을 둔 시적 전개를 보인다는 점으로 요약된다. 우리가 주목하고자 하는 점은 조병화 시가 기존의 논의에서 지적되었듯이 고독이나 무상감을 바탕으로 하면서도 과도한 자기 탐닉에 빠지지 않고 다양한 시적 관심의 폭을 보여왔다는 것이다. 변모하는 조병화 시의 공간은 그가 내적인 회의나 방황에 머무르지 않고 끊임없는 자기 갱신의 노력을 기울인다는 사실을 보여주는 증거로 제시될 수 있다.

그의 시는 일상 삶을 무대 공간으로 하여 변모하는 공간에 다양한 삶의 목소리를 담아낸다. 시의 무대인 공간이야말로 제작자인 시인이 시의 의도를 보다 효과적으로 드러낼 수 있는 하나의 장치이며 이러한 공간의 의미를 가늠함으로써 조병화 시가 전개하는 시적 갱신의 의미를 밝히고자 한다.

---

5) 김재홍, 「낭만주의의 생철학」, 『시와 진실』(이우출판사, 1984).
6) 홍희표, 「곱씹음과 되뇌임」, 『현대문학』(1986년 3월호).
7) 이승훈, 「고독의 시학」, 『한국시의 구조분석』(종로서적, 1987).

2. 표랑(漂浪)의 공간—바다

조병화 시의 공간적 변화를 이끌어 가는 추동력으로 기행이라는 요소를 지적할 수 있다. 전체적으로 보아 기행은 그의 시에 삶의 다양한 모습과 의미가 배어들게 하는 역동적인 요소로 기능한다. 초기시의 경우 기행은 시적 경험의 폭을 확산하는 계기로 작용하며 기행 자체가 무상성을 짙게 드리운 삶으로 비유되기도 한다. 기행이 지닌 의미를 주목한다면 조병화 시를 이해하기 위한 효과적인 논의의 장을 열 수 있다.

온종일 비가 내렸습니다.
연락선이 왔다 간다는 항구로
남행열차는 쉴새없이 달렸습니다.
삼등실 좁은 차창에
빗물이 흐르고 흐르고
水族館에 뜬 어린 詩같이

싹튼 보리밭이 보이고
포플라가 보이고
늙은 산맥이 보였습니다.
말소리도 잠들어 버린 찻간에
나는
중앙 아시아 어느 바다로 가는 것일 게니 하고
졸음없는 눈을 감아보았습니다.

—「옛 엽서」 전문

이 시의 화자는 묘사적 어조로 기행의 정경을 담아낸다. 빠른 필치로 가까이 있는 차창의 빗물과 보리밭, 멀리 보이는 산맥을 선명하고 간결한 이미지로 묘사하여 하나의 그림을 대하는 듯하다. 쉴새없이 달리는 기차와 흐르는 빗물의 운동적 이미지는 시행에 속도감을 부여하여 육지에서 항구로의 이동을 효과적으로 드러낸다. 이 시의 전반부가 차창 밖의 풍경이라면 9행부터 마지막 행까지는 차창 안의 풍경 묘사이다. 차창 밖을 향한 화자의 시선은 비교적 작은 묘사 대상인 보리밭에서 포플라, 산맥으로 점차 확대되어 간다. 새로이 움트는 보리싹과 육지의 맥을 형성하는 산맥을 늙은 것으로 묘사하여 대조적 이미지를 형성한다. 풍경에 담겨진 어린것과 늙음의 대비는 움직이는 공간인 차창에서 탐지한 풍경으로서 시간의 변화 상태를 감지할 수 있다. 이러한 차창의 풍경은 다채로운 변화를 보여주는 것이지만 화자와는 아무런 상관 관계를 맺지 못하는 즉물적인 풍경에 그치고 만다. 외부 세계와 아무 연관성 없이 남행열차라는 제한된 공간에 몸을 싣고 여행하는 고독한 화자의 심경이 유추되도록 시행을 배치한 것이다. '말소리도 잠들어 버린 찻간'에 이르러 시의 공간은 열차 내부로 이동되면서 운동감은 현저하게 감소하고 8행까지의 운동감과는 대조적으로 적막감이 조성된다. 풍경을 그려 가던 시선이 차창의 다양한 물상에서 눈돌려 자신의 내면의식을 드러내는 심경 묘사로 전환하면서 화자는 열차가 도착할 종착지를 가늠한다. '삼등실의 좁은 차창'에 몸 담은 화자가 도착할 곳은 일차적으로는 바다이다. 종착지인 '중앙아시아의 어느 바다'는 화자가 가고자 하는 바램을 지니고 있지만 지리적으로 존재하지 않는 바다이다. 현실적으로 가 닿을 수 없는 공간이라는 점에서 바다를 향해 여행하지만 어떠한 바다에도 닿을 수 없다는 결론이 도출된다. 모순된 공간성으로 미루어 볼 때 그의 기행은 다분히 정향을 지니지 못하고 떠도는 부유성을 내재하고 있다는 판단이 가능하다. 중앙 아시아 어느 바다라는 종착지에 내재된 모순성을 인지하고 있는 화자의 어조는 다분히 체념적이다. 체념적 태도는 여행이 지니는 의미를 부정적 양상으로 귀결시킨다. 종착지가 분명하지 않은 여행이란 떠돌이 행각에 불과하며 여행이 지니는 가치는 감소될 수밖에 없다.

기행은 불만족스러운 현재의 장소를 떠나 자아의 정체성을 확인하려는 의도와 긴밀하게 연관되어 있다. 그러한 출발이 반드시 만족스러운 결과를 보장하는 것은 아니다. 이 시에서 드러나듯이 기행은 적극적인 현실 타개 의도를 반영한다기보다 수동적인 측면이 강하다. 일상의 무거움을 떠나 소망스러운 공간을 지향하려는 그의 여정은 화자의 탐색 의지보다는 내적인 번민이나 회의로 채워지고 있다. 화자의 체념적인 태도는 도착할 공간의 모순성을 인지하고 있음에도 적극적인 의지 표명이 결여된 채 졸음 없는 눈을 감다라고 묘사된 화자의 모습에서 확인된다. 그러한 자세는 현실의 부정성을 인식하고 있음에도 자신의 삶에 대하여 적극적인 개선의 행동을 취하지 않음으로써 현실의 어려움을 단지 번민으로 수용하고 마는 데서 나온다.

이 곱은 냉수같은 바람이 분다
오랜 인내
때묻은 사색
연애의 생리를 청산하고
바다로
하늘로
홀가분한 단념과 웃음을 배우러 가자

—「입춘」 전문

현실은 차디찬 바람이 화자를 압도하는 냉담한 공간이다. 오랜 인내와 사색으로 해결되지 않는 현실의 완강함에 부딪쳐 화자는 자신의 집착을 버리고자 한다. 마음마저 곱게 만드는 차가운 현실에 관한 화자의 반응은 단념과 웃음이다. 단념과 웃음으로 현실에 대응하려는 화자의 의지는 표면적 술어와는 달리 홀가분하게 느껴지지 않는다. 홀가분하고자 하는 의지가 오히려 무겁게 읽혀지는 것은 단념과 웃음이 필요한 현실의 고통스러움이 화자의 언술 뒤에 깔려 있기 때문이다. 체념적으로 대응하려는 화자의 수동적인 자세가 두드러진 이 시에서 바다나 하늘은 현실의 괴로움을 기탁하는 공간으로 기능한다.

잊어버리자고
바다 기슭을 걸어 보던 날이
하루
이틀
사흘

—「추억」 부분

이 시에서 나타나는 바다 또한 동일한 의미망에서 파악될 수 있다. 현실은 망각되어야 할 추억으로 가득 차 있으며 망각을 통해 번뇌의 질곡으로부터 벗어나고자 하는 의지가 그를 바다라는 공간으로 내몬다. 바다 기슭은 육지와 바다가 인접한 경계 공간으로서 안정된 공간에 속하지 못하고 이방인처럼 떠도는 화자의 정서를 대변하는 공간이다. 망각을 향해 떠도는 발길이 정처 없는 궤적을 그려내는 바다 기슭은 표랑의 공간이기도 하다.

"바다 수만리 길은/압축한 청춘이 가고 싶어하는 길"(「귀향」)에서 화자는 현실의 불안정에서 탈피하고자 하는 막연하고 낭만적인 동경을 표현한다. 청년기의 회의와 번민이 해소될 가능성을 지닌 공간으로 바다가 선택된 것은 화자 내면의 어두운 공간과 대비되는 광활함을 지니고 있기 때문이다. 공간의 광활함은 적극적인 행로의 모색이 결여되어 있거나 뚜렷한 목표점을 지니고 있지 못하다면 오히려 떠남 자체를 표랑으로 이끌고 갈 가능성을 내포한 것이다.

장거리 대리석 기둥에 기대어
오지 않는 것만 기다리고 섰다.
낯없는 사람들끼리 모여들다
낯없는 방향으로 헤져 간 뒤엔
대리석 기둥과 내가 도로 남는다.

—「역」 부분

「역」은 결여된 현실에서 출발하여 일상에서 탈출을 꿈꾸는 화자의 심경을 드러낸다. 그는 소망스러운 삶의 공간이 쉽게 얻어질 수 없다는 점을 인식하고 있다. 현실은 도저히 용인할 수 없는 결여의 공간이다. 현실의 결여를 인식하는 지점에서 소망스런 대상을 향한 기다림이 생겨났다면 이 기다림이 충족되기란 불가능하다는 체념적 인식이 바탕이 되어 '오지 않는 것만 기다리는 나'라는 자기 규정이 성립된다. 의미 있는 것을 찾기 위해 정거장에 이르렀지만 정작 그가 향할 곳은 분명치 않다. 그가 그리워하며 기다리는 것이란 '오지 않는 것'이기 때문이다. 충족되지 못한 현실에 대한 불만과 그러한 결여감에 대하여 수동적으로 반응하는 체념이 어두운 내면의식을 형성하고 있다.

바다의 이별과 이국의 소식이
진한 커피와 마도로스 파이프에 전해질 무렵

등불도 저물어
안개 자욱한 북쪽 해협 어느 지점에
우리는 삼등 선객이 분명한 것이다.

—「다방 海峽」 부분

어느 곳에서도 안착하지 못한 선객으로서 시적 화자의 심경이 드러난 시이다. 저물어 버린 등불과 자욱한 안개는 삼등선객에 불과한 화자의 행로를 불투명한 것으로 만든다. 도달해야 할 최종적인 지점이 분명하지 않다는 점은 공간을 채운 안개의 불투명성과 더불어 표랑이 주는 모호함을 부각시키는 데 기여한다. 흐릿함 속에서 분명히 인지되고 있는 것은 '우리는 삼등 선객'이라는 자각이다. 삶이 영위되는 공간은 밝고 환한 공간이기보다 '등불도 저물고 안개 자욱한 장소'이며 전진 방향을 알 길 없이 단지 물결 위에서 부유하는 것이 화자가 담아내는 삶의 모습인 것이다.

이와 같은 부유성이 반드시 부정적인 의미만을 지니는 것은 아니다. 내적인 번민이 표랑으로 표현되는 것은 어느 곳에도 안착을 용인하지 않는 현실의 어려움을 드러내는 소극적인 대항 태도로 이해될 수 있기 때문이다. 조병화 시가 드러내는 기행의 본질은 현실 극복의 통로를 열려는 진취성과 접맥될 때 그 의미를 지닐 수 있을 것이다. 조병화 초기시에서 드러나는 표랑성은 소모적인 방황에 머무는 것이 아니라 광활한 세계 가운데 자신의 입지를 마련하려는 노력의 일부분으로 이해되어야 할 것이다. 아직 모호한 내면의 방황을 보이는 그의 시는 현실의 구체적 공간과 만나면서 주체적 자아의 위상을 확인하기 위한 공간을 모색하기 시작한다. 그와 같은 시적 노력은 현실 생활의 공간을 점검하는 데서 구체성을 띠게 되며 바람직한 공간으로 나아가려는 적극적 자세로 전개된다. 바다라는 공간에 담긴 부유성을 극복하려는 화자는 표랑의 삶으로 인하여 위축된 주체의 의지를 회복할 수 있는 공간을 꿈꾼다.

3. 일상적 삶의 공간—패각

전진 방향을 알 수 없는 부유 속에서 자신의 입지를 확인하고자 할 때 우선적인 검증의 대상으로 놓이게 되는 것은 현실적인 유대 관계를 형성하고 있는 일상적 삶의 공간이다. 구체적인 생활 공간을 시적 인식의 대상으로 이끌어들이는 것은 표랑이 주는 소모적이고 수동적인 자세를 벗어나 스스로의 입지를 확인하려는 적극적인 행위의 발로로 인식될 수 있다.

가족 관계 그리고 사제 관계로 짜여진 이 공간을 시인은 '패각'으로 은유한다. 이 구체적인 생활 공간이 패각이라는 비유항에 이르는 과정에는 표랑으로 인한 육체적 · 정신적 쇠잔함을 회복할 수 있다는 기대감이 놓여 있다. 화자는 타인과 구별되는 '나의 생리에 맞는'(「소라」) 공간을 꿈꾸어 왔으며 그러한 바램이 패각이라는 공간의 비유를 가능케 한다. 생물로서의 소라가 삶을 영위하는 공간이 패각이라는 점에서 볼 때 소진된 생기의 회복을 꿈꾸는 화자의 삶의 토대를 이루는 가정과 교실의 공간을 패각으로 비유한 것은 적절하다. 패각은 머무름의 공간이라는 점에서 바다라는 유동의 공간과 대비된다. 바다의 광활함과 유동성이 강조될수록 패각이라는 공간이 형성하는 내적 정온감은 강조된다. 바다가 광활함과 그로 인한 부유성이 노정된 공간이라면 패각은 은둔과 보호, 휴식의 공간[8]으로서의 의미를 지닌다.

---

8) G. 바슐라르, 『공간의 시학』, 곽광수 옮김(민음사, 1990), p.277.

하얀 패각 속에서 수업을 한다.
산머루처럼 익어가던
생도들의 까만 눈알이
전쟁에 혼 떼어
파란 해협의 漁卵처럼 맑다

고사리같은 하얀 목들은
바다를 향하여 날로 길어진다.

하얀 패각 속에서
어란처럼 맑은 눈들이 끼여

아내와 싸우고 나온 기억을 잊어버린다.

수평에 뜬
병원선을 바라본다.

비 내리는 날이면
나의 임해교실은
홀리데이—.
버밀리언 표지 아래 누워
발진티푸스에 걸린 바다를 내려다본다.

생도들이 이해하지 못하는 시를 쓴다.

아시아 작은 반도

남단으로 밀려와
하얀 패각 속에서 수업을 한다.

—「임해교실」 전문

이 시는 선명한 시각적 이미지를 중심으로 짜여져 있다. 1연의 하얀 패각, 2연의 하얀 목, 3연의 하얀 패각, 4연의 병원선의 색, 마지막 연의 하얀 색이 각각 1 · 3연의 파란 해협의 어란, 5연에서 수평의 바다와 대조를 이루어 강렬한 인상을 준다. 주목할 것은 바다의 시각적 심상이 시의 전반부와 후반부에 변화를 보이고 있는 점이다. 해협의 색채가 7연에 이르러 발진티푸스에 걸린 병든 바다로 묘사되는 것은 발진이라는 병적인 열기와 색감을 자아낸다. 버밀리언(주홍색) 표지로 인해 더욱 명확하게 드러나는 붉은 색채로의 변화는 이 시의 내재된 화자의 심리를 살펴볼 수 있는 흥미 있는 이미지 전개이다.

이 시는 바다라는 광활함 가운데서 패각이라는 보다 협소한 공간을 설정함으로써 표랑의 공간인 바다와 대비되는 밀집된 공간을 보여준다. 패각은 표랑을 잠재우고 자신을 보호하며 머무를 수 있는 공간이라는 점에서 평온함을 전달한다. 그 밀집된 공간을 채우는 것은 생도들의 맑은 눈이다. 그러한 공간적 특성은 화자가 지닌 고통을 잊게 해주는 위안의 힘을 담고 있다. 이러한 위안의 관계는 표면상 평화로운 것이나 그 이면은 불안정하기 이를 데 없는 것이다. 7연에 나타나는 바다의 시각적 이미지의 변화는 화자의 심리적 변동을 암시한다. "생도들이 이해하지 못하는 시를 쓴다"는 표현에는 생도들과 화자 간의 심리적 거리감이 담겨 있다. 조병화 시인은 '시'란 "우리들이 같이 살아가는 데 필요한 말"[9]이라는 견해를 표명한 바 있다. 나와 타인을 매개

9) 조병화, 앞의 글, p.413.

해 주는 실존적 언어라는 의미를 시에 부여한다면 '이해하지 못하는 시'를 쓴다는 표현에는 타인에게 자신의 진정한 의사 전달이 불가능하다는 고립감이 담겨져 있다고 볼 수 있다. 이러한 고립감은 패각에 기대는 화자의 심리적 유대를 상당히 약화시키게 된다. 패각의 공간은 표랑의 무방향성으로부터 벗어나 있으나 긴밀한 심리적 유대감을 형성할 수 없다는 한계를 지닌다. 이러한 불안정성 때문에 패각은 안정된 공간으로 기능하기 어렵게 된다. 바다를 표랑해 온 화자에게 정주할 만한 거처로서 인식되지 못한다. 화자를 둘러싼 거대한 외부 세계인 바다는 '발진티푸스에 걸린' 것으로 표현되듯 건강하지 못하다. 화자는 외부 세계를 병든 상태로 진단하지만 치료의 뜻을 담은 병원선을 동시에 설정함으로써 치유의 가능성을 배제하지 않는다. 화자가 몸담은 패각을 둘러싼 거대한 외부 세계가 병들었으며 자신이 거처하는 삶의 공간마저도 완전한 일치감으로 충족되지 못할 때 패각이라는 공간의 불완전성은 확연하게 드러나는 것이며 또 다른 공간을 위한 탐색의 조짐이 나타나지 않을 수 없게 된다.

삶의 기초적 토대를 형성하는 공간으로서 패각은 "시가 될 수 없는/하얀 패각의 침실"(「거미가 사는 과수원」)로 나타나거나 '주변이 없는 아버지'가 우울한 얼굴로 돌아와야 하는 '화폐로 되어버린 나의 침실'(「당나귀」)이라는 자조어린 공간으로 설명된다. 패각의 침실에는 가족관계에서 기대될 수 있는 평화와 질서는 대신 일상의 권태가 배어 있다. 경제적 가치로 자신의 위상이 측정되는 공간에서 화자가 할 수 있는 일이란 고작 '가슴을 앓는 동물처럼', '주점에 앉아 있거나'(「당나귀」), '아침을 잃는 시를 쓰는'(「거미가 사는 과수원」) 일뿐이다. 일상적 삶의 공간을 은유한 패각이 철없는 남편과 무능한 아버지가 기거하는 자기 비하의 공간에 머물고 마는 것이다. 이러한 시적 언술은 패각이 안주와 공감의 장소로서 의미를 지니기 어렵다는 것을 드러낸다.

4. 분열과 소외의 공간—도시의 거리

'하얀 패각'이 공감과 안식의 공간으로서 일정한 한계를 지니게 됨에 따라 화자는 보다 적극적으로 의미 있는 공간을 확보하려는 노력을 보이게 된다. 패각에는 타인과 교감을 이루지 못하는 소외감이 내재되어 있으며 자조적 태도로 인해 대상과의 거리감은 더욱 확연히 드러나기 때문이다.

패각의 공간에서 기대할 수 있는 공감의 가능성을 상실한 화자는 '나'와 대화를 나눌 상대를 찾아 도시의 거리로 나오게 된다. 거리의 훤소(喧騷) 속에서 화자의 고독감은 증대한다. 화자는 도시의 거리를 헤매이며 진정한 공감이 가능한 상대로서 '벗'을 찾지만 용이하지 않다.

남포동 거리로 밀리는
어둠에 익은 얼굴에 끼여
나는 벗을 찾고

벗은 나를 찾아
인간의 부채를 걸머진 채 또하루 인생이 저문다

—「남포동」 부분

혹시나 그대를 만날까 하고
그대 머리카락 스치던 거리로 가노라

나는 또다시 실망하노라
텅빈 공간에 그대와 같은 명사는 잃고

우거진 군상 속에 나만이 이단처럼 걸어가노라

—「회로」 부분

인용된 시는 인간 모두는 각기 하나의 섬처럼 어쩔 수 없는 거리를 두고 분리되어 존재할 수밖에 없다는 인식을 보여준다. 의미 있는 존재로서의 너를 찾는 행위가 지속될수록 도리어 고독한 개체로서의 자신을 확인하게 될 뿐이다. 너를 향한 목소리가 강렬할수록 화자의 외로움은 증대된다. 그대를 만나려는 기대감이 깨어진 도시의 거리는 무수한 사람들로 채워져 있으나 오히려 비어 있는 공간처럼 인식된다. '당신을 부르는 소리'는 당신에게 도달하지 못하고 나의 '가슴 벽에 부딪쳐 되돌아오는'(「나의 가슴은」) 허무한 반향에 그칠 뿐이다.

너와 나의 회화엔
사랑의 문답이 없다.

—「너와 나는」 부분

'너'와 '내'가 분리되어 있으며 고단한 삶을 영위하는 것은 '나'와 '너'의 대화가 이루어지지 않기 때문이다. '너'와 '문답'이 불가능한 화자의 목소리는 고독한 울림으로 멈출 수밖에 없다. 이 경우 화자의 목소리를 단순한 독백이 아니라 방백(傍白)의 형식을 취한 것으로 파악한다면 좀더 명확한 시적 의미 해독이 가능하다. 방백(aside)은 화자와 도저한 거리를 두고 있는 청자에게는 들릴 수 없으나[10] 독자에게 화자의 정서를 전달하는 수단이라는 점에서 일정한 효과를 거둔 것으로

10) 방백은 무대에 나온 다른 등장인물은 듣지 않는다는 관객의 가정하에 이루어진다. 오학영, 『희곡론』(고려원, 1979), pp.59~60 참조. 이를 시에 적용시킬 경우 시의 상황을 하나의 연극 무대로 보고, 독자는 관객에, 방백을 행하는 등장인물은 시적 화자에, 듣지 못하는 다른 등장인물은 청자에 대응시켜 볼 수 있다.

이해할 수 있다. 독백과 달리 분명한 청자가 설정되어 있으나 일방적인 의사 표현에 불과하다. 이러한 방백의 형식은 대상인 청자가 뚜렷이 존재하나 청자에게는 들리지 않는다는 점에서 시의 공간을 분할시켜 거리감을 극명하게 드러내며 소외감을 고조시킨다. 따라서 화자가 표출하고자 하는 외로움이 청취 공간의 단절에 기대어 보다 효과적으로 드러나게 되는 것이다.

등불이 있는 곳엔 사람이 있을 텐데
사람이 있는 곳에
사람을 호올로 떨어져 있어야 하나 보다.

길어갈수록 시원치 않은 편지를 쓰고 있나 보다.

—「거리를 두고」 부분

등불이 밝은 곳에 사람이 있을 것이라는 기대감에도 불구하고 화자가 확인하는 것은 '호올로'라는 고독감뿐이다. 화자와 '그대'는 의미 있는 대화를 형성하지 못하고 각각 고립되어 있으며 대화는 불가능하다. 등불을 밝혀 스스로를 현시하는 너는 존재하나 나는 네가 있는 밝은 공간에 이르지 못하다. 이렇듯 교류조차 불가능한 상황에서 화자가 보여주는 발성법은 방백의 형식이라고 이해할 수 있다.

분열된 공간에서 이루어지는 대화의 일방성이 방백이라 말할 수 있을 때 방백이 지니는 공간의 분열을 극복하고 대상과의 상호 교감을 가능하게 하기 위한 모색으로 찾아진 것이 '편지'를 쓰는 행위이다. '편지'는 분열된 화자와 청자를 동일한 시·공간에 매개하지 못한다는 점에서 부분적으로 방백과 유사한 발언 형식을 지닌다고 할 수 있다. 편지는 고독한 화자의 심경이 내적인 폐쇄로 귀결되지 않고 외부로 표출되어 고독과 소외라는 내적 봉쇄의 길에서 스스로를 적극적으로 구원해내려는 행위를 함축하고 있다. 방백이 고독하게 단절된 화자의 목소리로 울려 나와 공간의 분열과 그에 따른 공허감을 짙게 드러내고 사라지는 일회성의 발언인데 비해 편지의 형식은 화자의 발언이 미래의 어느 시점에 청자에게 전달되리란 가능성을 전제하고 있다는 점에서 차별성을 지닌다. 편지란 미래의 시간 속으로 던져지는 화자의 발언이다. 따라서 화자와 청자의 진정한 교감은 미래라는 시간성 위에서 약속받게 되는 것이다. 편지의 형식은 도저한 거리를 두고 있는 공간의 분할을 뛰어넘는 하나의 극복의 의미를 담고 있다. 현재의 제한된 시간을 넘어서 공간을 달리하는 미래의 청자에게 전달이 되리란 희망을 가정하고 있기 때문이다. 분열된 공간의 단절성이 시간성이라는 의미를 획득하면서 청자와 화자, 즉 나와 그대의 진정한 대화는 언젠가 도래할 미래의 시간 위에 놓여진다.

사랑이라는 것은 이와도 같이
외로운 시절의 편지라고 생각하며
차창에 기대어
추풍령 마루를 넘으면

거기 낙엽지는 계절이
늙은 산맥에 경사지고

인생과 같이 외로운 풍경은
언젠가는 나도 돌아가야 할
그날의 적막과도 같이
긴 차창에 연속하였습니다.

〔… 중 략 …〕

사랑이라는 것은 이와도 같이

외로운 시절의 편지라고 생각에 잠겨갔습니다.

—「차창」 부분

이 시에서 드러나는 차창의 풍경은 곧 삶의 풍경이다. 추풍령 고개를 넘어야 하는 오르막길의 힘겨움이 삶의 고단함을, 겨울로 향하는 나뭇잎의 조락은 하나의 생명체가 누릴 수 있는 한정된 시간을 상징적으로 보여준다. 이러한 정황은 언젠가는 돌아가야 한다는 생명의 유한성에 대한 자각을 일으킨다. 유한한 존재인 화자는 교감을 나눌 수 있는 대상조차 존재하지 않는 적막한 공간에 놓여 있다. 나의 적막함을 뚫고 나와 그대를 이어 주는 형태가 사랑이라면 그것은 오직 편지의 형식으로만 전달이 가능하다. 현재의 그대와 나는 분리되어 있기 때문이다. 이 시의 전반에 걸친 외로운 독백이 한갓 허무감의 토로에 그치지 않는 것은 '편지'가 지닌 특성에서 연유된다. 현재는 들어줄 이 없는 독백이지만 그대에게 읽히는 미래의 순간 나의 언술은 그대에게 전달될 수 있다. 나의 적막감을 해소하는 길은 미래라는 시간의 축 위에서 가능하다. 지루하고 고단한 삶이 의미를 얻는 순간은 외로운 시절의 '나'의 편지가 그대에게 도달할 미래의 시간이며 그 시간에 그대와 나의 대화는 완성된다.

5. 미래로 열린 공간—의자

나와 그대가 격리를 넘어서는 전달의 형식이 미래로 이어지기 위해서는 현재 정황에 대한 자각이 필요하다. 타인과의 유대가 불가능한 공간에서 격리된 화자가 의미 있는 미래로 나아가기 위한 발판은 결여 상태인 오늘로 설정되지 않을 수 없다. 미래를 향한 추동력이 되는 것은 유한한 현재를 인정하는 자세이다.

나의 소유는 외줄기 가는 생명
달달 서류에 닳아 빠진 젊은 조각

때가 오면
그 날이 오면
모조리 보내야할 그것이 아니겠습니까.

—「물 떼와 같이 밀리는」 부분

화자는 '나의 소유는 외줄기 가는 생명'뿐이며 그 가녀린 생명도 '때가 오면 모조리 보내야 할' 것이라는 점을 자각하고 있다. 스스로가 유한한 생명을 지닌 존재라는 자각이야말로 역설적으로 현재 시간의 성실성을 보장하는 조건이 될 수 있다. 성실성은 현재를 넘어서 미래를 향한 존재의 전환을 마련하기 위한 바탕이 된다. 자신의 유한성을 뛰어넘는 의식의 전환은 자신의 것에 집착하지 않는 여유로움에서 비롯된다. '그 날이 오면 보내야 할 것'이라는 비움에의 인식은 존재의 유한함에 절망하기보다 미래적인 시간의식을 내면화할 수 있는 바탕이 된다. 현재의 소외와 단절을 뛰어넘는 미래 지향성은 시 「의자」에서 분명하게 드러난다.

지금 어드메쯤
아침을 몰고 오는 분이 계시옵니다
그분을 위하여

묵은 이 의자를 비워드리지요

지금 어드메쯤
아침을 몰고 오는 어린 분이 계시옵니다
그분을 위하여
묵은 이 의자를 비워 드리겠어요

먼 옛날 어느 분이
내게 물려주듯이

지금 어드메쯤
아침을 몰고 오는 어린 분이 계시옵니다
그분을 위하여
묵은 이 의자를 비워드리겠습니다.

—「椅子 · 7」 전문

'편지'가 나와 그대를 매개하는 형식으로 미래적인 효용성을 지닌다면 의자는 편지의 매개적 양식에서 한 걸음 나아가 미래적인 대상을 지향하고 수용하기 위한 공간으로 기능한다. 「椅子 · 7」에서는 현실의 제한된 공간을 뚫고 나가려는 적극적인 의도가 담긴 공간으로서 의자가 지닌 성격이 부각되고 있다. 이 시에 등장하는 '의자'는 화자의 유한한 생명성이 집약되어 있는 공간이다. 머무름의 공간이라는 점에서 지극히 정태성과 유한성을 지니는 의자의 공간적 성격을 미래로 이끌어 올리는 것은 의자를 움직이는 화자의 의지 때문이다. 화자의 의지는 시간적인 연속성에 바탕을 두고 있다. 기존의 연구에서 지적되었듯이 이 시에서 드러나는 시간 개념은 시간성이 갖는 지속성을 하나의 공간에 교차[11]시킨 것이다. 화자에게 있어 '지금 어드메쯤 오는 그 분은' 이제껏 타인과의 의사 소통 불가능이라는 고립된 공간의 어둠을 일소시키는 존재이다. '아침을 몰고 오는 분'에 대한 확신은 나와 타인이 유대감을 형성하기 어려웠던 분열된 공간을 극복하게 한다. 내가 지닌 숙명적 공간의 유한성을 뛰어넘어 미래로 도약한다.

이 시가 명료한 주제를 전달하는 것은 반복의 효과와 화자의 어조에 기인한다. 1연의 '지금 어드메쯤 아침을 몰고 오는 분이 계시옵니다'라는 표현에서는 알지 못하는 이와 도래할 시간이 하나의 추측의 차원에 머물고 말지만 2연에서 다시 한 번 반복됨으로써 반드시 올 것이라는 필연성이 부여되기 시작한다. 의자를 물려주어야 할 미래의 시간에 대한 인식은 3연에서 먼 옛날에도 내게 물려주었다는 역사성을 얻으면서 미래에 관한 막연한 추측에서 벗어나 확고한 의지로 표명된다. '아침을 몰고 오는 분을' 위하여 '의자를 비워드리'는 행위는 예전에도 그러하였으며 미래에도 그러할 것이라는 점에서 미래적 시간에 완성될 역사성으로 부각된다. 4연에 이르러서는 3연에서 마련된 인식의 전환을 바탕으로 '지금 어드메쯤 아침을 몰고 오는 어린 분'에 대한 기대감으로 고양된다. 이러한 시간성을 바탕으로 '외줄기 가는 생명이' 의탁하였던 의자라는 공간은 운명적이고 시간적 폐쇄성을 넘어 미래로의 도약이라는 의미망을 획득하게 된다. 의자는 영원히 열린 공간이 되는 셈이다. 이러한 의미의 폭은 50년대의 부유성과 분열을 거친 후 생성된 시의식의 완숙과 미래적 개방성이라 보아도 좋을 것이다.

11) 박이도, 「시간, 그 우상화의 형상」, 『한국대표시평설』(문학세계사, 1983), p.381.

6. 시적 공간의 변전을 통한 서정적 변모의 의미

이 글은 공간의 변화 양상을 추적하면서 조병화의 시를 이해하는 하나의 틀을 마련하고자 하였다.

조병화 시는 전진 방향을 알 수 없는 바다라는 표랑의 공간을 거쳐, 패각이라는 안식의 공간을 꿈꾼다. 패각은 표랑으로 인해 소진한 생명력의 회복과 자신의 입지를 확인하려는 화자의 기원이 담긴 공간으로 이해된다. 패각으로 비유된 일상 삶의 공간이 지니는 한계가 드러나고 자기 비하의 감정이 노출되면서 조병화 시의 공간은 의미 있는 대상을 통해 자신의 정체성을 확인하려는 적극적인 시도가 표출된다. 도시의 거리를 무대로 하는 시에서, 거리는 너와 내가 화해로운 만남이 불가능하다는 점에서 단절된 공간으로 드러난다. '너와 내'가 분열된 공간에서 화자의 목소리는 방백의 형태로 드러나게 되어 소외의 정서를 고조시킨다. 의미 있는 대상과 단절된 소외감을 극복하려는 의도에서 편지 형식이 도출된다. 타인과의 유대감 부재, 유한한 개인이 점유한 제한된 공간은 미래적인 시간성을 획득함으로써 개방적인 공간을 지향하게 된다. 미래로 열린 공간의 가능성을 집약적으로 드러내는 것은 의자이다. '의자'에 이르러 현재의 소외와 단절을 뛰어넘는 도약과 미래적 시간으로 열린 공간이 가능하게 된다.

조병화의 시가 출발에서 보여주었던 어두운 표랑은 50년대라는 불확실한 시대성과도 무관하지 않다고 여겨진다. 지향점을 마련하지 못한 자의 불안감은 시로 표출된 자아의식이자 시대를 바라보는 시인의 눈이었을 것이다. 바다라는 무한의 공간을 향한 낭만적 동경 뒤에는 망각하고픈 현실의 고단함이 짙게 배어 있기 때문이다.

조병화의 시는 일상적 삶을 소재로 한 시세계를 보임으로써 보편적이고 구체적인 서정을 획득할 수 있었다. 개인의 삶의 범주에서 파악해낸 고독과 소외의식은 폐쇄된 내면의식에 함몰되지 않음으로써 보편성으로 확대되어 갈 수 있었으며 공간의 변전을 통해 극복의 길을 열려는 자세를 견지해 나가는 것이 가능했다. 결핍의 현실을 드러내는 정직성은 그의 시를 이끌고 가는 하나의 추동력이었다. 조병화 시는 결여된 현실에 대한 정직한 응시를 거쳐 현재의 폐쇄성, 생명의 유한성을 넘어서려는 적극적인 탐색을 보여준다.

'의자'라는 공간이 상징하는 개방성은 표랑과 타인과의 분열을 거쳐 모색된 도약의 자리라는 점에서 조병화 시가 획득한 하나의 절정에 해당한다. 이는 내적 번민과 고독, 타인과의 단절이라는 폐쇄성을 거쳐 획득된 극복의 자리이며 끊임없는 자기 갱신을 담는 생성의 자리라는 점에서 한국 현대시사의 한 장에 기록될 수 있을 것이다.

서정적 주체의 회복과 시양식의 갱신

—1960~1970년대 시문학사

1. 1960년대 시의식의 자장(磁場)

1960년대의 문학은 1950년대적 문제의식의 연장선이며 동시에 넘어섬이다. 전후 문학이 전통과의 단절을 선언하며 황폐한 문학의 개간작업을 선언했지만 괄목할 만한 성과를 이루지 못한 것은 진정한 문학적 창조는 전통의 유산을 흡수한 가운데 역사와 사회의식을 내재화시키는 데서 가능하다는 사실을 간과한 탓이었다. 1960년대 문학에 새로운 광휘를 던져준 것으로 평가되는 4 · 19는 전쟁 이후 누적적으로 제기되어 온 문학의 내재적 요구가 사회 정치적 혁명의 요구와 부합되면서 증폭된 힘을 얻을 수 있는 계기로 작용한다.

4 · 19는 전후의 암울한 상황과 이데올로기의 해독에 침윤된 사회 전반에 자유에 대한 신념을 불어넣었다. 그러나 성숙한 의식을 갖춘 혁명 주체가 형성되지 못한 채 성급하게 진행되었던 급진주의적 변혁의 요구는 사회 구조적 수용의 여유를 넘었고 민주 정권의 유약성과 관념

적인 통일론에 휘말리면서 대중적 지지 기반의 자리를 점차 잃어 가게 되고 결국은 근대화를 기치로 내건 힘의 집단에 자리를 내어 주게 되었다. 미완의 혁명으로 끝날 수밖에 없었던 4 · 19가 가져온 기대와 좌절은 이후 문학이 진지하게 검토하지 않을 수 없는 문학과 사회의 관계 혹은 자유 이념에 대한 사유의 자리를 마련하게 된다.

4 · 19의 기대와 좌절을 수용하기 위해 1960년대 문학이 필요로 하는 것은 현실에 대한 구체적이고 객관적인 인식이었으며 이는 주체적 자기 정립을 바탕으로 하는 것이다. 전쟁과 이데올로기의 횡포가 가져온 수난의식으로부터 주체의식을 회복하고 이를 개성적 목소리로 사회화하기 시작한 것은 1960년대 문학이 가지는 특색이라고 할 수 있다. 개인의 정체성 확인뿐 아니라 민족의 정체성 확립은 무엇보다 시급하고 중요한 문학의 과제였다.

황량한 현실이 기댈 가치가 부재하는 공간, 그 공간을 내재화시킬 여유가 부족했던 전후의 현실에서 서구 문학의 영향력은 압도적이었다. 그럴 듯한 출구로 보였던 서구 문학 추수라는 해결책에는 현실에 대한 이해의 결여와 자기 반성이 생략된 몰주체적 문학 태도로 연계될 위험이 내포되어 있었으며 부분적으로는 이미 위험성을 드러내고 있었다. 1960년대의 문학은 이러한 주체의 상실 위기에서 서정적 주체를 정립해야 한다는 과제를 안고 있었으며 이는 현실에 대한 통찰을 전제로 하는 것이었다. 현실을 객관적으로 파악하는 문학적 힘은 현실의 파고에 휩쓸리지 않으면서 현실을 직시할 수 있는 거리를 지닐 때 가능하다는 사실을 1960년대 시문학은 입증하기 시작한다.

1) 사회와 만나는 시적 주체와 서정적 갱신의 가능성

전후 문학의 맹목적이고도 막연한 수난의식이 채 가시지 않은 1960년대 시문학의 자장 안에서 김수영은 지식인이 가질 수 있는 삶의 양상과 방법을 회의함으로써 정직하고 집요한 주체적 자아의 탐색을 시도한다.

그는 모더니즘에 대한 성실한 이해자이자 비판자이다. 전후의 모더니즘으로 명명된 문학 운동이 장식적 수사와 감상의 나열에 있지 않다는 점을 감지했다는 점에서 김수영은 1950년대 한국 모더니즘의 정당한 비판자이다. 사회가 허위로 뒤덮여 있다는 사실을 인지한 시쓰기의 주체로서 감당하지 않을 수 없는 반성적 자의식을 서정성에 용해시켜 시적 갱신의 자업을 이루었다는 점에서 또한 모더니즘의 옹호자에 해당한다.

왜 나는 조그마한 일에만 분개하는가
저 王宮 대신에 王宮의 음탕 대신에
五十원짜리 갈비가 기름덩어리만 나왔다고 분개하고
옹졸하게 분개하고 설렁탕집 돼지 같은 주인년한테 욕을 하고
옹졸하게 욕을 하고

한번 정정당당하게
붙잡혀간 소설가를 위해서
언론의 자유를 요구하고 越南 파병에 반대하는
자유를 이행하지 못하고
二十원받으러 세 번씩 네 번씩
찾아오는 야경꾼들만 증오하는가

—김수영, 「어느날 古宮을 나오면서」 1, 2연

김수영은 소시민으로 살아가는 개인의 한계를 인식하고 부끄러움이라는 정직한 한탄을 드러낸다. 진정한 주체가 부재하는 서러운 시대에

서 살아감이란 나약한 개인의 옹졸한 행위로 귀결되지만 옹졸한 개인과 그 삶에 대한 부끄러움은 주체를 찾기 위한 모색이며 출발이다. 암울한 현실에서 역사의 주체로 나서지 못하는 개인의 나약함을 서러워하지만 스스로의 나약함을 인정함으로써 현실의 억압적 요소를 통찰하고 현실의 질곡으로부터 역류할 수 있는 힘을 얻는다.

1960년대 김수영의 시적 작업은 사회적 자아로서의 서정적 주체의 회복이라는 문제와 긴밀히 연관된다. 부도덕한 정치 현실의 거대한 힘 앞에서 옹졸하고 나약할 수밖에 없는 개인의 모습을 철저하게 인식한 그는 스스로의 모습을 비판하고 반성함으로써 사회와 정치를 우회적으로 비판한다. 이러한 비판적 작업을 효과적으로 수행하기 위하여 김수영은 전통적인 시의 문법 밖에 있었던 비시적(非詩的)인 언어와 일상적 언어를 과감하게 시의 언어로 끌어들인다. 김수영이 보여준 부끄러움의 정직한 인정은 자칫 현실과 괴리된 채 추상적 언어 인식으로 추락할지도 모르는 자의식의 어두운 함정을 제거하는 것이었으며 서정적 주체의 확인을 통한 사회적 대응력 확보라는 가능성을 보여준 것이라고 할 수 있다.

김수영이 힘없는 개인의 비애라는 비껴 서 있는 자의 시선을 견지함으로써 현실을 통찰하는 방법을 마련했다면 신동엽은 사회 현실과 만나는 서정적 주체의 위상을 역사적 현실 속에서 찾아낸다. 역사를 서정시의 영역으로 이끌어들이려는 그의 노력은 서사적 장시로 귀결되어 『금강』으로 구체화되는데, 이는 서사적 장시가 줄 수 있는 서사성의 도입이라는 장점을 살린 것이다. 즉, 개인 내면의 시적 형상화에서 벗어나 집단의 포괄적 감성을 형상화한다는 점에서 사회 현실에 대한 요구를 수용할 수 있는 문학적 용량이 증대할 수 있다는 것을 인식한 결과이다. 서사적 장시는, 시인이 내면화시켜 자기 동일적 감정으로 담아내기에는 지나치게 거대해져 버린 사회적 발언을 수용하는 시양식이라는 유용성을 가진다. 이러한 장시의 흐름은 1970년대 민중적 비판 의식의 고양과 더불어 판소리를 비롯한 풍자 정신을 계승한 김지하의 「오적」, 「비어」로 연계된다.

앞마을 뒷마을은
한 식구, 두레로 노동을 교환하고
쌀과 떡, 무명과 꽃밭
아침 저녁 나누었다.

가을이면 ,迎鼓 舞天,
겨울이면 씨름 윷놀이,
오, 지금도 살아있는 그 흥겨운
農樂이여.

〔… 중략 …〕

서로, 자리를 지켜 피어나는
꽃밭처럼
햇빛과 바람 양껏 마시고
고실고실한 쌀밥처럼
마을들은 자라났다.

地主도 없었고
官吏도, 銀行主도,
특권층도 없었다.

―신동엽, 「금강」, 6장 부분

신동엽은 결핍의 현재와 이상화된 과거를 대비시킴으로써 현재의 결여 상태를 부각시키고 현실을 부정하는 힘을 얻는다. 압박과 피압박적 요소가 존재하지 않는 조화로운 과거의 시간은 그가 현실을 부정할 수 있는 근거가 된다. 그가 동학 혁명을 시적 소재로 중요하게 여기는 이유 중의 하나는 조화로운 사회적 관계에 기초하여 협동이 가능한 삶의 공간으로 변혁할 수 있다는 희망과 열의가 집약되어 나타나 있기 때문이다. 그가 꿈꾸는 건강한 생활의 시간은 착취와 압박이 존재하지 않는 유토피아적 공간이다. 따라서 신동엽 시에는 과거와 현실의 대비가 선명하게 드러난다. 과거 시간에 대한 신동엽의 경도는 다분히 선택적이라 할 만한데 거기에는 물질적 교환 가치가 점증해 가는 현실에 대한 전면적인 비판이 서려 있기 때문이다.

신동엽은 분단으로 인해 민족 공동체가 와해되어 가고 자본의 힘이 점증해 가는 현실을 반유토피아로 규정하고 이 타락한 사회에 대한 반발로 '냇물 굽이치는 싱싱한 마음밭'(「좁아」)에서 원초적 생명력의 발현을 희구했던 것으로 보인다. 이로 말미암아 신동엽은 도시라는 공간에서 삶의 억압적 징후를 발견하고 고통스러워하는 시인과는 상상력의 토대가 현저히 다른 대지적 상상력을 근간으로 한다는 특징을 갖게 된다. 그러나 신동엽이 가지는 분노의 외침이 타기해야 할 대상의 교활함에 비할 때 너무나 단순한 외침에 그쳤다는 점과, 분단을 넘어서 민족 공동체의 화합에 대한 기대가 정감적 차원에 머물렀다는 점에서 그의 문학적 한계로 지적되지 않을 수 없다.

지적 고안을 통해 다듬어진 언어로 현실을 풍자적으로 비판하는 황동규는 김수영이 시도한 서정적 갱신의 가능성을 이어받아 또 다른 측면에서 심화시킨 것이라고 볼 수 있다. 그는 정치의 권위주의화 과정에서 소외되고 비껴 선 자의 입장에서 현실을 직시함으로써 사회적 자아로서의 비판적 개인이 가지는 긴장을 잃지 않는다. 그는 개인을 압도하는 세계의 무의미함 또는 광포함에 대한 경계를 초기시부터 지속시켜 왔다. 개인을 지극히 작은 존재를 무력화시키는 현실을 똑바로 보려는 긴장된 노력을 지속하며 그 노력을 통하여 자아를 지키고 반성하려는 의지는 황동규 시의 핵심이다.

> 琫準이가 운다, 무식하게 무식하게
> 일자무식하게, 아 한문만 알았던들
> 부드럽게 우는 법만 알았던들
> 왕 뒤에 큰 왕이 있고
> 큰 왕의 채찍!
> 마패없이 거듭 국경을 넘는
> 저 步馬의 겨울 안개 아래
> 부챗살로 갈라지는 땅들
> 砲들이 땅의 테크닉처럼 울어
> 찬 눈에 홀로 볼 비빌 것을 알았던들
> 계룡산에 들어 조용히 밭에 목매었을련만
> 목매었을련만, 대국낫도 왜국낫도 잘 들었을련만,
> 눈이 내린다, 우리가 무심히 건너는 돌다리에
> 형제의 아버지가 남몰래 앓는 초가 그늘에
> 귀 기울여 보아라, 눈이 내린다, 무심히,
> 갑갑하게 내려앉은 하늘 아래
> 무식하게 무식하게.

—황동규, 「三南에 내리는 눈」 부분

그는 동학 혁명이라는 변혁에 실패한 전봉준을 시화함으로써 사회 변혁에 실패한 소외된 자의 눈으로 현실을 직시하려는 의도를 드러낸다. 동학과 4 · 19 체험을 동일선상에 놓고 혁명적 열정을 아쉬워하는 시인들과는 다른 측면에서 황동규는 혁명을 통한 사회 개혁의 지난함을, 그리고 정치 현실의 완고한 구조가 개인의 자유 의지에 끼치는 부정적 영향을 드러낸다. 이 시의 진정한 의미는 전봉준을 비하하기 위한 것이 아니라 '무식'하지 않았으면서 부패한 현실을 개혁할 줄 몰랐던 '무식'하지 않은 자들에 대한 비판에 있다. 사회 모순을 적극적으로 타개해 나가려는 자가 광포한 힘에 의하여 짓밟혀 오히려 울지 않을 수 없는 현실을 전봉준의 울음으로 환기시킨 것이다. 갑갑한 하늘에 무심히 내리는 눈의 이미지는 전봉준의 울음에 빗댄 현실의 억압과 그 현실을 감내하는 고통스러움을 상징적으로 드러낸 것이다. 억압적 사회 구조와 개인 사이의 어긋남을 드러내어 비판한다는 점에서 황동규 시는 사회 구조에 대한 반성적 사유의 산물이다. 현실과 서정적 자아의 긴장된 균형감을 잃지 않는 황동규의 비판의식은 1970년대의 억압적 정치 현실을 거치면서 심화되어 간다.

2) 전통적 서정의 새로운 면모

전통적 서정성의 바탕 위에서 내면적 서정의 주체적 모색을 꾀한 시인으로 박재삼을 들 수 있다.

박재삼은, 화전민 의식으로 명명된 전후의 공간이 어쩔 수 없이 서구문학에 맹목적으로 이끌리고 서정적 자아의 목소리를 외국 문학에서 배운 생경한 시어로 채색하는 분위기 속에서 전통의 유산 가운데 건져낼 것이 있음을 보여준 시인이다. 박재삼 시가 지닌 슬픔의 정서는 소월의 시로부터 유구한 흐름을 지닌 것이지만 슬픔에의 자기 방기라는 위험성을 지닌 것 또한 사실이었다. 슬픔의 자기 탐닉이라는 함정을 넘어서 전통적 한을 개성적으로 표현하는 박재삼 시의 저력은 정서의 창조적 조형과 구어체 시어의 활용에서 비롯된다.

감나무쯤 되랴,
서러운 노을 빛으로 익어 가는
내 마음 사랑의
열매가 달린 나무는!

이것이 제대로 뻗을 데는 저승밖에 없는 것 같고
그것도 내 생각하던 사람 등뒤로 뻗어가서
그 사람 머리 위에서나 마시막으로 휘드러실까본데,

—박재삼, 「한」 부분

마음속의 그리움을 감나무로 치환하고 그 색채의 심상에 힘입어 삶의 종말과 사랑의 농밀함을 시각화하는 박재삼의 시는 방만한 슬픔을 억제하는 동시에 정서적 환기의 효과를 높인다. 자연물의 심상을 적절히 사용하는 데서 오는 서정적 효과와 슬픔의 공유, 남도 사투리를 도입한 구어체 시어는 자기 위안의 차원을 넘어서는 슬픔의 역동적인 국면을 보여준다. 박재삼이 보여준 슬픔의 시각화는 당대 한국인의 한과 비애를 전달한 적절한 틀이었다고 볼 수 있다. 그러나 이 슬픔이 현실의 구체적 경험에서 비롯된 것이었다 할지라도 사회적인 통로를 갖지 못한 채 제한된 범위에 국한된다는 점은 박재삼 시의 한계로 지적할 수 있다.

3) 내면적 자아의 고독한 언어 실험

파행적 근대사의 와중에서 개인의 실존에 어떠한 논리적 명분도 발견하지 못한 김춘수는 현실이 주는 가혹한 폭력에서 벗어나기 위하여 무의미시를 창작하고 그 무의미시를 통하여 현실을 소거하고 역사를 무화시킨다. 자유 연상 체계로 짜여진 내면 지향의 시는 시인에게 절대 자유의 영역이 된다. 역사의 허구와 현실의 억압을 벗어나려는 김춘수의 시쓰기는 순수한 서정의 주체를 정립하려는 모색의 산물이다. 자아 내면에서 고독하게 언어와 만나는 시를 통해 김춘수는 독자적 자유를 구축한다.

> 胴體에서 떨어져 나간 새의 날개가
> 보이지 않는 어둠 속을 혼자서 날고
> 한 사나이의 무거운 발자국이 地球를 밟고 갈 때
> 허물어진 世界의 안쪽에서 우는
> 가을 벌레를 말하라.
>
> —김춘수, 「시 1」 부분

김춘수는 그의 시론을 대변해 준다고 여겨지는 시를 여러 편 보여왔는데 이 시는 그의 시적 작업을 규명할 수 있는 단서를 제공한다. 인용시에서 드러나듯 그의 시쓰기는 동체에서 떨어져 나간 새의 날개짓처럼, 세상 사물이 은폐된 어둠의 공간에서 이루어진다. 그 공간은 세상의 사물을 보는 것이 불가능한 공간이며 스스로 말하고 듣는 것만이 가능하다. '말하라'는 종결어미가 드러내듯 가을 벌레의 울음은 '허물어진 세계의 안쪽'에서 가능한 자기 명령이다. 그러한 자기 명령을 준수할 때 그는 독자적 자유를 획득한다. 그러나 그 자유란 외부와의 상호 작용을 배제한 밀실의 자유에 가깝다.

사회 역사적 의미가 배제된 시적 자유의 향유라는 점에서 이승훈의 초기시는 김춘수의 시적 방법과 닮아 있다. 1960년대의 젊은 시인들이 주축이 된 『현대시』 동인인 이승훈의 초기시는 개인의 독특한 영역에서 지성적 언어의 연마에 바쳐진다. 시의 언어가 울리는 곳은 타인을 배제한 나만의 공간이며 스스로 발화자가 되고 청자가 되는 공간이다.

폐쇄적 의사 소통의 시는 발화자의 고독한 내면을 드러낸 것임은 물론 현대 사회의 단절되고 고립된 경향을 반영하는 것이다. 이후 그의 시가 나에게 발원하여 나로 회귀하는 밀폐된 절대 공간을 벗어나 '당신'과의 가교를 구축한다는 것은 초기시의 폐쇄된 자유에서 새로운 출구를 여는 것으로 이해할 수 있다.

2. 산업시대와 시의 현실 대응력

4 · 19가 가져온 자유의 이념과 그것의 좌절이 1960년대 문학의 사회적 토양이었다면 자유민주주의의 좌절이 주는 중압과 급격한 경제 개발의 어두운 이면은 이후 문학의 사회 정치적 여건으로 자리한다.

1970년대의 시인들은 전대 시인들에 의해 감행되었던 삶에 대한 회의와 질문을 본격적으로 개진하고 정치 세력에 의해 주도되고 왜곡된 삶의 실상을 의심하고 질타함으로써 현실과 뚜렷하게 맞선다. 시는 현실의 순간적인 이해이며 발견이 아니라 지극히 커다란 사회의 구조에 대한 통찰이자 역사적 도정 위에 놓인 현실에 대한 각성이라는 측면으로 확대 심화되어 간다. 문학이 맞서야 할 사회의 부정적 구조가 복잡해짐에 따라 문학의 양상도 다기한 방향으로 진행되었지만 시적 상상력의 저변에 놓인 것은 문학적 주체의 정립과 이에 부응하는 시양식의 갱신이라고 할 수 있다. 사회를 비판적으로 바라보는 문학의 시선이 강해짐에 따라 분단이라는 역사의 질곡과 경제 개발의 논리에 희생당하는 압박받는 자들의 정서가 전면에 부각된다. 1970년대의 시인들이 보이지 않게 공유하고 있었던 것은 고향 상실에 대한 위기감이며 상실에 대한 복원 희구이다. 정신적인 면에서 고향 상실은 자기 동일성의 위기를 표현하는 일말의 부정적 징후를 제공하기 때문이다. 민중적 감성을 담은 시에서 고향 상실은 현실 훼손에 대한 직접 혹은 간접적인 계기로 작용하게 된다.

1970년대 문학의 토양이 된 산업사회는 외면적으로는 풍요로운 것이어서 문학의 양적 팽창을 가져왔다. 창작과 독자의 확대라는 긍정적 효과 이면에는 상업주의로 전락할 위험을 내포하고 있었으며 경박한 아류의 양산을 재촉하였다. 물질의 횡포에 맞서려는 사회 도덕적 열망이 내재된 시의 창작은 산업시대라는 사회의 중압을 헤쳐 가려는 문학의 직접적 대응이었다. 꾸준히 탐색되어 온 서정적 주체의 정립과 시 양식의 갱신은 이 시기에 보다 분명하고 심화된 형태로 드러난다. 새로운 시대의 변화를 문학적으로 수용하려는 노력의 일환이 기존의 서정 양식을 갱신하려는 개성적인 노력으로 나타나는 것이다.

1) 민중적 감성의 확산과 시의 저항적 동력

김수영이 지식인의 자의식을 바탕으로 사회와 만났고, 신동엽이 유토피아적 시원의 세계에 대한 향수 위에 있다면, 김지하는 훼손된 흙 그리고 원초적 생명력을 저해하는 사회 현실과 보다 직접적으로 만난다. 『황토』는 김지하의 시적 출발이 원초적 생명성의 저해와 그것에 대한 반발에서 시작된다는 것을 강렬하게 드러낸다.

황톳길에 선연한
핏자욱 핏자욱 따라
나는 간다 애비야
네가 죽었고
지금은 검고 해만 타는 곳
두 손엔 철삿줄
뜨거운 해가

땀과 눈물과 모밀밭을 태우는
총부리 칼날 아래 더위 속으로
나는 간다 애비야

—김지하, 「황톳길」 부분

김지하에게 있어 자아의 각성은 훼손된 대지의 생명력을 확인하는 일과 동시적인 것이다. '지금은 검고 해만 타'는 황토의 훼손된 생명력은 현실에 대한 반발의 원천이 된다. 그는 죽음으로 가득 찬 현실을 질타하고 최소한의 생존의 조건을 허락하지 않는 현실을 비판하여 시적인 저항력으로 충전시킨다. 현실의 억압이 거셀수록 그의 반발 또한 치열해지는 것이며 생명력의 회복이라는 당위성이 확고해진다. 억압에 대한 분노와 비판보다 그에게 중요한 것은 훼손된 생명의 회복이며 이것을 이루기 위해서는 '죽음의 허리'를 넘어 '파멸의 시간'(「피리」)을 견디어야 한다는 처절한 자기 확인이 필요하다. '외로운 벌거숭이 산'에 '내일은 한 그루 새푸른 솔'(「빈 산」)이 존재한다는 신념이 김지하 초기시의 원동력이 되는 것은 원초적 생명력의 복원 의지에서 기인한다.

장시 「오적」은 김지하의 시적 작업이 전통의 민중문학인 판소리와 탈춤의 재담을 계승한 것임을 드러낸다. 김지하는 민중의 적층적 생활감정과 비판 정신이 스며 있는 판소리 사설과 탈춤의 대사를 적극 활용한 사회 풍자를 감행함으로써 전통의 계승뿐 아니라 민중의 정서가 뿌리를 드리운 곳을 재발견하고 이후 민중시가 나아갈 방향에 의미깊은 시사점을 던진 것이라고 할 수 있다.

전래의 구비문학에서 민중적 감성을 발견하고 이를 서정적으로 포괄하였다는 점에서 신경림의 작업 또한 주목된다. 그에게 민요의 도입은 시적 방법의 차원일 뿐 아니라 의식의 차원에도 깊이 개입되어 있다. 신경림의 시는, 현재 사라지고 있으며 또한 조만간 사라질 위기에 있는, 아직은 소박한 삶의 정취가 배어 있는 힘없고 외로운 고향 사람들의 삶의 정서를 실감나게 전해 주기 때문이다.

장날인데도 무싯날보다 한산하다.
가뭄으로 논에서는 더운 먼지가 일고
지붕도 돌담도 농사꾼처럼 지쳤다.

아내의 무덤이 멀리 보이는
구판장 앞에서 버스는 섰다.
나는 아들놈과 노점 포장 아래서
외국 자본이 만든 미지근한 음료수를 마셨다.

—신경림, 「산읍기행」 부분

그에게 고향은 풍요한 추억으로 분식되는 고향이 아니라 옹색하게 추웠던 경험을 그대로 반영하는 공간이며 현재의 산업화 이면에서 더욱 궁색해져 가고 있다는 서글픔이 배어드는 곳이다. 그가 산업사회의 이면에서 소외된 농촌의 궁핍하고 서러운 정서를 효과적으로 표출해 낼 수 있었던 기저에는 과거의 곤궁한 삶에서 민요가 그러했던 것처럼 서러움과 위안의 정서가 놓여 있다. 산업화 시대의 외형적 풍요 속에 그늘진 농촌의 현실을 직핍하게 그렸으며 간결하고 절절한 목소리로 가난한 고향 사람들의 노여움과 정한에 목청을 틔워 주었다는 평가는 이런 점에서 적절하다.

아침 노을의 아들이여 전라도여
그대의 이마 위에 패인 흉터, 파묻힌 어둠
커다란 잠의, 끝남이 나를 부르고

죽이고, 다시 태어나게 한다.

—이성부, 「전라도 2」 부분

원천적 생명력이 저해당하는 공간은 1970년대 민중시의 중요한 시적 감성의 토대가 된다. '나'를 불러 각성케 하는 것은 이마 위에 놓인 흙터를 바라보는 것과 동일하다. 즉, 자아의 각성과 훼손에 대한 인지는 동시적으로 이루어지며 등가의 가치를 지닌다. 이 시에서 훼손된 자의 정서는 현실에 대한 반발력으로 작용하고 현실을 변혁하려는 의지로 전환된다. 자아의식의 확인이 전라도라는 소외되고 고통받는 공간을 빌려 이루어진 사실은 이성부의 시가 개인적 자각을 넘어서 집단적 공감과 힘의 연대를 꾀하고 있음을 알아차리게 하는 요소이다. 이것은 1970년대 민중시가 가진 문학적 인식의 확대이며 문학이 사회에 대하여 가지는 역량이 증대하였다는 사실을 입증하는 한 예에 해당하는 것이다.

김지하, 이성부와 더불어 조태일, 정희성, 김창완, 최하림, 이시영의 시는 물질적 풍요 이면에 가려진 고단한 삶을 포착하고 민중적 일상의 삶을 형상화했다는 점에서 산업화 시대에 대응하는 주체적 노력의 소산이며 시의식의 갱신이라고 말할 수 있다. 소외된 민중의 집단적 정서에 의해 뒷받침된 문학이 현실에 대한 수동적 반응으로부터 한 걸음 나아가 능동적이고 주체적인 사회적 응전력을 보인 것이다. 산업사회의 풍요에서 소외된 도시 노동자의 곤핍한 삶과 피폐해진 농촌의 삶에 대한 관심과 연민은 산업화 시대라는 새로운 사회 조건과 맞서는 문학적 대응의 소산이라고 볼 수 있다. 이 부분은 1970년대 시문학사가 획득한 귀중한 성과이면서 1980년대로 이어져 더욱 심화될 여건을 마련해 주고 있는 것이라고 할 수 있다.

2) 사회와 서정적 자아의 불화에 대한 언어 미학적 탐색

철학적 사색이 담긴 사물의 생명력을 발랄한 이미지로 제시한 정현종은 언어 미학이라는 무기를 활용한다. 그는 시가 역사의 패배와 사회의 결핍상을 드러내는 데 바쳐지기에는 부족하다는 점을 인식하고 문학의 생명력으로 결핍과 패배를 충족시키려 한다. 그 충족은 발랄한 상상력으로 인해 가능해진다.

> 그 잎 위에 흘러내리는 햇빛과 입맞추며
> 나무는 그의 힘을 꿈꾸며
> 그 위에 내리는 비와 뺨 비비며 나무는
> 소리내어 그의 피를 꿈꾸고
> 가지에 부는 바람의 푸른 힘으로 나무는
> 가지의 생이 흔들리는 소리를 듣는다.
>
> —정현종, 「사물의 꿈 1—나무의 꿈」 전문

사회의 위압적 분위기가 주체의 정립을 가질 여유를 허락하지 않으며 거대한 사회의 흐름에 맹목적이고 기계적으로 포섭시키려는 사회상황에 대응하여, 일상성과 소시민성에 개탄하고 분노하는 것 이상으로 현실의 곤고함을 대체하는 삶의 발랄함이 중요하며 그것을 시의 상상력을 통해 보여주겠다는 것이 정현종의 의도이다.

사물과 하나되는 절대적 친화성을 통해 시인은 역동적 삶을 꿈꾼다. 그 활달한 역동적 삶은 현실에 대한 절망적 상황을 동전의 뒷면으로 가진다. 그는 '사물을 잘 아는 것이 방법적 사랑'이고 그 '사랑의 표현'인 노래를 통해 '노래가 신나게 흘러 다니는 세상'(「사랑사설하나」)을 꿈꾸는 가인(歌人)이 되고자 한다. 이 가인에의 꿈을 쉽사리 달성하지 못하도록 하는 완강한 현실이 상상력의 이면에 자리하고 있다. 그

완강함을 떨치고 솟아오르는 방법적 무기는 물활적이고 감각적인 상상력이다. '거짓을 사랑함'으로써 도저한 '거짓'(「그대는 별인가」)을 덮겠다는 시인의 의도는 고통을 먹고 자란 초록빛 꿈으로, '상처에 뿌리내린 꽃'(「눈보라에 뿌리내린 꽃」)으로 세상을 채우려는 역동적 상상력을 통해 드러난다. 우화의 수법과 상징을 폭넓게 구사하는 그의 시쓰기는 시대의 중압으로부터 삶 자체의 약동감을 회복하려는 개성적 서정 추구의 결실이다.

산업시대의 시가 더 이상 전통적인 서정시의 고답적인 문법에 머물기 어렵다는 점을 간파한 오규원은 물신시대를 사는 개인의 주체성 확보의 위기를 기지에 찬 언어로 드러내어 또 다른 시양식을 보여주었다.

> 詩에 무슨 근사한 얘기가 있다고 믿는
> 낡은 사람들이
> 아직도 살고 있다. 詩에는
> 아무것도 없다.
> 조금도 근사하지 않은
> 우리의 生밖에
>
> —오규원, 「龍山에서」 부분

오규원이 애써 거부하는 것은 관습과 일상성에 물든 언어이다. 일상적인 언어는 그에게 파괴와 전도의 대상이 된다. 관습적 공감이 바탕을 이루는 '시쓰기' 행위 역시 그에게는 부정의 대상이다. 서정시에 대한 통상적인 믿음을 오해라고 판단하는 오규원은 종래의 서정시의 미덕을 추문화시키고 종래의 시적인 언어에 대하여 의심에 찬 눈길을 보내기에 주저하지 않는다. 시가 더 이상 근사한 것이 될 수 없다는 고백은 억압적 시대, 물신화된 사회와 맞서는 시의 주체적 갱신 의지를 담은 것이다. 시는 더 이상 근사한 어떤 것도 아니며, 시는 이제 산문임을 고백함으로써 역설적으로 산업화 시대의 시는 한층 발 빠른 대응력을 얻게 된다.

사물에 내재된 본질적 힘을 응시하는 조정권의 단정한 언어는 불필요한 정서의 자기 탐닉을 방지하려는 서정적 주체의 자각이 근간을 이루는 것이다.

그것은 내게 마악 솟아나온 새싹과도 같은 것이었습니다.

저마다의 선택된 벽을 스스로 뚫고 솟아나와 내려다보면 한 치나 될까 한 짧은 키들로 조그마한 얼굴을 드러내 보이며.

흙 속에서 키워온 중심 잡힌 눈이며 귀며 양 어깨에 접어 세운 날개죽지며 그리고 둘레에 잔잔히 흐트러져 떨어지는 빛나는 햇살 줄기들—

그것은 스스로의 안정된 무게와 몸짓과 보이지 않는 것들로 하여 줄기찬 생활의 날개를 서서히 펴는 것이었습니다.

—조정권, 「힘」 전문

조정권의 시가 견지하는 수직적 상승 의지는 구체적인 현실의 경험을 바탕으로 한다. 상승을 위한 힘은 현실의 개념적이고 당위적 이해에서 오는 것이 아니라 새싹의 힘에서 감지되는 것이다. 지표를 뚫고 상승하여 자신의 영역을 확보하는 노력은 중심 잡힌 눈과 안정된 무게로 가능하다는 것은 조정권의 시 인식일 뿐 아니라 시작의 태도에까지 연계된 것이다. 현실의 추상적 이해를 배제한 채, 균제된 언어 훈련 속에서 점진적인 의식의 상승이 가능하다는 인식을 그의 시가 보여주기 때문이다.

송수권은 소외된 사람들의 서러운 삶을 전통적 가락으로 다듬어내어 전통 서정의 한 가닥을 보여준다.

말없이 잠든 초당 한 채
그늘을 친 오동꽃 맑은 향 속에서
누가 唐音을 소리내어 읽고 있다.
그려낸 먹붓 폄을 치듯
고운 색실 먹여 아뀌틀면
어머님 한산 소매 끝에 지는 눈물
오동잎새에 막 달이 어린다.

—송수권, 「刺繡」 부분

조정권이 남성적인 어조로 상승하는 힘의 본질을 파악하려 한다면 송수권이 그리는 정한의 세계는 한국 전통시의 비애 혹은 여성주의와 적지 않은 관련을 지닌다. 그의 시가 바탕에 깔고 있는 비애와 여성주의는 함부로 슬픔의 정서에 함몰되지 않는 단단함을 동시에 보여주는데 이는 정서를 통어하려는 시인의 의지가 개입되어 있기 때문이다. 수를 놓듯 공들여 지어내는 섬세한 언어 배치가 과장된 슬픔을 봉쇄하고 정서적 감응력을 높이는 것이다.

전통적인 서정을 바탕으로 투명한 절대 세계로의 정신적 도약을 그려낸 이성선과 토착적 정서의 복원을 보여준 권달웅, 일상 세계에서 삶의 진정성을 모색하는 정진규의 산문적 리듬, 사물의 투시를 통해 형이상학적 사유를 빚어낸 오세영의 시는 산업화 사회의 소외와 황폐함으로부터 서정시 본연의 자기 동일적 상상력을 회복하고자 한 것이다. 이들의 시적 작업은 산업사회의 외형적 풍요와 과장된 사회 현실과 대척점에 서는 서정성이 바탕을 이루고 있다. 이들은 언어를 통어하는 규제의 미학으로 부박한 물질이 횡행하는 삶과는 거리를 유지함으로써 서정적 주체의 위상을 마련한 것으로 파악할 수 있다.

3. 주체적 시문학의 정립을 위한 모색과 실천

1960년대와 1970년대의 시문학사에 새로움이 있다면, 그 새로움이란 현실에 대한 객관적이고 총체적인 사유에서 비롯되며 여기에 기반한 새로운 문학적 양식의 과감함으로 이어진다는 점에서 찾을 수 있다. 문학사의 실천적 새로움은 과거 문학의 단절이 아니라 연계와 극복이고 이러한 과정을 통해 얻어진 열린 체계 위에서 가능해진다.

1960년대와 1970년대의 시문학사에서 우리는 문학의 내적 그리고 외적인 성숙을 말할 수 있다. 1960년대 이후 우리 사회가 외형적인 면에서 서구 사회 추수의 경향을 짙게 드러내었고, 그러한 의미에서 산업화 사회라는 지칭이 가능하다면, 당대의 한국인에게 필요한 것은 자신의 삶을 지배하는 사회 구조에 대한 인식이었고 객관적인 현실 인식과 아울러 문학적 대응력의 구축이었다. 현실에 대한 보다 적극적인 깨달음이 있어야 한다는 인식은 문학의 생존 논리를 확고하게 할 수 있었던 근거였으며 당대의 문학이 외부적 요건에 이끌리는 것이 아니라 주체적 방향성을 가져야 한다는 점에서 문학의 주체적 위상 정립을 요청하는 바탕이었다. 우리 사회가 겪은 정치적 권위주의와 산업화는 문학의 주체적 자각을 위한 도정을 마련하게 되었다. 이러한 주체적 인식을 토대로 1960년대와 1970년대의 문학적 자각, 그리고 갱신의 폭과 갈래는 한층 심화되고 다양한 양상을 띠게 되었다. 문학의 범주에서 가능한 역사의 총체적인 흐름에 대한 회의와 현실 변혁의 논리를 마련했던 1980년대 문학은 1960년대와 1970년대가 마련한 문학사적 기반을 통해 가능했던 것이다.

견인(堅忍)과 소생(蘇生)의 변증법

—김지하의 시와 생명 시학의 원리

1. 하나의 씨앗을 위하여

지난 70년대와 80년대는 박해의 시대였다. 문학은 박해의 창 끝 아래 지하로 잠입하여 은인 자중하거나 순교의 길을 택하였다. 황량한 시대를 기억하는 사람들은 시대에 맞서는 문학적 응전이라는 십자가를 짊어지고 가파른 골고다를 올랐던 시인으로 김지하를 떠올린다. 이 지점에서 필요한 것은 김지하를 다시금 추앙의 대상으로 떠올리려는 회고보다는 그를 박해받았던 시대의 시인으로만 칭송함으로써 또 다른 십자가를 짊어지운 것은 아닌가라는 반성이다. 김지하의 문학은 충분히 당대적이었다. 거친 시대에 맞서서 가장 투철한 대응을 보여온 문학적 노력의 소산이라고 말할 수 있다. 진정한 지사가 드문 시대에 그는 지사로 만들어졌고 그 직함이 지금껏 김지하의 시를 읽는 시각을 이끌어 왔다. 현실과 문학의 지형이 변화된 지점에 서 있는 현재의 독자들 역시 과거의 사회적 · 문학적 지도 위에서 쓰여지고 제출된 김지하 시의 독후감을 또 다른 방향에서 그대로 수용하고 있는 셈이다. 이 글은 문학적 항거의 거센 물결을 건너 서정시의 새로운 위상을 정립할 필요를 지니고 있는 시대를 위한 것이다. 문학적 지사주의가 압도적인 시대에 김지하의 시가 지니고 있었던 위력은 만만치 않았다. 시정신의 치열함은 당대의 일회성으로 멈추는 것이 아니라 맞서야 할 또 다른 힘겨운 대상이 곳곳에 은밀하게 잠복해 있는 현재의 상황에서 새롭게 발휘될 수 있다. 우리는 김지하의 시를 분명 이 시대가 흡수할 자양으로 인정할 수 있다.

오늘의 문학으로 김지하의 시를 새롭게 읽기 위해서는 그의 시에 내재된 남다른 역동성에 주목할 것을 제안한다. 개별적인 시어들이 현실의 부정적 양태를 지양하려는 과정에서 연원한 것일지라도 시어가 합치되어 조형해내는 결과는 생성을 향한 부단한 운동성을 띠고 나타난다. 김지하 시가 드러내는 생성적 움직임에 주목할 때 농경적 상상력이라는 하나의 축을 발견할 수 있다. 농경적 상상력의 중심에는 소생을 예비하는 하나의 씨앗이 놓여 있다. 김지하의 시는 대지와 식물들, 그리고 인간의 노동을 재질로 하여 농경적 상상력을 빚어내며 이와 같은 상상력에 기댐으로써 불모의 땅으로부터 생명의 씨앗을 싹틔우는 소생을 기대할 수 있게 된다. 이윤의 분배와 소비에 더 큰 관심을 부여하는 우리에게 농경적 삶의 질서는 이미 달라져 버렸거나 혹은 일정한 사람들에게 국한되는 삶의 바탕으로 간주될 수도 있을 것이다. 조건과 양상은 달라졌을지라도 우리의 삶이 유기체적인 특성을 여전히 지니고 있다는 점을 부인하지 않는다면, 생명체의 소멸과 탄생, 생장의 과정을 집약적으로 드러내는 농경적 삶의 질서는 생존의 기본적이고 역동적인 흐름을 부각시키는 상상력의 구조로서 유효성을 지닐 것이다.

우리가 염두에 두어야 할 것은 김지하의 시가 이루어내는 농경적 삶이란 경제 구조로서의 농업과는 거리가 먼 것이며 도시 문명의 단순한 대타 개념을 벗어난다는 점이다. 농경적 상상력은 자연의 질서에 근거하여 하나의 문학적 사유의 씨앗이 새로운 생명력을 획득하기 위하여 설정된 방법적이고 비유적인 통로이다. 하늘과 대지, 인간의 힘이 조화롭게 발휘될 때 소망하는 바를 얻을 수 있는 것이 농경적 삶의 모습이며 어느 하나가 과도하거나 현저하게 부족하다면 생명을 탄생시켜 열매 맺는 단계에 이르지 못한다. 화합과 순리가 강조되는 농경적 삶은 대지의 의미를 통해 가장 생생하게 구현된다. 대지는 춘하추동의 계절적 순환을 통해 식물의 생장을 주관할 뿐 아니라 인간의 삶에 이르기까지 영향력을 가진다. 농경적 상상력을 중심으로 논의의 축을 설정하는 것은 김지하의 시를 읽는 유용한 방법이 될 것이다.

2. 해만 타는 황토에 퍼지는 통곡, 불모의 대지와 생명력의 소모

김지하의 시가 몸을 일으킨 곳은 척박한 황토였다. 그 황토는 어떠한 생명의 성장도 용인하지 않는 처절한 불모지이다. 생명성을 중시하는 농경적인 관점에서 보자면 아무런 생장이 이루어지지 않음으로써 삶의 가능성이 박탈된 공간이다.

황톳길에 선연한
핏자욱 핏자욱 따라
나는 간다 애비야
네가 죽었고
지금은 검고 해만 타는 곳
두 손에 철삿줄

뜨거운 해가
땀과 눈물과 모밀밭을 태우는
총부리 칼날 아래 더위 속으로
나는 간다 애비야
네가 죽은 곳

—「황톳길」 부분

나의 발 아래 놓인 황토는 삶이 뿌리내릴 수 없는 불모의 땅이다. '핏자욱', '죽었고', '탄다', '태우는' 등의 시어에서 황토가 유기체의 성장 가능성이 박탈된 불모의 땅이며 죽음의 자리임을 확인할 수 있다. 생명력의 근원인 피가 소모적인 형태로 흩뿌려진 황토는 불모성을 단적으로 드러낸다. 농경적 상상력의 범주에서 죽음은 대자연의 순환 체계 위에 놓인 하나의 과정으로써 또 다른 생명의 탄생과 성장을 위한 바탕을 마련한다는 의미를 지닌다. 개체의 삶은 '죽음'으로써 대지로 되돌아가며 새로운 생명을 위한 토양을 이룬다. 삶은 일회성에 머물지 않고 순환을 이루어 또 다른 생명성으로 연계되기 마련이지만 이 시에서 드러나는 죽음은 농경적 순환성에서 이탈되어 있다. '가마니 속의' 죽음은 대지로 돌아가는 순환성을 띤 죽음이 아니다. 병렬적으로 부각되어 있는 '애비'와 '나'의 죽음은 삶의 소모적이고 피폐한 국면을 극한적으로 드러내는 것이다. 황토는 살아 있는 모든 것이 생명력을 잃고 마는 죽음의 자리이다.

대지의 불모성을 더욱 강렬하게 만드는 것은 '작은 꼬막마저 아사하는 길고 잔인한 여름'의 '뜨거운 해'이다. 여름은 생장을 위한 계절이며 태양의 빛은 생장을 위한 필수적인 요소이다. 「황톳길」의 '해'는 풍요를 약속하는 빛 대신 '땀과 눈물과 모밀밭'을 태우는 열기만을 내뿜는다. 태양의 무자비함은 '총부리 칼날'의 폭력성과 동일한 의미를 지닌다. 태양이 폭압적으로 내리쬐는 땅, 그곳에 뿌리내린 모든 것은 고사(枯死)되고 만다. 살아 있는 것들이 고사되는 여름은 조화로운 질서가 파괴된 현실의 부당성을 상징적으로 나타낸다. 성장을 위한 여름이 조화로운 질서의 세계라면 그와는 대척점에 서 있는 황토의 정황이 분노와 비탄의 언어로 표출되는 것은 당연한 귀결이다.

산 채로
산 채로 묻힌 붉은 흙을 헤치고
등에 칼을 꽂은 채 바다로 열린 푸른 눈
썩은 보리와 갈라진 논바닥이 거기서 웨치고
거기서 나의 비탄은 새파란
불꽃으로 변한다. 너는 타느냐

—「성자동 언덕의 눈」 부분

척박한 땅에서의 삶은 단지 생명력의 소모 과정일 뿐이다. 생명력이 상실되어 가는 황토는 부정의 대상이며 비탄이 분출되는 장이다. '산 채로 묻힌 죽음'이라는 모순어법 속에서는 생명의 이치를 거스른 죽음의 부당성이 노정되어 있다. 자연스런 생명의 순환을 강제로 차단하는 칼에 의한 부당한 죽음은 대지로 귀속되지 못한다. 죽음을 담은 '원한의 눈'은 대지를 거부하고 바다라는 이질의 공간을 향한다. 순조롭지 못한 죽음은 삶 전체를 부정적인 양상으로 귀결시킨다. '썩은 보리'와 '갈라진 논바닥'은 삶을 의탁할 수 없는 대지의 부정적 양상을 직접적으로 드러낸다.

무성하던 삼밭도 이제
기름진 벌판도 없네 비녀산 밤봉우리

웨쳐 부르든 노래는 통곡이었네 떠나갔네
〔… 중략 …〕
삶은 탁한 강물 속에 빛나는
푸른 하늘처럼 괴롭고 견디기 어려운 것
송진 타는 여름 머나먼 철길을 따라
그리고 삶은 떠나가는 것

—「비녀산」 부분

있어야 할 것과 있어야 할 것이 없는 세계 사이의 어긋남이 '통곡'을 낳고 '떠나감'이라는 행위로 연결된다. 척박한 삶의 비극을 극명하게 드러내 주는 통곡에는 있어야 할 세계 즉, 무성하던 삼밭과 기름진 벌판에 대한 그리움이 내재되어 있다. 떠나감은 뿌리 뽑힌 삶의 비극을 드러내는 동시에 암담한 주변 정황을 벗어나 소망스러운 세계를 꿈꾸는 의지에서 발현된 것이다. 통곡과 떠나감이라는 고통스런 삶의 양상에는 갱생을 향한 시도가 함축되어 있다. 생명의 낌새를 찾아가는 떠나가는 길에는 어두운 표랑(漂浪)과는 구별되는 기름진 벌판에의 복귀라는 목표가 설정되어 있음을 감지할 수 있다.

벌거벗은 내 생각의
새 뿌리가 자라는 곳
뒷골목의 시궁창 까마귀 벌판

—「뒷골목의 시궁창 까마귀 벌판」 부분

김지하의 초기시에서 두루 산견되는 대지의 불모성은 시인의 의식을 드러내기 위한 상징 체계로서 유효한 기능을 지니는 것과 아울러 황폐한 사회 역사적 상황에 대한 암시로도 읽힐 수 있다. 척박한 상황에서 비롯된 거부의 언어는 '삶은 수치였다 모멸'이었다는 절규를 보이지만 '죽을 수도 없었다'(「결별」)는 처절한 긍정을 낳는다. '죽을 수도 없는 삶'에 대한 확인이야말로 생존의 질긴 뿌리를 이루는 것이며 궁극적으로는 풍요한 대지를 향한 모색으로 이어진다. 부재의 세계를 지나 비옥한 땅을 일구기에 아직 현실은 참담하고 가능성은 닫혀 있다. 뿌리내릴 만한 곳이라고는 버려지고 음습한 시궁창이며 죽음을 보고 근접하는 새만이 날고 있는 벌판이다. 더럽혀진 땅에 뿌리내리는 거친 수궁의 자세는 삶 지체를 저버릴 수 없다는 인식이 낳은 최소한의 선택이다. 박토의 삶이 고단하다 할지라도 피안은 없다. '아무도 오르지 않는' 공허함과 비탄이 온 산과 들을 감싸도 '숨어 타는 숯'이 '내일의 한그루 솔'이 되리라는 가능성이 '깊고 깊은 저 흙 속에'(「빈산」) 숨어 있다는 희망을 놓치지 않는다. 불모의 땅에 대한 비감어린 절규가 초기시의 집중된 표현이었다면 소생의 가능성에 관한 조심스러운 탐색은 이후 시의 과제가 된다.

모든 곡식을 태우는 태양의 폭압적인 힘 아래 놓인, 생명력의 소모적인 출혈이 선명한 황토의 불모성은 시인의 출발지이며 그의 시적 사유가 앞으로 풀어 가야 할 문제를 안고 있는 땅이다. 그곳은 유기체의 온전한 생장을 가로막는 소모와 부정의 세계이다. 생명체의 탄생과 성장의 순환 체계가 차단된 곳이다. 아무것도 살아 숨쉬는 것이 없는 빈한함을 안겨 주는 대지는 완전한 불모의 땅인가, 소생의 기미는 진정 찾아질 수 있을 것인가.

3. 불모의 대지 일구기, 순환적 질서에의 참여

「애린」 연작시가 드러내 보이는 것은 대지에 숨결을 불어넣어 다시금 생동케 하려는 모색의 과정이다. 황토의 마른 흙을 거부했던 화자를 에워싼 것은 아무런 가능성도 꿈꿀 수 없는 영어(囹圄)의 공간이다. 감옥의 네 벽은 생명을 위축시키고 다른 생명체와의 유대를 차단한다. 삶의 가능성이 봉쇄된다는 점에서 황토의 불모성과 감옥의 폐쇄성은 동일한 의미망을 지닌다. 생명의 기미를 찾아 나서는 시인에게 감옥은 넘기 어려운 장애이지만 동시에 살아 있는 것들의 가장 미미한 징후들을 정밀하게 감지해낼 수 있는 공간이라는 역설적 의미를 지니기도 한다. '시멘트 벽'은 공간의 폐쇄성을 만들어내지만 벽으로 말미암아 생명체의 소중함이 대조적으로 두드러지게 되는 것이다. 아주 작은 틈이 생명의 비밀을 불어넣어 주는 가장 큰 통로이며 작은 풀씨가 가장 큰 생명성을 드러낸다.

> 감옥이라도
> 하늘만은 막지 못해
> 밤마다 두견새 와서 울고
> 시간이 무너진 자리
> 귀틀상자에도 봄이 와
> 하얀 민들레씨 가득히 날아든단다
> 사람이 그만 못하랴
> 이 봄엔 물구나무를 서겠다
>
> —「물구나무」 부분

감옥은 자연의 이법이 차단된 공간이다. 자연스런 시간의 순환에 따르는 흙의 숨결이 배어들 여지가 없는 곳이다. 단지 시간의 기계적인 흐름만이 존재하는 그곳을 화자는 시간이 무너진 자리로 명명한다. 그 닫힌 공간에 생명의 흐름을 불어넣는 틈새는 하늘을 향해 위로 열려 있다. 감옥에 갇힌 사람과 대비되는 두견새가 감시하는 이가 없는 밤 시간에 와서 울고 새처럼 자유롭게 허공을 떠도는 민들레 씨가 날아들어 계절적 시간이 봄임을 알린다. 이로써 물리적인 시간에 불과한 무미 건조한 봄을 만물 소생의 농경적 시간으로 바꾸어 놓는다. 사람인들 봄이 이루는 생명력의 소생에 교감하지 않을 수 있을 것인가. 식물의 뿌리와도 같은 발을 씨앗이 날아드는 공간인 하늘로 향함으로써 나도 소생 기미를 받아들인다. 물구나무서기는 소생을 향한 절실한 염원의 소산인 것이다.

화자는 '쇠창살'의 제한된 통로를 통해

> 작은 풀씨 속에서 초원이 자라는 것
> 좁은 빈 틈에서 폭풍이 터져나오는 것
>
> —「안산」 부분

이라는 가능성의 세계를 보게 된다. 감옥의 폐쇄성이 화자를 죄어들수록 작은 풀씨의 힘은 더욱 소중해진다. 풀씨가 지닌 원대한 가능성을 실현하기 위해서는 생명이 자랄 수 있는 땅을 향한 집중된 노력이 필요하다. 감옥이라는 완강한 공간성을 극복하기 위한 움직임은 작은 풀씨와 좁은 빈 틈에서 발현되어 드넓은 공간으로 용솟음친다. 감옥의 폐쇄성이 강압적일수록 열린 공간을 향하려는 화자의 의욕 또한 증대한다.

옥죄임을 벗어나 소생의 가능성을 실현하기 위한 지속적이고 끈질긴 탐색은 애린을 향한 부름으로 표현된다. '찬 것 모난 것 딱딱한 것 녹슨 것 낡고 삭아지는 것뿐'(「결핍」)인 공간에서 작은 풀씨가 내포하는 힘을 향한 구체적인 모색은 애린을 찾는 목소리로 드러난다. 애린은 유기체의 성장이 차단된 공간, 그 폐쇄의 극한에서 찾아진 생명력 추구 의지의 언어적 명명이다.

벽
그것뿐
있는 것은 그것 하나
살아있는 것은 아무 것도 없고 오직 하나
벽
그것뿐
내 마음에
내 몸에 몸 둘레에
너와 나 사이 모든 우리들 사이
벽
다시 벽
네 이름을 쓰는
내 그리움을 눌러쓰는
벽

—「벽」 부분

물리적인 의미에서 벽은 단절의 의미밖에 지니지 못한다. 벽은 살아있는 것들 사이의 유대를 가르며 나를 너와 분리시켜 가두는 고립성을 표상한다. 단절의 벽이라는 고립된 의미를 넘어서려는 노력은 벽이 네 이름이 쓰여질 수 있는 백지이며 너를 향한 그리움을 눌러 쓰는 견고한 바탕이 될 수 있다는 인식을 얻음으로써 전환의 계기를 마련한다. '너'는 현실의 강팍함 위에 쓰여진 이름이며 벽의 단절 위로 새겨진다. 그 이름은 벽의 견고함 위에 새겨짐으로 인해서 벽이 지니는 고체의 강인함을 획득할 수 있게 된다. 단절을 뛰어넘는 역설적 인식을 통해 애린이 내포하는 의미의 확고 부동함이 얻어진다.

완강한 벽 위에 그리는 '둥근 것'(「결핍」)은 애린의 본원적 의미를 표상한다. '딱딱한 데, 뾰족한 데 얻어맞고 찔려 산 내겐 환장하게 보드랍고 미치고 초치게 둥근'(「둥글기 때문」) 것을 갈구하는 이유는 삶의 회복으로 나아가는 길을 열어 준다는 점에 기인한다. 둥글다는 것은 자연의 이법에 순응하는 행위가 그려내는 궤적이다. 농경적인 질서는 거대한 순환의 고리를 따라 흘러간다. 순환을 이탈하거나 뛰어넘는 행위는 생명력의 소실로 귀결된다. 농경적 질서가 거부된 불모의 황토나 자연의 이법이 차단된 감옥의 공간은 모나고 딱딱한 세계이다. 모난 감옥의 귀퉁이에서 피폐해진 화자가 둥근 것을 갈망하는 본질적인 이유는 둥글다는 것이 자연의 순환적 이치에 순응하는 모양새를 보여주며 이는 자연의 질서에 이입되어 생장의 단계를 회복하는 것과 통하기 때문이다. '핏자욱'이 선연한 황토의 흙이나 감옥은 생산성이 박탈당한 땅이다. 척박한 땅에서 '동그라미를 대구 그려쌓는'(「결핍」) 손가락의 움직임은 굳은 땅의 흙덩이를 헤치고 갈아서 풍요한 생산이 가능한 대지를 일구려는 심경에서 우러나온 것이다.

그가 가장 더러운 똥조차 기꺼이 받아들이는 것은 이러한 비옥한 대지의 꿈과 통하기 때문이다.

> 똥만 보면 못 견디게 베어먹고 싶어
> 내 몸이 곧 흙이어설 게야
> 흙이 똥을 마다 안함
> 오곡이 장차 가득가득히 익어 끝내는
> 열매 열리게 될 터이어설 게야
> 똥 속에 배시시
> 애린이 웃어설 게야
>
> —「똥」 부분

온몸을 순환하고 버려지는 똥은 대지에 양분을 주는 존재가 됨으로써 자연의 순환에 다시 참여하게 된다. 하찮게 버려지는 것이 대지를 기름지게 하고 그것이 열매로 귀결되는 과정은 농경적 순환 질서를 단적으로 드러낸다. 그 원환의 과정에 '배시시 웃는' 애린이 있다. 애린의 가능성이 가장 소망스럽게 실현되는 모습을 보이는 것이다.

애린이 웃는 곳은 '파릇파릇한 애기파'가 자라나는 흙이다. '오곡이 익는' 흙의 풍요성을 실현하기 위해서 애린은 닫힌 공간을 떠나 '바람 부는 벌판'으로 가야 하며 '한떨기 들꽃으로 시뻘건 흙으로 살아'(「살림」)나야 한다.

> 네 발끝 흰 눈부심으로 가볍게
> 흰 빛을 딛고 춤추어라
> 애린
> 춤추어라
>
> —「또 남한강에서」 부분

춤은 지상을 걷는 동작과 날으는 동작의 중간 동작이다. 걷는다는 의미에서 지상에 근거를 두고 있고 난다는 의미에서 구애받지 않는 생명력의 현시를 의미한다. 애린이 발 디딘 곳은 모든 나무, 모든 풀이 하얗게 얼어붙어 생명력이 유예된 공간이다. 생명력이 위축된 공간에서 애린의 동작만이 홀로 눈부시게 펼쳐진다. 가벼운 애린의 춤동작은 얼어붙은 대지의 완강함과 대조를 이룬다. 생명의 생장과 보전이 유예된 공간을 딛고 풍요의 시간을 예비하려는 행위인 춤은 애린이 지닌 생명의 가능성이 동토(凍土) 위에서도 위축되지 않았음을 드러내는 것이다.

가끔씩
얼음에 갇힌 흙 꼼지락거려쌌고
풀씨 틔우려 이따금씩 보시락거려쌌고

—「원주길」 부분

위축되지 않은 생명성을 간직한 풀씨를 위해 대지는 딱딱하게 굳은 것이 아니어야 한다. 얼음이라는 벽에 갇힌 것일지라도 흙은 움직임을 멈출 수 없다. 애린을 부르는 목소리는 생명을 향한 갈망을 담고 있기에 얼은 땅의 꼼지락거림과 보시락거림이 주는 역동성을 탐지해낼 수 있다. 단단히 굳은 흙덩이를 헤치고 습기어린 바람을 불어넣어 흙의 꿈틀거리는 소리를 듣는 행위는 풍요한 생명력의 대지를 향한 바램에서 연유한 것이며 결국 애린을 부르는 화자의 목소리와 동질의 것이다.

4. 얼어붙은 대지 위에서 겨울나기, 그 인동(忍冬)의 지난함

자연의 이법에 동참하고자 하는 간절함은 대지에서 생기를 찾으려는 행위로 구체화된다. 대지는 식물이 성장하고 꽃 피우며 그것이 결실로 이어지는 풍요의 기반이다. 식물의 발아와 생장이 가능하기 위해서는 대지의 조건 또한 긴요한 것이지만 보다 중요한 것은 생장에 알맞는 계절적 조건이 구비되는 것이다. 비옥한 대지에의 꿈은 인위적인 힘이 미칠 수 없는 하늘의 이법이 함께 작용할 때 비로소 가능하게 되는 것이다. 농경 사회에서 보다 중요시되는 것은 초월을 통하여 질서를 뛰어넘는 도약이 아니라 천지의 순환적 질서와 생명의 씨앗 자체에 함유된 내재적 원리를 따르는 순행(順行)의 자세이다.

화려한 꽃과 열매를 얻고자 하는 갈망으로 조심스레 흙을 만져온 시인에게 부과된 자연의 질서는 유기체가 동면과 휴지(休止)에 들어서는 겨울이다. 생명의 발아와 화려한 개화, 열매의 꿈은 미래의 시간으로 물러앉고 기나긴 겨울이라는 유예의 시간이 기다리고 있는 것이다.

꽃샘철
잠시 한낮 세상은 적막
담 넘어오는 희미한 목소리 희미한 흐느낌
일찍 핀 매화 봉오리 가지째 찢어져
눈밭에 누워버린
누워 속절없이 시들어가는 꽃샘철
세상은 문득 적막

—「그 소, 애린 12」 부분

꽃샘철의 한기는 만물의 움직임을 잠재우고 시들게 한다. '흙파고 돌을 쌓고/똥을 치우고 비질을 하고/힘줄 솟은 손 찬물에 씻고나서// 밥 두그릇 김치감아 먹고 나서/방바닥에 누워 큰대자로 자'는(「그 소, 애린 23」) 건강한 노동의 즐거움은 사라졌다. 살아 있는 것의 움직임이 없는 세상은 적막한 것이며 아무리 귀 기울여도 희미한 흐느낌만 들려올 뿐 어디에도 건강한 웃음소리는 들리지 않는다. 겨울을 견디는 고고한 매화가지도 꺾여지고 만 절망감과 식물들이 하늘을 향해 자라나지 못하고 누워 버린 낙심의 무거움만이 대지를 뒤덮는다.

꿈꾸던 '무성한 잎새의 시절'은 도래하지 않고 다만 언제 끝날지 알 수 없는 '기인 긴 기다림'(「회귀」)만이 남는다. 겨울은 '가슴의 상상의 말들 뛰어달리던' 약동감이 사라진 '한때도 간' 시간이며 '명상의 별빛은 이마에서 스러지고 다리는 굳어 걷기조차 힘'(「하루살이」)든 무기력한 시간이다.

소생을 꿈꾸어 온 화자는 이제 모든 생명력을 동결시키는 겨울로부터 자신을 지킬 것인지 혹은 광포한 계절 앞에 넘어지고 말 것인가라는 긴박한 선택의 순간을 맞는다. 그 선택은 냉혹한 시간을 견딤으로써 생명의 씨앗을 지켜 화려한 꽃시절의 도래를 맞을 것인지 아니면 헛되이 삶을 소진시키고 말 것인가라는 생명의 보존 여부와 직결된 것이다.

북풍은 가슴을 꿰뚫고
이마 위에 눈 쌓인 시루봉이 차다

삶은 명치 끝에
노을만큼 타다 사위어가는데

온몸 저려오는 소리있어
살아라
살아라
울부짖는다

—「벼랑」 부분

눈 쌓인 봉우리는 생명의 온기가 스며들 여지없이 차기만 하다. 삶의 온기를 느낄 수 없는 싸늘함이 촉각적 감각을 통해 전달되고 있다. 냉혹함을 집약적으로 드러낸 산의 위용에 비해 화자가 영위하는 삶의 모습은 초라하기 그지없다. '사위어가는' 노을과 같은 온기로는 싸늘하게 식어 가는 체온을 회복시킬 수 없다. 쇠잔한 삶을 바라보는 화자의 위기감은 고조된다. 절명의 순간에 화자가 행하는 것은 온몸을 저려오는 전율을 동반한 실존적인 결단이다. 살고자 하는 울부짖음이 초라하게 사위어 가는 육신을 향해 절박하게 메아리친다. 살아내려는 내면 의지는 엄격한 자아 단련을 통해 실천된다. '쳐라/나를 쳐라/내마음을 쳐라/불타는 노을이여'(「쳐라」)라는 절박한 명령의 어조는 삶의 진정성을 회복하려는 자세에서 분출된 것이다. 노을은 삶의 시간인 낮을 지나 죽음의 시간으로 다가가는 순간의 마지막 광휘이다. 점차 사그라드는 노을은 최후를 태우는 허망한 빛으로 인해 역으로 화자를 단련하는 채찍이 될 수 있다. 겨울을 견디지 못하고 소멸할 위기에 있는 화자는 노을의 허망함을 빌어 최후의 예감을 가졌던 것이며 소멸을 앞에 둔 급박한 순간에 나의 삶은 '겨우 겨우' 영위되는 '둔한'(「쳐라」) 것이어서는 아니 된다는 강인한 결단을 표출하는 것이다.

스산한 것
어디 마음뿐이랴
아프다
온몸이 여기저기
동백마저 얼어 시커먼 이 한때를
속절없이 달랠 뿐
밤이면
별바래기로 올려 달래고
나 또한 한 떨기 허공중에
별자리로 누워 내리 달래고.

—「달램」 전문

생명의 기미를 보여주지 않는 겨울의 대지 또한 삶의 온기를 냉각시킨다. 마음의 스산함은 온몸의 통증으로 육화되며 얼어붙은 동백으로 전이된다. 위축된 화자의 심경과 시커멓게 얼은 동백은 등질의 것이다. 도피할 수 없는 '이 한때'를 보내기 위해서는 자신을 더 이상 훼손하지 않도록 달래야 한다. 이 시간은 영원히 지속되는 것이 아니라 분명 지나가 버릴 시간이다. 별을 올려다보는 화자의 행위는 변화하는 시간을 포착하려는 마음의 움직임이 낳은 것이다. 계절의 변화를 알기 위해 천문을 관측하는 것은 농경 사회에서 익숙하게 행해지던 방법이다. 대지는 얼어붙어 계절적인 시간의 변화를 가늠할 수 없으므로 하늘의 별자리를 올려다보며 스산한 '이 한때'가 가고 있음을 확인한다. 소생의 시간을 향해 움직이는 별자리를 보며 혹독한 시간을 견디고 나아가 스스로가 별이 됨으로써 천지는 변화한다는 조짐을 동토 위에 조심스레 펼쳐 보이는 것이다.

마음 산란하여
문을 여니

흰눈 가득한데
푸른 대가 겨울 견디네

사나운 짐승도 상처받으면
굴 속에 내내 웅크리고 있는 법

아아
아직 한참 멀었다.

마음만 열고
문은 닫아라

—「겨울에」 전문

생명력이 유예된 대지에서 만난 것은 냉혹한 계절을 견디는 대가 뿜어내는 의연함이다. 산란한 화자의 심경과는 대조를 이루는 대의 푸르름은 존재의 자기 응집력과 견인(堅忍)의 현시이다. 또한 제아무리 사나운 짐승일지라도 상처를 입으면 치유와 칩거라는 내면으로 집중된 순간이 필요하다는 지혜를 터득한다. 자연을 거스르지 않으려면 겨울이라는 인고의 시간을 감내해야 한다는 깨우침을 얻는다. '아직 멀었다'는 탄식은 견디어야 하는 겨울의 시간은 아직 길고 봄은 멀구나라는 뜻과 나는 자연의 이법을 온전히 배우기는 아직 멀었구나라는 이중적 의미로 읽힐 수 있다. 자연의 질서와 나는 아직도 현격한 거리를 두고 있다는 반성을 보여준다. 대를 바라보는 외향적 시선과 자신을 응시하는 내향적 시선이 통합되는 지점에서 성찰의 계기를 얻는다. 화자는 반성적 탄식을 통해 겨울을 견디는 현명함을 내면화한다. 겨울은 휴지와 동면이 이루어지는 계절이기는 하나 그는 자신을 완전히 가두지 않는다. 견인의 정신을 상징하는 대를 통해 인동의 지혜를 얻어 봄을 기다리는 마음은 열어 두고 차디찬 겨울의 광포함을 차단하도록 문은 닫아둠으로써 자신을 지킨다.

5. 내일의 대지를 위한 물 길어 올리기, 새로운 탄생에의 꿈

별자리를 올려다보면서 열어 둔 마음의 틈으로 그는 '겨울의 한복판'에서 '봄이 오는 소리'를 듣는다. 겨울을 견딘 씨앗만이 봄에 대지위에 뿌려져 싹트는 기쁨을 누릴 수 있다. 아무리 알찬 씨앗도 겨울을 이겨내지 못한다면 한갓 죽은 씨앗이 되어 자연의 순환적 질서에서 이탈되어 버린다. 자연의 이법에 참여하려는 꿈은 화자의 깊은 소망이 아니던가.

이 기이한 겨울 한복판
봄 오는 소리
또 한숨

—「한숨」 부분

깊은 겨울의 한복판에서 역설적으로 봄의 소리를 감지한다. 봄의 소리를 듣는 것은 그의 내부에 잠재되어 있는 생명의 소리를 듣는 것과 동한다. 별자리를 올려다보며 스스로를 달래었던 것은 깊은 겨울은 소생의 봄으로 이어지게 마련이라는 자연의 질서에 대한 신뢰가 자리하고 있었기 때문이다. 겨울이 깊으면 깊을수록 봄이라는 시간이 멀지 않았음을 증명하는 것이다. 봄이 오는 소리는 한숨처럼 미약하지만 그 한숨이야말로 얼어붙은 대지에서 들을 수 있는 소생의 기미이다.

'배운다/겨울 보리 여름에 먹고/여름쌀 겨울에 먹는 것/천지 이치를 배우는'(「겨울 거울 6」) 것으로 순환적인 자연의 이법을 확인하고 겨울을 견딤으로써 다가올 봄을 확인한다. 겨울은 소모적인 계절이 아니라 소생의 봄과 성장의 여름으로 다가가는 예비의 시간이라는 의미를 지닌다.

첫 봄 잉태하는 동짓날 자시
거칠게 흩어지는 육신 속에서
샘물 소리 들려라
귀기울려도
들리지 않는 샘물 소리 들려라

—「동짓날」 부분

겨울 깊은 동짓날에 봄을 꿈꾸며 육신을 수습하여 물 소리를 듣는다.

샘물 소리는 만물이 정지한 동짓날의 어둠 속에서 꿈틀거리는 대지의 소리이며 쇠잔한 나의 육신 가운데 고동치는 생명의 소리이기도 하다. 겨울이라는 현재적 시간에 집착한 귀로는 아무리 귀 기울여도 들을 수 없으며 오직 첫 봄을 꿈꾸는 자의 귀만이 들을 수 있는 소리이다. 그 물은 암담한 지층를 뚫고 솟아나 부활의 미래로 흘러간다. 샘물은 동짓날의 어둠을 씻어내는 정화의 물이며 소생을 준비하는 물인 것이다.

천리향은 시들고
동백도 자취 없다

가슴은 마당 복판에서 두근거리고
발은 이미 문을 나선다

현수막 현수막
찢긴 포스터들 어지러운데

홀로 샘물 길러 간다
내일 마실 물.

—「겨울 거울 7」 전문

뭇사람의 요란한 소리가 삶의 진정성을 보장해 주지는 못한다. 채워지지 못한 욕망들이 분출되는 자리에 널린 현수막과 포스터는 오히려 황폐함만을 가중시킨다. 강인한 생명력을 보여주는 식물은 어디에도 없다. 그러므로 그는 혼자이다. 살아 있는 것들의 움직임은 감지되지 않고 속화된 삶의 양상이 질펀한 한가운데를 그는 관통해 나아간다. 위축된 생명력과 공허한 외침 사이에서 아랑곳하지 않는 것은 내일의 시간을 바라보기 때문이다. 생명이 발아 · 생장하는 봄과 여름이라는 미래로 투영된 인식이 바탕이 되기에 홀로 샘물을 길러 가는 행위가 가능하다. 그 샘물은 오늘을 위한 물이 아니다. 내일을 위해 마련된 물이다. 장차 대지 위에 뿌려져 습기를 공급하고 생명의 싹을 틔우는 데 없어서는 아니 될 물인 것이다.

기나긴 겨울을 견딘 씨앗은 내부에 간직한 생명 원리가 외부의 시의 적절한 조건과 만날 때 새로운 생명체로 발돋움한다. 그 탄생은

> 사랑이여
> 탄생의 미묘한 때를
> 알려다오
>
> 껍질 깨고 나가리
> 박차고 나가
> 우주가 되리
> 부활하리.
>
> —「啐啄」 부분

라는 웅혼한 의지를 담은 언어로 표출된다. '啐'은 잠재된 생명성의 원리가 탄생을 향한 생명력의 최고치를 얻어 껍질을 깨고 외부로 박차고 나가려는 순간의 힘이며 '啄'은 탄생을 돕는 외부적인 힘이다. 줄탁은 소생을 위하여 준비된 내재적 작용과 외부의 시의성(時宜性)이라는 두 가지의 요인이 동일한 지점에서 일치되어 생명의 탄생을 이루는 찰나이다. 이 탄생은 농경적 순환 체계에서 보자면 겨울을 견딘 씨앗이 부활하는 의미로 이해할 수 있다. 불모의 대지와 고사의 계절을 지나 조심스레 대지를 일구며 생명의 꿈을 간직한 씨앗이, 인동의 지난함을

겪고 소생에 적절한 우주적 시간을 포착하여 생명의 가능성을 극대치로 이루어낸 것이다. 껍질을 깨치고 나간 부활은 농경적 삶의 원리가 가장 소망스럽게 발현되어지는 순간이기도 하다.

비옥한 대지의 회복과 소생을 향한 김지하 시의 기나긴 모색은 「啐啄」에 이르러 절정의 순간을 이루었다. 「啐啄」에 담긴 탄생이야말로 또 다른 완성을 지향하는 생명의 상승적 과정을 알리는 출발 지점이기도 하다.

6. 90년대의 새로운 시의 대지를 위하여

지금까지 우리는 농경적 상상력을 중심으로 김지하의 시가 지닌 의미 구조를 분석해 왔다. 주목할 것은 불모의 대지에서 부활의 꿈에 이르기까지의 김지하 시가 보여준 시의식의 집중력이다. 농경적 삶의 원리를 밟아 가는 과정을 통해 그는 궁극적으로 생명의 탄생 혹은 부활이라는 역동적인 힘을 발휘할 수 있었다. 부활에 이르는 도정은 우리가 삶을 보존할 수 있는 전통적이며 친근했던, 너무나 전통적이기에 오히려 생소하게 여겨지는 생명의 원리를 드러내 준다. 대지에 뿌리를 둔 농경적 삶의 질서는 근원적인 생명 원리에 닿아 있다. 김지하의 시가 지닌 상상력의 폭이 천지 자연으로 확대될 수 있는 것은 원초적인 삶의 원리를 체득하고 이를 시의 문맥 안에 구체화시켰기 때문이다. 김지하의 시를 주목할 수 있는 이유는 바로 여기에 있다. 그가 생명의 소생을 위하여 보여온 모색은 하나의 씨앗이 싹을 틔워 올리기 위하여 필연적으로 요구되는 실천적 노력이라는 의미를 지닌다. 생명의 발현은 인위적인 조건이 가해진다면 오히려 생명의 손상을 초래한다. 시인 자신의 표현을 따르자면 집착을 포기하고 끊임없이 비우려는 노력이 요구되는 것이다. 천지 자연의 질서를 거스르지 않으면서 생명의 순환적 연쇄를 이어 가기 위한 노력은 견인과 소생의 역동성으로 드러난다. 그의 시가 진정성을 가진다면 섣부른 타협이나 초월을 거부하고 대지를 일구듯 스스로의 심경을 다스렸으며 한 알의 씨앗이 천지의 조화로운 때를 기다리듯 위태하고 절박한 삶을 감내하며 부활의 의지를 지켜온 점에서 찾을 수 있을 것이다.

지나온 시대, 70년대와 80년대의 시적 숨결은 급박하고 또한 치열했다. 특히 시의 시대라고 불린 80년대는 '시'라고 명명될 수 있는 언어 양식의 폭이 보다 확산된 시기였다. 충격적인 발성법을 통해 기존의 서정 양식을 파괴하거나 현실 변혁의 이념을 직정적으로 드러냄으로써 시가 담아낼 수 있는 용량은 증대되었다. 사회 역사적인 의미를 감싸 안으려는 줄기찬 움직임은 시의 그릇을 넓혀 갔다. 90년대는 마음껏 넓혀진 시의 공간에서 누릴 수 있는 운신의 자유로움과 부담을 동시에 안고 있다. 시대의 어둠을 뚫으려는 방법적 모색이 지나온 시대가 보여준 시의 힘이라면 다가올 시대는 지난 시기와는 변별되는 시의식의 밀도 높은 응집력을 요구한다. 맞서야 할 완강하고 분명한 대상이 존재하는 대신 현실 전반에 미만해 있는 보이지 않는 어둠에 응전하기 위해 시의식의 두께를 확보해야 하는 변화된 지형 위에 서 있기 때문이다. 시의 발 빠른 대응이 역사적 유효성을 보장한 지나온 시대의 문학과 달리 시문학이 개인과 사회가 빚어 놓는 욕망의 그물을 포착하고 그 미망에서 벗어나기 위해서는 보다 집중된 힘을 필요로 한다. 시의 반성적 사유가 응집력을 지닐 때 현실에 대응하는 견고한 시적 전략이 가능해진다.

시적 사유의 집중력이라는 관점에 설 때 김지하 시가 형성하는 자장은 보다 분명하게 확인된다. 그가 30여 년의 시작에서 보여준 것은 불모의 대지로부터 소생에 이르고자 하는 집요한 탐색의 표현이기 때문이다. 불모의 땅을 일구고 숨결을 불어넣으며 혹독한 겨울을 견디는 정신의 힘은 생명의 부활에 모아진다. 주체의 빈곤이 가중되는 일상성의 늪에서, 물질의 풍요를 담보로 삶이 기계화되어 가는 척박한 도시에서 김지하 시에 담긴 소생을 향한 집중력이 새롭게 읽힐 가능성은 무한하다. 김지하가 열어 준 가능성의 실현이야말로 새로운 세기의 문학이 가지는 귀중한 척도가 될 것이다.

풍화의 삶에서 우화의 시에 이르는 여정[1]

—김명인론

1. 시간의 두려움과 쓸쓸함을 거쳐

시간에 기대어 사는 자에게 삶의 시간이 어떠한 해결책도 되어 주지 못한다는 사실을 깨닫는 것은 음울하다. 시인에게 있어 시간은 나무가 나이테를 얻어 삶의 둘레를 넓혀가듯 그렇게 삶의 두께를 보장하는 것이 아니다. 과거는 빈곤과 허기에 대한 기억으로 충만하고 추억을 지고 가는 시인의 어깨는 옹색하다. 추억은 시간의 길이만큼의 의미로 충만한 것이 아니었다. 추억의 풍경은 빈곤하고 너덜거리는 길을 걷는 그의 무릎은 회한의 서러움으로 힘겹다. 김명인 시인에게 빈곤의 추억은 개인의 차원에서 빚어진 것이기도 하지만 시대적 정황과 등가로 여겨질 만한 것이었다. 추억 속의 무기력한 아버지는 지나간 시간의 무기력하고 빈곤했던 사회를 말한다. 그는 추억의 누추한 진창길을 벗어

---

1) 이 글이 분석의 대상으로 삼는 시집은 1992년 간행된 『물 건너는 사람』(세계사)이다.

나 미래가 열어 주는 길을 찾아 나섰지만 그 길조차 용이한 것은 아니었다. 동경과 모험이 서린 듯 보였던 길은 쉽게 일상의 길로 대체되었고 시간의 흐름이라는 거대한 굴레에 갇힌 삶은 탈출과 쇄신의 꿈을 삭아내리는 먼지로 만들었다. 시인이 서 있는 자리는 바로 이 지점이다. 시집 『물 건너는 사람』에서 시인은 일모의 희미한 광선을 등에 지고 있으며 여전히 삭막하고 막연하기 이를 데 없는 땅 한 끝에 서 있다. 그는 이제 남은 저녁의 잔광을 바라보며 걸어가는, 쉴 곳이 마땅치 않은 자이다. 그러나 그는 걸어온 허방의 길만큼을 노래로 바꾸어 부를 줄 아는 자이다. 그가 들려 주는 처연하고 허무하고 쓸쓸한 노래에 귀 기울일 일이다. 그리고 생의 막막한 시간이 남긴 자취의 한 끝을 더듬어 볼 일이다.

2. 우리는 세월에 빌붙은 거지

시인은 먼 시간의 길을 걸어왔다. 첫번째 시집 『동두천』에서 시인은 '변두리 길목 흙먼지 뿌연' 공간에서 '시계를 고치면서' '흘러가버릴 시간을 되살려'(「逆流」) 놓으려는 막막한 바램을 안개 자욱한 길 가운데 펼쳐 놓았다. '풍화시킨 쉰살의'(「소금바다로 가다」) 세월 동안 시간은 동경만큼의 몫을 절망으로 돌려 놓았다. 시간의 먼지 속에 상처는 앙금처럼 가라앉아 있고 어두운 젊은 날의 한구석에서 고장난 시계를 고치며 몸부림치던 세상은 여전히 고장난 채이다. 교각을 치고 흐르는 물소리처럼 부대끼며 그는 '추억에 부딪쳐'(「逆流」) 멍든 현재를 되집어본다.

　내가 있고 없다는 것은

시간의 두려움과 쓸쓸함을 거쳐 마냥 가는 길
적막한 길들이 부려놓은 슬픔 더미들이
강 이쪽으로 모래 언덕을 이루며 쌓여 있다. 살아온
죄가 많아서 이마에 닿는
바람이 칼끝 같은 십일월의 강변에
십 년 전에도 나는 이렇게 서 있었다.

—「航跡」 부분

그는 바람 찬 세월의 강가에 서 있다. 세월의 물살은 그의 오래 묵은 상처를 씻어 주지 못하였고 세월의 강이 부려 놓은 상처의 더미들은 여전히 무겁다. 시간은 흘러도 미처 흘려 보내지 못한 상처의 자국은 선명하다. 십 년 전이라는 물리적 시간의 경과에도 불구하고 시인은 '아직도 상처를 욱신거리게'(「航跡」) 하는 통증을 가라앉히지 못하였고 살아온 만큼의 슬픔만이 쌓여 간다. 세상의 모든 시계는 십 년을 흘려 보냈지만 그의 시계는 홀로 상처 위에 멈추어져 있다. 삶의 시간이란 그렇듯 지혜롭게 체험의 무게로 퇴적되어 원만하고 둥근 포용력으로 굳어지는 것이 아니라는 것을 시인은 찬바람 속에서 감지한다. 그는 여전히 상처로 괴로워하고 정신적 허기로 고통스러워한다. 시인은 세월이 누적시켜 온 상처를 기억하는 자이며 끊임없는 삶의 허기로 고통스러워하는 자이다.

눈이 오려는지, 사람들은 죄다
가지들이 휘는 곳으로 귀를 달고
메마른 세상에서 오는
죽음의 버석거림을 듣고 있다, 문득 살아온 날의 상처로
새삼스러이 넓혀지는 것이 저 빈터의 경계라면

아무리 가까이 다가가도
가을은 허전한 空腹일 뿐, 어떻게 채워야할 줄 모르고
이제 새끼 치지 않은 짐승들만 어슬렁거리며
해거름 속을 돌아다니게 한다, 우리는
세월에 빌붙은 거지, 늙은
가을이 거두다 놓아버린 거지

—「가을걷이」 부분

시간은 그에게 가르쳐 준 것이 많다. 시인은 좀처럼 망각하지 않는 자이기에 자신이 어느 빈곤의 자리로부터 왔는지를 알고 있다. 오래 묵은 상처의 기억을 쉽사리 떨쳐내지 못하면서 무수히 반복되어 온 가을의 이름 아래에서 삶은 세월의 주름살을 안고 이제 덧없이 늙어 버렸다. 해시계의 분침이 한 바퀴를 돌아올 때마다 쌓여 가는 것은 삶의 충만한 의미가 아니라 점점 넓어질 뿐인 공허의 반경이다. 삶은 결국 무수한 상처의 흔적들로 넓혀 온 텅 빈 공간일 뿐이다. 그 세월의 텅빈 속내를 발견하고 시인은 흠칫 놀란다.

세상은 이미 초록을 버렸는데 시인은 아직 낡아 가는 초록의 고통을 버리지 못하였다. 잎사귀를 거두고 열매로 익어 가는 원숙의 계절에 그는 '애증의 빛 벗지 못해/무성한 초록 귀때기마다 퍼어런/잎새들'(「가을에」)의 낡아 가는 바람 소리로 고통스러워하는 자이다. 수확할 것 없이 '너덜토록 풍화시킨 쉰 살'(「소금바다로 가다」)은 서럽다.

걷을 것이 없는 삶의 가을은 공복으로 쓰리다. 일상의 가을이 풍요라는 이름으로 말해진다면 통념 그대로의 가을은 풍요하고 사람들은 더 이상 배고파 할 일이 없을 것이다. 시인은 풍요와 원숙이라는 통념 가운데 홀로 배고픈 자이며 그것은 그가 진정 시인됨의 뜻이다.

시인은 시간 흐름 속에 허무하게 마모되어 갈 뿐인 육신의 시간을 읽으며 삭아 가는 세월이 종내 만들어 갈 삶의 한 언저리를 응시한다. 그 공간은 유적이라는 이름으로 시인 앞에 보여진다. '유적'은 무자비한 시간 아래 삭아 가는 추억이 육신과 사물의 몸을 증거로 하여 현재의 햇살 아래 드러난 곳이다.

> 어느 유적의 부장품이라도 발굴된 유물을 보는 것은
> 쓸쓸하다, 죽은 사람을 생각하면 저렇게 깨어진
> 사기그릇이며 녹슨 젓가락
> 한 짝도 예사롭지가 않다, 어떤 빛깔로도 형용되지 않는
> 폐허의 시간을 뒤집어쓴 채 아버지는
> 내 기억의 遺址에서 천년이나 어쩌면 몇천 년
> 그렇게 묻혀 풍화를 견디실 줄 알았는데, 아아, 햇빛 아래
> 드러나니 저 곰삭지 못한 것의 부끄러운 출토
> 〔… 중략 …〕
> 그렇다, 여기 어딘가 잊혀질 길 위에 나도 遺構로 남아
> 몇 사람의 기억 속 쓸쓸한 기와조각으로나
> 채이고 회억의
> 이끼를 얹겠지만, 저 차일 아래 펼쳐 빛바랜
> 부장품들마냥 내 삶의 비탈에 스며들었던 슬픔조차 온전히
> 제 모습을 간직하는 것은
> 아닐 것이다, 아버지에게는 일생을 내팽개치게 한 필연의
> 벼랑은 무엇이었을까
>
> ―「유적을 위하여」 부분

유적이라는 이름으로 출토된 과거는 암울한 잿빛의 먼지로 내려앉은 채 시인의 눈에 고여든다. 그곳에서 녹슨 유물은 시간이 풍화시킨 삶

의 흔적이며 마모되고 소멸된 기억의 빛깔을 띠고 있다. 퇴색한 유적은 죽음으로도 종료되지 않는 풍화의 시간을 가혹하게 상기시킨다. 시인에게 유적은 잊혀졌던 삶의 모습을 음울하게 되살려 주는 동시에 현재의 나 또한 시간의 풍화를 거듭한 뒤 돌아갈 곳을 명시해 준다. 조각난 기억 속으로 걸어 들어갈 존재의 숙명을 깨닫는 시인은 유적의 아버지와 '잊혀질 길 위에' 선 자신이 다르지 않음을 인지한다. 시간 앞에 사그라져 종내 유적으로 화할 미래의 자신을 떠올리는 것은 그 때문이다. 장차 유적으로 내려앉을 미래를 예감하는 것은 고통스럽다. 이러한 미래의 응시는 시인으로 하여금 고통스러운 추억의 진창을 새롭게 단장하게 만든다. 무기력했던 아버지의 삶은 지난 시절 유년의 고통스러운 허기와 곧장 연결되는 것이지만 유적으로 나타난 아버지의 형상이 미래의 자신이 돌아갈 자리라는 점에서 암묵적인 화해가 조성된다. 그가 걷는 길도 종내는 유적이라는 이름으로 남게 될 어떤 것이기 때문이다. 유적이라는 공간을 매개로 하여 잊혀져 가는 추억의 아버지와 장차 잊혀지게 될 미래의 유적인 나와의 진정한 소통이 이루어진다. 이것은 시간의 풍화 앞에 선 인간의 운명적인 조건을 수긍한 뒤에야 얻어진 것이다. 추억의 아버지는 사사로운 개인의 추억의 자리를 떠나 인간 실존의 모습을 확인하는 통로가 된다. 유적은 과거의 한 시적인 영역으로부터 벗어나 오늘에서 미래로 이어지는 삶의 허무한 깊이를 응시하는 계기를 주는 것이다.

3. 남은 길 걷는다는 것 이처럼 힘겹고

과거에서 미래에 이르는 풍화의 깊이를 감득한 시인은 풍화의 거센 바람이 몰아치는 막막하고 거대한 공간과 마주한다. 사막은 거대한 풍화의 빈 터이자 거둘 것이 없어 공복인 삶의 가을이 만들어낸 이미지이다. 사막은 삶의 풍부한 가능성이 제거된 곳이다. 황량함만이 가득한 사막은 생명의 새로운 가능성보다는 퇴락과 소멸이 남겨진 곳이며 생명의 윤기를 흐리는 건조한 바람이 몰아치는 곳이다. '공기 속에 주검이 있'는 공간, '흐린 부유물'(「슬픈 遊泳」)로 가득한, '독이'의 세상이라는 표현을 통해 삶의 공간은 거대한 사막의 이미지로 집약되어 나타난다. 시인에게 삶은 '바람소리'로 쌓아 가는 '허전한 砂丘'(「뿌리에 대하여」)일 뿐이다.

반갤런의 물로 목을 축이고
낙타는 제몸을 추스려 울고 떠날 채비를 하지만
이 낯선 길들의 여기저기에 떨어뜨린
두고 가는 발자국이 있을까
혹은 천막처럼 펄럭거려도
내 길은 늘 구겨진 허방

—「유타시편 · 2」 부분

사막은 정신의 갈증을 다스릴 한줌의 물기조차 여의치 않은 삶의 정황에 대한 비유이다. 지리적 공간인 사막은 삶의 속성을 증거하는 비유의 자리로 옮겨 앉아 삶의 가능성이 지리하게 마멸되어 가는 막막하고 허무한 정서적 편린을 드러낸다. 이 덧없는 공간에서 달리는 자동차의 속도는 낙타의 발걸음으로 환치되어 시인의 힘겨운 행보를 구체화시킨다. 자주 등장하는 낙타는 사막이라는 공간에 내포된 부수적인 이미지가 아니다. 낙타의 심상에는 사막의 지리함을 감내하며 걷는 자의 묵묵함이라는 시적 의도가 감추어져 있다. 시인은 자동차의 움직임을 '늙은 낙타'의 '푸푸거리'(「유타시편 · 2」)는 숨결과 걸음걸이로 바꾸어 씀으로써 차의 속력을 무화시키고 마는 생의 막막함과 힘겨움을 효과적으로 전달한다. '해시계'(「천산북로 · 2」)가 지배하는 거대한 시간의 길 위에서는 그 어떤 속력으로도 시간이 만드는 풍화를 벗어나기 어렵다. 가능한 것은 성실하고 강건한 인내의 발자국으로 그 풍화의 삭막함을 견디는 것뿐이다. 낙타의 걸음새가 가지는 강인함과 묵묵함은 단순한 이미지의 구사를 넘어서서 삶의 지난한 행보를 상징적으로 드러내는 데에 기여한다. '자꾸만 주저앉으려'(「유타시편 · 4」) 하는 낙타의 걸음새를 택함으로써 그 발자국 하나하나에는 사막과 같은 세계에서 도피하지 않으려는 의지를 각인하게 된다. 허무한 시간의 모래바람이 불어와 결국 사라질 운명에 놓인 것일지라도 시인의 걸음새는 낙타의 그것처럼 시간의 모래 알갱이를 한발 한발 딛고 걸어가고 있다.

우리들은 모두 어디서 온 것일까
길은 고단한 나그네에게
잠자릴 마련하는 것으로 일찍 저물고
아직 잠들지 못하는 사람은 저 萬里長天의 어둠
마음밭에 펼치는 별빛을 표적삼아
다시 먼 길을 가야 한다.

—「大湖 지날 때」 부분

삶의 공간이 사막으로 인식되는 것과 마찬가지로 그가 머문 곳은 안식의 터전이 아닌 다시금 떠나야 할 길이며 그는 정주할 곳 없는 길 위의 나그네이다. 김명인 시에서 등장하는 이방의 여행지는 단순한 견문의 장소가 아니라 삶의 황량함과 유랑성을 일깨우는 장소이다. 그 땅에서는 삶 전체가 깃들일 곳 없는 이방의 낯섦으로 인식되며 그 누구도 나그네의 삶임을 면치 못한다. 그의 앞에 놓인 것은 만리 장천의 막막한 어둠을 헤치고 가야 하는 '고단한 행려'(「물 속의 빈 집 · 2」)뿐이다.

'풍화하는 모래 틈'에서 '드난살'(「천산북로 · 1」)듯 삶의 행보를 옮기는 시인은 '쓰디쓴 추억'에 등을 떠밀리고 '어지러운 물무늬'(「슬픈 遊泳」)로 앞길은 혼곤(昏困)하다.

> 남은 길마저 걷는다는 것 이처럼 힘겹고
> 눈앞 저 강 두고도 디디르지 못해
> 이 목마름 위에 출렁이는 것 도리江일까, 버석거리는 물결
> 온통 저무는 갈꽃 시간일까
>
> —「도리江」 부분

> 하지만, 여강은 여산 남쪽 끝에서 북으로 흐르니
> 날개 짧은 새들도 거기까지는 날아가리라
> 뿌리 없는 소문은 뜬구름같이 부풀고 좇아들었지만
> 아무도 여강 마음속에서 지우지 못했다
> 갈꽃 이우는 둔덕 이켠에서 방죽 저켠까지
> 비 자욱이 누가 가지를 꺾으면서 다가가면
> 가시 뻗은 시간의 사나움만이 얽힌 채 완강하게
> 길을 가리는 저쪽
> 안개 걷히고 여강 물소리 다시 돋는다
> 거기서 나무들은 가지 수대로 물살에 쏠리면서 신음하리라
>
> —「여강」 부분

사막 너머 강에 대한 그리움 배인 언어는 사막의 갈증이나 지리함과 동전의 앞뒤를 이룬다. 강의 아름다운 이미지는 사막의 갈증이 만들어

낸 것이다. 사막이 주는 환멸이 클수록 강의 물소리에 대한 동경 또한 강렬해진다. 그러므로 풍문의 강이 자아내는 설레이는 아름다움은 기실 사막의 황량함에서 연원한 것이다. 강의 버석거리는 물결이라는 표현에 강과 사막의 이미지가 겹쳐 있듯이 시인의 내면에서 출렁이는 강의 물결과 사막의 모래 물결은 원래 한몸이다.

강은 '저 강과 내통하기 위하여 얼마나 걸었는가'(「도리江」)라는 탄식 속에서 존재한다. 강의 존재는 도달하지 못한 채 이미 저물어 가는 시간과 뻘밭과 구렁에 휩싸여 있다. 강을 둘러싼 뻘밭과 구렁은 불모의 땅인 사막을 건너 안식의 강가로 다가가려는 자들을 가로막는 장애물이다. 강은 사막의 갈증을 해소할 이상의 땅이면서 동시에 도달하기 어려운 환상의 공간이다. 사막과는 대척에 있는 강의 존재로 인해 척박한 삶은 동경을 머금게 되지만 그것은 순간적인 빛으로 명멸하고 만다. 강의 이미지는 사막의 척박함을 부각시키는 동시에 그 강에 도달하기 위해 건너야 할 무수한 뻘밭과 수렁을 떠올리게 한다. 아직 도달하지 못한 강이 저 너머에 있다는 사실은 시인에게 얼마 남지 않은 저녁의 광선과 아직 수많은 뻘밭으로 상징되는 실존의 유한성을 환기시킨다. 시인은 도달할 수 없는 강의 이미지에 기대어 사막의 척박함을, 길을 가리는 안개와 뻘밭, 그리고 그 공간을 견디며 나아가는 묵묵하고 고된 행보를 말하고 싶어한다.

이제 네 길마저 지워져 있을 때
묻고 싶다, 네가 너의 길이라면
이곳이 길이라면 저켠은 이미 어두워
더는 보이지 않고
어스름 속 희미한 잔광만이 낡은 신호등처럼
마저 가야 할 우리 남은 시간을 가리킨다.

서두르자, 이 한없는 生面不知에도
낙타는 자꾸만 주저 앉으려 하고

—「유타시편 · 4」 부분

강에 다가가려는 자들은 일모의 사막에서 저물어 가는 삶의 시간을 바라보면서, 고통스러운 장애물을 떠올리며 길을 가야 한다. 그의 발 앞에 놓인 것은 뚜렷한 길의 자취가 아니라 지워진 자취, 속내를 시리게 지며 오는 추억의 지취이며 '길을 뚫는다는 것은' '언제나 처음인 저 낯선'(「화엄에 오르다」) 감각으로 다가오는 막막함이다. 그 쓸쓸한 길에는 '하릴없이 흘러'가 버린 시간에 대한 회한과 '내 길은 늘 구겨진 허방'(「유타시편 · 2」)이었다는 자책이 포석처럼 깔려 있다. 그는 회한과 자책에 발 딛고 가는 자이다.

이러한 정황은 인간의 실존적 유한성을 상징적으로 드러낸 것이어서 시에 깔린 어조는 암울한 동시에 비장하다. 그는 주저앉으려는 낙타를 재촉하며 이 황량한 사막의 길을 벗어나고자 애쓴다. 낙타를 재촉하는 그는 이미 삶의 바닥에 어려 있는 허무함을 보아 버린 자이다. 그는 어쩔 수 없는 존재의 허무 앞에서 몸을 떨면서도 이 세상을 안간힘을 다해 걸어나가려 한다. 그것은 삶의 사막에서 가능한 최선의 방법이기도 하다. 사막 밖의 세상은 풍문의 세상일 뿐이며 도달할 수 없는 강이 저 너머에 존재한다는 사실을 시인은 얼마나 뼈아프게 느끼고 있는 것일까.

우리는 전인미답의 길을 밟고 가는 것은 아니다.
다만 대양의 미로를 잠시 잊었을 뿐, 물냄새로
제 길을 거슬러 고단하게 가고 있는
연어들의 떼

그러니 마음을 연결하고 이끄는 것은 눈에
보이는 길이 아니다.

—「유타시편 · 5」 부분

사막은 앞선 자들의 길을 지우며 또한 떠나온 발자국마저 가뭇없이 사라지게 한다. 사막은 모든 흔적을 지우는 길이며 정해진 지도가 없는 공간이다. 그러므로 사막의 길은 길인 동시에 길이 아니다. 각자가 그리는 궤적에 따라 저마다의 지도를 갖게 되는 공간이다. 그가 가는 길은 '어느 지도 위에도 없'는(「여강」) 길이다. 대양의 길 없는 길을 가는 연어떼처럼 사막을 관통하는 시인의 길은 길 없는 길이며 마음만이 그려낼 수 있는 길이다. 시인은 '마음이 없으면 길이 없'으며 '길이 없어도 마음이 간다면 그 가는 곳'(「마음의 서부」)이 길이라는 믿음을 지닌다. 지상의 길이 가뭇없이 사라지는 흔적만으로 존재하는 가운데 마음이 만든 길이 유일한 길이라는 인식은 그가 삭막한 삶의 사막에서 행로를 잃지 않고 견디는 숨겨진 나침반으로 기능한다. 연어들이 각자의 길을 가지고 있듯 시인은 자신의 길을 가늠하며 걷고 있다. 모천(母川)의 물냄새가 연어를 이끌듯이 시인의 생을 이끄는 냄새는 온몸을 적시는 성실하고 묵묵한 땀의 냄새이다.

짜디짠 땀방울로 온 몸 적시며
저물도록 발틀 딛고 올라도 늘 자기 굴헝에 떨어지므로
꺼지지 않으려고 水車를 돌리는 사람, 저 무료한 노동
진종일 빈 허벅만 퍼올린 듯 소금 보이지 않네
하나, 구워진 소금 어느새 썩는 살마다 저며와 뿌옇게
흐린 눈으로 소금바다 바라보게 하네
그 눈물 다시 쓰린 소금으로 뭉치려고

드넓은 바다로 돌아서게 하네

—「소금 바다로 가다」 부분

삶의 황량함을 견디는 힘은 밖에서 얻어지는 것이 아니라 그의 내부에서 찾아지는 것이다. 그는 스스로 온몸을 적시는 노동을 통해 세상을 살아간다. 소금 굽는 사람의 노동이야말로 시인의 처연한 인고의 행보와 일치한다. 시인이 노동을 눈물겹게 바라보는 이유는 삶에 대한 함축적 이미지가 어려 있기 때문이다. 굴헝에 떨이지지 않으려 쉬지 않고 수차를 돌리는 노동이야말로 삶의 바퀴를 굴리는 무료하고도 줄기찬 걸음새와 은유적으로 일치한다. 매양 돌려도 수차의 바퀴는 하염없이 밑바닥을 향하듯 삶 속에 감추어진 허무한 굴헝이 그를 끌어내린다. 쉬지 않고 수차를 돌리는 힘만이 그를 지탱한다. 끊임없는 움직임을 통해 구워낸 소금은 노동이 이루어낸 바다의 소금이기도 하지만 허무를 딛고 올라서려는 의식의 긴장이 빚어낸 결과물이기도 하다. 이렇게 본다면 소금은 하나의 물질의 자리를 떠나 정신의 소금, 허무를 막는 방부(防腐)의 소금이라는 의미로 옮겨 앉는다. 시인이 구하는 소금이란 땀의 소금이며 또한 누추한 삶을 성실히 살아낸 동력이 만들어낸 응결체로서의 소금이기도 하다. 수차를 돌리는 쉼 없는 노력이 아니었던들, 삶의 바퀴를 놓치지 않으려는 긴장된 노동이 아니었던들 질펀한 세상의 수렁에서 삶의 소금을 볼 수 있을 것인가.

4. 노래하라, 세간의 저녁에

삶의 공허를 꿰뚫어 보는 김명인 시의 언어는 어쩔 수 없는 허무로 채색되어 있다. 삭막한 삶의 갈증을 달래 줄 강은 풍문의 물소리만을 들려 주며 고단한 나그네의 행려인 시인에게 시간은 일모의 잔광을 남겨 줄 뿐이다. 그의 시는 삶에 서린 좌절에 대한 진실한 일기이며 허무에 대한 정직한 보고서이다. 삶의 이편의 절망과 저켠의 희망 사이의 간극을 함부로 채색하지 않으려는 그의 시는 고통스러운 동시에 고고하다.

그가 그려내는 삶은 고통스럽고 허무한 아름다움을 가지고 있다. 고통과 허무란 거대한 풍화의 시공간에 놓여진 삶의 정황에서 말미암으며, 아름다움이란 삶의 허무를 감싸는 성실하고 고단한 행보에서 비롯된다. 그 허무를 감싸 안는 이미지의 아름다운 구축이야말로 김명인 시의 반짝임이 아니던가.

자신의 실존을 한계짓는 일모의 잔광 속에서 그는 '노래하라'라고 스스로에게 명령하며 그 노래는 '세간의 저녁종'(「여강」) 사이로 처연하게 퍼져 간다. 허무한 삶의 정직한 기록에서, 그가 힘겹게 드러내는 삶의 누추함으로부터 그의 시는 우화의 날개를 얻고 삶은 허무를 딛고 건너갈 수차(水車)의 힘을 얻는다. 그는 '오랜 穴居를 헤치고' '깨어나는' 매미의 울음소리에서 자신의 노래를 듣는다. '저 세월 온몸으로 기지 않고서는 건너지 못한다는 것을'(「매미」) 깨닫는 시인은 허무의 나락을 바라보면서 우는 매미를 자신의 몸으로 바꾼 자이며 존재의 저녁에 울리는 노래를 부르는 자이다.

오랜 혈거를 헤치고 들리는 매미 울음은 세월과 맞바꾼 울음이며, 시인이 삭막한 삶의 사막에서 부르는 노래는 '온몸으로 기어'온 역정과 바꾼 시이다. 그는 이후의 시집 『푸른 강아지와 놀다』에서 그의 노래가 한갓 노래의 한계를 벗어나 스스로를 깨우는 채찍임을 밝힌다.

> 애벌레는 여러 번 제 몸을 쳐서 여기까지
> 끌고 온 것이다, 슬픔조차 벗어버리려는

환생에의 꿈은 몸 바꾸는 고통이었던 셈
가슴을 저며내는 영혼의 노래가 없다면야 스무 날
깨어 우는 전신의 아픔을 어찌 견디랴
노래가 채찍이 아니라면

—「羽化」 부분

그의 고된 행로는 몸을 바꾸는 고통으로 우화를 이룩한 매미에 비견된다. 그 우화는 몸을 찢어내는 고통을 수반하는 것이며 덧없이 소멸해 갈 운명을 우는 것이기에 비장하고 그만큼 아름답다. '제 몸을 쳐서' '슬픔조차 벗어버리려는' 과정 없이 매미의 노래가 있을 수 없듯이 허무의 사막을 건너는 묵묵함이 아니라면, 허무의 굴헝에 떨어지지 않으려는 쉼 없는 노동의 발견이 아니라면, 그의 시는 유약한 자기 위안에 그치고 말았을 것이다. 시인의 땀 배인 노래가 아니라면 풍화하는 삶의 길목에 주저앉으려는 심성의 나약함을 어떤 채찍으로 견인(堅忍)해 갈 것인가. 그가 들려 주는 영혼의 노래가 아니라면 우리는 이 나날의 허무를 어찌 감당할 것인가.

꽃으로 차려진 시인의 성찬

—송수권론

1. 꽃에 이르는 시심

송수권의 시는 꽃으로 자욱하다. 그 꽃들은 서러운 울음의 핏빛으로 피는 철쭉이거나 아픔의 극한에서 피어나 푸른 종소리로 울리는 나팔꽃 혹은 눈물 끝이 삐쳐 나온 웃음 같은 방울꽃으로 형상화된다. 꽃은 심미적 완상의 자리로부터 삶의 한복판으로 건너와 한과 추억이 엉긴 삶의 감각적 증거로 자리잡는다. 그가 그려내는 꽃들은 저마다 눈물의 빛깔과 살냄새가 적잖게 섞여 있다. 난만한 향기가 아니라 삶의 내음으로 피어나는 그의 꽃이 자라나는 곳은 잘 가꾸어진 양지바른 정원이 아니라 후미진 구석, 고달픈 세상의 비탈길이다.

송수권 시인의 꿈은 건강한 삶에 대한 희구로 모아진다. 그에게 건강한 삶에 대한 욕구란 생의 한탄이나 괴로움이 전무한 상태가 아니라 그 괴로움을 의연하게 넘어설 수 있는 삶이라는 의미를 담고 있다. 시인이 바라보는 삶의 빈곤은 단순한 물질적 궁핍의 차원을 벗어나 사회 구조적인 차원이거나 역사적 깊이에서 말해질 수 있는 성질의 것이다. 시인은 삶의 괴롭고 어두운 상처를 자연의 심상을 빌어 이야기함으로써 진솔한 삶의 즐거움을 말살하는 사회와 역사의 횡포에 대하여 말하고 싶어한다. 뿐만 아니라 자연이 가져다 주는 생생한 이미지에서 삶의 구체적이고 감각적인 증거를 포착해낸다. 그가 자연이 주는 생생한 감각에 이끌리고 그 안에서 삶의 범상치 않은 질서를 발견해내는 것 또한 그의 시적 관심이 강건한 삶에 대한 갈망에 있기 때문이다. 그가 자연의 꽃에서 느끼는 서정적 응집은 단순한 아름다움의 향유가 아니라 삶의 고단함을 넘어서는 숨겨진 힘을 읽기에 가능해진다.

꽃이 상기하는 생명력의 집중과 확산은 시인에게 생명의 기미를 포착하는 계기를 제공한다. 꽃은 누추한 지상에 뿌리를 두고 피어 올라 무후한 창공을 향해 개화한다. 꽃의 다층적인 모습은 삶의 다면적인 모습과 상통한다. 고단하게 뻗은 뿌리를 보는 일이 삶의 밑바닥을 보는 일이라면 만개한 꽃의 신비로움에 대한 응시는 삶의 숨겨진 아름다움을 보는 일과 통한다. 꽃피는 계절은 생명의 약동을 만끽하는 순간이며 삶의 역동적인 기미를 포착하는 시간으로 허여된다. 그리하여 적빈(赤貧)의 땅에서 시인은 한 송이의 꽃으로도 성찬을 누린다.

2. 꽃과 꽃 사이의 삶

송수권 시인에게 있어서 시는 삶의 고단하고 서러운 깊이로부터 길어 올려져 내적인 생동감을 확인하는 의지의 언어로 기능한다. 그가 삶의 고달픔과 서러움을 이야기할 때에도 섬약한 자기 한탄에 그치지 않는 것은 자연의 심상에 기대어 시적인 도약의 힘을 얻기 때문이다. 시집 『자다가도 그대 생각하면 웃는다』를 통해 시인은 서러운 삶의 토양에 뿌려지는 꽃씨에 대해 들려 준다.

까맣게 세월을 태우는 그리움은
강물처럼 흐르고
아아 잿빛 하늘 아래
우리들의 서러움도 한줌의 재로
무너져 내릴 것을
그래도 어느 세월도 한 구비에선
또 그리운 손이
꽃씨를 묻겠지

—「해바라기꽃」 부분

꽃씨를 묻는 손은 서러움과 그리움에 젖어 있다. 꽃씨가 묻혀진 땅은 서러운 세월이 내려앉은 곳이며 고단한 삶을 버티는 기반이 되어 준다. 그 꽃씨는 '세월을 태우는 그리움'을 자양으로 하여 자라난다. 애타는 그리움과 막막한 세월을 딛고 시인은 서러움의 속내를 다스리어 견디는 가운데 심적 평온을 유지하고 있다. 막막한 세월의 한 모퉁이에 뿌려 둔 씨앗이 싹을 틔우고 꽃이 피는 시간은 숨겨 둔 희망이 도래하는 시간이며 시인이 기다리는 것은 그러한 소생의 시간이다. 시인은 세월을 헛되이 그리움으로 탕진하여 잿빛 하늘로 만들어 간 것은 아니었다.

그러니 올 때는
남도 산천에 눈이 녹고 참꽃이 피면 오라
불발기 창 아래 너와 겯두리 소반상을 들면
아 맵고 지리고 그로테스크한 홍어의 맛

그처럼 밤도 깊은 남도의 식탁

—「남도의 밤 식탁」 부분

눈이 녹고 참꽃이 핀 봄날에는 기다림의 향연이 펼쳐진다. 기다림의 성찬이 주는 감각은 강렬하다. 반가운 이와의 밤 식탁은 마침내 눈이 녹고 꽃이 피는 계절의 훈기로 차려질 것이며 기다림으로 삭혀 둔 '홍어의 맛'으로 그득할 것이다. 시인은 봄날 '참꽃' 피는 계절에 도래할 손님을 기다리며 기다림의 성찬을 예비한다. 기다림이 배이든 홍어의 향미로 채워진 봄밤의 성찬은 기다림의 시장기만큼 의미 있고 풍성하다. '곁두리 소반상'으로 나누는 '홍어'의 맛은 겨우내 지리한 기다림을 일소하는 강렬한 미각을 가지고 있다. 그가 기다리는 손님은 무당이며 한량이고 어린애이며 의병이고 시인인 모습을 띠고 있어 협소한 자신을 일깨워 줄 것이며 '진양조 설움 한가락'을 씻어 줄 것이다. 기다림이 만든 꽃피는 날의 식탁은 겨우내 함박눈 속에 지리하게 파묻힌 자아를 일깨우는 매운 성찬을 이룰 것이다. 그 성찬의 향취가 어찌 강렬하지 않을 것이며 어찌 맵지 않을 수 있을까.

살구꽃 몇그루 피어
온 마을이 다 환하다.
이런 날은 황사바람 타고
자꾸만 장독대에 날리는 살구꽃잎
갈대 움트는 것 보러
앞 강변에 나간 마을 사람들
형기방장한 나이로 복쟁이 떼 건지다
날膾 먹고
떼초상 난 적 있었지

지금쯤 금강 하류
西施乳房처럼 매끈한 배때아리 뒤집으며
황복떼 오를까
黃山에 들러 자는 듯 먹어 봤음

—「황복」 전문

꽃은 순간을 사는 존재이다. 꽃은 시간의 흐름을 스스로의 몸으로 증거하며 덧없이 소멸해 가는 존재이기도 하다. 송수권 시인은 덧없이 떨어져 내리는 꽃잎 사이로 마치 꽃처럼 떨어져 간 죽음의 한 기억을 읽어 내린다. 낙화와 젊은 죽음에 대한 기억을 맞물려 배치함으로써 죽음의 감상성을 극소화시키고 선명한 시각적인 심상을 만들어내고 있다. 젊은 죽음이 불러일으키는 안타까움은 덧없는 황사바람에 지는 꽃잎 사이사이로 묻어나 시인의 절제된 정서를 느낄 수 있다. 계절의 순환을 따라 피고 지는 꽃은 다시금 마을을 환하게 비추어 줄 것이지만 져 버린 생명은 시인의 추억 속에서 헛되이 되풀이될 뿐이다. 헛된 추억의 되살림은 허무한 존재의 일회성을 상기시킨다. 시인은 그 존재의 허기를 식욕으로 바꾸어 놓는다. '西施乳房처럼 매끈한 배때아리 뒤집'는 '황복'에 대한 식욕은 죽음의 기억을 지우고 삶에 대한 현재적 지각을 튼실하게 한다. 식욕은 끊임없는 생명력의 표현이다. 그 식욕은 죽음의 음울한 기억을 누르고 봄 기운처럼 퍼져 나간다. 시인은 봄날 피고 지는 꽃잎들의 사이로부터 눈 녹아 꽃피는 시절 찾아올 반가운 이와의 성찬과 생명력의 일렁거리는 움직임을 읽어낸 것이다.

저 갯마을 흐드러진 복사꽃잎 다 질 때까지
이 밤은 아무도 잠 못 들리

한밤중에도 온 마을이 다 환하고
마당 깊숙이 스민 달빛에
얼룩을 지우며
성가족(聖家族)들의 이야기 도른도른 긴밤 지새리
칠칠한 그믐밤마다 새조개 입을 벌려
고막녀들과 하늘 어디로 날아간다는 전설이
뻘처럼 깊은 서산 갯마을

—「서신 갯마을」 부분

달이 만드는 복사꽃 그늘 아래서는 모든 것이 탐스러워진다. 갯마을의 찌든 삶은 음습하고 어두운 구석조차 환하고 풍성해진다. 시인이 눈 밝혀 보는 것은 복사꽃의 봄밤이 꾸며내는 맛깔나는 삶의 어느 깊은 저녁이다. 천상을 달이 비추어 주고 지상에 복사꽃이 만개한 가운데 삶의 누추하고 고단한 풍경은 잠시 유보되고 세상은 아련한 전설로 채워진다. 꽃이 발하는 화려한 생명력에 힘입어 꽃 그늘 아래의 삶은 두근거리는 그 무엇으로 바뀐다. 달빛이 만들어내는 꽃의 그늘 아래서 그저 그런 일상의 나날은 꿈과 설레임이 실린 시간으로 변모한다. 봄밤의 사람들은 속 깊이 감추어 둔 식욕을 드러내어 탐스러운 포만을 부르며 메마른 삶의 표정이 희게 부풀어오른다. 갯마을의 깊은 뻘은 부풀어오르는 생명감으로 수선거린다. 꽃과 달이 지고 나서 동트는 새벽에는 새로운 잎새들이 동그랗게 떠오르듯이 새로운 생명을 기대할 수 있다. 복사꽃 핀 밤은 생명감으로 일렁이는 하나의 축제의 장이다. 갯마을은 꽃피는 달밤이 이루어내는 생명력에 포만해 있으며 그 축제의 시간에는 누구도 쉽게 잠들 수 없다. 시인 또한 웅성거리는 생명감에 눈 뜨고 있듯이.

아직 바다가 쪽빛이긴 때이르고
오명가명 한 소쿠리씩
마른 꽃을 따다가 베갯솜을 놓는
눈물 끝에 비친 사랑아

그 모세혈관 피를 맑게 걸러서
멀미 끝에 오는 시력을 다시 회복하고
저승 속까지 연보라 등(燈)을 실어놓고
밝은 눈을 하나씩 얻어서 돌아가는

—「숨비기꽃 사랑」 부분

시인에게 꽃은 한 송이의 꽃 이상이다. 송수권 시인에게 꽃은 생명력의 불가해한 개화이며 어두운 삶의 구석을 밝히는 대지의 등불이다. 「숨비기꽃 사랑」에서 그 꽃의 피어남은 사랑의 피어남이며 꽃을 모아 말리는 행위는 사랑의 마음을 채집(採集)하는 것과 같다. 꽃을 모아 베갯솜을 넣고 그 베개를 베어 꽃을 베고 자는 잠이란 부드럽고 깊은 것일 터이다. 섬 처녀의 사랑과 등가물인 꽃으로 채워진 베개는 피를 맑게 하고 그리하여 세상을 보는 시력을 회복하게 하고 저승에 이르기까지 머나먼 생의 길을 밝혀 주는 등이 된다. 하나의 꽃은 하나의 등이 되고 하나의 길을 밝혀 준다. 순간을 사는 존재인 꽃은 부드럽고 온유한 손길을 거쳐 눈을 밝히는 등이 된다. 꽃의 존재를 빌려 섬 처녀의 사랑은 현실의 답답함을 헤쳐 가는 꿈과 밝음을 부여받는다. 뿐만 아니라 한밤의 꿈길을 이끌고 삶의 어두운 구석을 비추어낸다.

해녀들의 자맥질 사이로 떠오르는 꽃과 꽃으로 만들어진 베개를 두고 이야기하는 시심은 아름답다. 꽃은 섬 처녀들의 손길을 빌려 베개가 되고 등이 되며 그 꽃의 베개는 시인의 손길을 빌려 하나의 시로 완성된다.

꽃피는 자리를 빌려 일렁이는 생명력을 확인하고 꽃을 채집하여 마음의 등을 밝히는 시의 언어는 하나의 서정적 묘사의 자리에 멈추지 않고 내면에 숨겨진 주체적 생명력을 확인하려는 시인의 노력으로 충만하다. 봄날의 자연이 열어 주는 생명의 암시는 시인으로 하여금 편협한 경험의 세계를 벗어나게 하여 생명의 지속과 확산에 대한 체험으로 이끌어 간다. 자연의 생명감에 대한 환기는 내면의 주체적 생명감을 고양시키는 한편 침체된 내면의 자아를 일깨워 보다 강렬한 삶의 의지를 확인하는 계기를 제공해 준다.

3. 고요가 일깨우는 이름

텅 빈 창공을 향해 둥근 꽃이 벙글듯이 시인은 아무도 없는 절대 고요의 공간에서 하나의 이름을 부른다. '때늦은 숨비기꽃 몇송이' 피어나는 바닷가에서 구축된 적요의 내면 공간은 균형과 정제를 바탕으로 얻어진 것이며 그곳에서 시인은 내면으로부터 불러 올린 낯익은 깨우침의 이름과 마주한다.

아무도 없다

내가 앉은 자리
무심히 조약돌을 던지면
팽팽한 수평선 입을 벌리고
바다는 서슬진 유리처럼 퍼어런
금이 선다

아무도 없다.

저 물 밖 물쟁이로 떠돌다 온 세월
내 영혼 속에 잠든 바다
쪽빛 물발로 깨워서 당신의 이름
뜨겁게 부르리라.

—「쪽빛」 부분

바다를 마주한 시인의 귀는 고요하다. 아무도 없다는 시인의 읊조림은 단순한 인간 부재의 상태를 넘어서서 소리로 가득한 바다를 마주하고도 아무도 없다는 절대 무의 경지에 이른다. '아무도 없다'는 되풀이 속에는 텅 빈 상태에 대한 수동적인 인지와 바깥의 번잡함으로부터 절대적인 거리를 유지하여 내적인 무의 상태를 얻어 가려는 능동적인 움직임을 함축하고 있다. 의미 없는 외부의 번다함은 모두 사라지고 바다조차 움직임 없는 한 조각의 너른 유리로 표현된다. 사소한 움직임으로도 그 바다가 깨어져 금이 갈 정도로 팽팽한 긴장이 조성된다. 바다의 소리나 움직임이 모두 소거되어 긴장된 고요만이 가득한 적요의 공간에서 시인은 내면의 잠든 바다를 일깨운다. 시인은 외부의 바다를 잠재우고 '영혼 속' 너른 바다의 소리를 듣는다. 시인이 긴장된 고요의 바다에서 부르는 '이름'은 '내가 앉은 자리'를 새롭게 인지하는 이름이며 깨달음의 이름이다. 고요 속에서 일깨워진 이름은 시인의 '앉은 자리'를 뜨겁고 충만한 내면의 자리로 바꾸어 놓는다.

이러한 시적인 의미는 안정감 있는 시행의 배치와 긴장감 있는 시어의 짜임으로 확보된다. 정제되고 친숙한 시어과 긴장감 있는 시의 짜임에서 송수권 시의 독특한 힘이 생성된다는 사실을 확인할 수 있는 대목이 이 지점이다. 절제되고 균형감 있는 시어의 선택과 짜임새가 아니었다면 봄날 환한 생명의 햇살을 삶의 공간으로 끌어내려 꽃피는 자리에서 풍겨 오는 생명의 일렁거림으로부터 하나의 시를 얻고 내면의 생명감을 확인하려는 시인의 노력은 헛된 수선거림에 그치고 말았을 것이다. 뿐만 아니라 아무도 없는 적요의 공간에서 의미 있는 이름을 끌어내어 사물의 숨은 진면목을 보게 하고 마음의 한복판에 고여 있는 진실을 숨쉬게 하는 서정과 직관으로 짝지어진 언어는 그의 것이 아니었을는지도 모른다.

삶의 빈곤과 시의 행보[1)]

—마종하, 이태수, 최동호의 시

1. 삶의 자리, 시의 자리

우리의 삶은 빈곤하기 그지없다. 빈곤한 삶의 현재를 추수리고 쓸쓸한 삶의 어느 결락을 메우려는 욕망이 우리의 시읽기에 묻어나고 있지 않은가 물어 볼 일이다. 한때 문학이 삶을 기획하고 현재의 누추함을 넘어설 수 있다는 강렬한 희망을 불어넣은 때가 없지 않았다. 그러나 의도적으로 기획된 문학의 전언이 누추함을 완전하게 거두어 주지는 못한다. 성급한 미래의 예견은 가볍기 쉽고 삶의 무게에 짓눌린 시는 헛되이 무겁다. 시인 내면의 정직한 토로와 깊이 있는 성찰이 수반되지 않고서는 삶이 그 빈곤함에도 불구하고 살 만한 것이라는 느낌을 주는 시를 얻기는 어려운 일이기 때문이다.

중견의 원숙함을 보여주는 마종하 · 이태수 · 최동호 시인의 시집은

1) 이 글이 대상으로 하는 시집은 마종하, 『한 바이올린 주자의 절망』(세계사, 1995), 이태수, 『그의 집은 둥글다』(문학과지성사, 1995), 최동호, 『딱따구리는 어디에 숨어 있는가』(민음사, 1995)이다.

서정적인 어조의 진지함을 유지하고 있다. 그와 같은 시적 어조는 삶에 대한 체험적 성찰이 바탕을 이룬다고 보아도 무리는 아니다. 시에 대한 열정이 담긴 진지한 어조에도 불구하고 그들이 바라보는 삶의 자리는 결코 풍족한 것이 아니다. 최동호 시인의 경우 부박한 현실에서 부스러져 빠져 나가는 시간의 알갱이를 안타깝게 쥐고 있으며 이태수 시인은 먼지 낀 세상 가운데 서 있고 마종하 시인의 경우 변두리의 후미진 귀퉁이를 착잡하게 바라보고 있다. 삶의 곤핍은 예나 제나 마찬가지일 터이지만 이들 시인은 현재 딛고 선 자리를 철저히 응시하여 삶의 두께를 얻고자 애쓴다. 그 모색의 발자국은 산정을 향한 길로, 인간의 거리로 뻗어 나간다. 어느 경우이든 세속 주민으로서 살아가기의 어려움에 대한 정직한 토로가 시의 진정성을 더하고 있으며 삶의 빈곤을 딛고 나아가려는 모색이 시의 깊이를 더한다. 한갓 장식적 수사에서 벗어난 시의 언어에서 얄팍하고 변덕스러운 삶의 외피를 넘어서려는 시인의 의연함을 발견할 수 있다면 그리하여 삶의 남루를 벗고 삶의 체험에 의미의 마디를 부여하려는 시인의 노력이 헛된 것이 아님을 확인할 수 있다면 삶의 궁핍함에도 불구하고 독자가 누리는 풍요함은 값진 것일 터이다.

2. 주변인의 시와 삶의 훈기 : 마종하

마종하 시인에게 시는 삶의 외곽, 변두리에서 쓰여진다. 시집 『한 바이올린 주자의 절망』에서 그의 거처는 버스를 두 번이나 갈아타고 들어가야 하는 대도시의 주변에 위치한다. 주변성은 자연스레 시에 녹아들어, 주변이라는 삶의 조건은 시적 인식의 바탕을 이룬다. 시인은 삶의 주변성을 눈물겹게 체험하고 시의 언어로 육화한다. 마종하 시인이

속한 삶의 터전은 평범한 삶의 그것이지만 그곳은 대도시의 화려한 외양과는 거리가 멀다. 저마다 도시의 한복판에서 문명과 자본의 화려한 불빛에 익숙한 터에 마종하 시인이 누리는 삶의 공간은 도시의 한복판에서 물러난 곳이며 그 터전에서 시인은 페인트공, 시장의 사람들, 아무도 귀 기울여 주지 않는 시를 쓰는 시인, 그리고 기껏 백묵으로 손을 허옇게 바를 뿐인 자신과 만난다.

시인이 되자마자 시단을 떠나서
스스로 시인이 되어 살아가고 있고
그뿐이랴. 교사가 된 김이박, 그 어처구니없는 친구는
학교를 떠나서 울타리 바깥에서
아이들을 만나고 있다. 따라서, 농촌의
어촌의 산촌의 광촌의, 농부가 어부가 촌부가 광부가
저마다 떠나서 정신없이 살고 있다.

—「떠난 사람들」 부분

그렇다 나는 미생물이다. 사기사이다.
지금까지 살아 버틴 건 그 때문인걸.
오늘도 가슴 깊이 죄를 숨기고
침묵의 말을 거짓으로 떠들었지.

—「죽은 시인의 사회」 부분

시인은 시인에 걸맞는 자리에서, 교사는 그에 걸맞는 자리에서 삶을 영위하지 못한다. 세상은 그들에게 알맞은 자리를 제공해 주지 못했고 제각기 주변으로 밀려난 자리에서 역설적으로 그들의 자리를 확인한다. 제자리 밖에서 자신의 위치를 확인하는 사람들과 마찬가지로 시인

역시 소외감과 불화감으로 가득한 내면의식을 버리지 못한다. 영예도 없고 '수입도 적은'(「두 길 · 21」) 변방의 삶에서 시인은 자괴감과 반성의 시선을 통하지 않고 시쓰기를 바라볼 수 없다. 죽어 가는 시인, 코피 쏟는 시인들 사이에서 혹 자신이 시인다움이 사라져 버린 '죽은 시인의 사회'(「죽은 시인의 사회」) 속에서 사는 것은 아닌가 자문하기도 한다.

마음에 가득 찬 것이 위선과 기만은 아닐까, 혹 자신이 사람 구실 제대로 할 수 없는 '미생물'이나 '사기사'에 불과한 것이 아닐까 하는 의구심에 시달리며 시인은 묻고 또 묻는다. 시란 또 시인이란 직분이 어떠한 것인가에 대한 의문에 기대어 시인은 '말과 생각과 시늉으로' '여기저기 흩어진'(「털어내기」) 자의식의 편린을 날카롭게 주시하기도 한다. '빈 집에서 담배연기 가득 채우며 시를 쓰는 일' '이것이 전부일까'(「묵의 하루」)라는 반문은 가슴 깊이 묻혀 있는 진실을 언어로 이끌어내지 못하는 시업(詩業)에 대한 자책이자 삶의 구체성이 사라진 허황한 언어를 양산해내는 창작에 대한 경계가 담긴 것으로 이해할 수 있다. 그는 시인이라는 직분에 의구심을 던지고 시인의 역할에 회의하면서도 시쓰기를 떨구어 버리지 못한다.

자괴감에 젖어 왜소한 자신, 뜻대로 쓰여지지 않는 시, 세상의 영예와는 너무나 거리가 먼, 이제는 삶의 주변부로 밀려난 시를 쓰는 시인이란 반성이 시인을 지탱시키는 저력이라는 것을 시인은 알고 있는 탓일까. 반성과 회의는 삶을 제자리에 세워 주지 않는 시대를 바로보기 위한 방편이며 혼탁한 물결에 함부로 휩쓸리지 않으려는 자존의 노력이라고 할 수 있다. 소외된 주변인의 자리를 고집함으로써 시에 관하여 고민하고 회의하는 시인의 자세는 일상의 남루함이 가득한 속에서 구차하지 않을 수 있는 존립의 근거이기도 하고 또 다른 주변인들의 삶의 훈기를 발견하기 위한 근거이기도 하다. 마종하 시인의 시에서 드러나는 삶의 모습은 주변인들의 우울한 초상이기는 하지만 삶의 궁핍함을 배면 깊이 감추고 자신의 길을 살아내는 꿋꿋함을 간직하고 있다.

이제 길이 뚫린다고 한다.
저 지하철 공사장의 굴삭기가
나의 거친 손으로 확대되고
장화 신은 인부들이 나의 발로 일한다.
그렇다. 다시 길을 뚫는 것이다.

—「두 길 · 12」 부분

그는 버스를 두 번이나 갈아타고 돌아오는 길의 암담함, 버스에 매달려 지낸 삶의 궁핍이 맹목적인 열정의 힘만으로 폭파되어 나갈 리 없다는 것을 이미 잘 알고 있다. 그 길을 고달프게 돌아오지 않아도 될 변방에서 도심으로 나아가는 길을 뚫는 것은 근육의 억센 힘이라는 것을 또한 알고 있다. 되풀이되어 언급된 '길'의 의미가 동일한 의미로 쓰여졌다고 보기는 어렵다. 새로 뚫리는 길이 세상과 원활하게 만나는 내면의 통로가 될 것임을 시인은 꿈꾸기 때문이다. 거친 손으로 어렵사리 뚫어낸 길은 나와 삶의 외곽에 사는 또 다른 나를 연결하는 소통의 길이며 왜소한 자아가 세상과 만나는 길로 열리기도 할 것이다. 시인은 그 길이 온몸으로 뚫고 가야 할 것임을 믿는다. 변두리에서 중심에 이르는 길이 세속적 명예와 닿는 길은 물론 아니다.

시인으로서 그의 직무는 남루한 삶과 동떨어진 곳에 외따로 존재하는 것이 아니었다. 길이 길로 이어져 보다 넓은 길로 나아가듯, 그의 직무는 나날의 삶 속에서 사람과 사람 사이를 따뜻하게 결합시키는 '용접공'이며 외따로 떨어진 사람들의 감정과 감정을 이어 주는 '배관

공'(「두 길 · 21」)이라고 할 수 있다. 시인으로서의 자기 규정이 이러할 때 그는 외따로 떨어진 우울한 골방보다는 사람들 가득한 거리에서 시적인 자산을 얻는다.

> 그 즐비한 노점식당에 걸터앉아서
> 고여서 뭉쳐진 눈물과도 같은
> 우무 한 접시를 썰어서
> 들이마실 수 있었다.
>
> 사람들의 냄새가
> 이토록 끓어 넘치게 하는 것일까
> 피어오르는 헛김 속에서 시선을 가리며
> 저 소주 마시는 사나이들의
> 붉어진 목과, 분주한 아주머니의
> 얼굴의 땀도 보았다.
>
> —「저녁나절의 시장에서」 부분

가난한 그의 이웃들은 허황한 꿈으로서가 아니라 고달픈 노동으로 삶을 산다. 안락함과는 거리가 먼 노점의 한구석에서 그가 먹는 음식은 삶의 눈물이 배어나는 한 그릇 서러운 음식이다. 그 음식을 들이키며 그는 사람들이 살아가는 내음에서, 그들이 흘리는 땀방울에서 삶의 훈기를 확인한다. '가난이 죄가 되지 않는'(「반가운 내 얼굴」) 사람들의 거리에서 이미 낡아 버린 '꿈의 포장' 한 자락을 걸치고 사는 사람들의 모습은 마음 깊숙한 구석에서 밝아 오는 빛이며 따뜻한 위안이다. 사람과 사람이 모여 사는 세상의 '감자 부침개 같은 끈기'(「두 길 · 9」)와 '몸으로 더운 살 부비는 사랑 말고 남을 것이 없는'(「두 길 · 15」) 훈훈함을 새삼 확인하는 것이다.

시인은 시장거리에서 가난한 이웃과의 대화를 통해 '시가 씨가' 되고 그리하여 어느 봄날 '씨들이 부풀어 향기로운 날'(「봄시장」) 환하게 꽃피운 시를 보고 싶은 열망을 품어 본다. 시는 씨라는 진술에는 나날의 삶이 담긴 진솔한 시에서 하나의 씨를 확인하고자 하는 바램이 배어 있다. '시'가 '씨'가 될 때 봄날 피어 오른 꽃의 환함을 기대할 수 있다. 시가 꽃으로 피어나는 봄날의 훈기는 다름 아닌 남루한 삶, 그 사람들의 삶의 훈기에서 풍겨 나온다. 시가 씨가 되리라는 희망은 시장거리의 '할머니의 분향기와도 같은 얼굴'(「봄시장」)에서 찾아낸 것이기 때문이다. 꽃인 시, 시인 꽃이 갖는 생생한 구체성은 나와 이웃들이 영위하는 삶의 구체성을 원천으로 한 것이다. '덜컹이는 불안과 기대만으로 지나간 꿈들, 단단히 끌어안고 밀집하여 부서지는 꿈들'(「돌의 구름」) 대신 근육과 땀방울의 소중함을 믿으며 시인은 삶의 생생한 감각을 택한다.

사람과 사람 사이의 더운 사랑을 확인하기 위하여 그는 어두운 방 안을 벗어나 '불빛 숨지는 도시의 구겨진' 한 모퉁이를 아프게 바라보며 '시린 구두를 옮겨딛는다'(「김포 평야에서」). 그의 '시린 구두'는 따뜻하게 품어 줄 공간 없이 주변으로 내몬 세상의 얄팍함에서 기인한 것이며 소외된 외곽을 떠도는 시인의 서러운 가슴이 담겨 있는 것이기도 하지만 남루한 삶의 세목들을 답사하고 확인하기 위한 토대가 되는 것이기도 하다. 시린 구두는 고달픈 삶의 행로에 대한 증언이자 시의 원천이다. 구석진 골목을 떠도는 그의 구두는 세상의 모진 비바람을 막아 주기에는 턱없이 부족할 것이다. 그곳에서 쓰여지는 시 역시 삶의 골목에서 불어 오는 차가움을 상쇄시키지는 못한다. 그럼에도 그의 땀배인 '시린 구두'는 차가운 세상의 주변부를 걸어다니며 사람들의 삶의 훈기를 품어내기를 포기하지 않을 것이다.

3. 먼지 낀 세상과 시인의 구두 : 이태수

이태수 시인에게 삶은 무겁고 혼탁하기 그지없는 것이다. 그에게 현실은 어쩔 수 없이 고단한 구두를 끌고 걸어야 하는 팍팍한 먼지길에 불과하다. 시집 『그의 집은 둥글다』에서 묘사된 세상은 온통 '안개'로 덮여 있을 뿐 분명한 길의 이정표가 보이지 않는다. 스스로의 거처를 '콘크리트숲 그늘, 희뿌연 시멘트바닥'(「콘크리트 숲 그늘」)이라고 규정한 그의 발길은 뿌리 없이 떠돌고 있다. 먼지 낀 세상에서 그는 속할 곳이 없다.

> 오리무중입니다. 지금 여기는
> 모든 길이 허공에 떠 있습니다.
> 눈 비비고 보아도 짙은 안개, 내 눈에는
> 안개뿐입니다. 간간이 나무들이 보이지만
> 숲은 안 보입니다.
>
> —「지금 여기는」 부분

허공 중에 떠 있는 물인 안개와 부유하는 먼지는 불투명한 현재를 효과적으로 그려내는 이미지이다. 먼지와 안개는 시인이 영위하는 삶의 공간이 모호하고 흐릿하며 나아갈 길은 막막하다는 것을 보여준다. 뿌연 세상에서 시인의 머리는 명료한 의식을 얻지 못한 채 '물먹은 머릿속 솜'(「구두코의 하늘 자락」)처럼 무겁다.

시인은 마음을 뿌옇게 흐리는 세상의 먼지를 닦아내고 뿌리 없는 시멘트 바닥에 불과한 도시를 떠나 자신의 뿌리와 기댈 언덕을 찾으려는 노력을 지속적으로 보여준다. 그의 시적 노력은 현실의 막막함과 무거움 그리고 뿌리 없음을 떠나 삶의 청명함을 회복할 길에 대한 모색으로 드러난다.

어린 시절 내 고향 새실에서
철없이 마음 풀어 수놓던 밤하늘의
그 아련한 별나라가
어찌하여, 수십 년이 지난 오늘밤
닳고 이지러진 마음
불 환히 밝혀주지. 잠 못 이루게 하지.

—「입암, 한여름밤의 꿈」 부분

불투명하기 짝이 없는 현실과 반대로 유년의 기억은 찬란하다. 유년 시기는 자연과 내가 한몸이 되었던 시기이다. 어린 소년에게 별은 그 자체로 찬란한 것이었다. 과거를 되돌아봄은 현재의 자신을 보다 명확하게 인식하기 위한 방편이다. 별 총총한 어린 날의 기억은 현실의 고뇌를 더욱 무겁게 하는 괴로움을 유발하는 동시에 편안한 안주를 거부하는 의식의 각성을 가져다 준다. 별나라에 대한 기억은 닳고 이지러진 현재, 안개로 흐릿하고 모호한 현재를 더욱 분명하게 부각시키면서 현재에 안주하는 안일함을 거부하게 한다. 따라서 유년 시절에 대한 반추는 현실에 대한 망각이나 도피가 아니라 현재를 보다 명확하게 규명하기 위한 시도를 함축하고 있다. 유년의 순수한 공간으로 되돌아가는 상상력의 궤적은 삶의 진정성을 되찾고자 하는 의도와 직결되어 있다. 이러한 기억에의 의존이 유년이라는 과거의 전체적인 복원을 의미하는 것은 아니다. 유년에 대한 느낌은 다분히 현재의 삶에 근거하여 일어나는 것이며 현재가 충분히 만족스럽지 못하다는 의미로 기능한다.

유년의 공간은 먼지와 안개에 휩싸이지 않은 청명한 풍광이 살아 있는 곳이다. 유년의 공간은 자연과 내가 하나였던 화해의 공간이며 만물이 밝고 투명하게 살아 숨쉬던 곳이다. 시인은 기억을 거슬러 올라가 유년의 공간을 재생해내는 동시에 현존하는 유년의 공간, 그 자유롭고 청명한 공간을 찾아 나선다. 그러한 열망이 이끌어낸 곳은 '바위틈'가에 '얼음꽃이 눈부시게 햇살을 퉁기고' '하늘의 옥빛 자락'에 '서걱이는 바람'(「진밭골 가는 길에」)이 부는, 도시의 먼지와 안개가 자취를 감춘 투명한 자연이다. 가볍고 투명한 풍경은 시인의 무겁고 답답한 심경과 대조를 이룬다. 시인의 '마음'이 향하는 유년의 고향, '진밭골', '산길'(「마음아, 너는 또」)은 '기댈 언덕도' '뿌리도 없는' 곳, (「콘크리트 숲 그늘」) '가짜꽃들만 만발'(「바깥을 보아도 내 눈길은」)한 도시의 허위에 지치고 목마른 시인이 희구하는 대안(代案)의 공간이다.

마음 무겁고 스산한 날
양지바른 산길을 오른다. 신발 가볍게 신고
발바닥으로 돌부리의 촉감을 느끼며
머나먼 그를 생각한다. 옥빛 하늘을 이고
조금씩 몸을 비트는 산.

—「산길을 오르며」 부분

먼지와 안개의 거리 너머 시인이 기다리는 '그'는 도시 가운데 있지 않다. '이 세상의 번뇌를 밀어내'(「어느날, 그는」)는 '그'는 옥빛 하늘 저 너머 쉽사리 잡히지 않는 자리에서 아물거린다. '그'는 '일상의 권태와 무중력'에 시달리는 시인에게 '한줄기 서늘한 바람'이며 정신의 '싱싱한 산소'(「어느 날, 그는」)와 같다. 시인이 그를 찾아 오르는 산길은 실제의 자연일 수도 있고 시인의 상상력으로 재구성된 자연일 수도 있다. 나지막하고 부드러운 능선으로 뻗어 나간 그 길의 어느 언저리에 존재하는 그는 실재하는 대상일 수도 있고 청명한 꿈과 이상을 상징적으로 집약한 존재일 수도 있다. 보다 분명한 것은 '그'의 존재는 먼지 낀 현재와 대척점에 선 존재로서 삶의 가능성과 진실성을 내재한 구원의 존재로 간주된다는 점이다. 모나지 않은 둥근 속성을 간직한 '그'(「그의 집은 둥글다」)의 존재는 일그러진 삶을 비추는 유년의 찬란한 별빛과 등질의 의미를 가진다. 눈물겨운 먼지 세상에서 '그'는 허물어지려는 삶에 가치를 부여하고 그 황폐함을 견디며 기다리게 하는 존재로서 한껏 기대를 높이지만 밀폐된 삶에 통풍구를 만들어 주는 그는 쉽사리 오지 않고 시인의 목마름은 가중된다.

그는 오지 않음으로 해서 오히려 시인에게 막막한 삶을 견디고 살 수 있는 기다림의 원리를 부여한다. 그를 확연하게 만나 볼 수 없음에도 시인은 그에 대한 믿음을 저버리지 않으며 그를 기다리기를 주저하지 않는다. 어두운 세상 구석에서 '찬밥을 먹으며'(「찬밥을 먹으며」) 그를 기다리는 자세는 시인이 부박한 현실을 사는 하나의 축으로 기능한다.

시인이 '그'를 목마르게 기다리는 만큼 세상은 시인에겐 부족하기 짝이 없는 것이다. 시인은 '그'가 없는 부재와 결여의 현실을 산다. 그를 그리는 갈구의 눈빛이 시인을 인간의 숲을 벗어나 산길을 오르게 하고 옥빛 하늘을 응시하게 한다. 그러므로 그가 걷는 길은 아무나 찾아갈 수 있는 길은 아니다. 결여의 삶을 뒤척여 본 자만이 걸을 수 있는 길이다. 그 길은 분명 지도에는 없는 길이며 심지어 투명한 산자락에도 없다. 그 길은 시인의 '마음' 안에만 있다. 시인이 애타게 '마음'을 부르고 '마음'을 그리는 연유가 아마도 거기에 있을 것이다.

현실의 안개와 꿈 사이에서 괴롭게 흔들리면서 시인은 나지막한 길을 오른다. '그'를 만나려면, 투명한 삶의 회복으로 다가가는 그 길을 오르려면 얼마나 가벼워져야 하는 것일까. 시인은 먼지 낀 일상의 속박을 털어내기 위해 '구두끈을 풀'(「구두코의 하늘자락」)고 청명한 자연을 찾아간다. 그의 시에서 언급되는 구두는 안개 낀 세상을 살아가는 수단이자 일상의 삶에 시인을 매어 두는 매개체이다. 삶의 갑갑함을 떨쳐 버리고자 신발을 가볍게 신거나 구두끈을 풀어 버리지만 완전히 벗어 버리지는 못한다. 꿈 속 같은 자연의 투명함 사이를 오르면서 그가 완전히 벗어 버리지 못하는 신발은 현실의 완강한 굴레와도 같다. 먼지 낀 도시의 거리를 걷던 신발을 벗어 두면 그는 현실과의 끈을 끊고 초월적 세계를 향하거나 세상을 버린 은둔자가 될 것이다. 그러나 그는 버림의 길을 택하기보다 먼지로 혼탁한 현실과 마음 이편의 투명함을 오가며 꿈꾸기를 그치지 않는다. 그것이 불투명한 세상을 사는 시의 소명임을 아는 까닭이다.

4. 시간의 깊이와 내면의 섭생 : 최동호

자연은 최동호 시인에게 있어서 쇠락한 정신을 새로이 하기 위한 도전의 장을 마련한다. 그의 시집 『딱따구리는 어디에 숨어 있는가』에서 자주 등장하는 산은 지상의 협소한 삶의 공간과는 대조되는 공간이다. 자연의 풍부함 가운데서 혼탁한 정신을 새로이 가다듬고 내적 심성을 다지려는 태도는, 자연에 뜻을 두고 세상의 잡답을 멀리하여 정신의 평정을 얻은 옛 선비들의 자기 단련의 태도와 닮아 있다. 산은 그에게 가르침을 주는 공간이다. 자연의 이미지 가운데서 시적인 영감의 원천이 되는 것이 시인에게 한둘이 아니지마는 산은 탈속한 이미지로 인하여 자주 취택해 온 것이기도 하다. 산이 담고 있는 풍부한 의미와 만나기 위해서는 애써 땀 흘려 찾아가야 하는 등정의 과정을 필요로 한다. 물질 문명의 범람 속에 자연은 어느새 우리가 애써 찾지 않으면 아니 되는 곳으로 물러앉아 버린 탓이기도 하지만 자연이 지닌 풍부한 의미는 그리 쉽사리 얻어질 성질의 것이 아니기 때문이다.

그는 일상적인 삶의 협소함을 간파하고 산으로 대변되는 자연에서 삶의 두께를 얻고자 시도한다. 산으로의 등정은 자연이 감추고 있는 삶의 역동적 에너지를 간취하기 위한 의미를 지닌다. 그의 시에서 드러나는 결연한 어조는 정상을 향한 끝없는 도정이 가지는 정신의 긴장된 상승과 땀방울의 치열한 의미를 넘어서 자연의 심대함 가운데 내적인 자양을 취하고자 하는 의지를 표현한 것이다.

치솟은 바위 끝에서
솔나무 가지들이 어린 손을 뻗어 바람을 잡으려 한다.
대지의 입김을 따라
바위 틈 사이에 솔씨 하나 날아와
여린 뿌리를 내렸었다.
누구의 눈에도 쉽게 띄지 않는
작은 솔나무가 혼신의 힘으로 스스로를 흔들리게 하고
빠져나가는 바람을 잡으려 한다.

—「어린 솔나무에게」 부분

산은 생명의 깊숙한 뿌리를 포태하고 있다. 그곳에서 시인이 눈여겨보는 것은 장대한 높이로 성장한 나무가 아니라 '누구의 눈에도 쉽게 띄지 않는' 어린 '솔나무'가 벼랑으로 뿌리를 내려 자신의 자리를 차지하고 산중의 세찬 바람을 받아들여 자신을 키우는 모습이다. '솔나무'의 모습은 하나의 생명이 결코 순탄치 않은 여건에 적응하여 자신의 자리를 세우는 과정을 함축하고 있다. 어린 나무를 둘러싼 척박한 환경과 그에 대응하는 나무의 굳건함에서 만만치 않은 삶의 표정을 읽은 시인이 던지는 위무의 언어는 어린 나무에게로 향한 것인 동시에 척박한 삶의 시간을 견디는 자아의 내면을 향한 것이기도 하다.

> 바윗돌은 스스로의 가슴을 열어 나무뿌리를 기르고, 흩어지려는 돌 부스러기마저 놓치지 않으려 실 같은 뿌리가 왕모래를 움켜쥐고 있었다. 부스러진 흙의 향기로움에는 오랜 시간 빗방울이 다져놓은 정갈한 고요가 있었다.
>
> —「어린아이와 산을 오르다」 부분

어린 나무가 뿌리를 뻗어 바윗가에 자신의 자리를 마련하고 앙상한 줄기를 키워 가는 과정은 단시간에 얻어지는 것이 아니다. 완강한 바위를 열어 뿌리를 내리고 연약한 뿌리로 단단한 흙을 움켜쥐는 강인한 인내가 수반되지 않고서는 푸른 잎을 드리우고 줄기를 키운 큰 나무로 자라기 어렵다. 어린 싹이 자라 하나의 나무로 성장하고 그 나무를 키워내는 땅의 단단한 바위가 왕모래로, 다시 부드러운 흙으로 옮겨 가는 과정에는 길고 지난한 세월이 함축되어 있다. 산을 오르는 사람들의 일시적인 발길과 달리 뿌리를 박은 나무들은 장구하고 힘겨운 세월을 견디어 자신의 존재를 입증한다. 깊은 물은 소리를 내지 않는다고 했던가. 소나무처럼 작은 아이의 손을 잡은 시인이 응시하는 것은 나무를 통해 고요함 속에서 웅변적으로 드러나는 시간의 축적이다. 일상적 체험의 협소함에 갇힌 삶은 자연이 함축하고 있는 기나긴 시간의 축적을 간과하기 쉽다. 산등성이에서 자라는 나무의 옹골찬 삶은 지상의 찰나적인 시간과 대조를 이루면서 부박한 세속의 닫힌 삶에 하나의 창을 열어 준다. 그 창은 제한적인 삶을 살아가는 인간에게 유장한 시간의 흐름을 열어 보이며 시간의 거대한 질서 속에 내가 위치하고 있다는 자각을 부여한다. 자연의 시간은 굴곡 많은 인간의 시간에 비할 때 보다 근원적이고 지속적인 시간을 체험하게 하며 그 시간에 대한 직관은 우주적 생명의 질서에 스스로를 통합시킴으로써 자신이 지닌 생명의 가능성을 확산시킬 수 있는 계기를 열어 준다.

산에서 자라는 어린 나무가 지상의 어린아이와 동등한 의미를 지닌다면 아이의 손을 잡고 산을 호흡하는 시인 또한 자연의 시간에 기대어 자신을 키워 가는 자연 속의 어린아이라고 할 수 있다. 새싹 돋는 나무를 응시하는 시인은 자연이라는 거대한 '자궁 속의 어린아이'(「비에 젖은 나무들」)라는 자기 규정을 통해 내적인 섭생을 취함으로써 삶의 질감을 두터이 하는 방편을 마련한다. '어린아이'라는 스스로에 대한 인지는 자연의 거대한 시간 운행에 관한 깊은 깨달음과 경외감을 전제로 하지 않고서는 얻기 어려운 것이다.

새싹 돋는 나무는 오랜 시간의 흐름에 깊숙한 뿌리를 드리우고 있으며 봄이라는 현재에 적응하여 새로운 눈뜸을 알린다. '흘러간 시간의 징표처럼 있는 저 나무'(「비에 젖은 나무들」)들은 새싹으로 인해 과거 시간을 딛고 끊임없는 갱신을 이룩할 수 있다. 자연이라는 웅숭깊은 모태 안에서 나무와 내적 교감을 함께하는 시인 또한 장구한 시간의 흐름이 이룩한 삶의 두터운 질감을 바탕으로 하여 새로운 자각과 갱신을 꿈꾼다.

'구물거리며 살아가는' 인간의 삶은 산이 증언하는 자연의 시간에 비해 보잘것 없다. 시인은 '옛날 이 國望峰에 오른 선인'들이 이룩한 삶의 가치를 생각하며 보잘것 없는 삶의 시간을 인지하고 깨달음의 순간을 기대한다. '발 딛지 못한 山頂의 어느 곳'(「이른 봄 國望峰에서」)은 인간 존재의 한계로 인해 도달하지 못하는 공간이자 옛 사람으로 부터 오늘에 이르기까지 지속되어 온 시간의 내밀함이 감추어진 공간이다. 그 공간이 있음으로 해서 얄팍한 우리의 삶은 시간의 깊이를 얻고 세속적인 영리에 급급한 삶은 범접하기 어려운 척도가 자연의 한켠에 자리하고 있음을 깨닫게 된다.

자연의 시간이 영원의 끝에 닿아 있는 신비를 지닌 채 생명의 원초성을 지니고 있다면 인간의 노력과 자취가 함축되어 기나긴 시간을 견디고 현재와 과거를 이어 주는 시간의 또 다른 축적물은 서책, 특히 고서(古書)라고 말할 수 있다. 시인이 고서를 가까이 하고 선인의 자취를 따라가는 것은 단순한 교양인으로서의 태도에 머물지 않는다.

'눈과 더불어 편안한 山寺에 들어가' '홀로 寒山詩를 읽'고자 하는 바램은, 세간의 소음을 멀리하여 자연의 적막 속에서 내적인 고요를 얻고 그 고요 속에서 한산시라는 고서가 담고 있는 시간적 축적과 만나려는 의도를 드러낸다. 고요와 정밀(精密)의 시간은 세간의 소음을 떠나 멀리 가는 자만이 얻을 수 있는 것이다. 쉽사리 얻어지는 것이 아님에도 시인은 도시의 '휘황한 불빛 사이'(「겨울 寒山詩」)에서 적요한 공간에 대한 갈구를 포기하지 않는다.

'고목나무 깊은 산 속에 들어가 겨우살이하는 벌레처럼' '나무구멍'에 자신의 자리를 만들고, 서책이 마련해 준 심원한 내면 공간과 만난다.

> 작은 글자들을 따라가
> 머나먼 산간 계곡의
> 싱그러운 바람 소리를 들었다.
> 돌 건물 한 모퉁이에서
> 모래알이 부스러지고
> 가끔 書冊에서 고개를 내민 글자들이
>
> 丁丁한 겨울 나무 속의
> 벌레처럼 꿈틀거릴 때
> 딱딱한 부리가 가슴을 쳤다.

햇살 푸르게 되살아나는
구정 연휴 첫날,
딱따구리는 어디에 숨어 있는가
흰 눈 머리에 함께 쓴 白雲과 道峰이
서로를 비추며 빙긋이 마주보고 서 있었다.

—「딱따구리는 어디에 숨어 있는가」 부분

고요의 시간을 얻기 위하여 찾아든 공간이 시정(市井)의 공간과 같을 리 없다. 흰 눈이 세상의 어지러운 발자취를 지워 번다한 흔적이 사라진 공간, 고적한 그 공간에서 만나는 것은 수많은 서적이 이룩한 삶의 풍부한 자취이다. 자신의 자리에 비유된 오래된 고목나무의 구멍이 말해 주듯, 시인의 고적한 자리는 새 것의 신선함보다는 시간의 곰삭은 질감이 둘러싸고 있다. 시인은 서책을 열어 시간의 풍화를 견디어 온 인간의 오랜 지혜와 만난다. '작은 글자'들이 열어 주는 '머나먼' 세계의 '싱그러운' 깨우침과 만나는 시인의 책 읽기는 편협한 일상의 시공간에서 보다 넓은 시공간으로 나아가는 하나의 통로인 셈이다. 마치 '겨울살이 하는 벌레'의 '나무구멍'과 같은 현재의 적요한 공간과 시간은 보다 심원한 세계를 만나려는 시인의 내면과 일치한다. 이러한 시인의 내면 공간은 서적의 해묵은 시간과 새해 첫날의 서설이 열어 주는 미래의 시간이 동시에 만나는 자리이다. 서책에서 눈을 들어 다시 새해 첫날의 서설을 보는 시인의 시선에는 풍부한 삶의 유적 가운데서 다져진 차갑고 명징한 내면의 충만함이 담겨 있다.

지상의 시간은 유한하다. 우리의 인식과 감각의 한계에서 말미암은 것이기도 할 터이지만 지상의 유한한 삶은 인간에게 언제나 탄식과 회한의 근거가 된다. 이 회한과 탄식을 넘어가기 위하여 시인은 산정을 올라 벼랑가에서 자라는 소나무의 삶을 응시하고 고적한 공간에서 선인들의 삶의 자취와 만난다. 이러한 삶에 대한 성찰은 세속의 잡답을 떨쳐 버리는 단호함과 내적인 긴장 없이는 불가능할 것이다. 번다한 삶의 '흙을 털며 구두끈을 조이는'(「여우 웃음」) 시인의 자세에는 안일하고 얄팍한 삶을 극복하려는 자세가 예비되어 있다. 일상의 유혹을 털어 버리듯 흙을 털고 신을 단단하게 신은 시인은 스스로의 발걸음을 다스림으로써 내면을 다스리고 지상과 산정이 하나로 연결된 산등성이를 오르며 삶의 결연한 의지를 다진다. 구두끈을 조이듯 팽팽하게 긴장된 내면의식이 바탕되지 않았더라면 옛 신인들로부터 오늘의 나에게 이르까지의 시간 운행 가운데 자신의 자리를 자각하며 자연이라는 자궁 속의 어린아이라는, 다분히 미래로 열려진 자기 규정을 통해 심성을 단련하여 삶의 지각을 더욱 튼실하게 하려는 시의 행보는 추진력을 얻지 못했을 것이다.